天津市文史研究馆馆员著述系列

自渡集——张春生文论选续编

张春生 著

天津出版传媒集团

天津人民出版社

图书在版编目（CIP）数据

自渡集：张春生文论选续编 / 张春生著. ‐‐ 天津：
天津人民出版社, 2020.1
（天津市文史研究馆馆员著述系列）
ISBN 978-7-201-15843-3

Ⅰ. ①自… Ⅱ. ①张… Ⅲ. ①文艺评论‐中国‐当代
‐文集 Ⅳ. ①I206.7‐53

中国版本图书馆 CIP 数据核字(2020)第 032553 号

自渡集 : 张春生文论选续编
ZIDUJI : ZHANGCHUNSHENG WENLUNXUAN XUBIAN

出　　版	天津人民出版社
出 版 人	刘　庆
地　　址	天津市和平区西康路 35 号康岳大厦
邮政编码	300051
邮购电话	(022)23332469
网　　址	http://www.tjrmcbs.com
电子信箱	reader@tjrmcbs.com
责任编辑	陈　烨
装帧设计	汤　磊
印　　刷	高教社(天津)印务有限公司
经　　销	新华书店
开　　本	787 毫米×1092 毫米　1/16
印　　张	26.75
插　　页	2
字　　数	300 千字
版次印次	2020 年 1 月第 1 版　2020 年 1 月第 1 次印刷
定　　价	98.00 元

编委会名单

主　　编：刘志永

副主编：南炳文　郭培印（常务）

编　　委：（以姓氏笔画为序）

　　　　　王振德　刘志永　阮克敏　张春生

　　　　　张铁良　陈　雍　罗澍伟　南炳文

　　　　　郭培印　崔　锦　韩嘉祥　温　洁

　　　　　甄光俊　樊　恒

目　录

第一章　不算乱弹

《红旗谱》的经典性

　　《红旗谱》是 20 世纪五六十年代中国长篇小说的代表作之一，被视为经典。今天有评论称为"红色经典"，以说明其鲜明的历史印痕。这也是一种对文学的时代考察，并借此分析那一阶段的文学特征。从文艺批评要注意原创点来看，提出《红旗谱》的时代烙印，不仅能把握住小说的主旨，而且能沿着经典性去阐释其中的深意，以求更准确地认识《红旗谱》和同一时期的其他作品。

一

　　确定一部小说的经典性，要看作品对时代精准的揭示、归纳与浓缩。《红旗谱》在这方面表现得很突出。

　　首先，梁斌从准备创作开始，就把自己融入了波澜壮阔的革命斗争中，并结合自己的战斗足迹和青年时期的创作经验，做出由表及里、系统全面的思索。面对挺起腰杆的农民群众，个人命运已不再是艺术的聚焦点，作家要透过星星点点哪怕是凸显的个体，走出地平线，去深入厚土，开掘历史。因此，他把对一位"三个布尔什维克的爸爸"的纪实描画，在反复提炼之后，拓展成北方农村斗争生活的长卷。既刻画了从近代到现代民主革命的巨大转化，又描绘了农民人生的转折，并将朱严两家三代同冯家两辈人悲壮又惨烈的

3

冲突和动人心魄的斗争生动反映出来。同时通过细致又恢宏的抒写，使《红旗谱》达到了相当的高度。这种创作本身便使作品的骨干支架与人物走向有了折射民主革命的历史发展、历史演进、历史内质的意义。换句话说，《红旗谱》写出了中国农民从压迫中站起来，不畏艰辛，以斗争去谋求生存的深刻历史步履。

其次，这个"步履"，由自发到自觉的历程，是因为中国共产党人的启发、教育、引导。于是小说描绘的斗争，是具有时代特点的斗争，是全新的斗争，是走向胜利的斗争。《红旗谱》是这样写农民的：已没有了阿Q相，也没有了祥子的骆驼状。不任人摆布，他们既不是"苦人儿"，也不全是"乌合之众"，更不是痞子和游民。以朱老忠的典型性格形象，是作为中国革命生力军出现的，而且在党的领导下成为新民主主义革命的中坚力量。

基于此，最后我认为：小说显示了一定的先进性。作品不仅刻画了中国民主革命先进群体的代表人物，而且《红旗谱》本身的艺术感染力至今还有标志其时代文化的范式意义。孙犁一直主张，中国当代文学要坚持"革命的现代主义"。他以他的创作表明这个创作方法要紧扣时代、社会的主流脉搏。梁斌的《红旗谱》显然是站起来的农民形象的崭新描绘，让艺术开拓出一片天地，抒写了农民斗争生活的新篇章。这也是一种对时代精神的现实主义的生动刻画。

也许上述分析含有较多理论的推衍，然而摘录其他评论者的话是能印证本文对《红旗谱》的阐释的，同时也会有更多启迪："锁井镇的朱老忠及其伙伴们，乃是二三十年代中国农村大变动的一个缩影"（李希凡语）。"《红旗谱》凝聚了对现代中国社会生活的观察与理解，着重表现的一个思想就是中国共产党领导的农民革命斗争，是在一种中国过去从来没有过的新的思想基础上进行的，但它又是过去农民斗争的继续和过去农民斗争的历史保持着承传的关系"（陈涌语）。"在新的世界观指导下的亿万农民的革命化，是20世纪中国历史变革中最引人注目也是最具深远意义的事件，也是20世纪中国历史的一大特征"，《红旗谱》和朱老忠形象的"深刻的典型性也就在这里"（张炯语）。这些分析、评介，都鲜明而具体地指出了《红旗谱》的经典性是先进文化的内涵。所以在当时成为文化生活的一道亮丽风景。当然也是和作品浓缩了时代生活，揭示出时代风云，描绘出历史进程与农民革命步履密切相关。

二

一部长篇小说中，塑造人物的典型性，对其经典性来说是至关重要的。高尔基指出：艺术就是进行典型化的艺术，要创造出典型人物的明确画像。而《红旗谱》刻画的朱老忠形象，不仅符合高尔基的创作要求，而且以鲜活的中国风格，使朱老忠深刻地代表了一个时代的斗争形象。小说也因为这个人物的典型化，使《红旗谱》成为一部时代精品。

朱老忠形象最为读者称道的，是他那"出水才看两腿泥"的执着和他那不向坎坷命运低头、不悔自己人生抉择，一路寻觅、坚韧不拔的性格。作家是在对人生的更为宏观也更为浓烈的概括中塑造这一个人物性格的。小说中的朱老忠不是作家笔下塑造的"自我"，也不是旁观者角度下的"他我"。《红旗谱》中的人物是梁斌和一代革命者在党的思想烛照下，经过斗争的炼狱之后，运用小说对农村历经血与火的洗礼，乡间生活发生质变的高度的归纳。尤其是对党领导下的农民，在斗争中如何转变为革命战士的高度概括。这一描写是梁斌的，也是他们这一代人的。与《红旗谱》一起涌现在文坛上的还有多部经典，那是红色经典成为当代文学史光彩一页的时代。

梁斌的《红旗谱》更具代表性。农民命运在小说中虽曲折但走向了胜利，虽沉重但出现了光明。一方面，梁斌遵循了农民斗争的历史进程，写出了曲折的发展。他写朱老忠的父亲也与恶势力斗争，也性格刚烈铁骨铮铮，但却因是自发争斗，形不成有组织的声势和力度，而血染村口的钟下，并自身气竭，女儿受辱投河，儿子小虎远走他乡，一时之间家破人亡。这印证了缺乏革命理论指导的斗争必然的悲剧走势；同时也以其性格的特征，引发了对日后斗争如何才能胜利的思索。而这，正是《红旗谱》内涵深刻之处。另一方面，梁斌重彩泼墨的是朱老忠从倔强的反抗者成为共产党员的曲折过程。人物命运厚重而闪光，这昭示着农民的斗争已不是过去的"揭竿而起"或"成者为王败者为贼"，而是在先进思想指导下，有组织地按时代的要求和社会的进程去革命。并把自己的一生奉献给千百万群众那翻身做主人的轰轰烈烈的伟大事业。这也是《红旗谱》为什么着重描写斗争精神，为什么写得荡气回肠，甚至人物筋骨毕现的主要原因。

在《红旗谱》之前，农民命运是苦涩的，当然，从解放区文学那里，农民命运开始发生巨大变化，农民性格更具斗争精神和社会主人的风姿，但自《红旗谱》开始，农民作为战斗者具象被赋予了"史笔"的特征。"他对朋友、对同志、对革命事业的中心义胆，这深深扎根于中华民族几千年文化土壤中的宝贵品质，在新的历史条件下，于朱老忠身上焕发了新的光彩，充实了新时代内涵，成了他丰富多彩的性格中的主导特征。朱老忠作为一个典型便超越了农民狭隘范围，成为具有民族性、国民性的更为广阔概括意义的象征"（张炯语）。

同时，作家在《红旗谱》中，还把笔深入朱老忠形象的内心，去看其历史积淀，去考察其时代的启蒙，去探索其革命人生的价值。他的"出水才看两腿泥"，终于以无私为民迈进党的组织里，这一坚实脚步已非那两条泥腿。朱老忠形象是发展的，并把人的命运的时代节奏艺术地表现出来。在朱老忠身上，正像高尔基所说的，"除了一般的阶级特点之外"，还写出"他最有代表性，而且最后会决定他在社会上的行为的个人特点"。而这点又和少了些反抗性的严志和相对照，不仅描绘出农民性格的不同，也塑造出中国革命正是由于通过有差异的升华，并各有特征地走到一起，从而在更广泛的层面反映出社会人生的风景。中国的问题是农民问题，而这部长篇就从正面以"史笔"的抒写，揭示出农民从报家仇到报阶级仇，最终成为中国革命的主力之一的历史进程。这种既是纪实又是艺术的描画，使朱老忠这一典型形象进一步典型化，"给人以力量"（梁斌语）。

需要指出，朱老忠这一典型的塑造有一种理想色彩，但不是以浪漫主义去刻画，而是从革命经历与观察中来表现人物的光彩。这和当时的艺术要求、艺术审美、艺术环境相一致。既要写出英雄品格，也要写道德尺度。艺术的教育功能被格外强调，《红旗谱》的形象产生了教科书式的作用与影响，使作品的社会功能也典型化地发挥了出来。应该认识到，作为阶级的代表，朱老忠身上的英雄气魄和道德力量是十分感人的，作家写得丰满厚重并有着突出的时代特色。换言之，朱老忠形象的经典性，对二十世纪五六十年代的精神文化生活给予了榜样和规范的力量。

三

长篇小说《红旗谱》的艺术经典性，还表现在作家创作的严整性上。我所谓的严整性，不是一般的严肃地对待艺术创作，而是对革命文学的高度执着以及对小说功能格外看重，并能自觉交织、融合、互补在一起。

梁斌少年时期就崇拜革命作家，十七八岁就想当革命作家。他在文化准备上积累了相当的马克思主义经典论述，不仅经过了系统的学习，而且在实践中也越来越明确艺术必须和现实更密切结合的问题，并确信文学应该积极地深入当代生活的问题，而当代的主要内容便是社会革命（高尔基语）。所以，梁斌十分重视社会生活，重视革命斗争，并要作为战士为"真善美而战"。他晚年曾明确地讲，为真善美即革命理想与革命实践而"战"的信念"六十年一以贯之"。因此可见，梁斌投身文学，集中主要精力创作《红旗谱》是在他的思想深处让自己的小说"美化生活，给人以力量"。同时也是用文学为武器歌颂真善美，鞭笞假恶丑。在作品的主旨上，梁斌提倡要"振兴祖国"；在艺术追求上要"创造中国式的社会主义文学"。

作家认为，文学要"正"，"不走斜路"，尤其题材"要有选择"。他主张现实主义的刻画，作品要写得"端端正正"。梁斌喜欢中国气派的文学和民间戏曲，并在吸收到自己创作中时加入"激情"。作家强调，创作要有"责任感"，并且从准备写作到成书出版，都时时想着要"达到什么艺术境界""达到什么社会效果"。为此，梁斌努力坚持着，"不到黄河不死心"。（除注明外，引文全引自《我的文学观》）

综述，我归纳这么几点：第一，梁斌视革命文学为己任，而且作为一种大的取向，从立志、准备到创作都始终不游移，不后悔地投身于文学。第二，梁斌的文学创作是对革命事业的一种选择，并把创作和党的要求、生活的召唤、人民文化的需要统一起来。第三，梁斌在小说写作中，以马克思主义思想和文艺理论为指导，坚持从斗争生活中来又进入创作生活中。他强调运用"马列主义美学观""写正面人物也好，反面人物也好，典型就是美"。同时作为文学内涵，梁斌鲜明贯彻高尔基的文学高于现实，"因为文学的任务不仅在于反映现实。光描写现存的事情还不够，还必须记住我们所希望的和可能产生的事物。必须使现象典型化。应该把微小而有代表性的事物写成重大的和典型的事物——这就是文学的任务"（见高尔基《和青年作家谈话》）。第四，梁斌要求自己驾驭重大题材，但又根植农村大地，体现民族民主革命的一个诠释。第五，梁斌注意作品的时代烙印，并以写出时代性为己任。他的艺术当代性，是对中国革命的人生与历史有"鲜明的、确定的、新颖的看法"（托尔斯泰语），尤把笔力放诸在足以激励人、教育人的艺术形象上。可以说朱老忠就是他这样去创作、去塑造的生动人物形象。

梁斌的《红旗谱》无论在写前，还在是在写作的艰辛中，甚至到最后完成并几次修改，都是在他在严整性的创作理念下完成的。他要用一种革命的责任，使创作成为一种使命，并自觉地把艺术对人与社会的形象开发，胶着在他最为熟悉、最为热忱的民主革命和农民战士身上。

可以说，梁斌的创作是对革命人生的艺术总结，也是以艺术创作去继承历史光辉的一页。这种对革命历程的热爱，使《红旗谱》必然会成为一个时期的艺术经典性作品。小说坚持了革命现实主义，坚持了抒写重大题材，坚持了正面开掘题材与人物，坚持了形象写出壮阔历史人生，坚持了对英雄品格的刻画，坚持了对中国农村先进性格的描绘，坚持了民族化的审美原则。简言之，《红旗谱》是在我国社会主义建设的初期，以史笔进一步实践了解放区文艺传统，进一步实践了《在延安文艺座谈会上的讲话》所提出的创作原则，并能在朱老忠形象身上，使思想政治倾向与艺术真实一致起来。

正是在这一点上，梁斌创作的严整性态度及实践，甚至比小说本身的成绩更有意义。梁斌希望，文学的主旨和人民的要求一致，内容和形式都应符合革命群众的审美，尤其形象的塑造与语言的运用上，都是从大众生活中来，并经自己的典型化赋予其艺术生命。这亦像阿·托尔斯泰所言，梁斌的创作力度达到了所传达感情的特定性，清晰度和作家写作的真诚。当然，这首先来自梁斌的战斗经历和他对炙热生活的把握。其次是他对中国作风、中国气派的深入认识。再次是作家对文艺应具有的革命激情和斗争精神的不懈追求。而信守艺术的健康向上原则，使梁斌的艺术追求突出表现在作品所传达的深刻的社会意义上。

总之，是梁斌的人生经历及革命生涯，使他始终坚持自己的创作思想并不断完善对艺术严整性的实践，并体现在创作的全过程中。由此也可以深入理解《红旗谱》的经典性，包括时代性和人物的典型性。当然，今天看来小说还有某种不足，但必须从经典性入手，对《红旗谱》予以更为深刻的认识。

激情与思考

——方纪的诗歌、散文和小说

读方纪作品，会有一种"横看成岭侧成峰"的感觉。每篇都是"峰"——语句潇洒铿锵，意蕴深入个性；全部文章综合起来是"岭"——站在文学潮头或唱黄钟大吕，或绘胸中沟壑。

然而，方纪的笔是有重点的，他放歌的是大自然的壮美和站起来的人们，写出他和他们的时代风采和现实的深刻。要知道，方纪是投入到火热斗争中的革命作家，不仅把文学熔铸在一生的革命追求里，而且还要用崇高的精神使文学创作成为他所奉献的事业的一部分。这几乎是方纪和他同时代战友的一种集群现象。

在天津，拥有和方纪一样经历的作家，是一个典型而夺目的群体。他们中有写《红旗谱》的梁斌，写《荷花淀》的孙犁，写《腹地》的王林，写《战火中的青春》的孙振，写《白毛女》（电影）的杨润身，还有袁静、柳溪、何迟、萧也牧、王昌定……尽管每个人个性不同，文笔有异，但是把文学和革命交织成人生步履，并不断前行，是他们的共同特征。这一点又以真实、崇高、爱国和为民的特点表现在自己的创作中。方纪曾明确地指出，他自己也即这一群体的文学追求和艺术目标是——尽管每一位作家"个人各有心胸"，"但一切反映了自然真实面貌，又创造了崇高意境的，则无论是绘画、诗、散文，都成了我国人民的精神财富，为我们伟大祖国的富丽山河，赋予了种种美好的形象和性格，启示了和发展着人们的爱国主义思想情感"①。方纪的一生和他的文学之路，就是他这段话的生动解读。

一

读方纪的作品，你会首先感受到从中散发出的激情，这种激情和时代所赋予的爱国与反帝、抗争与救亡、自立与图强交融在一起，形成了打动读者心扉的冲击力。

例如，在《过屈祠》里，方纪注目着，抒发着，眺望着，对伟大诗人屈原的爱国主义精神作了浪漫又现实的联想："你且行且吟/歌颂了祖国伟大的山川/你且行且吟/唱不尽去国怀乡的忧伤！"

在《夜泊奉节》这首诗里，方纪看到"白帝城出现在黄昏的山上/滟滪堆隐没在青色的江中/奉节城在灯火中闪耀"。当他"沿着清洁的石级/我登上这古老的江城/回首夔门，东望白帝/倾听着滚滚东流的涛声"的时候，感受的是今天的生活："迎面吹来了橘柚的芳香/耳边响起了黄桷树边的笑声/人影在树影中摇动/灯光和月色齐明"。这也就在一个三国文化遗迹的千年节点上，通过诗来沟通悠悠古今，并以对历史的回顾，把历史性和当代性予以凝聚贯通，显示了全篇诗作借古颂今推陈出新的思想。

在《逃亡的奴隶》这首诗里，诗人写道："我的头呵，不要回/背后有枪声/即使他们赶来了/可是头呵，要一直向着前面！"你看，要反抗的奴隶，是那样的决绝、坚强、不悔，并且不回头，"一直向着前面"。

他写党领导下的革命，"披毡呀，早已撕成碎片/我不需要它了/我要打开眼睛看一看呵/对岸飘扬着五星红旗！"你看，在黎明前的时刻，因工作队员牺牲而受到震撼的一位贫苦农民，觉醒、抗争、

① 方纪：《方纪散文集》，人民文学出版社，1979年，第305页。

远眺，要抛弃枷锁和苦难，准备跟着"飘扬的五星红旗"去战斗。

当新中国诞生，到处是日新月异的建设，到处是不断变化的生活，方纪的笔端流淌的更是激情。他在散文中歌唱长江大河，歌唱伟人毛泽东。

尤其是那篇《挥手之间》，记录的是重庆谈判时，毛主席在机舱门前的挥手，那酣畅的笔墨抒发的是对毛主席的敬仰与热爱。方纪是这样描述的："人们不知道怎样表达自己的心情，只是拼命地一齐挥手，像是机场上刮来的一阵狂风，千百条手臂挥舞着，从下面，从远处，伸向主席。主席也举起手来，举起他那顶深灰色的盔式帽"，"一点一点的，一点一点的，举起来，举起来，等到举过头顶，突然用力一挥，便停止在空中，一动不动了"。文章运用由远及近，由动到静，由众人挥手凸显毛主席那开启历史篇章的挥手，来记录永镌丹青的一幕。这是多么精彩的艺术刻画，又是多么动情的讴歌。

方纪是富有才情的，一种扎根现实又澎湃于理想的才情。这种才情仿佛酝酿已久，并在他幼年时就已植根于心。追寻作家的人生足迹，我们看到了这种才情的萌生和发展历程。

方纪，原名冯文杰，曾用名冯骥，1919 年出生于河北省辛集市（原束鹿县）。他的祖父曾有过一段殷实的日子，后来家道渐衰。抗日战争初期，以其威望和进步性被推选为村农会主席，不久，在一次抗击中牺牲。幼时的方纪，因母亲的缘故，分外受到姥姥的疼爱。每每到外婆家，就缠着姥姥讲"戏文"。别看外婆是农村妇女，却有许许多多在孩子心中视为"神奇""好玩"和有"乐趣"的故事，这使年纪不大的方纪获得了最初的民间文学的熏陶，并常常把自己置身于这些或动听或遐想的亲切而入迷的情节里。当然，他也从姥姥的故事与人物中，知道并慢慢懂得了爱憎、是非、伦理和正义。对不平的社会、穷人的日子也有了感受。也许这些传说故事中的神奇浪漫，引发了方纪对文艺的爱好，才情也在胸中萌生。他少年求学的步履里，就有着对文学的向往。同时，那种希冀阳光，追求瑰丽的激情，也潜入他年轻而纯朴的胸怀。

方纪的青春脚步是从求学开始的。1931年，方纪考入辛集中学，三年后毕业。在这三年里，中国社会正处于内忧外患的境地。九一八事变爆发后，方纪多次参加学生的请愿游行，这使得方纪把才情压在心底，而更多感受的是社会的苦涩和民族的磨难。

　　1934年，走出校门的方纪来到了北平。先在一家商店当学徒，后因反对卖日货而被解雇。失业后曾给《益世报》写稿，描写童工的苦难，并在北京大学历史系做旁听生。也许是中华文化的熏陶促使方纪有了写作的欲望，文学所蕴含的激情加上幼时就扎根于心的遐想，使他的热血化作文字，青春形成篇章。表达爱国的赤诚和炽热，文思是那么顺畅。方纪还和同学共同集资，先后创办了《泡沫》《浪花》等文艺刊物，宣传抗日主张。方纪全身心投入刊物的繁杂事务中并积极撰稿，不久加入了北平的中国左翼作家联盟。

　　此时，《何梅协定》签署，蒋介石的不抵抗助长了日本帝国主义侵略的凶焰，华北处在进一步的动荡之中。方纪的文学才情转化为高涨的爱国斗志。1931年12月9日，北平学生在中共地下组织的直接领导下，爆发了震惊中外的一二·九学生运动。举行轰轰烈烈的示威游行，方纪是大游行的积极参加者，同时也在游行中受到了深刻的教育，进一步提高了觉悟，参加了中华民族解放先锋队。随后，又于1936年加入中国共产党。

　　受组织派遣，方纪回到家乡，他的外婆家成为地下活动的堡垒户。1937年七七事变后，他奉命南下，其间接受过周恩来同志的领导，深获教益。1939年，方纪由重庆转入延安，短期学习后，任陕北公学教师，后到"文抗"与陕甘宁边区文协工作。1942年进中央党校学习，最后分配到《解放日报》担任编辑。这一阶段他曾多次聆听毛泽东同志的演讲，参加了《在延安文艺座谈会上的讲话》指导下的延安文艺整风运动。曾经展现过的文学才华，现在由于方向上更为明确，创作激情终于能够更为纵深，更加自觉，更加火热地喷发。方纪热情写稿，为党校三部的墙报所写的文章，还有幸得到毛泽东的亲自修改和增补。

抗战胜利后，方纪到了承德，担任热河省文联副主席，这是他既投身文学又从事文化领导工作的开始。同时，他还参加土改工作团，接着做了中国人民解放军的随军记者。从张家口撤退后，他又先后被调到冀中区党委宣传部、冀中文联以及《冀中导报》等处工作。和孙犁等人"经常一同骑着自行车"，在冀中平原，"红高粱加峙的大道上，竞相驰骋"。① 1949 年 1 月 15 日天津解放，方纪来到天津，历任《天津日报》副刊部部长、中苏友协总干事、文化局局长、市委宣传部副部长、中国作家协会天津分会主席等职务。"文化大革命"中，方纪遭到迫害，身陷囹圄多年，以致偏瘫终身致残。1998 年，与病魔斗争多年的方纪离开了他所钟爱的文学事业，告别了燕赵大地，告别了海河两岸。

方纪经历了波澜壮阔的抗日战争和解放战争，成为战士，他是幸运的；但他的文学追求之路一直崎岖坎坷，才情未能全面而尽兴地喷发，故而又是遗憾的。他的创作大都是在戎马倥偬中抽空写出来的，留下了可观的文学成果，也留下了不少沉重和苦涩。

方纪的才能还表现在他的文学兴趣是多方面的，做过多种文体的创作，还包括电影剧本等等。今天看来，他最倾心的创作还是小说、散文和诗歌，并各自散发着光彩。

二

方纪的诗，一般说来，看似难于和他的小说、散文的成就比肩。尽管他"倒是一开始就学散文"，"写诗，还是后来的事"，但却由于"只有在最激动的情况下"，"新诗，旧诗，词，都写过一点"。这样就使大都只"写给自己看"的诗，更成为"心曲"。而抒发心曲式的写诗，又恰恰使方纪的诗直接流露出他的思想和胸怀。

他公开发表诗，先是集中在二十世纪五十年代初赴朝慰问期间

14

---

① 孙犁：《晚华集》，山东画报出版社，1999 年，第 164 页。

和访问苏联时生发的感想；后来创作的诗多在 1956 年，他沿长江采风，诗情涌出，"不知怎么一来，竟一发而不可收；甚至连散文都不想写了"。他这次的诗兴喷涌，大都呈现在诗集《不尽长江滚滚来》中。到了 1966 年，方纪出版了长诗《大江东去》，其情愫延续的依然是几年前的长江行。

方纪的诗最鲜明的特色是大气。也许二十世纪五十年代的长江行印象太深太深，在写出若干短诗之后，他以澎湃的激情讴歌着山河的壮丽，创作了长诗《大江东去》。这是方纪唯一的长达近两千行的诗篇，也是他的精心之作。

几年前，他曾因小说《来访者》受到不公正的"批判"，这时他要在遭遇"误解""挫折"之后，借用诗歌的形式，充分表达他的满腔赤诚和对党对人民的爱。方纪还要把自己的诗情凸显在自己的文学高地上，所以长诗的创作，几乎就是方纪才情的熔铸。这部诗又是长时间的酝酿，因此铸就了《大江东去》的恢宏气魄。这部长诗从周穆王驾八骏游天下的故事，写到长江，写到对三峡工程和三峡未来的向往，表现了从火热的现实生活走向社会主义建设成就和理想的浪漫，并高歌了英雄的精神与气魄，读来令人心驰神往并能在情感上涤浊扬清。

长诗共分神话传说、现实生活、理想诉求三个组成部分，以长江贯穿始终。第一部分"神话传说"，以古代传说为基础，发挥了诗人美丽的想象，同时也写得扬扬洒洒神采奕奕。第二部分"现实生活"，开头与神话传说的衔接非常自然："我们的神话流传了已经几千年/就像是穆王和八骏还活在人间/希望使人们造出超自然的神话/神话又鼓舞人们去征服自然"接着，方纪以"从昆仑山一泻万里"的气势，把当代"英雄史诗"绘制在长诗里。他尤其强调了红军长征和中国人民解放军"百万雄师过大江"的壮举，并书写了近现代革命史的不少人物和事迹。第三部分"理想诉求"，对毛主席形象的塑造令人印象深刻。方纪还强调了"诗人"要站在珠穆朗玛峰上来唱《大江东去》，这就更显诗意的博大。应该说，这首长诗视野开

15

阔，气韵恢宏，天上人间，上下数千年；并立足于革命，立足于当代，立足于理想。例如，火红的建设年代大背景下的长江，在诗人眼中是："呵，长江/驯服吧，我的亲爱的兄弟/我们有比你更顽强的性格/更大的力量，更骄傲的心/当三峡大坝将你拦腰斩断/给你科学的心脏，钢铁的臂膀/让你那霍霍的闪电/在祖国的土地上自由的来去"。这样的诗句很多，使我们每一位阅读者深受感染，荡气回肠。

方纪的诗常钟情于景，在真切的描画里提炼出新意。这新意又往往含着浓郁而淳朴的乡土气息和经历了沧桑人生之后的思索。例如《在西陵峡口》里，笼罩在启明前的暮色中的江水、峡谷，由于船的夜航而由静转动，并呈现一种天阔水狭，却在即将黎明的时候，又升腾到天际的宏伟："天空在头顶上流动/像一个狭小的池塘/只在那高与天齐的峰顶/又闪现了黎明的青光"。当然，这只是长江的一景，若是江水辽阔，水势湍急，那诗人的胸怀随着景致的变化也伟岸起来，也更突出美景中的光彩："沿着滚滚奔腾的大江/闪现出一条青色的溪流/溪流像翡翠一样碧绿/溪流像绸缎一样闪光"（《过香溪》）。翡翠和绸缎，是人们常见的物件，比作夜幕下长江的波光粼粼，就在寻常中出奇，也有着源自寻常生活而产生的新诗意。

方纪的诗多有体味人生的哲理。例如描绘航标，"航标立在岸边/航标浮在水上/航标生根在激流之中/航标矗立在风雨之下"。这就把"漂浮"和"扎根"，"表现"和"作用"，形象而深入地凸显出来。面对汹涌的金沙江，方纪感受到的是上游各条河流汇入长江的意义价值，他在《在江水汇流的地方》中讴歌赞美："金沙江像赤金/岷江清清像碧玉/赤金和碧玉/筑成长江的身躯"。只要仔细品味，这其中有着对支流和主流，局部和全局，既互补又统一的认知，更有着方纪对社会底层和普通民众的亲密。浩瀚长江是由无数小渠小河汇聚成的，正像没有地基和地砖就不会有高耸的塔尖一样，方纪称颂支流像赤金碧玉，是长江的身躯，而这正是方纪文学创作上的人民观的心灵体现。

方纪的诗，还于怀古中抒发生活的真谛，在赞美历史传奇中颂扬爱的真挚。在《过屈祠》中，他怀着对诗人屈原的无限景仰哼唱道："啊，诗人，你怎样来到这个地方？/是乘坐那颠簸在风浪中的小舟/逆流而上？还是用你的双脚/走过了那长满荆棘的山岗？"屈原在方纪的眼里，不仅仅是伟大的爱国者，还是垂范于世的探索者。而屈原不断追求的精神，是方纪推崇和坚持的，这也表现在方纪投入文学创作以后，就始终探求并在蹉跎中还仍然不悔的人生历程中。在《"龙女树"下》这首诗里，以满腔的同情，把传说中的挚爱悲剧做了直面的弘扬——"五百年了/湖水都化做眼泪/你也已把湖水哭干/要爱，就应该有胆量/要私奔，就应该跑得更远/为什么你不听牧童的话/和他一起跑上玉龙雪山？"

方纪的诗，才气充盈，情景交织，抒发与思索结合，形成了独特的诗风，正如作家王昌定所指出的，最能代表他这种诗风的是叙事兼抒情的诗《逃亡的奴隶》。前面我们已经谈到这首诗。在这首诗里，诗人七八次反复使用"跑呵，跑呵，快快地跑呵！用尽最后的力气，跑呵！"给人一种紧迫感，这种紧迫感，不仅是奴隶摆脱束缚的主观感受，也是诗人以这种紧张的情绪，投影出中国社会曾经历着劳动者对三座大山反抗的呼声——

　　　我的心呵，不要跳！/背后有火光/是他们赶来了/可是心呵，不要怕！

　　　我的头呵，不要回！/背后有枪声/是他们赶来了/可是头呵，要一直向着前面！

诗人不但描写了奴隶的奔跑，还把这种奔跑和对往日的回忆交织在一起，从而在更深一层里透视了饱含血泪的奴隶生活。

方纪在诗中，运用了叙事与抒情交替的手法。当奴隶在逃亡过程中，"回顾苦难""诉说困境"和"逃出束缚"等片段在互现，又经由"义无反顾要出逃"的多次哼唱低吟，形成强烈的节奏以后，全诗就展现出了奴隶们不屈的抗争和不屈的呼声。诗也就在这样的氛围里震撼着读者。这首诗能让我们读懂过去的历史，过去的生活——

  前面是一座山，/好高的山呵/只有大树和石头，/石头上铺着霉烂的叶子。/我在这山上替奴隶主放牛，/牛没有水喝吗，我背水，/从山下背到山上，/牛已经渴死在树林里！

  好一顿毒打呵！/用干索子捆起，/把人丢在水里，/索子呵，越湿越紧：/紧紧地勒进肉里！/用湿索子拧成棍棒，/打呀，浑身上下，/只剩了绳索的血迹！

  好冷呀，我的披毡呢？/当他们把血淋淋的尸首，/埋在我们积肥的坑洞里，/我用它，紧紧裹住发抖的身子！

  披毡呀，早已撕成碎片！/我不需要它了，/我要打开眼睛看一看呵，/对岸飘扬着五星红旗！

仅仅引了很少的几段，就已看到深沉、鲜明、洗练、典型的诗风和高度的现实主义特征。尤其是方纪把感情如火山喷发般的吐纳出来，使这首诗完全浸润在心的诉说里，也就是大家常讲的"血泪的控诉"。

所以说，方纪的诗是以激情锻造的。

与方纪相识相知的王昌定这样评价："无论古今中外，一切好诗，都离不开形式与内容的完美统一。内容决定形式，但形式又反过来增强或者削弱了内容，这在诗歌中尤为明显。《逃亡的奴隶》对两者之间的关系是解决得相当好的。方纪对我国古典诗词有较高的修养，对外国的诗歌，特别是对普希金的研究也有较深的造诣，因此，他的诗歌能熔中西于一炉，并努力寻求自己的风格、形式。《逃亡的奴隶》是他的这种努力所取得的最高成就"①。

18

————————

  ① 黄泽新、楚大江主编：《天津小说十八家论》，天津社会科学院出版社，1989年，第107页。

方纪诗风的"激情大气"，尤其是对长江的挚爱，往往造就了诗人的"胸有沟壑""气象万千"。可是，方纪的文学之路，是"挤着时间在走"，而必要的"潜心磨剑"又常被生活激发来的情感所推促，于是触景生情的喷发可能影响了艺术编织的严密和细致。结果，方纪的诗的"大气"和他对长江的文化思索，未能进一步在深层上展开。而诗需要思想的凝练、意境的锻造、叙事的幽深、语言的推敲，尤其要词语朗朗、意蕴绵长。但方纪的诗有时激情充盈却少了某些内敛，像长诗《大江东去》在叙述历史和英雄事迹上有所堆积，一些段落在追求词句之美的同时，内心的情愫往往被陈述的众多事件占据。这也从一个侧面反映出，方纪的诗长于直抒胸臆，却不太精于缜密地铺陈史事。这也符合他说的，为文既要"老于世故"，又应"充满童心"。

　　方纪的诗是充满豪迈激情的，从小植根，从革命生涯中酿造，从才气里提升，以个性化的谱写，唱出时代音符。

三

　　方纪的文学成就尤在于散文，散文在他的创作耕耘中散发出特有的芳香。他的散文，阳刚与深情相交织，当代与思古相呼应，中国传统散文的熏陶，深深浸入方纪的文章里。

　　中国散文传统历史悠久，有文以来，散文是"正途"。风流人物、文坛圣手、先贤巨子无不以散文宣扬学识事理、记述奇闻轶事、表达内心波澜，并流派纷呈、风格各异。其中挟历史而抒时言，是散文的大宗，并使散文的内蕴更加厚重精深，上下贯纵，源远流长。传统散文在构架上多为文与史的比肩，事与理的交辉，尤重视全篇的气韵和文字使用的精巧天成。或黄钟大吕振聋发聩，或小溪潺潺陶冶性情。只要文中含着历史文脉、真知灼见并充满性情，都会令人们在读后掩卷时明悉事理、抒发襟怀；面对社会万象朝野内外，可晓政事察民情，并能波涛万顷、雄辩天地、细致入微、探寻治国齐家之道；面对人间苦难思索民生，可由表及里由此及彼，并能入哲理、讲心迹、叹疾苦。

散文技法，不拘一格，却以神聚为上，讲究发前人所未发之言，构思出美文和拍案叫绝的韵致。对于散文的神聚真心长于气韵，古人多有论述，或"文以气为主，气之清浊有体，不可力强而致"，或"气以实志，志以定言，吐纳精华，莫非情性"或"文者气之所形，然文不可以学而能，气可以养而致"。凡被历史推崇的散文佳作，实际上都具备了文与人的一致，文格与人格的统一。人的情操品德，包括一个人生活道路所铸成的思想、性格，也包括一个人的文化素养、文学修养以及天资禀赋，都支撑着散文的内涵和思想以及表达的方式结构和遣词用句。方纪酷爱读书手不释卷，又多次行走在大河南北，纵览长江云南。他才华横溢，深研历史，既是久经革命锤炼的共产党员，又是文化的领导者、践行者。他对散文身心投入，散文便是他气质气韵的形象发挥。

方纪散文最为读者称道的是《挥手之间》。阅读此文的读者都深刻记得文中描述毛主席在延安即将去停机坪前的历史时刻，"一霎时，人们心里，像海上波涛般起伏汹涌。千百双眼睛，热切地投向主席身边。主席在汽车边站定，目光平视，望着全体送行的人们，经过每一个人的脸，好像所有在场的人，他都看到了，这时，他眼睛里露出了一种亲切的、坚定的微笑，向人们点了点头"。读者也更会牢记从重庆飞回延安的历史时刻：毛主席在飞机舱口停了一下，回转身来，面向送行人群——"毛主席站在飞机舱口，取下头上的帽子，注视着送行的人们，像是安慰，像是鼓励。人们不知道怎样表达自己的心情，只是拼命地一齐挥手，像是机场上刮来的一阵狂风，千百条手臂挥舞着，从下面，从远处，伸向毛主席。毛主席也举起手来，举起他那顶深灰色的盔式帽，但举得很慢很慢，像是举起一件十分沉重的东西。一点一点的，一点一点的，举起来，举起来，等到举过头顶，突然用力一挥，便停止在空中，一动不动了。"这两个历史时刻是方纪散文的经典片段，也是他的散文风格的集中体现。

写毛主席的散文很多，记录得如此精彩，如此凝聚，如此隽永的，却是方纪的这篇散文。而毛主席那个慢镜头似的一挥手，永镌丹青。方纪在这篇散文中阐释说，"主席的这个动作，给全体在场的人，以极其深刻的印象。它像是表达了一种思维的过程，做出了断然的决定；像是集中了所有在场的人，以及不在场的所有革命干部、战士和群众的心情，而用这个动作表达出来。这是一个特定的、历史性的动作。概括了当那个伟大的历史转折时期的到来的时候，领袖、同志、战友，以及广大革命群众之间，无间的亲密，无比的决心，无上的英勇。"这也表明，方纪在延安时受到毛主席的教诲，对主席与百姓的心意相通理解很深。一旦与他记录的"挥手之间"所展示的伟大历史时刻作了心灵的交汇，他就会以饱满的情感书写历史，又能以深入的思索开掘历史。所以这篇散文一经发表就获得大众的喜爱和文坛的赞誉，成为当时文坛耀眼的星光，并很快收入教科书里，印在一代又一代学子的脑海里。

方纪的散文不仅是"文者情动而词发"，还"言志、咏声、动容"。影响很大的《三峡之秋》，写的是由著名地质学家主持的，关于三峡枢纽坝址地质鉴定的一次重要会议。全文以巨大的热情写会议的科学鉴定和坦诚的发言，并通过几个地质人员实地查勘、讨论研究的典型活动，丰富会议的内容。尤其把对三峡的艰苦勘察全景深刻地写出来，从而在刻画为三峡工程奉献一切的老中青知识分子的同时，热情赞颂了全力以赴为祖国建设的工程技术人员和科学家们高尚的精神世界。《三峡之秋》特别突出了对"坚定的信心"和"工作，工作！执着的工作"的抒写："就是要工作，一直工作到大坝建成那天，看着水头从天空中滚下来，半个中国都放出光明——连我们去过的那些没有人烟的地方。"这字里行间所表达的，是共和国旧貌换新颜的气魄与精神，是建设者们的意志与情操。

方纪写"大事件"笔墨酣畅，写"小情小景"也情感浓郁。例如，写雨后的松林，那景色就已经"带上了一层透明的梦幻般的色彩"，并"真是青翠欲滴，每一根松针上都挂着水珠""每一根松针尖上，透过那晶莹的水珠，溢出在山林间，然后浸透着浓郁的木樨花香。"即使写月光下的音乐，那美妙的节奏也被方纪刻画得有声有色，更有着对心灵的震撼——"时而高昂，时而低沉，时而温柔，时而雄壮。高昂时，如万马奔腾；低沉时，如衔枚夜行；温柔时，如窃窃私语；雄壮时，又如引吭高歌。"

当沉浸于文学艺术的世界时，方纪的执着、坦诚、求索和对所谓"批判"的愤懑，使他越发用功读书和反复的思考。同时，方纪又是那种一旦思绪郁结于胸就急于喷涌表达的作家。所以在1960年10月，在经受了几个月的"批判"《来访者》之后，一方面，他写出了蕴藏着巨大的震撼力量的《挥手之间》，既百感交集于一端，又把对党的信赖反映出来；另一方面，则把思维向历史延伸，以深入领会冥冥之中的某种文化的启迪，这就是那篇备受赞誉的《到金沙江去》。

"洋洋洒洒"①的《到金沙江去》共计十二节四万余字。其中的某些章节，可以独立成文，而全篇亦浑然一体，且笔墨淋漓，涛涌浪卷又清风徐来。这是一篇游记，却是对历史的纵览及对文化与风土的考察。贯穿的是对新中国成立后各民族生活走向兴旺的歌颂。方纪此时正值盛年，虽遇坎坷却信念越发坚定。这使得他的才情也在阅读历史考察地方风情的不断积累中厚积薄发。他是一位赤诚的党员又是一位求索的作家，面对长江澎湃奔腾，历史遗存和现实生活的交汇，在古今的对比中，他把描写祖国河山与对历史的抒怀高度熔铸。也就是说，方纪在这篇散文里把他的全部知识、情感和才能，通过汉唐散文的文体，激情的倾诉出来。例如，被读者和评论家称道的"南诏碑"与"万人冢"一节，方纪先着墨洱海："洱海烟波浩渺，其色重而透明，如黎明时分的珍珠色；其意浓而清丽，如白族姑娘的歌声。""海内有四洲、三岛、九皋，参差错落，浮荡海中，渺茫一如仙境。"然后写"南诏碑"与"万人冢"。在这里，方

---

① 孙犁：《晚华集》，山东画报出版社，1999年，第165页。

纪的历史知识自然流露，对那块碑石，作了详尽的解读分析，进而点出汉民族与少数民族关系的纠葛兴衰，最终笔端落到"万人冢"上：

> 读着冢前的碑文："唐天宝战亡士卒合冢"的时候，感到的便不仅是"凭吊"了。
>
> 幼年时候读白居易的"新丰折臂翁"，还觉得这位"偷将大石捶折臂"的青年不免残忍，也不够英雄；哪里体会到这样深刻的历史内容呢！现在站在了"万人冢"前，才懂得这位终于活了八十八岁，还有玄孙可以"扶向店前行"的老翁，真是应该庆幸"一肢虽废一身全"了。

这是在"碑""冢"对比中的神来之笔。从"万人冢"想到战争的双方，忆起并引入白居易诗中所抒写的一个朝廷征来的兵士，即那位亲临战场不忍杀戮、自残受伤回家的"新丰断臂翁"。别看"一肢虽废"，可保全了性命。尽管"至今风雨阴寒夜，直到天明痛不眠"，却能活到八十八岁，比起埋在"万人冢"里的上万冤魂，那是天壤之别。否则，断臂翁也会和战死者一样，"身死魂孤骨不收，应做云南望乡鬼，万人冢上哭呦呦"了！

方纪特别强调了"天宝大征兵"对各民族的伤害，把当时战争的不义，通过一边是"万人冢"，一边是"新丰折臂翁"的悲剧对比，深刻揭露唐代朝廷民族政策的不当。也就使今天的读者能辩证地了解历史，同时会油然想到新中国成立以后，民族大团结带来的和谐兴旺，祖国富强。

方纪在这里充分发挥了自己的才情。孙犁评述说："文如其人，对方来说，尤其明显。他的散文，视野很宽，充满真实和热烈的情感。他的文字流畅而美丽，给人以淙淙流水的音响。"[1] 王昌定也说

---

① 孙犁：《晚华集》，山东画报出版社，1999年，第166页。

方纪的散文，"无论是饱蘸血泪的《奴隶》，或是风光绮丽的《石林风雨》，无论是橘黄叶绿的《三峡之秋》，或是充满诗情的《笛声与歌声》，都会感受到一种对人生的执着，对事理的通达，以及对前途、未来的坚强信念"①。这些话，很深刻地把方纪散文的艺术内涵作了形象又简明的表述。

同时还要看到方纪对历史的挚爱，是他把历史的印记作为认知当代社会与文化的重要途径。也就是，他把历史的关键时刻，甚至是瞬间镜头，都作为今天的重要借鉴，都作为当代人生的巨大财富。《挥手之间》有这样的描绘："请感谢我们的摄影师吧，为人们留下了这刹那间的、永久的形象；这无比鲜明的、历史的记录！正是在这挥手之间，表明了一种深刻的历史过程，表明了主席伟大的人格。愿所有的人通过这张照片，能够理解和体会，当那抗日战争的胜利，我们的国家处在十字路口，处在两种命运、两个前途决定胜败的斗争严重时刻，我们的党和毛主席，为国家为人民做出了怎样的贡献！"

方纪的散文，无论长短，也不分思古谈今，都美得奔放，在无拘无束中，以气韵贯之。叙事专注又恰到好处，议论深邃又情理兼得并高屋建瓴。于是，相对于清秀委婉的散文，方纪散文的沧桑旷达也正如孙犁所说："他的文章，不拘一格，文无定法，有时甚至文无定见。他常常是党之所需，时之所尚，意之所适，情之所钟，就执笔为文，洋洋洒洒"②。而"不拘一格"就含有独创之意，"洋洋洒洒"就显示其或高亢，或悲怆，或幽深，或张扬。

有时方纪太过重视"党之所需，时之所尚"，因而也难免出现一些粗糙的时过境迁的散文。譬如他在"火红年代"对新人新事的某些抒写，就缺乏深思熟虑。这并不影响他的散文的优秀，但其中的"苦涩"与"伤痕"以及创作步履的艰辛，却令我们反思和痛心。

---

① 黄泽新、楚大江主编：《天津小说十八家论》，天津社会科学院出版社，1989年，第101页。

② 孙犁：《晚华集》，山东画报出版社，1999年，第165页。

四

若从文坛上感性地了解方纪，方纪是以小说家进入人们眼帘的，这仿佛已成大家的共识。尤其是他的小说一发表就会听到陆陆续续的批评之声，不仅使方纪不断被推到风口浪尖上，也让读者总感到一阵阵凉风袭来。小说使方纪陷入剪不断理还乱的纠结之中。

其实，方纪的小说若说数量，不过三十余万字。写作的时间，大致以 1942 年为起点，到二十世纪的六十年代初就结束了。但就是这些小说，使方纪获得声誉；也是这些小说，使方纪人生步履坎坷。

看方纪的小说，贯穿其中的他是对人与环境产生矛盾的捕捉。这里，环境往往是反映着经过民主革命洗礼的乡村和家庭单位的新变化。人置身其中的各种表现，尤其是态度和感情的纠葛，又折射出社会的发展与问题。方纪是敏锐的，他是多么希望矛盾能够在发现之后予以解决啊。因此他的小说多以人物内心冲突和性格之间的矛盾，去反映并关注着前进中的问题。这显然使方纪的创作没有停留在歌颂的层面，而是在热情拥抱社会人生的同时，倾向于揭橥。但是他的揭橥，是求得改进和完善。

短篇小说《来访者》，写成于 1957 年 12 月，发表于 1958 年《收获》第二期。通过主人公康敏夫的自述，揭示了一段人生经历：他在北京上大学，毕业后参加了土改，过了两年回校当助教。在回家乡沈阳去书场听说唱时，迷上了一位女演员。在爱欲的膨胀中，康敏夫从沈阳追到了天津。女演员的养母实际是一位鸨儿，已被政府劳教。可她不思悔改，依然虐待并盘剥这位养女演员。康敏夫带着女演员出走，同居于北京。谁知康敏夫在得到女演员后，限制女演员登台，甚至不准"上园子"，两人矛盾越来越大。女演员为了观众和鼓书艺术，决然离开了康敏夫。康敏夫由此而堕落，还两次自杀未遂。在情绪消沉中，往往去戏园子闹事，搅和女演员不能演出。最终，康敏夫被开除公职，"反右"开始后主动要求劳动教养。康敏夫满脑子的个人至上和陈旧意识，爱上鼓书女演员，却把她当成了私有财产，不许她婚后再登台，逼她抛开艺术事业。女演员挣脱了束缚，和他决裂。康敏夫自己终于因思想、意识的落后时代，成为不光彩的社会落伍者。

故事是从康敏夫来访"我"——一位党的政治工作者——展开的，侧重心理描写是这部小说的突出特征。于是，为了揭示康敏夫心理的陈旧、阴暗，运用了描写心路历程的手法。当然选择这一描写方式，是为了契合康敏夫的自述和自我辩解，以及表达并掩盖他自身的某些真实想法和曲解妻子热爱演出工作的心理。同时，康敏夫的"自述"和作品里"我"的观察分析，又让小说置于双视点之中，所以对这篇小说要做越过字面的解读。

其实，方纪考虑了这一点，在与"我"的交谈中，"我"对康敏夫的印象不好，康的自我表白常常被打断，或被质问。小说为了不让读者误解，把康敏夫写成了右派。其实这是"败笔"，是作者不得已而为之。

今天读这篇小说，深深感到作品是在揭露思想滞后于时代的人，并指出这样的人会被包括亲人在内的人所抛弃。即使有爱情，也会消弭。这明明是以一种别致的艺术手法，批评极端个人主义的作品，却被姚文元之流认定作者是"控诉"了新社会和"美化"了"极端个人主义"；指责小说"有毒"，"是站在资产阶级立场观察人、观察事"，并要"肃清"作品里面的"曲折爱情观、人性论"。在这些所谓的批判文章中，都以"错误倾向"为基点进行分析，认定小说是"毒草"，作者有着"严重错误"。到了那"史无前例"的岁月，《来访者》更是"罄竹难书"了。显然，这是对方纪和他的小说创作的"颠倒"。《来访者》从选材到构思都可以看出作者在艺术上的苦苦探求。它的主题不但不是"对新社会的控诉"，恰恰相反，是对新社会的歌颂，只不过这种歌颂采用的是一种曲折的手法，形成深沉的告白。

到了改革开放的初期，不少评论文章旗帜鲜明地肯定了方纪的描写，指出《来访者》是"如实反映生活的现实主义作品"，对康敏夫的个人主义是鞭挞的，对女演员的抗争是肯定的，女演员的行为折射出新生活的"阳光"。人们在"重评"这篇作品时，高度评价了"创作中的探索精神"。认为在二十世纪五六十年代，方纪的"尝试"是"表现得比较突出的"①。

　　海外也有评论，肯定《来访者》有着独特的艺术表现。一位文化背景与我们不同的研究者，也感觉到了方纪确实摒弃了当时文坛上流行的写法，在塑造人物上，使用了反向刻画。是对读者正确思维的信任，把错误的意识和行为"亮出来"，让大家去辨别是非。如小说从一开始就通过"来访者"的陈述，借助"我"的眼睛介绍了那位女演员在照片中的形象："她不能算漂亮，但却容光照人"。女演员是流着眼泪向那位同情她的大学生康敏夫讲着旧社会的辛酸："妈妈拿着皮鞭子要我们跪在她面前，逼姐姐接客。那一年她才十五岁。我……因为太小，后来一个常到我们家来的弦师，看我嗓子好，这才学了艺。"她错以为康敏夫理解她的艺术，同时她也力图像摆脱旧世界一样，摆脱她那个可恶可恨的"妈妈"，这才投入康敏夫的怀抱。但是，她没有想到，就是这个康敏夫，却把她当成了私有财产，并且向她下了最后通牒："完全忘记过去，并且永远不要再打算'上园子'！"终于，她明白了一切，"到底，你还是看不起我们！看不起我们这样的职业，这样的人！你为什么不让我上园子？你是个有知识的人，难道连这也不明白：新社会，我们做艺，还是丢人的吗？我舍下妈妈，跟你来了""我舍不下园子""你不知道，这些天，虽然身边有你，不上园子，我是多么闷得慌""我舍不下园子，舍不下观众，舍不下琴弦和我的唱。"这只是把小说的"个人叙述"，尤其是女演员的内心话语摘上几句，却足以看出《来访者》的手法和主题意义，尤其是其中潜在的探索精神。

27

---

　　①　张学正等主编：《文学争鸣档案——中国当代文学作品实录（1949—1999）》，南开大学出版社、百通（香港）出版社，2002年，第137—139页。

我们细读方纪的小说，会发现，他的艺术探索在他全部的小说中都可以找到蛛丝马迹。如果说，他初期的小说带着生活的原滋味和艺术上摸索，那么以后的创作，方纪是走在攀登的曲线上。为了攀登，不怕险阻，即使坎坷、蹉跎、被无端指责，他也不肯退缩。方纪是充满文学才情的，可他更迈开战士的步伐。正如孙犁所说，方纪的"胆量很大"，"别人不敢表现的，他有时抢先写成作品"①。我们常讲，艺术表现需要力度，其实尤需有方向。方纪的人生始终坚持革命的方向，他的文学追求和小说创作的探索力度，也从来没有失去和革命一致的方向。

他最初的短篇《意识以外》写的是年轻的知识女性。小说描绘了个人的兴趣和组织分配的工作不一致所造成的苦闷，以及作为"这一个"所面对的猜疑和孤立。谁知初次创作，便有人说写了"小资意识"，引起批评。这使他更自觉地去抒写百姓和描写新的生活。不久，方纪用朴素的笔触为我们塑造了农村劳动妇女的形象"魏妈妈"，接着又通过《山城纪事》《纺车的力量》细致地描述了知识分子从劳动中尝到的甜头，然后又以自己在土改中的亲身体验为基础写下了中篇《老桑树下的故事》。

《老桑树下的故事》是方纪创作的中篇小说。在他这部小说里，刻画了乡村群众与基层干部的"群像"。以泥土的馨香和凸显的性格，真实地反映了土地从地主手中回到农民身边，所产生的一场惊心动魄的斗争，同时写了赵大山和周小霞的爱情故事。方纪没有简单地写阶级冲突，而是深入揭示这场斗争对人的感情和观念上的冲击与改变。这在当时的土改题材中，有独到之处。但方纪并不仅仅从正面反映生活，正像他后来在《不尽长江滚滚来》的后记所谈的，"作家的心灵应该是一个能够折光的三棱镜。如果它是平面的，透过它固然也能照见生活，但却不能反映出生活的光彩。"

也许是方纪的胸怀，方纪的视野，方纪的思索，方纪的追求，

28

---

① 孙犁：《晚华集》，山东画报出版社，1999年，第166页。

在形成小说形象时，比上述的理性表达还要深切。他不但为了不去"平面"地反映人生，写了生活存在缺欠，还为"折光生活的光彩"，把小说创作得更具有冲击现实的感染力。例如，告诫并希冀干部们多做去粗取精的工作，以便提升生活质量的《让生活变得更美好吧》。他还在新中国成立初期创作了《不连续的故事》，在一处小乡村内，有着五个各自独立的故事，几个不同的性格。这种写作手法本身就比较独特，尤其是所含的艺术思考——通过写某些寻常而落后并盼其转变的人物：如老实磨叽的，变机警；对外懦弱的，变阳刚；生活所迫的懒汉，变勤快；被穷日子逼的"只打个人小算盘"的，变得助人等等——来折射时代变革。方纪小说的这种探索，即便在刻画能打善战的英雄人物时，也写了他的并非完美，甚至写了副排长谢永清的古怪等等。这其实也就反映了方纪在小说中流露出可贵的人本意识，尊重生活本体，尊重人物本色。

方纪对人的内心和"不平面"的性格的关注是深入的，甚至还把一个过财主日子后被"出了地"的老太婆，作为主要性格去刻画，以其复杂心态，来反映农村的土改。这篇名为《秋收时节》的小说，在题材的选择上不仅不"平面"，而且作品还写了这位老太婆的心里话："要凭良心说，共产党对我可不是没有好处，要没有共产党八路军，谁能把日本鬼子打出去？可是自从共产党一来，穷人越来越好，我的日子就越来越不好过！""这几年，又是土改，又是复查，又是平分，接二连三，就把我这个财主日子折腾干了！""唉，就想自己过财主，想支使人，这会不兴这个了，兴人人有饭吃人人有地种，大伙都过好日子。"今天看来，这几句人物的内心独白，既生活化又体现了人物性格，还把时代烘托出来。原本很平实的语言，因为人物和语言的独特，在当时英雄人物和工农兵占领文艺舞台的总体气氛中，在"大写正面人物"的强大舆论下，"出了地"的老太婆的话就有些"出格"，而方纪的小说似乎总在"出格"。

这反映了方纪小说创作的个性，对题材的别样取舍和塑造一些"非主流"人物的胆识。更表明他在文学创作中，是以性格的多侧面，把社会与人生的时代脚步写向深入，写向思考。小说是生活的艺术镜像，不是一般的对照现实，要有所提炼和剖析。方纪的才华和对革命的理解，使他的小说不止于清新和放歌，他还有着忧患与开掘。

这彰显着方纪的文学胆识，作品对生活的描绘能不断地走出"常态"，进入"别样"。由于对人物的"不平面"刻画，以及在小说里力求写出"这一个"性格的精神，他的小说在歌颂共产党解放了广大的受苦大众，百姓过上了新生活的大背景下，把描写的笔放诸在矛盾的、转化的、有缺点的性格上。通过人物转化反映社会发展，即使是上述的财主老太婆，也在个体命运与社会制度变化的比较中，有了对自己、对人生的正确的感受，并从世界观上获得了改造。这其实也是一种艺术对生活的真切反映。

方纪不断地思考，不断地发掘自我。他在《不尽长江滚滚来》的后记里还进一步指出："生活对于每一个个别人，可能只是一种颜色；而对于作家，却应该是灿烂的，五彩缤纷，绚丽光华。"这就告诉我们，方纪对作家的"任务与责任"是很清楚的。作家不能仅仅只描写"一种颜色"、只表现"直感的个别"、对从生活中吸取的养料只做"简单的加工"，他在探索着作家的文学创作要站得更高，写得更深的创作理念，并且践行着作品应该也必须不断地"多彩""锤炼"和"提升"的创作目标。

尽管方纪的这个认识是逐步形成的，这话也是在小说创作多年之后的 1956 年才讲的。但是综观他的作品，他不断坚持作家要有超出一般的写作目标，不断坚持作品应有高于生活的艺术观照，而且这个"超出"和"高于"应当不止于"简单的歌颂"，还应该"剜去苹果上的疤"（鲁迅语）。他多面地反映生活，写各种人物，甚至写出社会的缺欠和人物的扭曲，就是努力以"不简单的歌颂"，去完成或完善作品的"社会功能"，通过小说向假恶丑开战。方纪的这些认识，是他作为革命的现实主义作家的体现。因此，他才能够写出《来访者》，写出和当时的"主流"小说有区别的作品。

今天看来，方纪的小说有较强的荡涤污浊的创作倾向，并重视作品对假恶丑的鞭挞。他以心灵去呼唤，塑造人物时常常情感盈溢。然而，方纪的激情源自真诚，抑恶是在崇善的基础和范围内，对"恶"的揭示，在于写出人物的转变，或挖掘出性格的病灶。他所写的《园中》《晚餐》《开会前》三个短篇，就属于审视人物的落后和变化的作品，而《来访者》则属于写出性格的病灶。问题是，当时的批评以"左"的意念为标准，常抛开艺术范畴并无视写作手法，更对具有个性的探索抱着质疑的态度。尤其是某些从苍白的概念出发的评论者认为，中国当代文学只能唱社会的赞歌，要写就必须"全新"，不能有所揭露。这种排斥艺术"审丑"作用的观念，一旦成为思潮，成为评价尺度，首先遭殃的，就是像方纪这样，敢于探索又在写作上个性突出的作家。

先看看他的《园中》等三个短篇小说。方纪此前曾写过小资产阶级女性形象，并在《秋收时节》里，把这样的人物写出一定的分量。到了《晚餐》和《开会前》把民族资本家和几位相关人物塑造为主角。他在《晚餐》里描写了一群有头有脸的资产者，围在大宴桌前，津津有味地谈吃，回忆曾经吃得很"残酷"。可眼前的现实是，社会要求这些大资本家捐赠抗美援朝飞机。于是矛盾心理和大势所趋在餐桌和心头萦绕。小说《开会前》里表现了这些"肉食者"的另一面，即有爱国心、肯于接受共产党领导的一面。显然，方纪以相关联的作品的对比来揭示人物性格的复杂和社会对"非无产阶级"应有的制约与引导。这种描写说明方纪在文学创作道路上的求索，实现了他的"任务与职责"，但在艺术表现上却有些"思想大于形象"。轮廓有了，却显单薄，还不能深入地感染读者。

方纪毕竟是富有才情和艺术功力的。一旦成竹于胸并流淌于笔端，他的小说就显出光彩。《园中》是方纪后期小说创作的高峰。它不像《晚餐》《开会前》那样"单薄"，也比《来访者》的艺术表现力更加完善。这篇小说是长期积累后的独特思考。《园中》从一开始，就把读者带入一种源自生活又艺术使然的情境中。

"冬夜"的风沙，"惊醒"了睡梦，在风敲打窗户的寒冷里，我"谛听着一种声音，一个人，像往常在这种时候一样，来打破这寒冷而寂寞的冬夜。"而这"一个人"就是《园中》的主角——当年王爷府的"花把式"，现在某机关的花匠，如今已是七十四岁的韩铭德老大爷。在旧社会，王爷的内室他都不敢瞅一眼，成年累月，从早到晚，他给王爷提供赏花，自己却是半截埋在土里的"花把式"。然而，被某些人视为"一个忠实的老奴才"，在无声无息间，因为社会的变化，他的主人公意识觉醒了。他被孩子们尊称为"大爷"，园中的一草一木、一花一朵，已经不再是"王爷"的。当有人毁坏了园中的花枝，都会被他察觉，并心疼地喊："这是公家的花，不是王爷的了。公家花了钱，浇水，施肥，花是养给大家看的！谁，这么自私？折花，摆在自己屋里，自己看！"由毫无人的尊严，到对花儿的全身心的爱护，韩大爷成为新社会自觉的主人公。这是多么深刻的描写，也感动着读者的心扉。作者笔下的这个人物是活生生的，他勤劳认真，憎恶私念。他爱孩子，却不容小孩伤害他的尊严。最能展现这位经历过新旧社会的老花匠可贵品质的，是他的大儿子因救火而牺牲，老伴怕他经受不了这一打击让他安静在家休息几天，结果他并未休息，而是深更半夜准时走进了花棚。此时，方纪写了灯光下的身影，花房里移动花盆的声音——虽没有正面大段的描绘，却以细微塑造了高大！

这是一个多么有性格，有内涵，有感染力的形象。老人在儿子牺牲后，"双手捧一盆花，青青的叶子里，高高的挑起一根柔软的枝条，枝条的顶端，像一团火，闪耀着一朵初开的鲜红的玫瑰"。他把这象征希望的鲜花，送给那个曾经"伤害"他"尊严"的孩子，做生日礼物。这是性格的升华，又是小说的艺术的锤炼。一个旧时代在王爷府里终日匍匐的奴仆，终于成为热爱新生活的昂首做人的社会的主人。在作者的三棱镜里，"五彩缤纷的生活"是多么的有意义。

方纪在孜孜不倦地探求中迈向了更高的艺术平台。可惜他未能继续大显身手，就遭受到"文革"的打击，直至身残。

其实这"打击"更多是来自对方纪心灵和文学求索的"批判"。这些指责,由艺术的分歧变为政治的扼杀。

1942年6月延安《解放日报》就有批评的文章,这是他最初被登报批评,说他的小说"情绪不健康"。其实这篇题为《意识以外》的短篇小说,描写了一个热爱文艺的青年党员,被组织分配到护士岗位,她服从了组织分配,思想上却有矛盾,于是对医院的环境产生了隔膜,进而缺乏愉快感。"黑石门"上的"白字"加上"秃了顶的老柳树"映出的"黑影",使年轻的姑娘苦闷,对周围的人也厌倦了。当理想与现实发生矛盾时,理智与感情未能取得一致也是存在的。方纪的这篇小说,对此进行了描绘,本意是提醒年轻人要从工作出发,也希望"组织"能考虑青年人的要求和特长,让环境与人协调。当然,当时的批评文章也只是指出小说主人公的情绪不够健康,态度还是与人为善的。

接着,是1950年对发表在《人民文学》上的短篇《让生活变得更美好吧》的"批评的升级"。这篇小说写的是年轻的农村姑娘小环,漂亮,爱演戏,又是个积极分子,自然成了村中男女青年的核心。由于农村中存在着浓厚的封建意识,便有人背后给她起了个"一枝花"的外号,指指点点说她是"浪荡女人"。其实,小环对待男女感情严肃认真,在全村男青年中,她心目中只有大群一个人。土地改革结束,农村开始动员参军。尽管干部们费尽口舌,讲保卫胜利果实的道理,而大群却迟迟没有报名,大群是党员,这就直接影响了其他青年。后来,是小环公开明确了和大群的婚姻恋爱关系,才使参军工作顺利进行。这个故事,反映了当时农村参军运动面临的一个实际存在的问题,并且刻画了感情的作用,孰料被批评为"宣扬爱情至上"。后来,方纪在编辑小说集时,对《让生活变得更美好吧》这一篇作品作了修改,这也是一种不得已的无奈。

进一步使方纪的小说面临"浩劫"的是一场铺天盖地的"大批判",即众所周知的姚文元等人对《来访者》的批评。尽管方纪通过散文、诗歌和其他方式进行着抗争和辩解,尽力表明他的良好愿望和正确态度，可是当时的意识形态氛围，已使方纪很难再进行创作，此后更是连遭蹉跎，到了"文革"时竟失去了自由。

历史不仅是"经历"，还需要"回顾与认识"。对方纪而言，今天的解读，要认真考察的是方纪小说创作的核心理念。这样才能更好地学习并纪念他。

方纪是革命斗争的一员。新社会是他的心中挚爱，他不允许哪怕是一点点的玷污，所以他在小说中才去写转变，写心路历程，写"非"去印证"是"。也许是过于强调，喷涌的才情和敏锐的观察力未能再沉淀，此种情景，也许会造成《来访者》等小说的某些艺术上的不严谨，但这个问题应该在艺术的范围里讨论。例如方纪在《不连续的故事》里，既有"不连续"的结构和同在影林村的环境，又有第一人称的"我"，在连接了不同的故事的同时，也强调了主观感受。这在当时都是艺术的大胆探索，但却偏偏碰上文艺思潮"左"的泛起和泛滥。

创作没有模式，一个真正的作家总是在不停地探索。作家的风格往往取决于对作品、人物和手法的自我选择，自我把握。把生活的真善美，从个性特点里描写出来；把打动读者情感的途径，通过人物心灵转化含蓄而确定的释放出来。《来访者》是方纪的创作的一个重要阶梯，他在试着走一条当时的作家轻易不走的路。虽难说作品非常成功，但却充分显示了他的思想，他的艺术求索。

方纪的小说创作是中国当代文坛上欲摆脱常态描写的一种典型表现。他强调审美的个性、追求多侧面的刻画人物、所选题材要对生活做一定的揭示，并力争让小说另辟蹊径，去鲜活地表现社会的变化和发展。

方纪的小说才情与思想并举，探索与遗憾并存。他是独特的，是在努力创作中面对着指责依旧傲然行走。

五

　　方纪的文学是永远的，也是说不尽的。他是一个时代的文学路标之一，也是中国当代文坛中身为革命作家却又经历坎坷的一个样本。他的作品需要不断深入地解读，不断地了解方纪的心路历程和创作的独特审美，以及其中纠结的苦衷。

　　方纪是那么有才情，有思想，有文笔，有历史的厚重和现实的忧患。他在孜孜不倦的文学追求中，在肩负文化领导重任的同时，倾心创作，散文、小说、诗歌都各有建树，佳作不断。

　　然而，方纪又是遗憾的，在追求中不断遭到"批判"，在"文革"浩劫中被迫害致残，使他所钟爱的文学创作不得不中断。

　　方纪是坚强的，晚年以左手写字，形成一派，常留津门，影响全国。

　　方纪给我们留下的风骨，留下的精神，留下的文学财富，会感染着一代又一代人。

　　方纪在政治上和艺术上都是一个守持信念前进的人。他主张："不应该反对理想，不应该反对对于美的生活的向往。"他根据自己的创作体会写道："艺术作品的感人的力量，能够使人发生精神共鸣的，主要在于性格。有着作家对整个时代的真实的感受和经验，并且把它化为自己的血肉和对于当代社会的责任感。"（所引，见方纪的《学剑集》）这也是方纪的自我写照，是方纪的艺术准则，也是生活准则。在方纪看来，人生和艺术就是在理想的烛照下攀登，甚至在受到沉重打击之后，还应该像江河一样推波前行。即使受到不公平的对待，深陷"牛棚""铁窗"，依然不悔。

　　他的一切都为着理想。

　　方纪是隽永的。

植根沃土，芬芳肺腑

——读康濯的三篇小说

　　1946 年初夏，康濯同志创作并发表了《我的两家房东》，这篇小说不仅是晋察冀边区文艺的重要收获，而且也是解放区文学的代表作之一。所以，当周扬同志编选的，包括这篇作品在内的《解放区短篇创作选》，辗转传到上海时，郭沫若同志就欣喜地指出："十二篇我最喜欢的是康濯的《我的两家房东》，那可以说是达到了完善的地步。"①（《〈板画〉及其他》）称之为"完善"，正说明康濯这篇小说，是五四以来的新文学创作中当之无愧的杰作，是毛泽东同志发表《在延安文艺座谈会上的讲话》之后，解放区文学工作者对中国现代文学的新贡献。虽说从小说发表至今，近四十年的时间过去了，中国革命和文学工作取得了伟大的成绩，有着深刻的经验与教训，但是康濯的创作和解放区的其他文艺作品，对今天的读者和文艺事业依然有着深远的启迪作用。不过，应当提醒人们注意，我们对此似乎没有给予足够的重视，随着文学工作的繁荣发展，需要尽快开展对于解放区文学全面、系统、准确、深入的研究。

　　剑与火的生活，必然生产剑与火的文艺。但是，这并不等于说

---

　　① 郭沫若著作编辑出版委员会编：《郭沫若全集·文学篇》（第 13 卷），人民文学出版社，1992 年，第 357 页。

解放区的文学作品都取材于战斗。当时的各个解放区，尤其面对日本军国主义的侵略，基本上是处在敌后之敌后，党领导的不仅仅是一场伟大的人民战争，而且领导着包括政治、经济、文化等方面在内的综合性的为建立新中国而奋斗的革命事业。这是一个以正义战争为主的极为广阔的天地，因此活跃在解放区的文艺家，凭借这一"舞台"，导演了许多动人的"戏剧"。

当时，年轻的康濯同志，从延安长途跋涉到晋察冀边区，生活在斗争尖锐残酷的冀西山区。与人民朝夕相处血肉相依的结果，使他深入地从普通农民身上发现了"金子"。"随着党和人民日益取得巨大胜利的形势，自己的思想也日以乐观和逐步开阔，并且文思不断。"（康濯《腊梅花·自序》）于是他努力从日常生活中撷取题材，刻画普通人物的命运变化，让文学很好地为革命事业服务。

成熟的作品好似一座有特色的艺术殿堂，但它必定是建立在坚实的基础之上的。人们从奠基到建成殿堂的演进，就能窥见其"成熟"的轨迹。康濯最早的作品是 1943 年写的《腊梅花》，紧接着于同年又发表了《灾难的明天》。这两篇小说，一篇是通过名叫范老五的农民，从懦弱到刚强、从摇摆到进步的性格刻画，描绘了偏僻乡村的一个老实巴交的农民，如何从剥削阶级的精神桎梏下走出来的历程，由此含蓄地反映了党领导的革命事业，是一场改造客观世界，同时又是改造主观世界的伟大斗争；另一篇是围绕一个寻常的农民家庭，虽然只是三口之家，日子却也过得凄苦。可在解放区，面对着严重的自然灾害，一家人由最初的惶惶不安，进而迸发出不惧困难的活力。小说把生产自救的情境与精神生活的提高糅合起来，用细腻感人的笔触描画，从而讴歌了解放区的人民，因为政治上翻了身，心劲猛增，所以也就能真正地抵御自然灾害对生活的侵扰。

显然，康濯的小说从第一篇起，笔触就与人民的解放、与革命事业有了不解之缘。他对晋察冀边区虽贫穷但日益欣欣向荣的农村，有一种发自肺腑的爱，而且极为深切。他并不是因为自己是新一代的城里人，而对老一辈农民的人生习惯，看其缺点有余而视其优点不足，也不因自己有着青年知识分子的热情单纯，而对山乡农民的固旧以太多的责备。他从心底将农民引以为知己，就像他十八岁时从湖南奔赴延安投入党的怀抱一样，从鲁艺来到晋察冀边区来到华北冀中平原后，就植根在地火奔腾的大地上，也就与农民真诚地拥抱。

但是，当我们仔细对把他的作品与其他写解放区的小说对照阅读以后，就会发觉，康濯的作品，既不同于赵树理"问题小说"的尖锐，又不同于孙犁作品的抒情，更和邵子南创作的反映战斗生活的篇章区别明显。康濯小说的特点是对走在坎坷路途上的农民做敏锐和别具一格的反映。即他侧重于挖掘农民的心理转变，甚至可以说他把描写普通农民内心世界解放的程度，作为对新生活放声歌唱的尺度，从而他更注重复杂传统的农民性格的转化，深刻捕捉解放区革命事业教育农民，在向新农民转化过程中的种种动人事例，使小说具有了生活教科书的尺度。

康濯笔下的解放区人民，无论是面对自然灾害，还是面对封建残余势力的困扰，都具有不同程度的由"自在"到"自为"的发展，有不同程度的自己解放自己的能力。但这还是他小说作品的一般特征。独具的是在他的作品里，揭示了曾生活在社会底层的懦弱驯顺的农民，因袭着沉重的精神负担，现在他们在党的领导下觉醒了，精神、道德、情操等都在除旧布新，都在逐步化蝶。作家紧紧抓住并描绘了这些站起来的农民的心理变化，因此他的小说从人物的内心境况的嬗变，去深刻地反映解放区的社会生活和人们的新精神状态。

康濯的《腊梅花》《灾难的明天》，都采用了双层结构。而且这种双层结构不是靠情节的发展，诸如花开两朵各表一枝的故事套故事，而是靠入微地揭示人们在生活矛盾面前的相反相成或复杂多变的心理流动。像范老五，既是一位苦大仇深的老农民，又是长期看着老财主脸色干活的老实长工。一方面他具有农民"穷不怕"的秉性，另一方面他又有个人感情生活的难言之苦。他年轻时是一个有点名气的农村歌手，恋上了对他表示好感的地主闺女，虽说为此受到辱骂，被迫娶了个疯女，背上了感情的包袱，但在心底却还有股子脉脉的温情，反复哼着"她"欢喜的歌曲"腊梅花"。他在八路军进村后，从感情上愿意和战士们接近，并且内心欢迎文工团员到家里来同吃同住，但在农活中又不敢果断地和固有的生产关系决裂，甚至在财主少爷面前有所顾忌，不敢和住在自己家里的战士太亲近。范老五的处事态度有过动摇，有过退缩；但是，当炮火响起，他可以在敌人的枪口下抢救我军伤病员，不顾个人安危。他就是这么一位在新旧交替时代，几乎是在时代猛推下，过渡到崭新生活的老一辈农民，然而毕竟他在解放区成了生活的主人，并于革命斗争中成长起来。范老五的形象使人想起《暴风骤雨》中的老孙头，但周立波这部长篇不仅成书较康濯小说为迟，而且不侧重对人物心理的描绘。可康濯通过这一复杂的形象，生动地写出了老年农民由翻身到翻心的飞跃，从而说明阿Q、闰土为代表的农民命运，在解放区已成为历史，一去不复返了。《腊梅花》的艺术感染力，是于朴素无华中浓缩然后放射出素馨的清香，给人以心灵的启迪。

而《灾难的明天》在结构安排上更有其微妙处：曾因畸形的婚配而失去了青春，又以畸形的婚外关系扭曲了政策、感情的婆婆；受气憋闷后不满于自己身不由己，不得不嫁了个大丈夫的儿媳妇；夹在这婆媳之间两头受气的男人——同一屋檐下又同床异梦的这三人，面对特大的自然灾难，该是什么样的呢？小说就在人物曲折的思绪中展开情节。

当民主政权建立之初，媳妇进步、婆婆落后，而儿子窝囊。可未等到生产恢复生机、日本鬼子被赶走，眼下一场自然灾难又降临在人们面前。这一家子的矛盾随之发生变化：儿子听了村长的劝，赶脚送煤以后给家里背来了粮食，而且越积越多。于是母亲觉得儿子有了出息，媳妇感到丈夫的进步对自己是个刺激。可是媳妇在原来憋的那一口气上所显露出来的进步，只是用一时的收敛缓和小家的矛盾，却不能全力以赴投入抗灾活动。儿媳慢慢体会到，与其和婆婆、丈夫闹一场，不如扎扎实实地靠经济自主纺线救灾，来改变自己在家庭中的地位，她向婆婆主动虚心地学纺线。婆婆也从儿子、儿媳身上看到世道的变化，她也就改变了自己的刁怪脾气。扭曲的性格恢复了正常，不单教儿媳纺线，自己也老当益壮摇起了纺车。在解放区的天空下，一个濒于分裂的三口之家，弥合了伤痕，团结协力，抗灾救灾，小家庭出现了一片生机。小说就是这样生动地反映了人民民主根据地的人们，在思想转变后，虽然还有困难，但是精神面貌发生了变化，日子越过越有滋味和盼头！

康濯的小说，诞生于抗日的烽火之中，但他没有直接写剑与火，也没有写惊天动地的英雄行为，却把笔触深入到普通人与平凡家庭的深刻变化之中。但他又不是正面写生活矛盾的因果，而是把笔墨放在人物逐渐克服自身的缺点上，抒写了伟大历史变革的深度与广度。

诚然，面对硝烟弥漫的战场，却写家庭琐事；面对辈出的英雄，却写性格懦弱的百姓，这似乎没有抓重大题材、没有描绘模范人物。但是，"最伟大的艺术还要求写出许许多多的东西，为的是让我们彻底理解一个人"（托尔斯泰《论创作》）。康濯的创作，很明显的是从生活的许多现象中，反映那极为普通的类型，然以他构思的完整开掘深入，让我们深刻地理解生活在党领导下的根据地人民，是如何成长的！

他这一创作特色，是作家执着追求的。

文艺应是一团火，在人的心里燃烧，并且还要发热发光。在这一点上，《腊梅花》和《灾难的明天》还缺少一些炽热。也许作家自己还有些初登文坛的拘谨，也可能在美学追求中还需深入思索，不能走出真人真事的局限。总之，这两篇小说对典型环境和典型性格的探求上，还有一些不足之处。但康濯同志并不认为是他取材的问题，而是他还需进一步深入生活，"不忘《讲话》精神而有所自觉"，经过近三年的酝酿，他写出了《我的两家房东》，从而表明了作家的提高是扎实地从现实生活中提高。

复述小说情节，往往会使原著黯然失色，尤其对佳作更是如此。但为了分析，我们还是要简单地叙述《我的两家房东》。这是一篇描述解放区青年恋爱的故事，但作家却妙用侧写的手法，通过第一人称的观察及对两户房东的比较接触与联系去描述农民道德观念的转变，从而写出解放区农民精神面貌的可喜变化。

　　写解放区人民翻身解放，正面讴歌先进人物无疑是正确的。但是，"条条大路通延安"。写走在更艰巨路程上的人物心灵上的变化，从性格的复杂性中捕捉人物发展的内在逻辑，不也能使深刻的主题得以生动地展现吗？小说创作最重要的因素是刻画人物，而刻画人物的主要方法是塑造感人的性格。但要感动读者大众，除了描写人物的言行要真实有味道之外，还在于人物性格行为应表达深厚的社会内涵和美的魅力。《我的两家房东》的主要人物当然是栓柱与金凤，栓柱是属于封建羁绊很少的农村青年，但作家却对其简写，而金凤就不然了。她生活在一个固旧的家庭，从小就按习俗寻了个婆家；她还未亲身经历姐姐因封建婚姻而过早失去青春的痛苦，当地就解放了，建立了根据地。新的火热的生活激发了她的情感，面对"那男人"的不争气，她内心已有了新的婚姻观念，她迈开了重要的一步，与栓柱谈了对象。但问题是，当她的爱情在青春的肌体内喷发时，她还要时时把自己真正的感情包藏起来。这里，作家正确区分了姑娘的害羞之情、健康的感情表达方式与封建思想的区别，抓住人民政权的实施给人们头脑的道德观念以新的价值。于是退婚、离婚都有了全然不同于旧俗的概念，生活已深入到人们如不按新观念去打理人生，就将会对解放了的环境全然无知或寸步难行的地步。于是金凤在这种形势下取得了完全的胜利，她和栓柱的爱情，是在共同劳动、共同学习、共同进步的基础上建立并完成的，小说由此栩栩如生地反映了解放区的生活境况，即便是婚姻活动，也摒弃了积习千年的固旧，把中国走向新生揭示出来。《我的两家房东》就以一种对婚姻爱情的破旧立新，折射出华夏民族将在中国共产党的领导下走向新的天地。

41

小说采用了第一人称手法，不利用传统的第三人称全知全能的叙述角度，这样就给人以亲切和身临其境之感，而且可以在细节之处展示生活的变化。《我的两家房东》中的细节，是为典型性格和典型环境服务的细节，于细微处见精神，处处给人以多层次的启迪。尤其是让时代色彩自然地融进细节中去，像涓涓流水却响着空谷足音，这样的细节本身就是典型生动的。这种艺术功力，如果作家不深入生活，不和人民打成一片，是无法写出来的。金凤约栓柱见面，用针扎窗户纸来表示，这是多么动人啊！它既表明了青年对爱的炽热，又写出了受当时理念的制约，不得不暗暗传递爱的信息，而用针扎窗户纸去约会，折射出农村姑娘朴实的机敏。至于识字小本和小字典的描写伏笔，无不具有特定条件下恋爱的内容与方式。一曲高亢之音，若无大珠小珠落玉盘的比衬与交织，是不会真实生动的，康濯的笔力蕴藏在对生活里层的挖掘，而且从这成功的挖掘中，读者能够深刻认识到解放区人民实际的生活，郭沫若同志赞誉这篇小说为惊人制作，正说明作品给人以全新的感受。

谁说解放区文学是简单和粗糙的呢？谁说解放区的文学作品仅仅是当时的一面镜子呢？解放区文学的光荣传统，我们还没有充分发扬了，但我们仅仅是简单地对康濯同志三篇反映晋察冀的作品做了上述分析，就已感到对晋察冀文学是值得深入和花大力气去研究的。首先，是生活对作家的催促，这一经验的现实性比历史意义要大得多。康濯同志多次讲过《讲话》对他思想的"震动"，然后才摆脱了写农民题材的盲目性。文学应永远植根于生活的沃土中，这是不能以任何借口加以削弱的。其次，康濯的创作，在塑造人物复杂性格方面是能给人以深刻启示的。不错，在战争年代，我们的作品往往宣传有余，而艺术内涵不足，后来某些提法又助长了并非正确的创作规律，但《我的两家房东》写出了构成人物性格的立体多层的内涵，注意了细节和场景的烘托，使读者从艺术世界里看到了生活的世界。最后，还需提及的是文学的语言，康濯是湖南人，18岁离开家乡，21岁写出了完全属于华北农民风情的小说，而且极地道，决无皮毛的模仿和此一时彼一时的猎奇。

　　还要强调的是，解放区文学的现实主义所提倡的"写典型环境，典型性格"这一要求，并不能因为今天生活的变化、人们的审美追求和阅读新视野的的多元而边缘化。从革命生活中一路走来，创作要有"典型性格，典型人物"的主张，它是观察生活，认知人生，塑造性格的重要路径。社会生活原本就有可带动、可启迪的人物和言行，没有这样的"典型"，生态会陷入平庸。当然社会纷纭人生百态，文学描写不应当囿于某一范畴，要用文学创作去反映复杂的世相。但是，这绝不能成为弱化或忽视"典型环境，典型性格"的借口。文学只要去刻画去描写，一定是作者认为他笔下的人和事有"意味"和"琢磨头"在里边。其实，这已经含着"代表某一情境，某一人物"的内容，深入下去，就是"典型环境，典型性格"。"典型"不会阻碍对各种人物各种生态的或平视或立体或侧面或点滴的描绘与揭示。笔下的人、情景、矛盾和活动，总是有所"代表"。写"典型"应当是文学艺术的一个原则，它要随时代和欣赏追求的变化而有所发展，但是，重视创作的"典型"并艺术地写出来，是必须坚持的。

　　应当号召文学家与人民熔铸在一起，解放区文学的创作道路，康濯这三篇小说值得不断回味。文学要深入生活，无论昨天、今天和明天，都应当去真诚热情去拥抱，并在生活的沃土中前进！

王昌定的一篇"短论"和他前期的小说创作

王昌定在天津当代文学上有着独特个性，并且从天津解放之后就迅速关注城市生活，长期扎根企业，与获得新生的工人师傅打成一片。他的第一篇小说《关钱》写的就是解放了的工人初次领工资后的心态。短篇发表后，《新华月报》转载，被读者视为抒写新生活的佳作。对王昌定而言，他并不止于描绘生活的一页，而是在深入工矿企业里巷胡同的同时，不断思索中国文学还应当再做哪些推进。于是他在小说创作的同时，也写文艺理论方面的短文。这些"千字文"虽然不长，却眼光敏锐，对创作中的一些现象提出了自己的见解，有不少在今天看来依旧有着启迪，对天津文坛发挥着理论的建设作用。

然而，当时的文坛并不平静，在执行文艺方针中出现了偏差和扭曲，以致某些正确的看法受到了不公正的对待，甚至使文章作者的人生跌宕蹉跎。王昌定就是这之中很有代表性的一位。

文学求索与人生坎坷，几乎是他创作前期的主要特征。

一

在我国当代诗歌史上，1958 年可以说是诗的灾难年。由于"在经济工作的指导上违背了客观规律""犯了'瞎指挥'，'浮夸风'和'共产风'的错误"（叶剑英《在庆祝中华人民共和国成立三十周年大会上的讲话》）。诗歌创作也深受其影响，出现一种畸形状态。首先，在诗歌创作中"运动"，号召什么"全党全民办文艺""人人是诗人"；其次，是进行行政干预，指令性地要求各地放诗歌"卫星"，并必须以歌颂"大跃进"为主要内容；再次，是鼓吹一种"假、大、空"的诗风，还美其名曰"浪漫与现实"的"革命"结合。结果，能充分展示人类复杂而细腻感情的诗歌，衍化为空洞而乏味的标语口号式作品，文学创作的自身特质与客观规律，被非文学的需要和领导者的意图所取代。这一"大跃进"时期的诗歌运动，实际上是"左"倾的政治思潮利用群众运动，对文学尤其是诗歌进行了一次有规模的粗暴干扰。

但可叹的是，上述只是今天才能阐明的看法。当时的许多人，包括文艺界的领导同志，都未能对"大跃进诗歌运动"公开表示异议。虽然这并非说我们的文艺界缺乏有志之士，但因政治气氛超常，往往把文艺争鸣视为阶级斗争的一翼，以致许多很有见地的文学家、文艺理论家不能直言艺术的某些特殊规律，确实是二十世纪五十年代后期文艺舆论的通病，并造成对"大跃进诗歌运动"的盲目称赞，真正的诗歌作品反而被冲淡。

而天津作家王昌定，面对蔓延的溢美之词，他不仅没有随声附和，反而陷入了苦楚的思索中。这位在新中国成立前就参加了革命，并以笔尽情抒写新中国动人色彩的《新港》编辑部负责人，以他那河南人特有的朴拙又执拗的认真和经历革命风雨后对实事求是作风的坚守，在艺术观念上始终保持不盲从的个性。他对"大跃进诗歌运动"的"创作"与"放卫星"的各自内涵进行深层的分析，并仔细考察了"一日诞生百首诗"的形成，是一种被氛围鼓噪起来的热情有余诗性不足的白话顺口溜。出于作家本人的对诗歌创作规律的认知和对艺术要高于生活的意识的执着，使他感到不能因处在某种思潮中就去随大流，就在艺术创作上人云亦云。他认为，文学的健康发展，要体现在艺术有感人的内蕴和独特的描绘，诗歌重要的在于对"情"的抒写与动人心魄的语言的创造性运用，而不是空泛的

45

标语口号。经过深入思索和对大量的不能算作诗的"跃进诗歌"的缕析，他用相反的看法写了一篇杂文。发表在 1958 年 8 月号的《新港》上。就是以吴雁的笔名，题为"创作，需要才能"的那篇短文。

尽管此文具体阐述的是创作才能的问题，并不无尖刻地流露出矫枉过正的情绪，表示宁可听蝉鸣也不愿意看"一天写三百首七个字一句的东西"。但是王昌定所抨击的却是弥漫于文坛的把文学当作政治工具的不正之风。他认为，诗歌创作大搞群众运动，不是"敢想敢干"。因为没有现实的基础以及缺乏对创作劳动的严肃态度，所以"跃进诗"是有害于党的文艺事业的"吹牛"之举。显而易见，《创作，需要才能》所针对的是"大跃进诗歌运动"对创作劳动的严重蔑视。而且由于这种蔑视包括了对艺术规律的否定、对创作须有内在准备的否定、对文艺和文艺工作者的特殊作用的否定，所以王昌定的这篇文艺杂文虽然很短，却有牵一发而动全局的内涵。他鲜明地指出，"创作并不神秘"这话是对的，然而这是让文学不要脱离生活，并非意味着否定创作的规律。创作自有"它的特性，忽视这种特性是不行的"。借群众运动来催促诗歌"放卫星"的创作方式"值不得拍手叫好"。至于掺杂在"大跃进"诗歌中的长官意志和某些人的狂热情绪，王昌定不但意识到了，而且"欣然"表示要"泼冷水"，因为"冷水往往能起到清醒头脑的作用"。

从《创作，需要才能》和一系列文艺杂文中，我们可以看到王昌定十分重视艺术自身的规律和特质。更为突出的是，他在文学创作以"阶级斗争"为"思维定势"的思潮中，能摆脱并看透那些似是而非的论调。指出"现实总是现实，粉饰或抹煞既不足以显示光明，更谈不到改造现实"（《谈"愁"及其它》）。很清楚，这应视为在我国当代文坛上对"粉饰文学"和政治标准"唯一"的庸俗文论所进行的较早的攻击。表明了王昌定可贵的繁荣社会主义文学并促其健康发展的高度责任感。此外，他在短论中能不随波逐流，正是他孜孜追求文学应"所见者真，所知者深"的结果。特别是他认为"个人以及个人的命运是文艺作品的灵魂""每个人都是他自己心灵的暴风雨"，更是把握了"文学是人学"的深层内涵。

总之，王昌定在《创作，需要才能》等一系列的短文中，鲜明表现出一个作家的个性和见识，一个经受磨砺的作家的战斗精神，一个坚持真理的作家在"更有实际害处的理论"面前所应具备的清醒头脑。他无意哗众取宠，更不想借此捞取什么；他只想提出有益于文学发展的个人看法。但是正如高尔基所说的，"当一个作家深切地感受到自己和人民血肉联系的时候，这就会给他前进的力量"。因此，王昌定坚持艺术规律，坚守个性意识的这些阐述，代表了新中国文学对一系列错误思潮的愤懑，使他站到了时代的前列。

二

王昌定的小说创作可以划分为两个时期：1959 年前为第一个创作丰收期，粉碎"四人帮"后为第二个丰收期。现在，本文分析他的第一期的创作，第二时期的情况，我将在另文予以论述。[①]

当新中国诞生才一个月，人们还沉浸在欢快的氛围中时，王昌定在《天津日报》上发表了反映工人迫切要求政治进步的短篇小说《关钱》。不久，这篇作品即被《新华月报》转载，同时由人民文艺丛书编辑委员会编入小说集，可见《关钱》起点较高，在思想内容与艺术表现上都有独到之处。

《关钱》的故事情节并不复杂，而且矛盾发端于工资能否如数交给家里。然而王昌定在描写中却以此为契机，透过家长里短的生活小事，刻画了在新社会阳光下，曾被锈蚀的心灵开始恢复活力，并以难以预料的节奏与方式，塑造自己的新形象。有意味的是，小说十分生动地写了几个人物的情绪起伏，但在描绘中却未用心里勾勒的手法。而是以形写意，并把人物的各种对话作为展现内心活动的

[①] 这一部分的论述，请看笔者的《长短集》（天津古籍出版社，2015 年 5 月）。

第一章　不算乱弹

47

主要方法，由于几个人物在父子、兄弟、夫妇、妯娌之间讲私房话，所以小说在交代情节时，就宛如层层剥笋，使主题和性格特征凸现出来。小说在结尾时，没有以大团圆表现自己的美学追求，而是清醒地写出，在素质很好的工人中，思想差距确实存在着。解放了，在他们翻身之后，还有一个"翻心"的问题。

《关钱》这篇小说，以它的清新自然和小中见大，赞美了新社会新人新风尚。它的基调是乐观的，可在乐观中刻画出思想冲突；它描绘了严肃的政治生活，可在严肃中充满着他在一篇理论文章所说的"诗意和阳光"。但这诗意，绝非"田园牧歌""小夜曲"，也不是"一般的讴歌"。而是以推动个人和小家庭向社会大趋势靠拢的激情，捕捉普通人的思想火花，反映社会的巨大变化，为工人形象树碑立传。由于着眼于人的发展，所以小说就在激烈的冲突里展现人物的言行。这样他的《关钱》等一系列小说，尽管只以一两个情节结构全篇，但人物性格和故事意境都有一定的纵深。

不言而喻，短篇小说的这些创作特点，也为他的长篇作品奠定了基础。所以，当王昌定发表了一定数量的短篇并在实际负责一个大型工厂的车间工作之后，他开始了长篇小说《海河春浓》的创作。这也是他创作的第一个丰收期中，最重要的收获。

诚然，作家的创作要依靠对生活的深入，但形成具有独特艺术视角的作品，还须有一定的文学修养，尤其是理论的主体意识，这在创作长篇小说时更为重要。所以，王昌定在下厂进车间之后，一方面和工人打成一片，另一方面通过刻苦深入学习马克思主义文艺观来提高自己。他写了一系列评论文章，积极参加文艺争论。他在几个主要观点上，都有独到之处：

第一，他坚持文艺源于生活的观点，而且认为只有在火热的生活中，才能真正懂得文艺。这在他 1949 年 11 月间写的哲理散文《生活的痕迹》中有生动的描述。第二，他坚持在艺术作品中表达为人民服务的意识，不但较早地提出"新英雄主义"的创作概念（《我看〈解放〉》），而且重视文艺特质和创作规律。他不同意那种把创作与宣传等同起来的态度，也对胡风主张的"题材无差别"有着自己的认识。它曾与强调艺术观张力的作家辩论过。王昌定认为，文学要"反映社会本质的矛盾""表现推动社会前进的本质力量"，所以"有党性的作家"和"社会主义现实主义的作家，就必须在众多的题材中有他自己的选择，这种选择也正是作家党性和立场的一个具体表现"（《从一个"具体观点"看胡风思想》）。谁都知道，文学家对题材的选择，不单纯是一个技巧问题，但当时能从党性的高度去认识的，也并非多见。这足以说明王昌定所主张的创作要有"选择"的重要性。他不仅说，还去积极实践这种文学的选择。

他从解放区来到天津，尽管带着炮火的硝烟和地下工作的敏锐，但他并不熟悉工人的生活，觉得和他们之间还有差距，笔端不能纵情流淌出海河儿女的感情。于是王昌定"经常深入工厂，学过车工，曾任车间支部书记"（《自传》）。于是"以主人翁的资格参加了工厂的斗争，我的忧乐喜怒和普通工人、干部的忧乐喜怒开始息息相关了"。因此他对工人的描写、对生活的反映，已"不再是以旁观者的身份对新事物唱几句空调的赞语"了（《海河春浓·新版前言》）。王昌定选择了与工人息息相关并做他们代言人的创作道路，及适合这个道路的工业题材，他通过"化我"，而达到一个"新我"。

正是作家这种认识与这种实践，使他在《海河春浓》的创作中表现了个性。因此，尽管《海河春浓》的构思与《百炼成钢》《乘风破浪》等作品的写作时间差不多，但是王昌定却没有把笔触只放在对先进人物的讴歌上，也没有以此来宣传描画"路线"斗争。他把小说的重点放在企业的领导思想和干部的内行化上。这样一来，小说与同类题材作品相比较，不仅有另辟蹊径的新鲜感，而且有符合历史发展的矛盾冲突。使小说不单单描写得真实，而且具有"确定现实"的内涵。应当承认，这是相当不容易的。

毋庸讳言，人们一时推崇的长篇小说《百炼成钢》和《乘风破浪》，虽说在塑造具有共产主义思想的典型性格上，都有其突出的贡献，也给人们提供了秦德贵与季少祥这样的先进人物形象。但对企业领导者的刻画，前者"显得一般"（《当代文学概观》语）并表现出"作者对工业战线的领导还不甚熟悉"；后者"受'左'倾思潮的影响，把宋紫峰（一位有魄力的企业领导干部——笔者注）作'保守者'的形象来处理"（《中国当代文学》语）也有悖于生活。而王昌定在他的《海河春浓》中，却能摆脱当时虽不甚明显，但日益起作用的"阶级斗争论"的羁绊，正确描绘领导干部间矛盾的性质，准确揭示了某些领导者的非知识化倾向，指出他们"缺乏远大目标""降低了对自己"的要求，把满足于过去的光荣历史变成一种包袱。这些人，正像小说中所写的孟定远那样，办工业不靠管理，不靠科学知识，却仅仅依赖大轰大嗡的政治鼓动。而他们的责任不是向人民负责，却只看上级的态度；身在基层但不深入群众，一个劲地凭职务权威主持工厂工作。在他们身上缺乏的是无产阶级工业家气质，常常流露出的倒是浓厚的小生产者意识。可以看出，孟定远形象的出现，是王昌定以深入生活的革命知识分子的尖锐目光，发现了工业工作中的一些弊病的结果。

创作的独特意识或是坚持作者的主体性，并非只是观点鲜明独到，它还应有正确的艺术表现力。《海河春浓》的结构安排，继承了我国古典小说布局的传统，每章往往侧重一个主要情节和两三个人物。其故事的发展与时序严格一致。看来，这种谋篇方式是读者，尤其是文化程度不高的劳动者所熟悉并易于接受的。它不但照顾了读者的阅读水平，而且使小说脉络分明、情节条理有序。但是《海河春浓》并未止于这种结构方式，而是有所变化。小说运用了单线、多点、触发式的组合形态——不是用情节表现生活，而是通过人物在各组矛盾中的不同态度，反映对生活的理解，以引导读者做深层的认识。所谓"单线"是指小说基本围绕主人公刘剑青与孟定远的思想矛盾展开，但这场斗争却并非只在一个或三五个点上有冲突，而是在一系列问题上都有不同表现的分歧和不同层次的交锋，作品中的其他人物也不同程度地卷入其中。这就是多点的意思。小说因而增强了丰厚性和对工厂生活描绘的社会性。至于"触发式"，是在描绘人物的言行时，凸显由具体问题引起的阵发性情绪，同时在叙述具体问题时，把那人那事的心理状态与线索发展给予综合描绘，并尽力烘托出当时的气氛与心情。这样就使得小说情节和人物性格的揭示紧密结合，不单能简洁生动地刻画人物，而且又鲜明写出了人物之间的矛盾并没有什么历史渊源与纠葛。他们只是思想和工作分歧。

《海河春浓》，摒弃了当时盛行的公式化的"一切从实际出发"的描写，从这种分寸感来看，他的主体性意识也是对生活现实的严格遵循。

此外，王昌定在单线、多点、触发式的大结构下，对具体章节还运用了戏剧手法。喜剧曾是作家非常喜爱的文学样式，他的剧作不但时代感强，而且有着篇幅小（多为独幕）、反映快、剧情干练、气氛明快幽默的特点。显然，这样的一些特点，也进入了他的《海河春浓》中。例如小说第五章"风乍起"，是第一次正面描绘刘剑青"改革"的，同时埋下了与孟定远思想冲突的种子。全章的五节，好像是一部带序幕并穿插两个过渡的五场戏剧。由于线索清晰与场面的戏剧化抒写，所以小说结构的疏密度呈现出粗而不陋、细而不腻的特征。而进行细致描写时，因时间、空间、人物相对集中，人物活动被突出出来，作品就能以言简意赅的文字白描手法较好地塑造人物性格了。可见，戏剧化手法使《海河春浓》的情节得到了强化，并有利于人物性格与行为的展现。

长篇小说的重要任务，是写出出色的人物形象。和同题材的《百炼成钢》《乘风破浪》等比较，《海河春浓》对人物的描画似乎不甚丰满，尤其缺乏性格的抒写。但是，显然是和王昌定的艺术求索有关。他曾在该书的《后记》中说："我追求日益美好的明天，我追求纯洁向上的灵魂，我愿用我的笔法洗去旧世界留下的污秽。我愿看到更多会心的微笑，听到更多激情的歌唱。"用微笑和激情去反映纯洁向上的灵魂，这确实是《海河春浓》描写人物的基调，但也应看到，希冀"更多"的微笑与歌唱，也可能带来小说厚度达不到震撼读者感情的遗憾。这当然削弱了《海河春浓》的艺术效果。但是，对人物形象未能多角度地抒写，不等于作家在塑造鲜明的性格上也笔力不逮。《海河春浓》对人物的描绘，是很讲究力度与棱角的。

首先，小说运用了鲜明的比衬来写人，类似看黑白木刻马上感受对比鲜明的效果。例如，刘剑青这位和孟定远有同样资历的人，上任头一天，便去走访受冷落的刘总工程师并表示要携手工作，这就与孟定远瞧不起知识分子的行为大相径庭。其次，小说还运用了我们称之为"温度计"的手法塑造人物。如几次写开会都渲染了刘剑青的热情洋溢、孟定远的麻木冷漠。然后从孟的胸怀私欲、忧心忡忡和错误判断，让读者进一步感到刘是一位襟怀坦荡，有干劲、有才能、办事果断，像一团火一样的人。对同一件事，一位态度如冰水，而另一位却能烤得别人也沸腾起来。温度如此不同，于是各自的性格特点，也就栩栩如生展现在人们的面前。再次，小说还运用了雕刻刀的方法勾勒形象，写人不求细腻但力争有棱角。即使是主人公在家休息，也能写出他们的性格线条。所以，刘剑青在夜里也会对不顺眼的家具布局进行调整；而孟定远却能在吃饭时把孩子吓得不敢近前，说出话来让老婆摸不着头脑。和他们在厂里的表现相联系，作家的这些描画是出色的"刀削硬功"，让人物形象如浮雕一般，凸现出自己的行为特征。

此外，王昌定在塑造人物形象时，还寄寓了自己深入生活后所归纳的理性认识。如前所述，令人景仰的刘剑青便有作家对理想的企业领导者的讴歌；而孟定远的性格却有着作家对某些工作不力者的严肃批评。孟定远是一个背上了功劳与自负包袱的负重型人物，过多的暮气，过分地脱离群众，使得他工作主观，碰见麻烦事又优柔寡断。在他身上，作家写出了经济工作成为重点，干部作风也要发生巨大变化的现象。表现出王昌定的一种深刻的社会思考，转型为"经济建设"后的新中国，如何领导企业，如何提高生产力？王昌定把这些思索的结果写入《海河春浓》，把随着各项工业建设的进一步深入，要迅速进行干部的思想建设作为小说的主旨。这也是这部半个世纪前的作品有超越时空意义的地方。孟定远形象的教育意义具有当代性，同时他作为一个成功的"老干部遇到新问题"的典型性格，使这部长篇比《乘风破浪》《百炼成钢》中的同类形象更符合历史的真实，从而也就使《海河春浓》在当代工业题材的作品中有了自己的文学意义。

说到《海河春浓》的景色描写，倒是以不作大段的状景描物为自己的特点。王昌定在他这部长篇里，仿佛是用对风情的白描代替了对景物的渲染，于是，当孟定远听到他被调走的消息后，他曾浴血战斗过的天津，那华灯闪烁的夜晚变得"浓重"而"沉闷"；他曾熟悉的居室、伏案工作到深夜的房间，竟是如此的"狭小"与"枯燥"。至于书中多次出现的"海河"，也因每个人，甚至是同一个人的心境不同，而有各种神态和色彩。但是当我们把这些"描绘"加以综合之后，却深刻感到一条生气勃勃的海河在那蜿蜒流淌。这是一种以物抒情、以景绘物的写景方法，如同国画中画人物时对环境的点染一样，一石一木可烘托出群山和森林。长篇小说必然是让"画面"成为"连环画"，以便使篇幅的容量和其表现形式相符。因此《海河春浓》这种以不同角度来点染环境的手法，使小说虽写的是"一石一木"，但却"神似"人物生活的立体环境。显然，这种写法也是继承了中国古典小说的传统的。

《海河春浓》的写景言简意赅，写人物勾勒棱角，写故事注重传统形式等手法，决定了小说的语言是干练和朴实的，并且有如下几个特点：第一，在肖像描写上，主张少修饰，不是靠作家直接把形态诉诸笔端，而是让人物互为介绍和评价去体现周围的情景。这种写法让读者看到一个人外貌的同时，还了解另一位的内心活动。第二，作家很看重对话的作用，不但用个性的对话衬出人物的性格，还要推进情节的发展。第三，《海河春浓》中使用了不少天津方言，如"闹了归齐""给面儿""嚼情"等等，但并不过分，只是画龙点睛式的有重点的写出。因此这是一种津味的文学语言，不但使小说有鲜明的地方色彩，而且表明了作家对生活的深入和"化我"的程度。

但是，从我们对《海河春浓》的分析也可以了解到，作为一个投身生活去"化我"并成为"新我"的作家。他在反映工业生活时，似乎太侧重于工厂车间了，因此对大城市的工业活动缺乏全面的宏观的立体描写。可见此时的作家主体意识还处在初期阶段。尽管如此，我们认为《海河春浓》这篇小说，是王昌定创作第一个丰收期中最重要的收获。不论是思想内容，还是艺术追求，都表明了作家已成为天津市著名作者并开始产生全国影响。同时作家以他强烈的个性，实践了他在文学短论和文艺杂文中所阐释的艺术观。尽管这种个性因为未"走红"而不像他"挨批"那么引人注目，但王昌定却以"艺术的主要目的就在于表现和表示人的灵魂的真实，揭露用平凡的语言所不能说出的人心的秘密"（托尔斯泰语），使他笔下的孟定远、刘剑青形象闪烁着建设社会主义新时代的光芒。

本文对王昌定创作前期的分析，暂止于此，余下部分另文写出（这一部分文字，见笔者的《长短集》）。但是，有一层意思还要讲讲。那就是希冀本文能对天津二十世纪五十年代小说创作的情况予以关注，予以深入缕析。因为那一代作家开拓了天津当代文学，为津沽文坛奠定了坚实的基础，我们应当记住他们对天津城市文化的耕耘，对津门小说的贡献。

东风吹雨新潮生

——天津作家创作管窥

人们大概记得，新时期文学的潮汛在天津来得比较早。从二十世纪七十年代末开始，蒋子龙的《乔厂长上任记》《赤橙黄绿青蓝紫》，冯骥才的《铺花的歧路》《啊!》，航鹰的《明姑娘》《金鹿儿》，吴若增的《翡翠烟嘴》《盲点》等名篇佳作联袂而至，引起国内外注目。到二十世纪八十年代中期，创作呈现平稳态势，像平原上的河流，缓缓地流动，虽没有雄壮的气势和光彩夺目的浪花，却也硕果累累，不过是少了些绚丽。局外人不了解实际情况，把它看作是"文坛之谜"。然而平稳并非停滞。在平稳的表象后面正在发生深层次的变化，作家们致力于自身的充实、调整与提高，一方面适应时代的历史性变动，更新主体意识，一方面沉潜在名家的文学园林中采撷奇花异果，以革新表现方法。经过几年潜心的修养与磨炼，我们高兴地看到，一些成名作家的创作改观了，一批年轻的作家由幼稚走向成熟。赵玫、余小惠、陈吉蓉、宋安娜、李晶、孙秀华、牛伯成、肖克凡、孙力、王松、王爱英、张永琛、李送今等数十位作家以坚实的新姿步入文学殿堂，将对天津文学创作的发展起着举足轻重的作用。

一、现实主义的新变。直面现实、直面人生的现实主义精神，是天津文学的优秀传统，持续而稳定地充盈在一代又一代作家的作

55

品中，当前，作家们对现实主义精神的追求更自觉、更执着。较之过去，作家对现实的审视冷静深入得多，视角也广阔得多。他们不再单一地用政治观点观察社会现象，而是综合运用社会学、伦理学、心理学、人类文化学乃至生物学进行多角度、多侧面的分析；他们不再热衷于争论所谓尖端题材，而是广泛地发掘社会生活各方面所包含的艺术内涵；他们不再盲从，而是注重独立思考，注重实际生活所昭示的真理。这样，现实主义精神就得以高扬，在作品中的体现也更加艺术化。

蒋子龙是一位直面现实、直面人生的有代表性的现实主义作家，他的作品融合着火热的激情与冷峻的分析，很有力度。近年来，他在发扬自己的优势的同时，把艺术的解剖力逐步由社会的层面转向人性的层面。《蛇神》已开始这种变化，去年结集出版的《饥饿综合症》更明显地体现了这种位移。

航鹰近年来花费很大精力搞影视，小说创作数量不多，然而质量不错。她偏重于写社会风情。如果说《老喜丧》"是一幅浓缩的八十年代中国城乡风土人情的油画"，那么，《过街雨掉钢镚儿》则是一幅城市风情的素描。点笔成趣，意味隽永，既惟妙惟肖地勾勒了"高潮"中人们的种种心态，又委婉曲折地蕴含着对社会的针砭。

天津的作家熟悉城市生活的多，熟悉农村生活的少，而老作家杨润身却是一位熟悉农民、热爱农民的作家。他把自己的全部心血和才华都倾注到农村文学的苗圃中。早期的作品不说，单在近几年，就出版了《风雨柿子岭》《九庄奇闻》《魔鬼的锁链》三部长篇和相当数量的中短篇。这些作品虽不能说一部比一部好，但从发展趋势看，新作、近作不乏新内容，有一些自我超越。这对一位年老体弱的作家来说，就很难得了。杨润身注重用历史的眼光审视和把握现实。从抗日战争到当前的农村改革，每个时期历史的变动、人民的选择，他都进行了艺术的再现。它的全部作品，都有内在的历史联系，构成一部真实而浑厚的农村变革史、发展史。这在当代作家的作品中，是不多见的。在艺术上，杨润身忠实于现实主义原则，又吸收了一些现代主义的表现手法，从而使作品的色调、层次较早期作品丰富。

汤吉夫是从河北来天津的作家。来津四年多，创作一直保持旺盛势头，他长期在高等学校执教，是一位学者型作家。深厚的文学修养和切实的学校生活体验，是他创作知识分子题材作品的两大优势。近年来，他创作了校园系列中篇，已发表的有《小城旧梦》《故里闻见录》《酷热在夏天》《本系无牢骚》《新闻年年有》《上海阿江》。现正在写作《葛懿教授》，这个中篇一旦问世，校园系列中篇就算完整了。校园系列中篇，和文坛流行的中篇之作在认知方式和表现方式上有着自己的特色。它不是一味哀诉知识分子的苦难，也不廉价地颂扬他们的殉道精神，而是以朴素的写实手法再现知识分子真实的生存环境与真实心态，把他们的悲与喜、苦与乐、美德与瑕疵、困惑与追求，一起呈现在读者面前。

在天津作家群中，知青出身的不少，因而写知青的经历、命运和情思的作品源源不断。张少敏、肖亦农的《灰腾梁》把鄂尔多斯独特的风情和知识青年的美好情致融为乐章，把知青当年悲痛的失落与今日的精神复苏交织成画卷，在知青题材作品中，是别具一格的。李晶的《灰窑地》直接触及女性最为隐秘的性意识与性苦闷，入木三分地揭示了文化荒凉背景中人性的饥渴与扭曲。牛伯成、宋安娜、王爱英等也都有知青题材的佳作。从总体看，写知青的作家都力求站在新的高度上，向灵魂深处深入，向历史发展延伸，创作出更具社会内涵和艺术魅力的作品。

二、津味小说的勃兴。反映天津卫地方特色的文学作品，并不是近年才有的创作气势。几年前的《古董张》《龙嘴大铜壶》，就从世态入手描写了津沽人认直理求义气的特点和以物寓情以不变应万变的心态。接着马林瞅准了旧街区老南市，写小巷民生；冯育楠更以《津门大侠霍元甲》与《泪洒金钱镖》，通过传记体小说，演绎津门的文人武士。前不久他又创作了重新审视天津教案和火烧望海楼事件的《十字架下的灵魂》，继续保持着作品在通俗中追求爱国与人生的内涵，俗中求雅，因此获得了大量的读者。让津味小说产生历史思辨意义的作家是冯骥才。他的"怪世奇谈系列"，尤其是《神鞭》和《三寸金莲》，不论是从"鞭"中悟出"要顺应形势求变"，还是从"小脚"看出"中国历史的某种足迹"，总之"世"是历史现象的变异，而"奇谈"是对变异进行反思。所以大冯的津味就由"世态"进入了"世情"的层次。例如新作《炮打双灯》以民俗为表，以情缘为里，爱的执着，人生却曲折往复。从而刻画了美的追求常常伴随着痛苦，而且只有苦楚的奉献才能有所收获。由于对世间的传统情绪进行了揭报并用新观念加以反思，因此使上述作品具有了一种回眸历史启迪当代的品位。

然而，眼下这种创作走向被林希的作品所扭转，从"世情"向"世相"发展。以诗而蜚声文坛的林希，大学时被定为"胡风分子"。此后历经坎坷，知天命后再回顾人生审视生活，就常常使笔端留下几分冷静的深切和含蓄的尖锐。他一连发表了《相士无非子》《高买》《红黑阵》《天津闲人》《神仙扇》《丑末初》和《松雪图传奇》等七八部中篇小说。集中精力去营造他的"津味"。通读这些作品，作家似乎运用了一种非历史、非风俗、非刻意也非标榜的模糊手法，却自然清晰地告诉读者，在九河下梢有那么一种"世相"：不论是当相士还是做闲人，不论是上了黑道还是掌握某种技世，他们都那么"实实在在地活着"。假也真实，真也真诚。别看作家写了真真假假，但那些性格却决不虚妄。它是这种避虚假的真切，让人们了解了津门的"世相"。相面算卦本无科学可谈，但面对一群各有疑虑的善男信女，相士无非子便成了一个高明的心理医生，从这个角度上说，真耶虚耶？说他是位"闲人"，是因为他无职无业，可看他的一天，却忙得不亦乐乎。从他活着干着自己想干的事来看，是充实还是空虚？上辈人交代了要不惜一切求购《松雪图》，做儿子的实现了父亲的夙愿，但在世风日下的社会里，倾其性命得到的是一幅假画，可谁也不想戳穿，你说这是对还是错？在一系列的辩证与交叉中，作家烘托了生与死长于斯虽不显赫却也典型的芸芸众生，他们都"饱满地"过着自己选择的人生，以千姿万态的"世相"，描写了津沽之地夹在传统文化与外来文化中间，形成了一种变体文化。任尔东西南北风，我自活得对得起我自己。这既是富有地方特色的刻画，又是对"津味小说"的深入。

天津的青年作家也没有忘记"津味"的探求，其代表作品是肖克凡的《都是人间城廓》。城外解放的炮声隆隆，城里大杂院内还在为生活琐事忙忙碌碌。不管是盼望的、心慌的、拿不定主意的，都还在"居家过日子"。然而，原本你过得苦恼，现在更添一层困惑；他自来就挣俩花仨，眼下更要抓一把是一把；我一向得过且过，目前更是好死不如赖活着。仿佛一切照旧，但都知道世界要变；习惯于在常规中度岁月的人，却不得不脱离往日的老一套。丈夫突然死了，她恨这世道；妻子猛地开了心窍，才知自个儿的男人是扶不起来的家伙。总之，那直来直去的对话，使大杂院更现出了烦乱与复杂，可是不管如何纷纭，都面对现实，绝不浪漫。读者从中感到了天津人的"沉实"和"达观"。文化品格的心态取向，是这部小说所追求的，于是使"津味"呈现了新的面貌，给文学的地方特色增添了几分姿容，令津门文坛出现了一个热点。

三、张扬个性，融汇新潮。说天津的创作后劲稍逊，这只是表象。津门有一支人数可观且实力不俗的创作队伍，其中女作家群，我们可以在赵玫、余小惠、陈吉蓉、宋安娜、李晶的后面再写出十几位。而且男性作家的粗犷变异和女性作家的细腻奇诡各有展示。然而天津的青年作家缺乏尖锐的态度，作品的力度差强人意，常常功亏一篑。这就留下了蒋、冯、航、吴之后，后继无力的印象，其实天津文坛，从未寂寞，不少新秀能及时地融汇新潮，作品洒脱地张扬了个性。

吴若增，这位以《翡翠烟嘴》和《脸皮招领启事》名动文坛的作家，又拿出了《青娘》《大鸟》和《忘记了月光》等中篇小说，其情节较之以前，多有奇诡，给人以意外的联想空间。吴若增的新作品依然富有个性，在一定的读者群内很有反响。

给人们带来新鲜感触的，还有少了些亲历的激动，多了些旁观的冷静的年轻一代。张永琛写了反映胜利前夕，人们要换一个"活法"的小说《45年秋景》。而牛伯成致力于"知青后"的生活，特别是《罗汉的方程》，让爱情从梦幻走向炼狱。苦尽未必甘来，但将来毕竟不是今天的线性延续。李治邦发展了他的机敏，幽默人生，如果说《绿色英雄》还写得朦胧，那么《断弦》就显示了他的笑看世事。王爱英曾写出长篇小说《当代骑士》，此后就以知青回归城里后却常常留下记忆于彼岸的视角，来叙说一代人的命运遗憾。他的《不是轮回》写了原知青点儿的农民经商进了城市，引起了老知青的新失落。而《黑暗中的眼睛》更是把一次老插的"借种"所造成的这一代人生的苦果和下一代心灵的失衡，写得哀婉和深切，虽不是个人的过失，却不得不背负那一双不能磨灭的"眼睛"。女作家中，近来甚为活跃的是赵玫。她的《世纪末的情人们》，用一种夕照的视野去看待朝阳般的年轻人的爱。这就从错位中，反弹出经济转轨文化碰撞时期，年轻人的骚动来得格外敏锐，尤其婚爱中的感受更多地常有超前性和反传统的意识，所以这部长篇一发表就获得相当的好评，不单是年轻人，就是老评论家也认为"很耐读"。赵玫的散文也不错，虽系个人感触，但语言却新巧。其他的如陈吉蓉，还在追求她的纯情，李晶还在见微知著。余小惠在《都市风流》得了"茅盾奖"后写出了若干小说和散文，在伴侣孙力病卧时，仍不忘笔耕。

总之，天津的文学创作，是平缓中有浪花，坚实中有突起，特别是不少精力充沛的老中青作家，往往是身兼"两个职业"，既"下海"到生活中闯一番，又不断地增加创作营养。袁静、秦文虎搞了一个公司，拿出了个人积蓄，加上赞助，有一百万元之巨。余小惠也在办个实体。然而，更多的人则致力于文化副业型"创收"。李玉林主持的刊物《城市人》发行数量十余万册，用利润为中青年作家出专集，取得了良好的社会效益。而"触电"者，除了航鹰编剧兼制片人又组织了一个创作集体以外，吴若增、林希、肖克凡、牛伯成、李治邦等都正在或已经写出了电视剧本。这表示天津文坛合着当前文学纷呈的拍节，不断进行调整。但谁也没有忘记文学，并常有新作问世。刘连群的"梨园系列"、刘烨的《特监轶事》至少表达了这样的"信息"：让生活的各层次都走进艺术，即使是写"政坛秘闻"也放在痛定思痛的深入上，不是有闻必录，而是让"纪实"有理性的闪光。

东风吹雨新潮生。乘改革开放的东风，天津文坛在发展在嬗变在深化，壮观的新潮即将涌现。君若不倍，请拭目以待。

（本文应天津市文联理论室之邀，与黄泽新合作写出）

第一章　不算乱弹

从沉寂走向选择

——当前天津小说现象分析

只要你对天津文坛的历史有些了解，便会认为当前的小说创作有些沉寂。年轻作者虽然继续伏案，但问世的却不只是小说，有杂文、短剧小品及电视剧，什么都有。于是越发显得小说创作比不得当年，既没有《乔厂长上任记》时的"轰动"，也没有纷纷获奖的"新闻"。此外，不仅和自己的过去比"有些沉寂"，和其他地区诸如出现了"新写实作品"并涌现了一批池莉、苏童们一比，竟格外显露出了缺乏"后浪推前浪"的弱点。一句话，天津的小说创作在当前有些失落。

可是，就在这沉寂的失落中，长篇小说《都市风流》获得了"茅盾文学奖"；《世纪末的情人们》在南方得到了青年人尤其是大学生的赞许。一批中篇小说，如《白墙》《神仙·老虎·狗》等，被评论家视为颇见功力之作。这又说明，天津小说创作在默默追求，并于平实中发展。

然而，一个有趣的现象是，老作家杨润身把他很现实地反映农村改革生活的长篇小说取名为《魔鬼的锁链》，而冯骥才却倾心搞起了"作家画"，吴君若曾领着几个人去"触电"。至于航鹰兼编剧兼制片人扎进电视剧创作里，已不是新闻。看来，这些作家代表着一种趋向，都企图改变或已经改变着自己。

不过他们并没有忘记小说，因而不时还有作品刊出。但风格、视角、内涵，都有所嬗变，更准确地说，是有所选择。当然，也就留下了供我们思索管窥的一些现象。

首先是天津的小说界希冀对生活有更为深刻更为广博的了解。《文艺报》等报纸曾报道天津作家到大港油田、开发区和厂矿乡镇等地深入生活的消息。并且他们写出了反映企业和企业家的"报告文学"。显然，这是一种新的生活积累。而王家斌等人的散文，透出了他们思考人生和某些生活底里的信息。冯育楠动笔写大众文学的理论问题，也折射出一批有成就的作家正在进一步做理性的升华。几位"触电"的作家在烈日炎炎下跑工厂车间，收集了具有二十世纪九十年代特色的素材，在这些人写电视连续剧大纲的时候，说不准心里正酝酿一部闪烁时代光芒的长篇或中篇小说。而老作家如杨润身，几下平山县，更是人人熟知。他在写完揭露"四人帮"遗害农业的《九庄奇闻》后，又马不停蹄地创作了反映乡村改革者跌宕起伏的《魔鬼的锁链》。显然，作家在追赶生活，而生活又在充实着作家。至于年轻人在显示了自己的锐气之后，稍有沉寂或多方面的锻炼自己，这其实也是一种对生活的新认知。并且亦是成熟起来的潜在标志。

其次是天津的小说创作在做富有个性的选择。前几年创作方法的嬗变，创作视角的转换，给小说写作带来了"震波"。天津的作家，尤其是青年作者，他们很快参与了这一态势，但很快又发现，尽管出了一些引人注意的作品，可在艺术追求上总有些"跟随"的味道。缺乏天津自己的风格、自己的力度，加上后继者没有跟上，使天津的小说创作更走上了平淡与沉寂。然而只要认真阅读近一两年一些作家的作品，如林希的《高买》、汤吉夫的《新闻年年有》、航鹰的《过街雨掉钢镚》、李治邦的《断弦》等，都有浓郁的人生况味在里面。同时天津的风土人情，甚至是"燕赵风"的流露，都使我们看到小说创作正在选择那既有地域特征又有作者个性的火山口。也许以"燕赵风"作为文化积淀、以都市生活作为时代特色、以市民情愫为人物底蕴的作品，将成为天津文学的新面貌。

最后是天津的小说作家努力提高自己。不能说"作画""触电"不是一次对自己的提高，也不能说《魔鬼的锁链》命题不是对文化市场的一种适应。据笔者看冯骥才的一篇小说手稿，他对天津风情的关注已开始由民俗进入民风。而蒋子龙的近作《寻父大流水》，以人物坎坷与历史沧桑作为对不平命运的一种探寻，从而揭示了人生与人生追求对历史与现实的交叉判断。很明显，这些作品比起他们的成名之作或许少了些什么，但也多了不少。例如在内涵上更深沉了，而语言的表现力也更加淳厚。

像《新闻年年有》写大学讲师老周，对别人让他去街头理发摊上理发，竟"觉得就跟二十年前头一回让人抹了黑脸拉到街上去游街一样，是奇耻大辱！他红涨着脸冲老伴道：你还不如找根绳来把我勒死算了"。于平实中写人物的奇谲联想，从而形象雕画了某些好面子的知识分子的心态。而《寻父大流水》中，处处显示语言剖析世态的穿透力，如"他想节省自己，却正在失去自己""经历的苦难太多反倒成就了他坚韧的自我意向"等，就充满着辩证的揭橥的逻辑力量。

已经有了几十万字或一两个小说集的青年作者，从已发表的作品来看，都不满足于现有的文字足迹，总想迈出新的步履，像张永琛对战争的思考，王爱英对知青的认知，王松对荒诞的探求，赵玫对女性心理的描绘，都突破了原有的自己。

但是也不应当否认，天津的小说创作似乎沉寂的时间太长，脱颖而出的人又太少。因此如何快动起来，拿出新力作就成为当务之急。迄今为止，天津小说没能在全国文坛再领风骚，也没有出现引起外埠读者更大关注的新写作手法、新的叙述方式。究其原因，可能是创作氛围平和、创作灵感平静，缺乏一种投入文学事业后的紧迫感。未能出现一位或几位给天津小说创作"来一声大喊"的年轻人和另辟蹊径的杰作，于是在创作运行机制上多了些惯性，少了些催促。

总而言之，天津的小说创作还需要再上一个台阶，做出选择后要有新的突破。

从源流到误区

　　女性及其生活是文学的源流之一，在东方的中国更是如此。如果把我国象形字的构成思维看作有文学创作因子的话，不少字就显示了女性与文学的某种关系。例如土字，早期甲骨文写成女性的乳和乳汁形象，把大地与女性的作用鲜活地表现出来。再比如，古代神话总是展示女性的美好：嫦娥奔月，女娲补天。即使幼女被水淹了化为精卫鸟，精卫也要衔石填海。而男性总是刚烈有余，持续韧劲不足：夸父追日无果而终，共工撞不周山后竟难以复原原有山体。据此可以推衍，女性及其生活是中国文学传统中意味绵长、内涵隽永、形象深切、美感丰厚的沃土。

　　女性不仅和文学有天然的渊源，而且能深刻展示人生、丰满地发展文学。从历史进步的角度看，成功的女性文学和典型的文学女性，都预示着社会文明的进程和社会变革的要求。从文化价值的体现来说，无论是文学的女性还是女性的文学，都留下人类各个时期前行的火与睿智的光。可是，妇女在男权社会始终受压迫。因此女性在展示着自己是人类的一半，并有着母爱的温馨和伟大的同时，却忍受着作为女人而带来的不平。一旦当这个不平变为艺术的悲剧、文学的呼唤，其震撼力和冲击力也是任何非女性文学所不能及的。

　　基于此，女性的文学要比文学的女性，更有女性的特征、女性的意义。这也是当代女性文学与传统文学的分水岭。而我们的议题，是建立在当代女性文学的基础上，并依此而看到目前的某些不足，以进一步强调女性文学的特征与女性文学的要义。

这个问题在今天的中国，格外有讨论的意义。大家知道，近代中国是在经受了百年风云和五四新文化运动与民主革命之后，才站起来的。女性和她的语义代表——女性文学，就具有鲜明的反抗压迫、反抗侵略、追求民主与自由的时代特色及文化要求。到了改革开放时期，我国的女性作家，一方面开风气之先，一方面又反映出女性文学的不足。人们习惯把1978年后的文学叫作"新时期文学"，而女性文学在新时期文学初始，是没有性别区分的，只有对社会问题人生伤痕的揭橥与思考。后来，是婚姻与家庭题材启动了女性文学。而女作家以"四世同堂"的立体加入，造就了当代中国女性文学的蓬勃发展。然而在欣喜之余，我们不能不注意到经济转轨与市场膨胀给女性文学带来的干扰。尤其当干扰来自文学的女性时，情况就变得更严重了。

在文学的塔尖——纯文学上，作品中的女性艰难地背负着男性社会给予的一切在人世间坎坷行走。即使女主人公们站到了弄潮人的队伍里，得到的却是什么"女强人"、不要家庭或伤风败俗的结局。而且纯文学的女性形象，越写越孤芳自赏，变成了纯文学沙龙化的代表。

在文学的塔基——大众文学上，作品中的女性纷纷成了纪实、通俗等文学样式的主角，描写的重中之重。然而这些女性，更多的是在感官上、情节上、事件上、语言上，变得绚丽纷纭，写她们的作品成为文化的商业追求。其中对伤害妇女尊严与价值的刻画，及制造文坛的"轰动效应""阅读热点"等形成了大众文学庸俗化的主体。

而在文学走俗的过程中，文化的利益驱动变得"短平快"起来。应该具有的文学内涵与对审美的追求，被庸俗的商业气息所淹没，文本处处适应男性的欲望和要求，把妇女的性别特征变成了"招贴"。正是如此地庸俗并过多过滥，女性文学也变得脆弱了。有的美学标准是守旧的；有的伦理评价是陈腐的；有的性格典型是男性范式的；有的描绘天地，仅仅剩下了自我体味。我国的女性文学在和社会小说同步发展之后，到现在被文学中的女性形象商业化，弄得只有招架之功了。

显然，这说明根植于中国悠久历史的女性文学，在经济发展人文意识相对滞后于建设速度的今天，其女性驰骋的天地受到了双重局限。一是文化的形态造成了某种定式，二是经济的转轨又让文学浅薄形成了女性文化的脆弱。这也是女性文学对妇女的各种问题本身就没有从文化上去认识的结果，同时女性文化又常常笼罩并淹没于传统伦理氛围之中。例如刻画女性冲破家庭束缚，却往往忽视了人格的独立，常常是从旧家庭出走，却又不得不依附一个不怎么样的男人。再比如，作品描绘了女性政治经济地位的变化，却以人的本能回归与性的释放去表现。其实这是对西方后工业文学的生吞活剥，结果字里行间所折射的，还是男人对女性的欲望。

不少杂志封面有女性的搔首弄姿，不少广告镜头有女性的光腿露背，不少小说描绘了女性卖身求荣，不少影视拍摄了女性为妓当妾……描述眼下的文化市场，就其通俗化作品来说，可谓"忽而一场怜香雨，处处都开女人花"。但是仔细一琢磨、一分析，这些作品所抒写的女性，实在是一种取媚，并倚借"打女性牌"去赢得消费市场。

有人说，这是文艺活动面对经济转轨的适应过程，属于客观存在，不必大惊小怪。当然从一般发展来看，仿佛有些道理。确实，中国由计划经济向市场经济转轨，更具统筹特点的文学运行机制受到了严峻挑战。单一阅读氛围被多元的欣赏需求逐步取代，文艺作品，特别是小说创作，不论是主体作家还是自媒体撰稿人，都不约而同地要强化自己的作品去适应读者。而此时的出版者，尤其是书商，已不再是"陪读"和"为他人作嫁衣裳"的角色，越来越以出版者的"地位"与对市场的判断，决定着作品的走向及制造热点。同时这一倾向又造成了书籍的发行不是培育阅读，而是以迎合市场去促使创作越发地由通俗走向庸俗。

诚然，这一倾向不能代表文坛现状的全部，健康高雅、俗中有美的文艺作品还是不少的。但是上述的俗化现象却与日俱增，并且是以写女性欲望、女性身体，使作品曲径通幽地流露出严重的以危害妇女社会地位与身心健康为代价的拜金意识。我们要批评的，就是这一意识及种种表现。

表现之一，女性形象被俗化，除了市场因素外还打着走向现代的旗号。然而以更年轻一批作家所刻画的"旧宅文化""街头青春""白领丽人""别墅乡村女"为代表的作品，其艺术视野依旧是男性中心的眼光。他们所赞赏的，是女人从所谓的"现代行为"中，又找到了对男性更加肉欲的新依附。例如《妻妾成群》是一群女人在男子的卵翼下争风吃醋；《废都》是在模仿《金瓶梅》，其中又增添了对婚外情人的假斯文的体验。这些小说无一例外地表现出反传统的姿态，然而却以"裸露"去指责封建男权对女性道貌岸然的禁锢。可是只要以人本和平等的观念去剖析，其内囊仍旧有着陈腐之气，尽管在性格形态和人生逻辑上有若干嬗变，附着了一些意义，但这些作品中的女性都是以男子为中心的女性角色。

表现之二，虽说当代女性文学有了长足的发展，但是女作家还没有从语言构成、题材展示和艺术行为上，创作出成熟的女性主义作品。一些女性代表作家，不承认也没有写出女性意识作品；另一些女作家又只是在个人体味里去寻找女性的社会大内涵。结果在内地只有女作家群，却很少有女权小说。真正的当代女性主义作品未能产生影响，女作家的自我揭示便多少带有哀怨的意味。在此基调上的俗化创作，更是为男人提供了把玩欣赏的机会。

表现之三，以性释放来表现女人的吸引力，让女性形象转化成直接的商业效应，这应视为是对妇女的全面锈损。这种作品有如下几类：1. 冠以文化婚纱，嫁接的却是似黄非黄的"擦边球"；2. 以纪实或实录的手法，唤起感官刺激；3. 听命于广告作用，让女人做招牌；4. 掀动富贵淫欲的思潮，文艺上地摊，通过示丑去走街串户。肥了文化商贩，却污染了社会。

可能还会有其他表现，仅是上述就已说明，如此去描绘并展示女性，并非正常现象。而且更不能印证经济转轨时期，文艺创作就必须拿女性去取媚。应该用文艺作品要提高人们的审美，有利于素质发展的原则，去认识当前创作的俗化——打"女性牌"的现象。作为发展中国家，更要注意文艺的社会作用。所以当文化行为还需要经营的时候，强调"两个效益"，并在导向上注重社会影响，这一点是十分重要的，也应该是政府文化政策的一项骨干政策。随着市场需要，俗化是一个实践存在，但它最终应是美学的追求，而不能成为商业行为的基点。

现在人类要进入二十一世纪，世界各国都不同程度地进一步重视文化发展。人性与现代化深层次地结合，使人们面向新纪元时，对人文的要求达到前所未有的高度。而女性作为民主深化、人格尊重、价值独立的标志，更需要文艺作品去做全面与全新的反映。不论创作的形态是雅的、俗的、雅俗共赏或以俗从众的，都应该而且必须站在时代高度去抒写女性。一方面，文艺的从业者要有正确的女性观和社会观，另一方面，相关的文化机构要有不割裂历史且能指导文艺走向新高度的行为与政策措施。

第一，要以"五个一工程""优秀文化产品"为龙头，在思想性、艺术性、趣味性不断提高的同时，提倡非男权的意识形态，进一步完善人文环境。例如发展人本的创作思潮，创作女性主义作品，提高文艺批评水平，塑造健全的女性形象。第二，要激发作家，尤其是女性作家拿出女权作品，并且不论写什么样的妇女，反映什么样的生活，都应在内质与审美上体现并展示女性的平等、自尊、自信、自强。第三，行政管理部门和新闻出版界要把树立美好的女性形象视为出版与评价各种作品的原则之一，并对用女性形象做取媚，以此获得利润的行为进行有效的制约。第四，对文化现象也要综合治理，不能让文艺的大众化向庸俗化滑坡，应该明确出版责任法，让污损女性形象的行径承担责任。第五，妇女团体和文艺文化机构一起，把观念问题大力抓一下，使新伦理、新道德蔚然成风。第六，在弘扬优秀传统文化的同时，必须以当代角色的健康性格（不否认作品描绘丑恶女性行为与性格，但全书的倾向应当是有益社会和心灵的）作为全民素质教育的一个方面。只有以此为基点落实到文艺创作和文化行为上，我们的文艺才不会去打所谓的女性牌。

在中国，文学是全民教育的一翼，政府高度重视其社会作用。面对文学的大众化，在顺应其发展时，要时刻注意到庸俗化倾向。现在加强导向性的各种管理措施、奖励政策、行政制约等，都表现了政府对文学的有益影响。应当提倡政府对文学创作中的不良倾向进行适当干预，使女性文学健康发展。

最后我们希望，从现在起，方方面面都要注意在描画女性时出现的对女性形象的扭曲。千万不能变相地膨胀封建主义的男权中心的伦理道德观念，更不能在所谓的反传统、提倡原生态、主张自由的表象下，去庸俗地写女性与性，搞感官刺激，迎合低级趣味。女性形象不是伸向钱袋的手段，并在即将到来的二十一世纪里，给全世界带来女性创作、女性文化发展达到新阶段的喜讯。

（本文为参加世界妇女大会之"女性文学论坛"的发言稿，后收入中国妇女出版社《妇女与文学论文集》（1995）一书中。）

旋涡、异化与守恒

——从这一视角看冯骥才的文化遗存保护

冯骥才称自己对文化遗存的保护是"掉进了旋涡",在无奈和忧患中,带着文化人对文化的尊重与责任担当,义无反顾地"冲"进去,为"文化保护"付出了艰辛的努力,他做的这一切一定会载入"文化守护史册",并成为其中的光辉篇章。

此言并非过誉,因为冯骥才面对的是一个因强调建设 GDP 而轻视历史文化保护的环境现实。

这样的现实,从异化的角度看又似乎是那么"合理"的存在。一个时期以来,我们对中国文化秉持着越古老越敬而远之,越近代越可有可无的心态,面对悠远的五千年历史,以及曾占据世界鳌头并长时期辉煌发展的中国文化,我们既有着一种油然而生的自豪,又在感到自己落后之后不断叨念"我的祖上比你们阔多了",这种阿Q心态,一旦搭上了文化浮躁只注重经济成绩的思潮,就衍化成一种"飘飘然"。而飘飘然中对历史文化又有了轻视,感到"我比古人能耐多了"。

同时,曾经的"砸烂旧物""破旧立新"等等印痕,竟有些沉渣泛起,一些人的关切重点在于急着改变社会、家庭和自己的经济地位,甚至追求"一夜暴富",而文化这种已经被习惯为"软性层面"的东西更加被边缘和弱化。社会的价值判断为物欲所遮盖,原本的

71

人生观、世界观被一种"经济提速、GDP 第一"的思潮所推动。显然这也是"异化"——自己的文化积累被自己的推动建设给"推掉"了，也就有了古街、古巷、古村落、古遗存被自觉不自觉的丢弃、毁掉。而操盘者在思想深处还以为这是"旧的不去新的不来"的必然。我们在这方面的异化表现，一是，用古代的辉煌掩盖今天的某些不足。二是，用厚今薄古显示现在的业绩超越以往，三是，用当下的作为表达"自己的突出"，这是以"自异去异化"。出现异化并不可怕，用"异化"造成负面影响，甚至背离初衷和良好愿望，造成严重的后果，是最为可怕的。冯骥才看到了今天的大拆大建，严重损害了古代文化遗存，文化传统受到断裂的冲击，于是他要用行动去和这种风气搏斗！

可是，他碰上了把"权"与"业绩"视为目标的急功近利。殊不知，这种只要眼前成绩的急功近利，会扭曲加速追赶的目标要求和具体举措。而社会的健康发展需要的是国家富强文化昌盛并举，并不是单纯的经济数字提升。倘若操盘某一地区者在为经济数字下功夫之中还夹杂着个人的欲望和私念，便会在组织建设时出现不顾一切的政绩焦虑症，恨不得立马就要施工的成绩单，此时什么顶层设计、通盘考虑、兼顾古今、优化预案等，全被一时的成效所取代。

文化是需要积累的，历史是演进的，弯道超车对文化而言会存在着严重的忽视文化和损毁遗存，这恰恰也是在"异化"。

"异化"是人与社会的关系中一个值得关注的问题。

首先，"异化"对人来讲，是人在社会环境中常有的"异己化"现象。最直接的例子，就是人要不断被社会组织证明"你是你""你爹是你爹"。人的身份被镶嵌在身份证上，相信"证"比相信本人更具社会性。因此，"异化""异己化""异他化"等是客观存在。

其次，在政治、经济、文化诸多方面，因为要素的走向和对重点掌控的追求与判断不同，便会出现期望与成果、实施与效果、继承与发展等等方面的异化。如文化、经济原本是软硬实力互补、互促共生的关系，却因为单纯的强调经济而忽视了文化的存在。尽管这是一种客观的存在，但是关键是不能让这种存在变成主流的社会思潮。

最后，尤其不能把重经济轻文化的举措视为"交学费""求发展"。对这种"异化"必须予以制衡。

对冯骥才这样的"大写的文化使者"（见笔者另一文集《暮笔晨墨》中的相关论述）来说，他几乎每天都会得知有古街、古村落永远的从地球上消失的严重事态。于是，有着文化保护自觉的冯骥才走进了旋涡，无奈、忧患之中，一种文化精英的担当使他为此而奔波、付出和努力。

可是不能不说，他的尽力而为是在凭借一己之力和志同道和者的帮助来抗争，这是一种真文化者的职责所为，良心所在。

冯骥才的文化步履是从中国文化、新文化和当代文化的全面浸润中走来的，他汲取了中国文化有继承才有发展的真谛，那就是以对文化历史的尊敬尊重形成一种文化守恒，因此他走进旋涡，向损毁文化遗存的思潮与现象抗争，而且义无反顾。这是当下急需又要迫切推崇的。冯骥才的行动具有惊醒社会以及推动文化保护的重大价值和重要意义。其意义不止于面对"异化"要有一种警觉，还要有身体力行的行动。

冯骥才走进"旋涡"，就是要提倡社会醒悟、机制醒悟、经济发展醒悟。社会需要冯骥才这样的自觉和守护，也更要有千千万万冯骥才这样的勇于担当，挺身而出去扭转并制衡这种建设中"异化"的行动。当这种"异化"多处出现，见怪不怪时，这种行动就更加难能可贵。

原汁新瓶，重睹芳华

——《怪世奇谈》的启迪

　　最近，伴随着非遗申报的日益广泛与深入，文化保护也逐渐被人们重视，各种看法的提出和不断的讨论从一个侧面反映了社会对传统的理性回归。然而，时间磨砺的无情和空间条件的变迁，使得传统几乎每天都面对老的东西如何能延续下去的困惑。所以，保护传统与"抗衰老"是密不可分的。可现实是，缺少新鲜感就无法在当代传承与发展，也就更难以传递到以后。因此，保护与开创，原汁味和新鲜感会纠结存在，但是只要互补各自的短板，便不能太强调各自的凸点——将原汁原味弄得故步自封，就会脱离现实氛围；把求新求鲜搞得和传统对不上茬，也会阻断和文脉的联系。所以，文化接续者要想承上启下，手艺不衰，作品有生命力，就必须把握好原汁原味与新鲜感的关系。而其中，用开拓创新呵护传统精神是十分重要的。百花文艺出版社推出冯骥才的精装本《怪世奇谈》，给我们以启迪。

　　《怪世奇谈》原系冯骥才创作于二十世纪八十年代的三部津味小说：《神鞭》《三寸金莲》《阴阳八卦》。作品以天津独具特色的文化意蕴为底色，撷取最具风味的历史时期——清末民初——为画板，通过流淌着津腔津韵的笔墨，讲述了一条辫子、一双小脚、一副八卦引发的三出人间悲喜剧，细致真切地再现了当时津沽的市井生活，并在幽默之中孕育着深刻的意义，堪称当代津味小说扛鼎之作。作品的艺术视角具有强烈的探索性，荒诞之中蕴含着哲理，流露出对中国文化的反思，即使在当下依然有其积极的现实意义。自百花文艺出版社于二十世纪八十年代末陆续出版后，《怪世奇谈》阅读三十年不衰，并被翻译成十余种文字译介到全球，还多次被改编为影视剧、舞台剧，流传深广，成为代表天津文化一种标识。当然，时间的磨砺也使得这部佳作超越阶段性存在，有着可以延续的隽永文化价值。从这一角度看，《怪世奇谈》的再出版也可以视为"再造"传统。但是，这个"再造"应该不伤原汁原味，并且在适应新岁月中有所推陈出新。

百花文艺出版社此次出版的精装本《怪世奇谈》纪念珍藏版，首次将在该社初版于 1986 年至 1988 年的三篇小说辑录在一起，这是其他出版社没有做过的事情。天津作家写天津传奇故事的小说，经过三十年之后在当初"诞生"的地方又"复现"，作品再次经过严谨细致地增补修改而获得"新生"，这本身就是一个传奇，是作家与出版社之间情与义的佐证。何况这种"传奇"是以出新更加保护"怪世奇谈"的内涵和底蕴，让传统在承前启后中更加稳健和富有魅力地演进。

其中的就里，一方面是作者自幼扎根津沽沃土，七十年代后期步入文坛，很快就因《啊》《雕花烟斗》《高女人和她的矮丈夫》《神鞭》等作品受到广泛关注，成为新时期文学的重要作家之一。作为一位文化学者，他在绘画、教育、文化保护等领域皆有建树；作为一名作家，他的散文、小说曾被收入课本，多部改编为影视剧；作为一个天津人，他以奇思妙笔记录了这座历史名城最具地域风情的故事，并使之广为流传。换句话说，巨匠能使作品披沙炼金，铸就其文化的承载力。

另一方面，三十余年间，百花文艺出版社曾先后出版过冯骥才的十余部作品，对其创作轨迹及个人风格充满着乡情和时间磨砺的了解，同时，该社拥有长期从事名家经典作品出版的团队，能够保证图书的品质，对这部纪念版格外重视。且增补修改的内容均由作者提供并参与审定，突出了这一版的权威性，为天津地域文化的保留和传承奉献了一套佳作，为天津小说的传播和文化价值的积淀做出了值得称赞的努力。

《怪世奇谈》纪念珍藏版的推出，是在新的历史时期，面向新成长起来的一批读者用心奉献的一套经典读物，以期延续和拓展小说的阅读生命和艺术感染力，这无论是从发挥纸媒传播的优势去看，还是从社会文化价值去考量，都应属于对保护传统的又一探索。

文化传承，是一个系统工程，上述只是一种可以实践的启迪，随着大家共同努力，更多的举措会不断涌现。

挖掘中的弘扬

——评黄殿祺主编的《话剧在北方的奠基人张彭春》

　　黄殿祺经过艰辛的挖掘和努力的求索，汇集成册后依然孜孜不倦，经数年再次修订所主编的《话剧在北方的奠基人张彭春》一书，是在为人们，特别是年轻学子树一座碑。此举不仅有重拾艺术轨迹弘扬话剧内涵的意义，而且把一位天津的文化先驱、中国北方话剧的引领者、浇灌者、开拓者，话剧教育家和京剧走向欧美的推动家——张彭春，鲜活而多元地展示出来。

　　由于是在扫去昔日的尘封，唤起历史的记忆，因此这件事不仅有重塑先驱业绩，认知重要文化遗产的作用，还是对中国话剧史与京剧交流史等方面研究的深入拓展。

　　首先，本书做了一个坚实的奠基。全书分"传略""创作""业绩回顾"等部分。当我们阅读时，把传略和曹禺、黄佐临、田本相的序言以及主编的前言结合起来，就会有一种阅读的深化。书中主人公如一座隽永的雕塑，棱角鲜明的凸显在捧读者的心中，长留在中国话剧的天地之间。由于本书序言是张彭春的学生和研究者所写，而曹、黄二位先生是话剧巨匠文化名人，田先生是中国话剧史的专家。因此，尽管此"传"还只是"略传"，但是已经彰显出一种阐释的权威性。对张彭春一生的足迹作了虽简约却十分深刻的记录。从中我们了解了中国话剧，尤其是北方话剧从萌芽到成熟的发展轨迹，以及围绕着新文化对旧秩序、封建意识和陈腐观念所带来的艺术创新、教育创新，文化创新。

对天津而言，张彭春的话剧与艺术活动始终和南开大学办学，南开大学育才，南开大学的教育思想、追求和实践等等密不可分。由于南开大学的教育具有引领作用，是中国近现代教育的一种示范，一个基地，一处培育国家栋梁的苗圃，因而也影响着津沽大地的城市文化和城市形象。正是张氏兄弟的不懈推动，天津的教育和文化活动以其具有国际视野的前沿姿态，让传统艺术创新隐含着先进力量。同时天津地域善于交汇的特质，也使张彭春的话剧实践能在活水沃土上开花结果。正如田本相在序言指出的：由于张彭春的努力，"使话剧融入本土文化之中"，其实也就是天津文化在关键时刻得到了更新和提升。原有的码头文化、市井文化、卫嘴子趣味……发生了质的变化，形成了现代的、中西交汇的、具有民主性革命性的文化，宽容并鲜明地成为天津文化的主流，而且这个主流虽曲折但一直坚持至今。

仅举一例，天津的话剧传统到现在还是有着张彭春的印记，严谨、大气、具有明显的时代性和社会的针对性。九十余年来，校园话剧活动从没有中止过，而且日益活跃。去年适逢中国话剧百周年，天津高校举办了校园话剧展演活动。七八所高校推出了十八台大型话剧，曹禺的经典剧目、国外的名剧、现代话剧与学生自己创作的话剧丰富多彩地呈现在青春洋溢的校园里。这期间颇有历史的传递，深刻的文化积淀。先辈栽树，后人乘凉。从中我们看到了张彭春所领导的南开大学新剧团的倩影，体味到了中国北方话剧精神的展现。

只此就可以明了，张彭春的"略传"虽简约，却深刻折射出他在中国尤其是北方话剧的地位和巨大贡献。而对天津文化的推动，更是一种对主流文化的建树。正如张彭春在《由苏俄戏剧想到我们在戏剧上可有哪方面的努力？》所指出的，面对传统"要有新的估价""先要看得到现代的最活跃的，也就是最高超的那一点"，也就是坚持现代的、站在高超点上，去着手对旧戏及传统文化进行变革，同时也就改变了社会的文化氛围与文化内涵。而话剧和电影这些在当时对中国来说是"舶来品""洋"艺术，却因为可"作公民教育的工具"，"唤醒全国人民"，当然也就有了推动社会人生的作用，人们的生活文化质量也会明显提高。

天津是中国北方重要的文化教育中心，其文化的提升更因为南开大学新剧团的由小到大，由草创到成熟，由校内到校外，而影响青年，影响大众。同时，新剧从校园走向社会的步幅每每加快，天津的城市形象也就随之出现了明显的变化。而且，话剧在天津的兴盛启蒙着人们的心智，激荡着青年学子的情怀，进而使整座城市的思维洞开，文化清新，素养提升。当时市民看话剧，不仅收获艺术，更得到了思想的启蒙。周恩来、邓颖超把演出话剧和参加革命活动作为一种互补，更清楚地说明了话剧的作用。张彭春遵循其兄张伯苓"以新剧培养学生，用新剧开化社会"的要求，在指导南开学校的话剧活动时，坚持把舞台放置在社会中。不仅延续了从1909年张伯苓提出的"练习演讲，改良社会"的新剧活动宗旨，而且告诉学生们"不是为着玩，而是借戏讲道理"。曹禺在回忆这段生活时，认为南开学校话剧是"教育人民，教育群众，同时自己也受教育"。可以说，南开学校的作用由于新剧的兴起而拓展，南开大学"允公允能，日新月异"的教育思想也从中折射出来。而一所受人仰慕的大学对所在城市的影响也会是深刻和巨大的。至今天津的话剧依然十分关注社会，关心青年，这都和南开大学新剧团的传统关系密切。

其次，该书尽可能地把张彭春的著述收入其中，创作的剧本有十部（含三个存目），艺术论文三篇。这些剧作不仅是中国话剧的硕果，而且是北方话剧的精彩一幕，是南开大学对话剧艺术的杰出贡献。胡适对此评价说张彭春的戏剧活动不仅"先我为之"，而且"影射时事，结构甚精""用心亦可取"。通行的观念是胡适的独幕剧《终身大事》被视为现代话剧的第一部，而事实是包括胡适在内的知情者都肯定张彭春的《醒》才是话剧的发轫之作。同时也从一个方面说明，南开的话剧实践既前沿又厚重，是中国新文化运动的重要成果，也是现代文学艺术的一种重要表现。说到这里，也希望有关学者专家进一步对此进行深入开掘，南开大学对话剧艺术的建树和拓展也是永载中国艺术史册的。

这已从一个侧面表明张彭春是中国话剧的开拓者，而他的"开拓"还表现在话剧理论的本土化上。话剧当时被称作新剧，更有人称之为"西洋文明戏"。其实，这个"新"是针对"老"，即传统戏而言的。也就是"新"在不仅把西方的一种艺术形式介绍过来，而且在传播过程中使其具有中国味道甚至是中国气韵。这不仅是一个实践过程也是一个理论过程。在这方面，张彭春以其出色的导演经历，把话剧推向成熟，和洪琛一起形成中国话剧"南洪北张"的局面。同时，张彭春更在理论上走出了先驱者常常只着力于引进的局限，在本土化上下了很大功夫。

他在一篇介绍梅兰芳表演艺术的文章中写道："今日之中国，一切都在变化，古老的戏剧必然要受到震撼一切的价值观念普遍改变的影响。关于这一点，我们敢说，具有传统价值观念的传统戏剧的题材虽然已经不适用于当代，但是演员艺术才能中，却可能积蓄着既有启发性，又有指导性的某种活力，它不仅对中国新戏的形成，而且对世界各地的现代化戏剧实验都将起推动作用。"他是在论述传统戏的变革，尤其强调了表演者的作用，但却透露出中西结合改变传统戏剧观念和程式的艺术指导思想。这也就折射出，引进话剧不能照搬，要结合传统文化艺术的活力部分，并应格外注重"人"，即演员的才能和审美的价值判断。特别是在艺术着眼点，艺术思维，艺术活动诸方面，要把"中""西"文艺的各自优势予以互促和互补。这不仅是借鉴的需要，也是中国文化要现代演进的需要，当然也是话剧本土化的需要。

这不但给话剧进入中国以启迪，而且表明以南开大学为代表的文化与教育既是符合中国发展的，又是极富本土特色的。

再次，张彭春的戏剧活动还使中国的京剧走向了世界。从活动上看，他是梅兰芳赴美去苏的总导演和随团顾问，也就是在1930年和 1935 年间把梅派表演推介到欧美，把京剧艺术以国际化的视野引向海外。所以梅兰芳一直说，"干话剧的朋友很少真正懂得京剧，可是张彭春却也是京戏的大行家。"从中使我们认识到，张彭春的"懂"是引进来走出去的懂。若从理论上讲，话剧在中国扎根，京剧被美苏观众接受，也和张彭春提出的文化背景虽不同但艺术以其"直觉感官"欣赏获得共鸣的主张密切相关，而这正是该书引人注意的地方。《话剧在北方的奠基人张彭春》既搜集了张氏的创作，也编入了三篇理论文章。从中不但窥见张彭春自身的知识和理论结构，更反映出他对戏剧研究的开阔视野。中西贯通，洋为中用。张彭春强调，不同文化背景可以在感受中沟通，艺术要强化促进共鸣的感染力，而且要超越文化背景的差异。这是对艺术本体和艺术规律的深刻认知，也是以新的艺术思维颠覆固有认知的艺术概念。艺术要求新，可向西方学习，但更关键的却是相互交流相互沟通，其中就在于努力实现审美感染力的共鸣。张彭春不仅深入认识到这一点，而且以影响巨大的实践印证了这一点。时间过了大半个世纪，潮起潮落，艺术传播的着眼点也有所不同。然而张彭春提出的不同文化背景下要以"审美直感"去沟通去交流的主张，在当时使话剧扎根天津，推动京剧第一次被苏美观众热情接受；在今天也对艺术的广泛传播有着现实的启迪意义。同时我们也认识到，张彭春的戏剧活动，无论是深入的戏剧实践，还是深刻的理论探索，除了自身的不倦追求，还与南开教育息息相关。

从这个角度讲，张彭春和他在南开大学的戏剧活动具有文化桥的作用与影响。这也是张伯苓先生教育思想的生动体现。伯苓先生早在建校之初就身体力行的开展校园话剧，带头创作带头推动。他把话剧与育人联系起来，与改革社会联系起来。正如曹禺先生指出的，"张伯苓主张搞新剧很不容易。那时有人认为新剧是下流的，可张伯苓却认为新剧和教育有关。天津造就了很多人才，天津话剧运动的贡献是值得一提的。"天津有南开，南开有话剧，教育和话剧在广阔天地比翼齐飞。在这样的文化土壤中，张彭春的话剧活动必然是在学校教育和育人成才中推动话剧走向成熟，使话剧艺术在华夏大地生根结果。

若从本文开始就提到的"弘扬"层面来看这本书的价值，那就必须进一步认识张彭春和张伯苓教育与艺术活动的历史与现实意义。对照今天的教育实际，张氏兄弟对话剧活动的引导与实践是一种具有深刻文化和社会使命的教育。把艺术放到一个育才立国的高度，而不是眼下的"为着学历"和"找一个捷径"才傍上"艺术"。这也许是个题外话，但却是需要深长思之的。

还是让我们回到本文的题目上来。"挖掘"不仅是指黄殿祺先生付出艰辛主编了《话剧在北方的奠基人张彭春》这本书，而是应该认识到这个"挖掘"的背后，是我们对张伯苓和张彭春宣传和研究的不足。张伯苓的教育思想和半个世纪的教育活动，是一笔极大的文化遗产，而对此的归纳总结，才刚刚起步。对张彭春的研究还处于空白，尤其是陈凯歌导演的电影《梅兰芳》未能提及张彭春的作用，甚至连一点影子都不见。这不是艺术虚构的无奈，而是对张彭春的艺术贡献和南开教育的影响缺乏了解。从中我们也看到大力宣传张彭春和张伯苓的重要性、紧迫性。当然首要的是资料的搜集与整理。这两年不少同志作了很大的努力，包括这部关于张彭春的书，已使研究等工作有了一个坚实的平台。挖掘也是一种弘扬。可是和需要比起来，还要加大速度与力度。本文正是基于此谈了些看法，也算是尽绵薄之力吧。

精细阅读下的可喜收获

一

日前，中国小说学会公布了 2001 年中国小说排行榜。一经揭晓便被广泛关注。这从一个侧面说明了进入 21 世纪的中国文学出现了可喜的发展变化。长篇之作在经历了平缓期和数字上的递增后，于世纪之交进入了新一轮沉思下的求索。其特征是，一方面作家摆脱了文化浮躁给创作带来的泡沫写作状态，另一方面却在厚积薄发中过滤并筛选着纷纭的素材，有所精选。同时，对个人写作予以拓展，让作品呈现出凝重。尤其文化眼光的深入，使作家对历史性的生活有了这样的认知：即不以笔端的冷峻或假幽默去冲刷有性格的生活，把其变成圆润的鹅卵石；而是以人生体验，把进入文学的题材棱角化。这是一种艺术的新开拓，是把生活作为社会历程并予以文化整合的含有意味的刻画。

年轻的红柯在《西去的骑手》中运用了宏大叙事，塑造了一位亦正亦邪、亦匪亦军的传奇人物。小说主人公虽有据可依，但作家突出的是人的个性，刻画并抒写了能在军事力量的夹缝中游刃有余的"豪杰"形象，却落入尔虞我诈的罗网，最终不得不毁灭于政治谋略的命运悲剧。更深刻的还在于作品描绘的历史，呈现着生机与

83

灵动，又混合着复杂与昏暗。而这种环境下的性格，多元并雄浑，使读者读后对历史性的社会人生有着鲜活的理解。历史性的鲜活化，也出现在莫言的《檀香刑》、李洱的《花腔》、阎连科的《坚硬如水》和成一的《白银谷》里。即便与现实生活同步，可列入反腐小说的《沧浪之水》，也是以对社会的鲜活描绘取胜的。此外，2001 年的长篇小说创作还有如下几个特点：

第一，被作家普遍重视的把文化移入小说内容，现在又增添了一层历史的内涵，而且笔力亦放到对性格棱角的多元塑造上。第二，在这种塑造中，历史可以是一种象征，也可以是一种活档案，还能是一种语境的复原。第三，作家对小说艺术的探求，始终语体与人物合一，性格被适合他的小说叙述所雕画。《檀香刑》有六种行刑方式，其文化性的描述同时也是在具体而入微地展示着人物心态及言行。作品里的"刑"与"人"已成为体现作家小说艺术构成的主体，甚至描写风格也被人物命运与情节的内蕴所约定，然而小说的"味道"却更浓郁了。

当前在"距离产生美"还是"零距离深化生活"的讨论中，2001 年的优秀长篇之作告诉人们，作品魅力不在于所观照的间距的长短，而是小说塑造的性格所产生的形象开掘力。不论作家采取什么样的叙述，选择何种展现空间，小说要有厚重的文学合力，以至话语本身就具备着艺术享受和思想的启迪。一句话，让小说"更小说"。列入中国小说学会 2001 年排行榜内的长篇小说，体现了这种创作走势，并于坚实中闪光。

二

过去的一年，是中篇小说收获颇丰的一年。即使未能进入中国小说学会 2001 年的排行榜，如《看麦娘》等作品，也以其对人物的凝眸、心态与生态的悖论式对位描写，而成为令人瞩目之作。因此也说明推选排行榜的难度。所以评小说时一方面要比较，要好中优选，另一方面要提倡精细阅读。小说学会的"排行榜"建立在以青年学子和高校文化为中坚的阅读群上，现在这个群体迅速扩大。而且评委不受图书市场的左右，从开始推荐初选，整个排行过程都笼罩着学术氛围。总之，我们谓之的精细阅读及其排行榜，区别于流行性、消费性阅读。虽有群体不够宏大的一面，却体现着专业化和引导性。

因此排行榜上的九部中篇都具有如下的一个或几个优势：

首先，题材上各领风骚。即使是早已有之的女性婚恋、命运题材，在《奔跑的火光》《玉米》《素素》等作品中，也写得特立独行。尤其把性格的社会足迹予以心灵的描绘，让看似是生活常态的摹写具有一种哲思，并且还以不同的悲剧意识去审视生活坎坷。于是作品仿佛是用两只手，一只去揉搓着女性的命运，另一只在提拉人物心智。题材也由此通向它的极致，例如方方和毕飞宇，一个写心灵在扭曲的环境中被扭曲，不断地盲目地摆脱却加速着自身的锈损；另一方面写蒙昧包裹着的反叛，就是解放自己的身体，也是异化了的。

其次，人的主题在中篇小说里作为透视生态的焦点，被多视角写出。《豹子最后的舞蹈》是典型的动物题材，可谁能说作品不是在写人离开生于斯长于斯的厚土以后，有一种世纪告别的悲怆？也许现在的文学对人际关系的关注已超越人本身，而这种实际上对人的在新的感动时代下的回归，即"人是社会关系的总和"再度被审视，使小说对"人际"的剖析，达到了深处的互动。《马文的战争》已远不是离婚后的各自艰难寻求，而是摆脱围城后，又在围城里面做要么钻出要么钻进的选择。人是机遇下的精灵，但又往往在欲望面前露出原始的品性。于是灵性与本性的矛盾，在去年的中篇小说中成为重要主题。《唱歌》得到许多好评，就在于作者对大学现状的描述，虽属另类，但却揭示出最应讲诚信的人，在欲望面前身心裂变。

最后，2001年的中篇小说在现代意识上，一方面国际化与本土化结合，视野开放，视点也放开，如《美国隐形眼镜》以大人文的视野审视多极世界下的局部矛盾甚或是地缘战争对人的内在影响；另一方面再度整合外来语势下的文本书写，如《铁皮人的秘密情书＋关于身体》，通过现代派语体的综合运用，散点透视出二十世纪八十年代的青年，所出现的爱、婚姻与身体裂变或扭曲的另类表现，这样的描写与揭示有着时代推衍的内在根据，从而达到对年轻人较为全面的艺术解读。

2001 年的中篇小说，其代表作品都有着经过艺术深度开掘的、可以进一步思考生活与人生写作"喷火口"。即使是结构与形式的突破，也会带来某些阅读的震颤。而且经过前一时期个性化写作的锤炼和演变，现在的小说要更显源于生活却进一步塑造人物的本体优势。对社会人生，甚至是事件的揭橥，也都被一种自由放笔的，笔端流淌着人文关爱的小说意识所笼罩。小说成了诸多艺术中极能展现关爱的载体，当然在艺术追求上也是各显"神通"。传统的描述也罢，现代叙事也罢，中西合璧的刻画也罢，都在"更是小说"中可持续地努力着。

三

短篇小说和中长篇小说相比，有一定差距，创作也不丰厚，但 2001 年的短篇之作，良莠不齐十分明显。不少短篇小说只是中长篇的压缩，或是以第三人称写的叙事散文。问题不在于篇幅，而是短篇写不出短篇小说的"滋味"。短篇小说应浓缩人生情态，不能只是结构故事。所以，短篇小说对艺术表现要十分讲究。漠月的《湖道》、陈忠实的《日子》列排行榜短篇之作前茅，也正是基于写得好，写得有韵味。前者粗狂寓着精巧，后者平实显示厚重。生活——在优秀短篇里，流淌的不是水而是血；人生——在杰出的短篇中，表现的不是步履而是魂魄。

不大的篇幅，要描绘出社会剖面和环境的典型，应该较好地运用结构、技巧和小说艺术最精彩的话语方式。在《日子》里，单调的劳作与沉重的人生、微薄的收入与隽永的盼望，极为反差又极为真切地粘连在一起。虽说希望被现状击碎，但随着再次收拾好心情，又孕育新一轮的寄托。平凡的日子里内存着火种，小人物激发大热情。"火"含在点滴之中，正是短篇小说艺术的不显之显。

当然，要是在短篇中能移入遒劲的风情（《湖道》），能揭示悲烈的一幕（《逃亡》），能撷取有意味的一段交往（《鞋匠与市长》），甚或以纪实、以象征、以剪影等，把生活的浪花捕捉住，并据此开掘出人在复杂瞬间闪现的光焰与深深的印痕，从而让读者久远地咀嚼个中况味，那么这样的短篇不仅是上乘之作，而且应该在文坛上快些增多。

总的来看，2001 年的小说创作可圈可点。从发展上讲，小说已从内质上进入自我良性递增。它不因俗文学的日盛而紧张，也不由于欣赏的多元而怕失落自己去顾影自怜。随着文学泡沫的消解，文化逐步摆脱浮躁，坚实存在的小说创作已走上了宽阔的快车道。特别是文本需要的精细阅读，使小说的艺术价值充分体现出来。这又影响着、鞭策着文学创作。一段时间之后，相信小说会焕发新的魅力，满足人们的需求。

《往事》读后感言

　　眼下书籍报纸众多，追求各异。有的可翻，有的可读，有的可品。《往事》在我看来是属于可品并能获得滋味的书刊。尤其是它的精致。

　　《往事》的色彩，变化多样却不是炫目的大红大紫，多采用天津常有的淡蓝浅灰，有的和津门小洋楼颜色相吻合，有的和所介绍人物的身份、国籍相呼应。这从一个侧面表明编者的雅致追求，并从基色入手就让读者感受一种韵味、一种沉稳迎面扑来。《往事》的选题和行文，紧扣津门的近代人物和可挖掘的事件，用生动细节描画性格内外，以曲径通幽抒写大事小情。文风质朴、形象、深入，绝不为了让文字"吸引眼球"而去迁就时尚和屈就媚俗。以精致雅，以扎实求厚重，这本书以其贴近天津近代文脉的底里，把津门文化开掘得更深，把天津历史记叙更透。从中亦可读出，编辑、作者面对当下的浮躁，能够沉下心来做件精致厚重而又有久远价值的事，显现了一种难得的人生态度和人文精神。

　　《往事》所刊发的文章，第一位是时代性，开篇是以今人的视角对天津近代历史的全景式回顾。继而为"纪念天津城庚子保卫战110周年"而推出了历史抒情论文《汗青明照　丹青永存》。抗日英雄张自忠曾任天津市市长，是天津人的骄傲。头三篇即抒写了天津文脉、天津性格、天津精神。结合今年中国上海世博盛会，配发了情意浓浓的文章《维也纳世博会与爱情》，虽系插曲，却呈给读者一枝不凋谢的挚爱鲜花。这也是这本书的取向，不仅结合时代的天津，还从社会文化的主流去描画形象的历史。

同时，《往事》选择了一个独特而有延伸空间的视角。因为是以近代天津博物馆团队为主力的书刊，这座位于天津旧租界代表性街区五大道的小博物馆，侧重研究天津城市史中的冷僻领域——侨民史、租界史，把天津历史放在国际社会的目光下，进行"大视野""宽纵深"的考量，历经数年做近代天津历史"海外篇"的研究。

于是，这本书刊就有了"双视角"——本土和域外，有了"观念交汇"，即西方价值观、东方价值观之间的碰撞和扭结。编者又特别注重人文精神，通过对历史人物的命运刻画，补充历史教科书所缺少的鲜活的记忆和环境。当然也就给天津近代历史开垦出我们未曾仔细耕作，却应重新审视的那一片颇有价值的海外文化植被。

于是，我们读到了一百多年前美国前总统格兰特访问天津，李鸿章有礼有度的接待；洋女眷怎样作客中国直隶总督内宅；天津"美国营盘"里的将军——马歇尔、史迪威和包瑞德因海河的滋润而成长的经历；了解了李鸿章出使欧美；北洋大学第一任校长丁家立的办学；汉纳根的家书和末代皇后、妃子、贵人的感情世界……亲历者的回忆使发生在天津的历史活动材料更全面，记叙更准确，是一种对历史的深度还原。

《往事》里还收入了曾被传统史学观念长期回避的"西方立场"的资料，意在"作事实判断而不是价值判断"，从而在比较客观全面的基础上对历史有更纵深的描述。它可以带来认知的更新，意识的变化，也就在文化的分析与把握上更符合历史的原貌和现代解读。

正如各篇文章所彰显的，不论文字长短，或译或记或述，都把大量的鲜活的细节放在重要位置上，这是世界范围内占主导的历史观所应用的叙述方式。也就是使历史闪烁着感人的信息和灵动的情影，从而让人物有血有肉，有当时的环境氛围，让事件有映像、有动态、有立体感的复现。如欧美政要怎样评价李鸿章，"洋官吏"怎样评价发生在天津的"北洋新政","蓝眼睛"怎样看天津生活，长期在津的丁家立等怎样理解市民的善良。尤其是李鸿章接待洋人的问话，当时"夫人外交"的家宴过程。当你读到李的夫人在内宅宴请女宾而李鸿章躲在众仆人堆儿里不动声色地观察，能不在脑海里浮现一个栩栩如生的"中堂大人"么？

《往事》的开卷有益还在于经过阅读的愉悦，触摸到了天津百年前的骨骼、血脉、呼吸。如海河流淌运河交汇的区域优势使外国人远道而来，大沽口炮台的改建曾有过滑稽的一幕，前者凸显了天津在百年前已有着吸引海外的能力，作为政治前沿和军事、外交、经济、教育的舞台，令中国近代历程有声有色的演进；后者则凸显了当时对海外技术一知半解，竟用普鲁士古碉堡模型来修建大沽炮台。

然而，历史就是这样蹒跚着、斑驳着、坎坷着行进。这本书刊的各篇文章，从不同的角度，不同场合，不同细节，描述了这一进程的各个侧面。《往事》紧紧扣住发生在天津的人和事，提供虽看似拾遗却具体系统的清末民初的历史镜像，几乎所有的史料都用的当事人的著作、书信、日记、回忆录和口述记载，加上相当数量的图片资料，文图并茂，相互衬托，于是就给今天的读者提供一个来自百年前陌生却又真切的声音。

值得一提的是书中众多珍贵的历史老照片，有的来自遥远的欧美，曾尘封在百年前的域外家庭的相册和橱柜里，并曾阻隔在不同的认知和意识中，现在却鲜活生动地向当代津门走来。所以当我们拿起这本精美的书刊，就有了领略另一种历史画面，重启时空隧道大门的新鲜感。

这是《往事》突出的看点，更是富有魅力的地方。

这是一种生动的文化，让历史在全景舞台上多角度展现，有大的事件和背景，更有当事人原汁原味的述说。某些回忆可能是片段甚至是碎片，某些日记里可能有欧洲中心主义、白种人的优越感及文化差异造成的偏见。但亲身经历者的直观描述，加之感情的流淌、理解的深入、岁月的磨砺，《往事》的"名人传记""涉津译丛"和

"老宅故事"等栏目，给人们提供了一个来自异域信息的"窗口"。

这是一种丰富，是对天津历史材料的补白。这是一种人生故事，是对天津历史生活化的描述。这是一种深入，是对天津历史由表及里的挖掘。重要的还在于"窗口"流动了空气，使历史呼吸起来，动感起来，共鸣起来。

本文前面提到了编者对雅致的追求，画面、装帧、设计、色彩的讲究虽是形式的，却也是对读者进入阅读内容的负责。古人云"工欲善其事，必先利其器"，刊物的精美是"器"，但更是为了"善其事"，深入文章的底里。今人主张"先有意思，再有意义"，进一步明确了形式和内容的关系。其实这也是对当前文化燥热，只做表面文章的反拨。

《往事》以流畅生动的文字让历史的空气更富节律，以细节的精微让历史的空气更富隽永，以人性的连接让历史的空气更通透，以雅致的理念与表达让历史的空气更高远。当然它也是有亲和力的，能让广大读者进一步了解这地儿，这事儿，这人儿，还有那天津的精气神儿——您看，这是不是读出了滋味，读出了品位！

先行者的颂歌（外一篇）

——我看话剧《铁肩担道》

　　当老作家赵大民、李郁文历经十余年写出剧本、梅花奖得主温丽琴首执导筒、青年演员罗军担纲主演李大钊，把凝聚着怀念之情和敬仰之心的话剧《铁肩担道》呈现在天津人艺小剧场的时候，观众无不被充满舞台的激情和诗情所深深打动。

　　在隆重纪念建党九十周年的日子里，这部话剧让我们生动领略了革命先辈冒着生命危险，为中华民族的崛起所做的艰苦摸索和卓绝的开拓。这是我国第一部以诗情史笔刻画革命先辈、中国共产党早期领导者之一李大钊的话剧，并以其绝笔书《狱中自述》为贯穿，把深邃的内心独白和激情的革命活动、把铮铮铁骨和寻求道义、把爱国肝胆和求索真理、把抗击压迫和发动大众、把民族振兴和点燃青年、把革命信念和人生诉求，以及支持战友与护惜妻子儿女等等层面生动地勾勒与凸显出来。这既是艺术的典型再现，又是李大钊光辉业绩的真实反映。

　　伴随着纪念建党和辛亥革命，人们常常回顾和谈论有着深刻意蕴的红色经典作品。经历了改革开放，大家对新的红色经典有着更为时代性，更为人文性的企盼。作家、艺术家为此做了巨大的努力，出现了《解放》等有着标志意义的新作。同时对革命先辈和领袖形象与性格的塑造，也由于史料的新发现和对人物内心世界的发掘，走向了更加深邃，更加温情的描绘。展现在天津舞台上的李大钊，是文人、是北大图书馆馆长、是著名教授，但更是马克思主义传入中国的引领者、普及者。他的《庶民的胜利》，可以说是一百年前华夏大地劳动者的宣言。这部作品是在忧患中国命运，不断思索探求，用薪水支持青年办启蒙刊物，而自己在艰苦度日中写出来的。于是人物真实感人又熠熠闪光。然而这种闪光，剧本的创作者使用的是诗性手法，在彰显了爱国、爱民族、爱青年、爱家人亲朋的"深爱"的同时，又从信仰和思想境界上刻画了李大钊用铮铮铁肩去担革命的道义。于是他在理论上孜孜以求，在思想上深入论辩，在宣传上大声疾呼，对青年关爱有加。从介绍毛润之到图书馆，到组织马克思列宁主义学习小组，进而做建党的准备。全剧对党的早期领导人的描绘，运用了牺牲前的"自述"手法，层次清楚地再现了李大钊一生的几个片段："体贴家人""关注理想青年""解救陈独秀""与胡适辩论""组织游行抗击军阀""临危不惧宣传革命思想"。直至被捕，依然坚持对信仰道义的无怨无悔，义薄云天的赴死刑场。

值得注意的是全剧的艺术处理，在简约中突出内心的真理烛照，在文化韵味中强调追求道义的力量。然而在对话里、行动上，是那么质朴、动情、亲和、求实、有力，并且爱憎分明、义无反顾。舞台是人生的观照，《铁肩担道》以其"深""情""意""诗"，把眼下的文化浮躁和取媚世俗比对到了一边，现出了艺术在今天应该展示的风貌。

需要指出的还有青年演员罗军扮演的李大钊，他以一种今天的年轻人形象，从心灵出发越过历史的隧道，去和革命先辈对话的认知，较全面的从内到外展现了李大钊的风采，尤其是对真理道义的不懈追求。所以，舞台上的李大钊不仅仅是对历史的再现，更是融合了当今的时代特色。因为演员在表现历史上的李大钊的同时，也在心里诉说着人生和理想，并和同台的演员交流和观众交流。艺术要深入生活，也要深深体味所扮角色的人生和思想。刻画革命英雄重要的在于内心的尊重和理解，并把人物性格的灵想追求，艺术地激情地表达出来。

正值天津人艺建院六十年，《铁肩担道》继承了剧院的正气、大气，严整中追求探索的传统，把赵大民、李郁文两位老剧作家的厚重，温丽琴第一次执导的锐气和年轻的罗军等演职员的激情，从表现到内涵进行优势结合，高度交融。以对红色经典的新实践，为建党九十周年献礼，为广大观众尤其是年轻人呈现了一部佳作。

剧中有诗和以诗入剧

赵大民从事戏剧创作至今已六十五年了，现在仍然笔耕不止，而且厚积薄发，力道遒劲。尤其是字里行间中的诗意，像迎春之花给人们以格外的意蕴。于是诗与剧结合，显示出风格独具的创作特色。

赵大民先生的剧作始终充满了诗意。《钗头凤》是苦恋之诗，《觉悟》是觉醒之诗，《芳草碧连天》是求索之诗，《茂陵封侯》是志士之诗，《华子良》是革命之诗。

当然剧中的诗，还是以戏剧化叙事为主。所以赵老的剧作最开始的风格是严谨的戏剧结构，并因为充满着对崇高的渴望而在剧作中洋溢着英雄气派。他早期的创作，正值激情喷发之时，生活和创作都热情洋溢，他的《雪花飘飘》和《芦花荡》尽管有着时代烙印，但却鲜明地讴歌时代先锋。这种面向工农兵的创作，虽然今天看来有一定的局限，反映到剧本上，细节有所欠缺。可是赵大民的诗意却弥补了某种不足。这诗意首先来自他对传统的坚守和他少时的古典文化修养，其次是他对剧本精神的追求，特别是对人物内心世界的描绘。

他对题材的选择，主要是历史人物所留下的深刻印记，就是当代题材也有相当的厚重感。表面看，赵大民的戏剧创作回顾性较强，但是却从史笔的角度去寻觅社会和人生经验。这表明了赵老的剧作在视角上已不是在铺陈故事，而是把故事后面的价值挖掘出来。这

95

一追求，早在《钗头凤》上已清楚显露，并在该剧小剧场本的演出中完全展示出来。近年来，随着人生阅历，他的剧作走向凝重，但却在表达上举重若轻，尤其是讲究人生的韵味。赵老的创作境界越发地从剧中有诗到以诗入剧。因此他的诗剧意识更加明确，或者说，他把诗和剧在描写人物与挖掘故事内涵这两个层面进行了高度统一。例如《芳草碧连天》写李叔同，集中在他对时代的感悟上。世纪初的变革曙光使年轻的李叔同不甘泥古，要在内心拜康有为为师，而正是这种心向往之，一方面构成了剧本的结构，另一方面又使全剧走向深入。同时这种对人物内心的挖掘，又和李叔同后期的那种脱离尘世的精神追求相衔接。于是大彻大悟的风范，使全剧走向高潮，并给今天的观众带来了心灵震撼。从中也给今天的观众一个理解新文化的视角。这种对以诗入剧的倾心追求，在获奖剧本《茂陵封侯》中得到了明显的体现。而且苏武牧羊的"气节"传统，因对人物内心诗意的挖掘和剧本诗意的书写，有了一个全新的诠释，那就是爱与和谐内容的描写。如果说传统的气节是缘于当时，那么《茂陵封侯》描绘的就是眼下的更为深刻地对民族团结的认识，而人的本性层面被准确地捕捉。而且赵老编剧导演于一身，更使舞台演出诗意充盈。

张扬爱国主义是赵大民剧本创作的核心，而在《茂》剧中爱国精神经过诗化形成磐石般的人生信念，这信念又加上爱情的浸润和对民族和解的努力，显得深刻与博大。当然剧本的分量也就沉甸甸了。像《茂》剧这样的追求，在赵老的近年创作中，显示出一种历久弥坚的厚重。在对诗剧的追求里，有一种看似朴拙却能提炼人生况味的思索。例如对李叔同的刻画，对华子良的抒写，都重在精神世界的炼狱，灵魂魅力的展现。

赵老对诗剧六十五年的追求，第一，加强了剧作的人文内容，第二，加深了主题的内涵，第三，加大了人物的内心刻画，第四，使天津的戏剧创作从叙事走向了抒情。这抒情当然离不开故事的编织，但是却让意境进一步的明显。面对文坛的世俗与浮躁，赵老的这一创作追求，其意义是十分深刻和十分深远的。

激励着我们的王道生小说

　　王道生的小说，在二十多年前的文坛曾掀起波浪。尽管前有"伤痕文学"拍岸，后有"寻根文学"涛涌，《园丁》《魂曲》等作品稍显得不那么刻骨铭心，不那么曲径通幽，然而历经四分之一世纪的时空磨砺，他的创作却显示出一股难以消弭的芬芳。

　　究其原因，我以为是他的文学道路，小说题材，人物形象和创作方法这几方面都有特色和优势。

　　王道生的文学之路，说起来也简单，钟情于文学又被文学当年的坎坷所困扰，而他的命运也和文学命运的起伏一样，几经蹉跎，同时这些又都被"文革"十年所笼罩，形成既能洞察生活，又能以个人感受确立了别具视野的观测点。文学创作是需要某种独特的意识和思维的。这种独特来自生活，更应该来自灵性的跳动，而且这跳动还是艺术的韵律，艺术的思维。于是，上述三者的结合凝成文学创作的动力。

　　同时，当创作动力引发文学构思和描述时，王道生对小说的叙事，小说的主题，小说的人物，小说的情节等等，始终胸怀着敬重和亲近。前者表明，在王道生看来，文学不管遇到什么情况，它都是一种不悔的事业，后者体现王道生一贯主张的文学精神，这是一种对生活的拥抱。他不因为自己钟情文学导致个人命运的多次沉浮，从而远离文学，反倒是更加追求文学对生活的参与。

这也是成长在二十世纪五十年代人的特点，可是王道生的坚持十分突出。也许王道生的人生有一种朴素的执着，但却闪烁着一个深邃的认知。他坚定地认为，"在当代中国，一部几十万字的反映现实社会政治生活的长篇小说，要回避绕开党的领导和党员形象，都是不现实、不可能、也是不应该的。""中国共产党终究还是要从地上爬起来，带着身上的血迹和泥污，拨正航向，艰难地担负起领导人民医治创伤，恢复正常生活和发展生产的重任的。"① 显然，王道生对中国社会的准确认识，使他的文学紧扣主流与核心，就是面对"文革"的灾难，也没有紧紧盯着"伤痕"。他并非脱离现实，甚至看到了比"伤痕"更为严重的"血迹和泥污"：学校凋败，教师受辱，学生凌乱，人心散了，信仰丢了，甚至十年内乱结束，"文革"思想还在影响人心。王道生在创作中恰恰抓住这一时期政治生活中，"党的领导和党员形象"在"文革"的"重灾区"，即校园里是如何"拨乱反正"的。因此也就以一种对主流的艺术投影，让创作积极地书写根本问题。王道生的文学之路主张的是写出时代风范和人生大节，小说中有个人情感，更有历史烙印，有个人视角，也有生活信念。

他的文学道路践行的是一种社会责任。也许文学的个性张扬，自我选择在今天已成大势，但王道生的小说主张却令我们有一种重铸、重拾、重启之感。文学的历史和优秀传统告诉我们，创作从来不是个人的哼唱，孤魂的游走。它是一种看似个性化，却实为群众的代言。当然这代言必须是艺术的。我觉得，王道生的创作一直在坚持这种代言，也就是站在时代本质的立场上秉笔直书。

今天重新谈王道生的创作道路，一是他关注时代社会，二是他紧扣人生主流，三是他把个人的曲折磨难与文学责任统一起来。

王道生小说的题材比较单纯，基本集中在校园，然而他专注于"文革"和刚刚结束那一个历史阶段。这是一个悲剧发生后，需要紧

---

① 王道生：《王道生文集》（第二卷），作家出版社，2009年，第370页。

迫扭转，回归人心，复兴校园的时期。也许《园丁》的叙述视角表达了王道生小说题材的特点：全书以十几岁的女孩小芳为劫后重生的讲述者，真挚之中有着沉痛，悲愤之中有着希冀。这也是作品的基调。学校是"文革"的重灾区，老师被划入"臭老九"，打入另册。小说以女儿对妈妈的回顾，重塑方华老师感人事迹，在充满眷恋的情愫里，把一位女教师兢兢业业充满大爱地抵制"四人帮"对教育的戕害刻画出来。主人公是那么文弱，那么瘦小。丈夫阻拦，学生捣乱，家长糊涂，小人暗箭，一窝蜂地涌来，而社会的是非颠倒蔑视文化教育，更使一所小小学校如大海里的断桅帆船。然而方华老师"以高度的党性、鲜明的爱憎"忍辱负重地教书育人，直至付出宝贵的生命。这本身就是在刻画一位逆境下的英雄性格，并在悲愤中显现出精神的闪光。这正是王道生小说题材的特点，大背景下的小人物，基层人生却折射宏观历史，看似生活的一角却投影的是社会命运。尤其是信念和志气，浸润在矛盾冲突中。题材虽是囿于校园、老师、学生，反映的是浪起云涌的社会大局。普通教师的斗争体现的是对错误路线的抵抗，对"文革"的抗争。当时有评论指出，王道生的题材真实厚重，形象感人。今天看来，小说更是一部形象的历史，以一种生动素描把"文革"场景和人物凸显出来。尽管色彩还欠丰富，但题材的准确和坚实，经受了时间的考验。

王道生小说人物的塑造，有传统人物性格的投影，更有着"自我情绪"，也就是"以我全部的爱和恨来浇灌"作品，"以我多半生的经历和体验谱写"灵魂之歌。看他的作品，时代背景就是对当时社会情境的临摹，但人物在艺术创作中既有性格逻辑又有作家身影，这身影不是浓缩在某个人物身上，而是叙述主体有"自我情绪"。小说中，作者从不回避他的笔墨带有鲜明的褒贬意识和对党的作风，党的信念的张扬。在《魂曲》的第二十九章，五节之内处处有着阳光明媚的景致，学校前景的多彩，孩子们亮丽的神情。作者强调了清明社会下的教育，一旦成为"最健康的细胞"，就会"推动历史的前进"。这当然鼓舞人心，但多少有一点过于乐观，可却也显示着王道生的内心情感及他对粉碎"四人帮"后的政治判断，他对未来的激情迎接。简言之，现实主义创作，也需要热烈的情愫。王道生在人物的抒写上，笔墨是酣畅淋漓的。今天读起来，人物依旧神情栩栩，棱角依旧鲜明。

只要认真读王道生的小说，便有一股正义感凝结于胸，传导于社会。他以纪实的风格，朴素的用语，大爱的情怀，深入塑造了不甘被命运主宰的性格，使作品在看似平实中有着内在的力道。它透射着一股应战不良政风的大气，一股呼唤时代人物的锐气，一股抵御污秽的正气。而抒写这正气，并使作品荡涤社会、震撼人心的创作方法，是王道生一贯坚持的"严格"的现实主义。王道生的小说不论是长篇还是中篇，都体现了时代感强，性格鲜明，含有理想，悲壮不低沉的特色，显示了一种昂扬的精神。他的儿童题材，在不回避社会矛盾中有着对大是大非的耕耘。他的情感之作，也是在或宣泄或含蓄中把握住道德与价值判断。王道生开始文学创作也正值海外各种文艺思潮一起袭来的时候，然而《园丁》《魂曲》等小说坚持的是"走自己的路"，以两个"尊重"（尊重历史，尊重事实），采取"严格的现实主义"①。经过二十几年时间的冲刷，我们看他的作品，仍然感到现实主义创作方法绵绵不断的生命力，同时，王道生运用现实主义采取"严格"的态度，这便表明了他的对这种创作方法的选择，还是相当自觉的。

由于这"自觉"，王道生的"严格现实主义"实际是"主体现实主义"，依然在"现实主义"创作方法里，更强调作者对时代、人生、命运和性格的自觉、自主、自立意识的挖掘与刻画。一般来讲，现实主义文本是对生活切实的记录，而读王道生的作品，深深感到他的创作一方面充满激情，使现实主义拥有着饱满的信念和执着，另一方面，他的刻画有一种历史的诗性，能把当时的事件人物比较隽永的记录下来，既可鉴今又能留史。而这正是他的小说创作的价

① 王道生：《王道生文集》（第二卷），作家出版社，2009 年，第 370 页。

值所在。

王道生的小说创作源自生活，尤其是"文革"给社会和人们心灵的戕害。但作者并没有把笔止于对"伤痕"的揭露。王道生认为，他的文学如果"写成这样基调和主题"，不仅"跟不上时代的发展"，而且未能刻画出一种"生机勃勃"①。主人公高岩在重新工作时，甚至"是从负数开始的"，也就是先厘清自身存在的问题，求得百姓的谅解，再以全心全意为人民服务的实际，让社会和历史前进。这就包含两个层面，一是作品深刻抒写了党风的重铸是拨乱反正的核心与关键，二是小说以榜样的力量，把党群关系的恢复与发展视为重拾"人生信心"的核心。从而使《魂曲》《园丁》为代表的创作，以对正气的弘扬，通过"错误和挫折"后的"成熟与清醒"，经过"身体力行的纠正和事业人生的复兴"，让作品的主线和时代走向统一，让小说充满着主题的力度，描写的力度，以便让读者受到艺术的"催动"，获得思想的"教益"。

王道生的文学创作有个性，并代表一个时期文学对社会主流的描绘与呼唤。以今天——经过四分之一世纪的时间推移——回眸《园丁》《魂曲》等小说所写的历经"文革"和"文革"后的拨乱反正，尽管捕捉的是学校生活，却浓缩着社会转型时的思想、政治、文化、道德诸多方面的较量。他对胸怀信仰为事业奋斗终生者的刻画，对时代中坚者英雄品格的塑造，不仅在当时，就是在今天都有着艺术的启迪作用。

文学需要鼓舞，性格需要信念，艺术不仅是愉悦大众的，还要推动人生。当然小说的激励作用还在于艺术的精炼和精湛。这一点王道生的小说还有不足，但他极力塑造的主人公形象所充满的真挚正义，始终是文坛的一种希冀。王道生的小说贯穿着这种希冀，相信会一直感染着读者，今天我们讨论和阅读他的作品也是把这种感染推衍开去。

101

---

① 王道生：《王道生文集》（第二卷），作家出版社，2009 年，第 371 页。

文化的对话和对话的文化

——评《观点强中强》

　　当李强用它那磁性的声音和清雅沉稳的形象，把全新打造的《观点强中强》展示在观众面前的时候，我们会深刻感到，一档给人以理性认知的对话节目，将会留驻在大家的脑海。

　　它不只是陈述，而多了思索；它不只是评介，而多了揭橥；它不只是捕捉，而多了挖掘。于是，《观点强中强》就不单单是以话题取胜，且增加了深度和厚度，更有着许多理论的诉求。也就是说，李强和他的制作团队，在对话节目中蕴含着眼下急需要的文化张力。

　　对谈话节目，人们并不陌生。从央视崔永元的《实话实说》开始，各地方台都有类似的节目问世，但以江西台的《故事传奇》、陕西台的《开坛》和齐鲁台的直播正反方辩论的《开讲》以及后来居上的天津台的《对话》为观众所瞩目。其特点是，对话常是热点新闻，内容多为观众关心。尤其是伴随着广大群众对信息透明度的希冀，谈话节目负载着解读社会视点的功能。

　　可是一个重要问题随之而来，这就是理性深度和通俗了解的关系很难统一。注意了深度，便少了愉悦性；倾向娱乐，容易浅薄。而眼球刺激理论又左右着制作走向，娱乐至上也牵拉着栏目的形态。再加上谈话节目以"说"为主，即使有画面也是"讲图"，常把节目弄得干涩无趣。所以即使受大家欢迎的"实话"节目，也出现了落潮。"谈话"也就由兴到衰，失去了昔日的红火。当然也有坚守的，不是主持人魅力依旧，就是视点抓人，但对谈话节目本身的认识，似乎未能到位。

可是只要认真缕析，大凡和文化关联的谈话节目，以及与新闻同步的对话分析，还是有大批观众的。马东的《文化访谈》、朱军的《艺术人生》和白岩松的《新闻1＋1》还是以其主持人的风采与内容的文化蕴含，获得了人们的认同，拥有不少"粉丝"。这也就启迪我们，谈话节目的植被，在于文化，在于内质，在于思维。

谈话类节目的文化内涵，关键在于底蕴而非表现在色彩上。

眼下伴随着"国学热"，文化像涂料一样被"抹"在人们所需要的地方。想着GDP了，就"文化搭台经济唱戏"；推动旅游了，就贴上"文化"的标签。电视节目本属于文化范畴，但也强调文化的色彩作用。显然，文化的"标签化"，是被社会的浮躁给遮蔽了，淹没了。本来经济里面就有文化，旅游本身也是文化，电视节目更是重要的文化现象。曾几何时，文化自己也对文化惶惶然了？个中原因，来自于思维的短视和物欲的蔓延。前者，不再看重理论；后者，只追求利益价值。同时，短视和重利都轻慢纵向的优秀文化传统与横向的文化沟通与联系。换句话说，短视和重利都锈损着文化，而且损毁着社会大众的文化素质。对谈话节目的只注意由头、噱头、无厘头，或是浅尝辄止，似是而非，就是文化的短视，以为谈话节目可以盈利，更是把文化摆在市场柜台当菜卖，当然也就锈蚀了文化文化对人们内蕴的滋养。

我们讲文化，着眼于"文化大餐"，是说文化对社会和人的精神的巨大作用，而不是把文化当作料理的佐料四处去撒，调调味道。应该认识到，谈话节目本身就是文化的一种突出表现，而且由于谈话的深度和思维的新鲜活跃，使这样的栏目具备了感召力和内质力。不但是内容，在形式上也富有文化的培育力和欣赏力。表面看，两三个人在交谈，可观点的启迪和思维的碰撞，却是一种"曲径通幽"和"豁然开朗"的精神愉悦。当然我们所说的谈话节目的文化，其

103

内容是科学、积极、健康和向上的，有助于构建和谐社会的。同时，还要充满文化知识、文化传承、文化理论、文化情趣等等。

李强主持的《观点强中强》是由《对话》改版而来。《对话》本身已在长期的制播中形成了既注重新闻性，又体现分析性，并对青年人活跃的思维有所侧重的特点。也可能基于此，《对话》无论在内容还是在形式上，都表现为某种"群体性"，是主持人和多位受邀者交谈。因此，虽然话题有一定的关注度，但每人几句，很难深入下去。但是，已铸就了李强稳中有动，动中有深，深中有度的主持风格。改版为《观点强中强》后，《对话》中的优点得到进一步保留，可是变化也是明显的。

首先，新闻性的即时层面格外加强。《观点强中强》核心的是"观点"，引出话头的是"新闻"。新闻在于一个"新"字，最主要的是"快"和"准"。在《观点强中强》中，据不完全统计，话题的由头都是近期发生的人和事，笔者重点了解的四个，"说起杰克逊"，不出 30 个小时；"55 秒发布了什么？"和"29 岁市长引争议"，就是几天前的新闻；仅是"邓玉娇案冷思考"，稍稍晚了一些（但既然是"冷思考"，那也就可以在事件发生一段时间以后）。

《观点强中强》是主持人和知名评论人以讨论方式，把新闻话题引向深入的一档节目。其制作的重要环节在于"请嘉宾"，和怎样把新闻推进到"激发观众思考的理论层面"。这要进行缜密的案头工作，并在节目录制前反复讨论沟通。这都要花费时间。然而《观点强中强》，不仅对新闻第一时间就做出反应，体现了一个"快"字，而且在进行理论分析时，并非让理性的交谈变成惯性阐释，说些老话、套话。它是以新话说新闻，以鲜活的理念说刚发生的事儿。当然，对话的维度，是有原则和有边界的。例如"55 秒发布了什么？"，以武汉市对经济适用房摇出六连号后，召开一个不安排记者提问的"新闻发布会"为话题，进行了四个层次的对话和讨论。先分析其"会短"，不得不开的背后有难言之隐。再揭示其面对公开、公正、公平的民众要求，以"少说话"来搪塞社会对信息透明的呼吁。接着指出"55秒"已成为一种现象，即因为利益链的关系，某些人和部门一边做手脚，一边又掩人耳目，这是在机制上出现了漏洞，权力出现了腐败。最后，集中讨论"经济适用房如何才能真正有利于需要的老百姓"，"政府如何才能增强公信力"。

于是对一个超短新闻发布会的论谈，就有了鲜明的针对性，深刻的开掘性，启迪心智的逻辑性。核心是，把一个现象通过层层推衍，进而对政府权力如何健康运行作深入的考察。主持人和嘉宾的交谈，厚积薄发，生动新颖，运用的是个性又鲜活的思维，尖锐又民生的观念，尤其是联系其他地方刚刚发生的相关事件，使谈话内容更加现实和近距离。在满足了观众对事件的全面了解的内心需要的同时，随着谈话节目所展开的理论解读，又对刚刚发生的社会问题的有了深层的了解。因而可以说，《观点强中强》的引人张力，就在于其讨论的深度，正是大众希望明白的，符合人文与社会和谐的。

其次，理论性的分析内容尤其贴近观众。谈话节目需要鲜明的观点和尖锐的剖析，但更应该注意心情与思想的交流。观众看谈话节目，一是进一步了解发生的事件和当事人的态度，二是求得更为深刻的理论分析，三是来拉近自己与专家和主持人的距离。这后一种欣赏诉求是一种文化的进步，是观众对环境与社会关系的互动性调整。观众不再仅仅是旁观者，而是积极修筑环境使之良好的参与者。因此一旦出现问题，广大观众既要迅速了解真相，又要参加讨论，或是零距离听到深刻而民主的分析。

所以说，谈话节目要做到"有演播室却无对观众的围墙"，把荧屏前的观众尽量的"请进"摄像机前。《观点强中强》以对话的寓理于口语和阐释的亲民化，使整个交谈能和百姓的认知共鸣。在"说起杰克逊"中，主持人和嘉宾都从自己和杰克逊歌曲的亲身接触，来谈杰克逊的去世的巨大影响。这就拉近了和观众的距离。而更符合大众期待的是，把杰克逊歌曲做了流行的、艺术的、时尚元素与消费的欣赏，以及历史观照的分析。较为全面和深入的讲述了杰克逊对流行音乐所做的贡献，并在悼念杰克逊去世的同时，阐释了流行音乐的人文价值。

尽管是在理论层面上进行对话，但都是观众所要了解的。所以《观点强中强》的"贴近观众"是从现象入手，着眼的却是理论对观众的"心动"。而"心的交流"，正是谈话节目今后发展的取向，是从深度上激发观众的认同，从而取得更为广泛的张力。这也就是说，电视节目的大众欣赏，随着社会氛围和大众素养的提高，趋俗必将让位于雅俗共赏的审美。《观点强中强》的努力一定会取得明显效果的。

再次，对话性的交谈过程充满认知睿智。理论从来不应该是与大众"擦肩而过"的，它一方面是以观点和理性的分析，让广大观众从思维洞开中获得知性的灵动；另一方面，主持人和嘉宾的对话要以智慧使谈论内容有趣味、有意思、有知识。

"邓玉娇案冷思考"因已经和该事件发生有了一段时间，节目不是以新闻性为谈话内容，而是把重点放在"冷思考"上。"思考"，还强调"冷"，显然加大了观众观看的难度，但节目通过"睿智"，把理论分析浸润在智慧的魅力中，于是一个对法理的认知，就有了"嚼头儿"和"琢磨头儿"。是"过失伤人"，还是"防卫过当"？是"精神异常"，还是"弱者的抗争"？经过嘉宾由此及彼，层层剥笋的形象有动情的剖析。于是，对法理的认识，就和社会世相紧密联系。

对观众而言，这种对话充满着活跃的思维。不是枯燥的谈法、讲案件，而是鲜活生动解读着社会人生。主持人的"引话""转接""递进""举例联系""紧扣话题"都有一种"寻觅的引力"。不仅使嘉宾的话语更加精彩，而且让谈话节目有着一种认知的美。想不明白的事，透亮了；囿于现象不能深入的，有了进一层的认识；对法律懵懂的，现在懂得了。

特别是参加谈话节目的嘉宾，有专家，有资深媒体人，有社会工作者，并以中青年为主。他们高度关注民生，熟悉法规，了解事件过程，知晓症结所在。同时，他们能举重若轻，举一反三，谈吐生动，深刻而形象。主持人设问准确，嘉宾回答鲜明。对话的关键在于清晰中有观众的思索空间。而《观点强中强》运用事件回放，切中主题的提问和回答的引人深思，把生活中发生的事故、问题，推演为对社会民生、人文圭臬、命运起伏等等的思考与把握。并且，谈话中所折射出的扬善惩恶，重视百姓心声等等，都以非常人文的话语表达出来。这就是《观点强中强》睿智思维的核心，是栏目充满魅力的关键。

最后，把谈话节目推向文化的维度，并向美和现实的统一递进。谈话节目追求的是由浅入深，从现象中把握实质，让纷纭变得清晰，在各案里了解规律的链条，给观众一个路径，给社会一个参考。但更重要的还在于，通过《观点强中强》等对话节目，形成一种关心社会的文化氛围。在这种氛围里，不良事件得到剖析，丑行得到抨击，善意得到推广，英雄得到表彰。然而它不是肤浅的，是鞭辟入里，深入法规、法理和社会规范的。也就是说，对话的社会效果是形成一种健康的社会舆情。

在这种舆情里充满着文化元素，明事明理，守制有度。也就是说，对话节目的着眼点在于社会和谐和科学发展，展示的是认识水平在普及中提高；在于理性的揭示与深入分析，找出个案背后的关联，从而有利于经济发展和精神文明建设。这就是当前的大文化。《观点强中强》的每一次对话，几乎都建立在这种大背景下，并在推向文化维度的同时，追求解读问题的感染度。

例如在"29岁市长引争论"中，对话和讨论已经不止于年轻人当市长本身，而是分析当前社会上为官的一些"潜规则"：背景、资历、推荐、人气等是一方面；另一方面，把选拔的公开、公正和公平，是否透明，作为谈话节目的重点予以论述。尤其是面对龌龊的人与事，《观点强中强》既感情鲜明又十分理性。而且，节目在直面现实时，嘉宾和主持人的对话，深刻尖锐却很有分寸，并且针对观众的某些疑虑，进行剖析。不论是对29岁的市长履新的争论，还是面临55秒发布会的蹊跷；不论是讲述流行音乐巨星的陨落，还是痛陈邓玉娇的悲剧，都在节目当中坚守着正义的裁判，也就是突出以美制丑的力量。而节目充满正义和美，必然会打动观众。越是把道理讲明，对观众的感动就越深。

现实中会有诸多问题，有的令人气愤。然而对准问题的发生的机制和链条，才是谈话节目的关键所在。找出社会病灶，既要去求索，又要以法规法理道德良知去制衡。但这一切还应该以尊重舆情的方式，使对问题的观察与讨论获得观众的首肯。

电视节目是在传播中，体现其社会与经济两个效益的。但传播只是方式，最终是提高人与社会的文明。而文化是文明的植被，文明是文化的烛照。谈话节目本身就是也应该是文化的，它是对现象的深化，也是对电视大众传播的深化。谈话节目的提高在于文化视野的注入，而文化的谈话，要符合话题的现实尖锐性和交谈的思维前沿性，并且能给观众以醒世、警世的启迪。

总之，眼下的谈话节目，已从感性的此岸走向知性的彼岸，从议现象到谈现象的内在机理，从刺激眼球到抓深层认知，以思维的魅力去影响大众和引导社会舆论。谈话节目不再"读图"，而是以理论的升华去梳理人生。从这个意义上讲，希望《观点强中强》越办越好，并再从细节和观察力上努力提高，同时以话语的进一步亲和，使谈话在内容与形式都走向精致，成为有着广泛影响的一档节目。

近五年短篇爱情小说述评

1976 年 10 月粉碎"四人帮"后，文学创作经短暂复苏，以火山喷发之势席卷全国。一个引人注目的现象是，当时的小说创作很快形成一股"爱情热"。这是对"四人帮"假道学伪禁欲的惩罚。另外也因为"爱情是人们生活中不可缺少的，人人关心的，最易披露精神世界的部分。爱情也是一面镜子，能够真实而微妙地反射出社会的、政治的、感情的、命运的色彩"①。所以许多小说都以此为题材。对外交往的扩大也促进了这类题材的创作。

这时期虽然仅仅五年，爱情小说却以一系列不曾有过的、各具特色的人物形象，使我国当代短篇的人物画廊里增添了许多不可磨灭并给人长久启迪的倩影。

一

鲁迅早在 1925 年就大声疾呼："世界日日改变，我们的作家取下假面，真诚地，深入地，大胆地看取人生并且写出他的血和肉的时候早到了；早就应该有一片崭新的文场，早就应该有几个凶猛的

---

① 阎纲著：《小说创作谈》，人民文学出版社，1980 年，第 47 页。

闯将！"[①] 刘心武不啻为一个闯将，他的《爱情的位置》作为"文革"后对爱情题材的开拓和挑战而载入文学史册。《爱情的位置》在艺术上并不成熟，女主人公孟小羽形象较单薄。小说议论也过多，尽管其中不时出现警句。但由于是对爱情长期讳莫如深后，首先鲜明在小说里提出生活中究竟有没有爱情的位置，所以不寻常地震撼了读者，并且引出了一大批的爱情题材创作，在当时的文坛争芳斗艳。

稍加分析粉粹"四人帮"以后的爱情小说，其基本倾向是以向前看的信念，站在捕捉现实和刻画心灵的的角度展现我国大众善良纯洁的感情生活。尤其注重以隽永的人物形象，对忽视爱情的十年进行回顾式的探索，表现了全民性的对社会出现跌宕所进行的严肃思考。从这个意义上讲，爱情小说是极深刻的社会小说。凡是优秀的和引人争论之作，都较鲜明地回答了人们所关切的婚恋问题。恩格斯要求现实主义除细节真实外，还要写出典型环境的典型人物，并且要表现出意识到的历史责任。这就是说我们的现实主义创作要真善美浑然一体，要给人以激励，要写出生活的本质，同时要使这种描写经得起时间的考验。

粉碎"四人帮"后的爱情小说创作，精心塑造令人敬仰的人物形象，描画心灵的纯洁绚丽。1979 年度优秀小说《办婚事的年轻人》是这方面的代表。这篇小说不以情节的神奇取胜，也不以描写爱恋中的男女缠绵吸引读者。而是用平凡中的深沉，日常生活细节的闪光，让作品现出魅力。这是一对为办喜事去买家具的青年人。小伙子"朴实、驯良"，姑娘更是体贴温柔。他们积攒了 250 元，只想买四件必需的家具。可为管好厂子里引进的设备，这对儿二级工要学外语，决定把简易平柜换成收音机。他们节衣缩食任劳任怨，他们艰苦朴素但胸怀祖国大业，他们物质生活简朴但精神世界美丽丰富。虽然小伙子因营养不良而虚脱晕倒，可他醒来说的是："最困难的时刻要过去了，目前，我们再咬咬牙，以后，会越来越好……"小说

---

① 鲁迅著：《鲁迅全集》（第一卷），人民文学出版社，1981 年，第 332 页。

赞美了为了明天的幸福而艰苦奋斗的精神，这一精神激励着每一个读这篇小说的人。

其他像孔捷生的《因为有了她》、高晓声的《捡珍珠》、关庚寅的《"不称心"的姐夫》、陈建功的《流水湾湾》《丹凤眼》、刘富道的《眼睛》《南湖月》，都成功地塑造了社会主义新人形象。有的不流于世俗，在逆境中探索真理；有的要不断为四化"再干点什么"；有的在井下的艰苦工作中找到了知音；还有的在暖心帮助他人的过程中逐渐了解了对方，看到了倾心于街道小厂立志为祖国添砖增瓦的火热的青春在迸发，从而建立感情。一句话，他们的爱凝结着社会需要的高尚品德，充满着为国为民的集体主义情操，他们爱得越深就对社会主义贡献越多，就越生活在幸福之中。

为了爱去迁就卑琐的处事行为，是可鄙又可悲的。认为爱就是唯一的生活目标，甚至在世俗中沉沦，在绝望中自毁，这不是对爱的忠贞虔诚，而是对爱的嘲弄。在现阶段由于追逐物欲，由于生活发展的不平衡，有的人思想意志薄弱，经济政治地位稍一变化就转身变成负心郎和势利女。面对这种情况怎么办？周克芹在他的短篇《勿忘草》中塑造了弄潮姑娘芳儿的形象，回答了这个问题。

纯洁敦厚的芳儿和知青小余结合了。小余因顶替父亲回城当工人，而对农村姑娘的爱抵不住另一种环境的侵袭而变心了。芳儿瘦了，她在心底呼唤着小余迷途知返，但她并没因此对命运丧失信心。她明确地说："我不靠哪个。"充满阳光的集体事业，使芳儿牢牢相信：命运掌握在自己手中，个人幸福是建立在整个国家的前途上的。小余的变化对她是个打击，却更激励她忘我的投身建设事业。这深切反映了妇女人生中的质变，从背负着命运到主宰命运，不是为个人悲伤，而是为天下忧患。

从《爱情的位置》到《勿忘草》，从指出生活中爱情应有一定位置到告诉人们流连于爱情时勿忘国家人民的命运。说明了"文革"后的不少爱情小说始终坚持了它的社会性，不仅透过爱情反映和观察社会，而且鲜明丰满地塑造了一大批新人形象，从而讴歌了真挚的爱情，赞颂了社会主义的美好。

二

历史常有惊人的相似，在生活中却常有相反。林彪、江青反革命集团现已被押上了历史的审判台，但在万人之上时却也曾扭曲人们的生活。青年作者潘保安巧妙地把赵树理的《小二黑结婚》写成了《老二黑离婚》，把脍炙人口的人物放置在那是非混淆的动乱中进行再创造，写出了在极"左"思潮掩盖下封建主义的毒素卷土重来。民主革命争取到的美满姻缘，在几十年后不仅由甜变苦，而且给下一代酿成悲剧。小说形象雄辩地揭示了在社会主义建设初期的我国，反封建残余的斗争要不断坚持，尤其在婚恋领域里，这种矛盾冲突必须时刻予以关注。

"文革"后的爱情小说有不少是通过饶有趣味或突兀神奇的情节来刻画感情生活的况味，从中让读者悟出道理。这种描写方法对世俗和陋习的抨击格外尖锐有力。

马烽的新作《结婚现场会》用奇峰突起的事件，即从意料之外的情节去塑造人物性格，又在叙述中三言两语点出其中的内涵。一场婚礼衍化为对所谓的"现场会"如何才能"正风气"的思考，使小说趣味横生。县委周书记兴致勃勃来参加西岭大队不要彩礼的结婚现场会。不料外号"老牛筋"的王栓牛出尔反尔非要五百元彩礼钱才让闺女王二兰参加婚礼。经周书记细致了解，才弄明白"老牛筋"的变卦是出自对不治根本光摆样子的那种"现场会"的不满，对农村经济政策不落实的抗议。由结婚现场会的风波触及到了党风问题。以见微知著的笔力，借"老牛筋"之口喊出了广大农民的呼声："生产上不去，搞这些花里胡哨顶屁用？"从《老二黑离婚》到《结婚现场会》，如果再和《登记》联系起来，就可以知道我们政治生活中的某些不健全因素总是或明或暗地存在着。

在《老二黑离婚》中我们已看到了爱情生活的历史颠倒。这种历史颠倒的悲剧，往往是一种封建思想的借机还魂，如婚姻中的门阀观念、血统论等。但若是一般人，这种旧思想的复辟只不过是一条绳索或一排栅栏，然而表现在某些干部身上，由于手中的权力，绳索就变成了大棒，栅栏变成了高墙，其恶果不可等闲视之。张抗抗、梅进的《悠远的钟声》揭示了封建主义在爱情生活中的危害，向人们敲起了警钟！尤令人痛心的是，在民主革命时期，青年男女敢于冲破封建的藩篱，蔑视门第寻求自由，而在社会主义的今天，我们某些干部却把亲手打碎的东西再亲手捡起来，并抹上一层眩目的亮色。这是多么引人猛醒啊！钟声悠远内含辛酸，但既已敲起，我们希望那是告别昨天迎接明天的钟声。

对爱情的制约还来自思想僵化和教条主义，《情书的真情》对此做了辛辣的讽刺。几个青年工人激动地传看一封情书，煤矿负责人秦广有认为这是"黄色"的东西，要追查并准备批判。经过新上任的矿长的调查，在党委会上宣布，这信的原文是马克思写给燕妮的。矿长一听说是马克思写的，包括秦广有在内的一些人又转而称赞起来。我们生活中存在着这种畸形人物，他们害怕火热的感情，把对人的管理变成蚕茧式的束缚。所遵循的不是马克思主义而是满脑袋的用权力去卡他认为不顺眼的人和事，可嘴上却讲着"规章条例"。正是这种"左"的倾向使生活不正常，爱情受误解，视正常的感情为洪水猛兽。而生活严肃地鞭挞了他们，小说则揭露了他们。

有的小说还反映了旧习俗的强大，用所谓的"老例"去绑架新风；有的作品还描绘了家长图彩礼逼女儿结婚，结果女儿在新婚夜潜逃，被追觅不幸撞火车身亡（《石门婚事》）。由于对封建毒素的抨击是从爱情角度描绘的，所以动人心弦又切中时弊。小说艺术的力量不只是故事性强，还在于对描画人物内心活动的深邃有致。情感生活的凸显，还有着对生活景象的开掘。有的写感情和环境的矛盾，有的写婚姻与历史的纠葛。这类小说具有如下特点：把并不复杂然而突出的事件熔在时代命运中，勾勒人物的同时描绘出思绪的社会轨迹。

113

三

被部分评论家誉为"作家的思想触角正向着社会生活的更为纵深的隐秘的部分延伸"的作品《爱,是不能忘记的》①,是一篇引起较大争议,实则具有开拓新领域意义的爱情小说。作家以她的细腻与执着向人们明确宣告:今天,摆在人们面前仍有着爱情与婚姻分离的现象。

爱,既是不能忘怀的,也应是极为宝贵的。寻求爱情不仅需要代价,而且需要时间,所以宁可冷静地等待、选择,也决不能匆忙结合。特别是婚后要对道义负责,对爱的寻求会成为"痛苦的理性"。小说探入到理想(本应是幸福的)和现实(存在着某些痛苦)的矛盾,竟会在平静中"撕心裂肺",并不断深入议论:①没有爱情的婚姻是凄苦和折磨人的;②约定俗成的道德观念有些并不合理,会使结合的双方不是为了爱情而是为着道义生活;③要着手解决虽并不能马上奏效,但今后必将克服的道德与爱情相分离的问题。这篇小说有其振臂一呼的一面,也有在描绘中思索大于形象的一面。触及的又是一个不能立即解决的婚与爱要远离世俗的问题。因此引起了争论,并持续了半年之久。这恰恰又说明小说真实地反映了社会上某些值得探讨的客观存在。高尔基曾说,一个作家必须有"一个美好沉思的心灵"②。张洁应当属于具有美好沉思心灵的作家之列。

道德与爱情的矛盾引起人们注意,其原因还是由于"文革"十年极"左"思潮蔓延,有相当的爱情小说都涉及这个内容,可见问题的严重。甚至出现了《融雪》中芸芸所说的,"像你这样的男子能用社会权力去买得妇女的身体;而像我这样的妇女呢,不是出于爱

① 参见谢冕、陈素琰:《在新的生活中思考》,《北京文艺》,1980 年第 2 期。

② 林焕平著:《高尔基论文学》,广西人民出版社,1979 年,第 22 页。

情，而是由于某种考虑，被迫委身于她所不爱的男子，这是多么黑暗的婚姻关系啊！"这就是林彪、江青反党集团横行之时泼洒在爱情上的污秽。作家们拿起笔揭开了这些社会的痈疽，也是我国的文学有强烈战斗性和人民性的体现。

情和理是相辅相成的，因此爱情小说总要含着警示喻人的因素。近年来的爱情小说出现了突出哲理的倾向。或以鲜明深刻的哲理编织成形象，或以独特的形象寓示哲理。前者如颇引人注目的《公开的情书》（因系中篇本文暂不探讨），后者如《白色的风衣》。此篇很短，容量极丰：新婚夜，"我"和妻酣睡。"我"做梦了，梦见一个穿白色风衣的女人尾随着散步的他俩，并在公园长椅上挤坐。妻生气猛然走掉，"我"呼唤着最后醒了，看到墙上挂着一件新买的风衣，白色的，在清风中徐动。"我"流泪了，抱着妻子恸哭。小说以一个梦境展现出虽咫尺天涯，夫妻躯体在一张床上，而内心却经历着人生的悲欢离合。这对年轻人物质条件是富足殷实的，而心灵是苍白的。他们的结合不能说没有爱情基础，但更多的却重在物质。这便使猜忌不安之神盘踞心头，于是新婚之夜心中就有了阴云，这样的新婚能说是幸福的吗？或者，丈夫迎合妻子过多的物质要求造成了家庭经济的拮据，梦为日之所思，白天的烦恼成为夜里的噩梦。一件风衣竟成隔在夫妻间的"幻影"。不管如何，维系夫妻感情和恋爱关系的"爱"，如此的脆弱。这篇写"同床异梦"的小说，以一种无名的痛苦，把无爱的婚姻是一种人生的戕害揭示出来。小说《白色的风衣》有意用朦胧的笔法，正因如此，才能在读后引人深思其中的三昧。这是这篇小说的优点和过人之处。

四

"文革"后的不少爱情小说，不仅以多元的题材、切中时弊的敏锐、干预生活的深刻、描绘感情的真切，使其获得空前成功，并且在主题的开拓上达到了新的高峰。敢于刻画各种人，敢于描绘各种

第一章　不算乱弹

事，只要对祖国和人民有所裨益，于是爱情小说以超越了爱情的社会底蕴，使这一批优秀之作有着记录当时的历史生态的档案意义。

以前在爱情这个文学的禁区范畴，还有许多小禁区，像工农以外的人物很难成为爱情小说的主角，更不用说以满腔热情去讴歌，以满腹欢欣去赞美了。现在描绘解放军爱情的小说破"冰"而出了，其中的佼佼者当推《天山深处的"大兵"》。副营长郑志桐是一个可敬可爱，值得我们学习的形象。从突出个性上写恋爱的主人公的，有《镢柄韩宝山》《我爱这一行》等。刘绍棠的《峨眉》描绘了十年内乱中四川姑娘自卖自身来到北方，但恰遇善良的父子，他们以父女兄妹相称认可这种人生。生活的贫困和不觉悟，使某些人的善良演变成"乘人之危"，但是体贴、帮助、关心、同情又使他们本性复归。只有相互尊重彼此，有了爱情，才能成为真正的夫妻。小说也由此折射出，严重的问题是提高素质和抓好生产，生活好了婚姻才能圆满。小说未给读者沉沦和颓唐之感，而是揪心的思虑：再也不能违背经济规律和置人民生活于不顾了。

总之，由于"一个人，他的生活包括了一个广阔范围的多样性活动和对世界的实际关系，因此是过着一个多方面的生活"[1]。所以，粉碎"四人帮"以后的不少爱情小说，首先是大胆而深入地表现生活的多样性。其次是在深刻反映爱情生活的机理时，鲜明地干预生活。再次，围绕着反党集团在十年内乱中犯下的罪行，描绘人们爱情上的曲折、磨砺、悲欢、坎坷，指出了生活之路不平坦，从爱情的风风雨雨中，要用真诚和正气去对待生活的起伏，人们要对社会主义的人生保持着热情和追求。最后，用获得读者的佳作明确了"文学是人学"这一曾遭到批判的艺术理念是正确的。正如钱谷融在二十世纪五十年代指出的："人是生活中的主人，是社会现实的主人，抓住了人，也就抓住了生活，抓住了社会现实。"[2]

116

---

[1] 《马克思恩格斯全集》（第 3 卷），人民出版社，2006 年，第 296 页。
[2] 参见钱谷融：《论"文学是人学"》，《文艺月报》，1957 年第 5 期。

我们今天的文学，是较之五四新文学更有特色的文学，即具有社会主义性质的文学。它毫不含糊地站在党的方针路线一边，讴歌社会主义的新人，鞭挞阻挡社会主义前进的各种腐朽势力。用鲜明的倾向性、丰富多彩的艺术性，团结人民，教育人民，鼓舞人民去完成新时期的历史任务。

尽管爱情小说近五年来的创作达到了三十年来的高峰，现实主义的创作得到空前的发扬，但仍存在着明显的缺点。

首先是庸俗化。鉴于爱情小说比比皆是，使这种题材应占生活中一定的位置变成了文学中几乎唯一的内容。不唯如此，有的作品完全或基本上忽视了它的社会意义。有的美学观平庸，甚至露骨地写性的挑逗和自然主义展现刺激人感官的情节，小说充斥着"曲线""封锁线"一类的东西。有的侧重于咀嚼个人的悲哀和陷入生活的苦果不能自拔，像《美酒的苦味》所描述的。有的情节过分离奇，像《善良者演出的悲剧》，竟是哥哥化装成流氓来考验妹妹的未婚夫，最终酿出悲剧。像《黑玫瑰》等充满了个人的复仇，主人公甚至不惜用自己的身体给流氓头子作代价去反抗曾奸污伤害自己的人。当然，女主人公的悲惨经历是值得同情的，对迫害她们的人，我们充满了义愤。但陶冶人情操的小说创作在情节抒写中，不能以错对错，用流氓对流氓的复仇方式背离社会主义法治和道德。因此《黑玫瑰》是篇失败之作。

一个突出的问题：虽然爱情小说数量极多，一方面反映农村生活的作品太少，这就和我国国情不太相称；另一方面是情节叙述的非民族化和情节的雷同化。可见粗制滥造之风还是较严重的。例如，一动感情就是吟诗拉琴，或是赤裸裸的拥抱接吻，动手动脚。难道我们民族的感情表达方式就是这样？爱情生活是复杂的，同时也是丰富多彩的。在这方面，即使是被视为优秀之作的描写，其笔法也有雷同。

鲁迅主张，文艺批评要"剜烂苹果"，我们的文章常注意政治内容和社会效果，这是应该的，但也要剜剜艺术手法平浅拙劣的"烂

117

疤"。应当珍惜爱情小说的荣誉，如果仅把其看成茶余饭后的消遣，那就会把爱情小说引向歧路。爱情生活是欢乐幸福的，然而又是极严肃的，不能把爱情变成小说的"味精"，这是一种创作的商业化倾向，决不是社会主义的文风。值得注意的是不少作者才华横溢，然而语言表现力较差，缺乏"一字师"和"终篇不留一字"的精神，同时病句较多。

我们真心希望每一位作者，都能为祖国的语言的美而做出刻苦且有成效的努力。愿爱情小说作品写出人生况味，写出社会内涵，写出人民需求的艺术光彩。

（本篇写于 1982 年，是对那一时期爱情题材小说的综述。收入本集略有修订。）

第二章 若有所思

于细微处见精神

——忆访秋恩师

1981 年年末，我从河南大学研究生毕业，到现在已有三十二年。上次回母校见访秋先生最后一面，距离现在也整整十三个寒暑。如今走在花木环绕的老校区和鳞次栉比的新校区的林荫路间，不由想到：岁月荏苒，春种秋收，母校越发生机盎然人才辈出，而我却是满头白发步履蹒跚。当然，生命有来也有去，尤其对个人而言，往往碌碌无为大于业精于勤，从年轻走向衰老很是正常。可是，对于培育了无数莘莘学子的河南大学来说，对于积淀深厚的文学院来说，对于学识渊博、桃李满天下的任访秋先生和刘增杰、刘思谦老师来说，岁月的流逝却使得他们更加年轻。

也许，只有岁月流逝才能使人悟出孜孜求学时的勤奋对人生的影响，而且年纪越大越会感受到其中蕴含的生活道理。特别是在任访秋先生和刘增杰老师、刘思谦老师身上，有着后学晚辈需要不断学习的精神。

1978 年秋，我入汴进校，读"鲁迅与三十年代文学"专业。授课不久，访秋师就召集我们几个研究生到他那书籍摆放到了屋顶的书房，讲发轫于近代的新文学大潮和五四文化应该如何把握，并拿出了一张手写的书目单，其中列出《鲁迅全集》，茅盾、老舍、巴金等人的文集以及胡适、周作人的著作，还有就是版本图书馆的老杂志名录，要我们踏踏实实地去翻阅、去细读。一开始，我对这个书目单有些不解。可走进地下书库，阅读半个世纪前出版刊印的小说，摸到那些泛黄的刊物，就不由得从心里回到二十世纪二三十年代，这是一种体味与探求相结合的阅读。此后，访秋师讲鲁迅也是从时代、文脉、环境、家庭、经历、人格等等来谈鲁迅的作品与思想。记得当时《胡适书信》刚刚出版，我读了其中的有关鲁迅的信件后，先生专门找我，交谈胡适评价鲁迅"《中国小说史略》第一、小说次之、杂文居末"的观点。访秋师从学术、艺术和思想进行多层分析，让我深入领略了时代与作者、学人与品格、创作道路与艺术内蕴、社会人生与文学价值的多维关系。这不仅在当时使我顿开茅塞，也给今后我在天津社会科学院的科研奠定了方向与基础。其间还有一件事，让我铭记在怀。我在《河南日报》发了一篇短文，重评李准小说《不能走那条路》。先生知道后，极富深意地对我讲了多读和动笔的关系，告诫笔端要流淌出扎实、沉思和平和，而不是"词意浅露"。为了强调这句话，先生又说此语出自《中国小说史略·清之讽刺小说》，让我再读这一章节以加深印象。这件事让我获益匪浅。一直到现在，不论写了《长短集》还是负责编纂《中国地域文化通览·天津卷》，我都坚持了先生教导的沉稳原则。

增杰老师，随和、亲切，是老大哥似的师长。给我深远影响并恪守至今的，是老师在宏观中对地方文化的亲切之情。当时他正撰写《鲁迅与河南》，朝迎晨曦晚伴夜灯。这一时期河南大学请钱谷融、姚雪垠、冯其庸先后来校讲学，不仅让刚刚走出"文革"的学生了解文学动态，还让对文化知识如饥似渴的高校学子汲取了优秀的学术营养。增杰老师每次都在讲座之后对研究生、本科生予以延伸辅导，使学子们能深入理解《雷雨》《李自成》《红楼梦》（庚辰本）所蕴含的文化意义。一次，刘老师对我谈及，到任何地区只要待上一段时间，一定要摸清楚当地图书馆藏什么书，有哪些特色，有什么地方孤本。他谆谆嘱咐我，走上工作岗位后，要坚持把当地的文脉和文学资源搞清楚。老师写的现代文学思潮论、鲁迅与河南的研究等等，篇篇具有"胸中丘壑富丹青""脚下山川含笔端"的韵致，也就是要放眼全国文坛又钟情地域文化。这些言传身教，一直在启发我，推动我的科研。如今我能对天津文学与文化提出一些看法，和增杰老师的语重心长密切相关。

思谦老师，说话细声慢语，心中却升腾着一团火。她教课认真，在科研上执着，咬定青山不放松，是我至今钦佩的。那时，思谦老师正关注着蒋子龙，写了有关"'开拓者'家族"的一系列评论，发表在《文艺报》上。这对河南文坛与河南大学师生影响很大。那时老师郑州开封两地跑，课下除了读书写论文便常和学生在简陋的宿舍小议。有位天津籍的本科生正要从政教系转入中文系，做写小说的准备，我也出生在津沽大地，喜欢评论，我们几位老乡曾抽空一起去思谦老师住处聊当代文坛。她对我说，当代小说研究一定要"综合"与"个体"联系分析，并对某一"现象"作全面和跟踪研究。后来，我到天津社科院文学所，也写了对蒋子龙、戴厚英、张洁的评论。在这期间，我了解到老师对女性文学的研究已是蔚为大观，影响全国。二十世纪九十年代初，我加入天津盛英和乔以钢领衔的《20世纪中国女性文学史》的编写，又参加了在北京召开的世界妇女大会的"女性文学论坛"；世纪之交，我主要致力于当代文学尤其是天津作家作品研究。这些与思谦老师的一席话和增杰老师说的家乡情怀不无关联。老师话虽不多，却以真知灼见培养了年轻一代。

一座高等院校，它的发展和业绩，在于不断地培养优秀人才。当然，科研与教育成果也很重要，但是如果没有莘莘学子作为未来的栋梁风云际会于社会，即使学校的硬件再好，设备再先进，也不能说这所大学跻身一流了。而学校育人的关键，是学科带头人和他的团队所传递出的精气神。这种精气神一旦充盈校园，就是校风。所以校风的正确、浓郁与否，才是一座高校是否鲜活于人们心间的要义。

回忆我敬重导师的点点滴滴，看来这只是学海中的小浪花，但

123

第二章　若有所思

是于细微处见精神，对我更是受用一生。我想凡是在河南大学文学院学习的，凡是和访秋先生、增杰老师、思谦老师接触过的，都会受到文学熏陶、学术指引、人格教育。他们代表了河大的精神、河大的学风，这是永远的财富，值得传递发扬。

河南大学刚刚度过了她的百年诞辰，以其学风的厚重，人文的博大，传道授业的精深，学生后浪推前浪的澎湃，让中州骄傲，令全国尊重。

作为一位毕业三十余年的老研究生，忆起母校就会有一句话萦绕心头——爱河大到永远！

净化与鼓气

——关于文艺功能的断想

人们喜欢文学艺术，甚至把名著中的形象作为人生楷模，把佳作里的哲思视为生活箴言。很明显，这是因为艺术作品能给千千万万人以深切的启迪和巨大的激励。所以，古人认为文艺能够起到传道明心、感染心灵、提高素质的作用。到近世，由于中华民族深受封建制度的盘剥和资本主义列强侵略，昔日的光彩被暗淡，一些有识之士格外注重文学艺术的移风易俗和教化功能。在梁启超眼里，小说竟有了更新道德、更新宗教、更新政治、更新风俗、更新学艺、更新人心、更新人格的能力，并反复强调作家要"用之于善"，有益于万千大众。

当然，梁任公的话有些夸大了文学的功能。这和他急切希冀用艺术去提高大众的素质并鼓吹小说革命有关。但是，又恰恰从另一方面说明了文艺对社会与民众的"益于世，教人心"的力量。因此，鲁迅在《论睁了眼看》一文中明确提出："文艺是国民精神所发的火光，同时也是引导国民精神的前途的灯火。"从文学艺术的起源看，艺术活动不论是来自劳动还是来自宗教，或是来自游戏，一定会在开发人类思维空间的社会实践中，对人的心灵和精神产生很大的影响。也就是人们常强调的：艺术活动能陶冶人的性情，能兴国立邦。古人对此也认为文艺"足以观乎功"，"戒乎政"。正如顾炎武所说，

125

文艺作品源远流长、此伏彼起，在于明道、纪事等多重作用，而且此者有益于天下，有益于将来，多一篇则有多一篇之益。

特别是当国家与民众需要文艺予以鼓舞、助力的时候，就更要求文学艺术家每作一篇文章都是有所为而发，尽力成为改革社会的器械（鲁迅语）。那种认为文艺只是人的一种消遣、一种闲情逸致的表现，其观念是不正确的。比起经济建设，文艺活动也许不那么具有明显效益，但是文学艺术给观众以潜移默化和思想、素质上的影响，却是一般物质产品难以抗衡的。我国的文化传统中有一条，即不把文艺活动视为雕虫小技。因此，古人虽有用文艺做敲门砖的，寻找红粉知己的，混个名头当当的，但是历代文艺创作主流还是为人生、为民族的。屈原的《离骚》、李杜的诗歌、关汉卿的戏剧、曹雪芹的《红楼梦》，都在道德人格与民族意志上达到了时代的高度，他们的作品具有壮我华夏、发展历史的力量。

所以，要深刻认识文艺活动的地位，首先要摆正它在社会活动中的位置，不能强调过头也不能认为无足轻重，但要明确文学艺术是具有教化作用的，而且它的教化功能不单单影响着社会的文化生活，也培养着人类与民族的文明素质。再者，要了解精神产品必须要产生出精神，而且这种精神不应该是消沉的，而是昂扬的；不是杂乱的，而是净化的；不是庸俗的，而是健康的。

净化，是文学艺术的命脉。高尔基曾热烈地宣称，文艺就是把人身上最好的、优美的、诚实的也就是高贵的东西用颜色、字句、声音、形式表现出来（《文学书简》）。他还说，艺术里最好的和最崇高的是构想美好事物的艺术（《回忆高尔基》）。也许作家、艺术家的心是相通的，因此俄国的托尔斯泰认为，艺术家和他的作品都要使人们在永无穷尽的、无限多样的表现形式中热爱生活。而我国古代的孔子更直言诗歌（即艺术）可以兴、可以观、可以群、可以怨。所以，古人认为文艺作品既吟咏性情，又止乎礼义。总之，文学艺术是人类对美好的呼唤，这已成为古今中外学者的一种共识。

这并不否定文艺写到丑，也不是削弱作品去暴露社会的病灶，但是写丑和暴露应当在美的原则指导下进行。特别是在人生面临选择、社会存在矛盾的时候，写丑与暴露更需要明确的指向与限定。鲁迅在批评清末谴责小说时提出了一个重要的评价标准，"虽命意在匡世，似与讽刺小说同伦，而辞气浮露，笔无藏锋，甚至过甚其辞，以合时人嗜好则其度量技术之相去亦远矣"都是不足取的。

何况艺术刻画不止于讽刺、抨击，它要讴歌、赞美，要开掘新意，要追求进步，要展示激情。一句话，文艺要讲究写真、尚善、致美。显然，昂扬、奋进的作品内涵，是文学艺术的重要功能。我们希望文艺活动能服务于人民，能推动社会主义事业不断前进。

因此，文艺的净化关键在于站在人民的高度、历史的高度。换句话说，人民的高度是指艺术要得到百姓的欢迎称赞，要时刻为着群众的心灵健康与素质提高去服务；而历史的高度是指艺术的内涵要充满历史唯物主义和时代精神。当然，文艺的净化是艺术的特质，通过人物形象去感染观众、读者，并且主要以提高情趣和精神境界的方式，达到为中国革命和建设事业鼓与呼的目的。

当前意识形态领域有多种声音，文艺有更需要鲜明的倾向性，即文学艺术要坚持为人民大众、为社会主义的方向。特别是要克服膜拜西方、依附庸俗的思潮，并大力强化中国艺术的民族特征和社会主义的思想内容。

其中格外要注意的是艺术作品要鼓气，而不是泄气。目前，我们正处在改革的关键时刻，尤其面对某些领域的滑坡现象，人们希冀文艺作品能揭示病苦并引起疗救的注意。但是，这也和医生治病一样，要泄补并举，特别需要唤起自信心和精气神儿。如果一打开电视机就让人心情低沉，一读文学作品就感到彷徨，人生没有希望就只剩下失望，那就会让很多观众、读者丢掉克服困难的决心和勇气。显而易见，这样的精神产品不利于改革大业，不利于发展稳定。

净化与鼓气是文学艺术的特质功能，而我们的文艺既然要服务于不断前行的社会主义建设，就更应该把这净化与鼓劲的艺术功能提到一个新的水平。

首先，应提倡崇高美。崇高并非是拔高，也不是虚假的高大，而是对历史和现实中那些活生生的英雄、平凡而感人的形象的讴歌。如对抗洪抢险中的先进人物要进行立体化地反映与塑造，从他们英勇抗洪的各种感人行为的抒写与塑造中，使大众受到心灵的震撼并涌起学习的愿望。

其次，要展示气韵美。韵是味道，艺术作品当然要有深邃的境界和独特的视角；而气，我认为还是理解成精气神儿为好。一部作品的社会效益是让大家在欣赏后感到振奋，细细品味其中的美和理性的内涵。因此，这个"气"应该是昂扬的、催人向上的。不论是长篇还是短诗，不论是电视剧还是一幅水墨画，都要有这种气。古人讲究作品要气韵生动，要以气胜；今人号召文艺要有精神力量，要提神，而且写悲剧也要有悲壮的底蕴，喜剧要具备正义的裁判力量。

最后，去张扬道义美。对个体的人来说，道义是人格；对社会来讲，道义是准绳。当然，不同的社会有不同的道义，因此也就更要求今天的艺术去宣传社会主义道德标准。特别应注重公益的品德，这不仅是作品的思想层次，也是人物境界的内在支柱。

当然，艺术作品的净化与鼓气不止上述三个方面，但这些已说明了健康的文艺活动所应追求的审美原则。同时，文艺创作要以马克思主义作指导，这样我们提倡的净化与鼓气才能符合社会主义精神文明建设的要求，才能保障文学艺术的健康发展。

通俗化与史诗化

——"党史文学"的两种创作走向

当历史需要形象化，政治活动需要文艺的翅膀时，往往也就是生活在呼唤某种适时的艺术作品的时候。这并非是政治对艺术的介入，而是文学艺术本来就存在着把史、政内容作为描绘对象，以增强认识功能和审美功能的需要。所以，当党的历史和党的领袖成为一些文艺作品的主要素材和重要原型时，我们称为"党史文学"的文艺现象也就确确实实地存在着；并且由于"党史文学"的出现，使革命历史题材形成了专门的一类，显然这种文艺现象已经日益产生越来越大的影响。

尤其值得我们注意的是，曾作为文艺描写"禁区"的领域，如今都跃然纸上。而且由于创作追求的不同，出现了两种艺术层次：一是走向通俗化，另一是力争史诗化。

从严格的阅读效果上看，"走向通俗"是把历史事件描画成饶有兴味的情节，把领袖人物塑造成丰满多层次的形象，打破了政治活动的内幕感及对领袖言行的神秘感。而且这种创作瞄准了一般读者盼望了解历史具体进程和领袖生活实际的心理，使严肃的题材进入了世俗，适应了改革年代生活多样化、阅读多元化的社会需要。因此，不少作品成了畅销书，显示了文艺可以对政治历史做大众化、普及化阐释的作用。就目前出版的一些书籍来看，大部分是以转述

129

他人回忆的方式作为一种主要的描绘形态，文学语言是记录性纪实，从中呈现了目击者的真实性、参与者的可信性，让读者有一种见闻感和亲切感。可以说，"党史文学"的"走向通俗"是对党的历史做一次有意义的形象化的普及。

而力争让"党史文学"成为史诗，是作家用史笔和诗韵去再现特定的历史环境和刻画特定的人物性格，即以塑造经典的方式去发现历史的闪光点，去发掘人生的内蕴。它不是一般文化的普及，而是通过文学形象的魅力、艺术典型的穿透力，让今天与明天的读者更深刻地认识中国革命和中国共产党的足迹。例如影片《开天辟地》《毛泽东和他的儿子》就是这一类作品的代表。

当然，任何历史题材的文学作品都是现实的投影，是今人对历史的再识与挖掘。但"党史文学"不是寻常的历史，所以"党史文学"对历史的再识与挖掘就必须以准确反映党史的真实为基础。文学的想象力不能超过党史的张力范围，否则就不是严格意义上的"党史文学"，而变成了"党史演义"与"党史传奇"。

也许有人认为"党史文学"是非虚构的文学，这其实也是一种误解。文学的优长和虚构密切相关。"党史文学"既然是文学的一种，就不可能没有虚构的成份。可是这种虚构，毕竟不是完全的虚构，而是在党史基础上局部虚构。况且，党史是继续发展着的现当代史，对它的虚构将更受到人与时代的限制。因此，"党史文学"的虚构，多在细节与心理描绘上着墨，是人物逻辑走向和情节顺畅连接的虚构。专注这一题材并写出系列优秀作品的王朝柱对"实与虚"有一句精炼的心得之语"大事不虚，小事不拘"，很好地摆正了"党史文学"的写实和虚构的关系。

正是基于此，"党史文学"的力争成为"史诗"，不是以虚构取胜，也不是以"诗代史"，而是"以史含诗"，以纪实的史笔加诗韵，显示出艺术的力量。换句话说，"党史文学"是既恪守党史又让党史鲜活起来的艺术。于是这种鲜活地写党史的文学，就不只是写过去的历史足迹，而是写向我们迈来的历史现实。所以，"党史文学"具有时代性，这种文学奏响的是今天生活的主旋律。"党史文学"具有发扬传统、继往开来的严肃性，因为这种文学必须遵循党的宗旨去写党史。同时，"党史文学"具有人民性，因为这种文学应该表现千百万人的愿望。而这些特征，正是时代文学所要求的内蕴。

但要写出具有时代性、严肃性和人民性的"党史文学"，并非易事，它尤需要有一个正确的指导思想。中央有关领导在观看影片《大决战》后说：反映历史，要坚持历史唯物主义，既要真实性，又不要自然主义地去表现。不少历史人物在一生中有许多变化，在描写他的形象时，要实事求是，要照应到历史发展的最终结果——这应视为"党史文学"创作的准则，是写出史诗性作品的思维基础。其中特别要注意的是，要坚持历史唯物主义，照应历史发展的最终结果。不能为了刻画某一阶段某一人物的表现而就事论事，却与总趋势前后脱节。党史是一个生动的进程，并且写党史的复杂不能丢弃主干的明晰；写党史的坎坷不能忘记前行的昂扬；写党史的交叉点不能见仁见智而不顾国家、民族命运的最终结果；写党的嬗变人物不能以功代过而忽视其变化的内在逻辑或潜伏表现。

这也即是说，"党史文学"越追求文学内蕴，就越应该把人物与事件的本质艺术地描绘出来。在写作上要注意总体观照，注意历史结论，注意性格贯穿，注意爱憎分明，注意讴歌亮色，注意准确刻画。若作家再自始至终不忘社会责任心和不断提高马克思主义的理论修养，不论是"走向通俗"的"党史文学"，还是"力争史诗"的"党史文学"，都会健康发展并日益产生巨大的影响。

审美的力度与方向

　　艺术要进入市场，而市场是以是否盈利判断优劣的。于是有的文艺作品、艺术演出，就把赚钱看得很重，认为只要有钱可赚，当然是钱来的越快越多，文艺作品和演出就"被看好"。这就产生了短期效应，恨不得一夜暴富，转天就成为大款。那作品与节目里，便有许多应急、应景、应付的"招儿"。光拳头不行，就加上床头，床头的刺激不够，就加上裤头，或者干脆从透到露再到裸。说话类的表演，也不妨怎么雷人怎么说，怎么媚俗怎么讲。至于唱歌跳舞，也可以干吼嘶叫张牙舞爪乱哼乱扭，甚或迎合世俗的追奇猎艳，乃至以"伪娘""鲜肉""卖贱""变态"来"轰动"舞台荧屏。这也许会带来直击眼球，令人吃惊，逆袭常规，面赤心跳，示丑鄙美，获取粉丝的效果。

　　若仔细想想，这效果是凭着强力的刺激一时获得的，也就是紧紧靠着力度让文艺变形变味，使浮躁的文化环境响了几声干打雷不下雨的躁动之音，也就是更加浮躁，更加喧嚣。这显然这不是我们需要的文化状态，但令大家深思的是，这种情景已经持续较长时间了，先是小品越来越贫，阳刚之气换成了半阴半阳的娘娘腔，接着电影就"三枪""两刀"的把喜剧折腾成闹剧，把战场折腾成杀场。电视连续剧印象深的不多，瞎编胡纂的不少，历史剧不像个历史剧，成了烂筐，逮着什么装什么。至于歌曲大多咬字不清哆声哆气，很难再寻黄钟大吕。

当然，优秀的作品也有，像电视剧《解放》《潜伏》《我的青春谁做主》。可只要认真琢磨，这是有原因的。《解放》以恢宏和全景，展现了新中国缔造者的风采和功勋；《潜伏》在悬念迭出的同时，把余则成和翠平的品德、信念放在作品的核心位置；《我的青春谁做主》则强调了对自由的追求要有理性和深思。尤其是对自己，对家庭，对社会要认真负责。这么一分析，好的文艺作品和演出，是要有一定的内涵和思想性的。从艺术的辩证法考虑，力度和走向应当互动，明确一点，就是应该坚持创作、表演的审美方向。

这里的审美，不仅仅是对美的感受，对美的欣赏，而是从艺术活动一开始，就把美的价值，美的目标，美的表现等等涵盖在创作过程、主题展示、人物言行和艺术评价与艺术影响里。举例来说，同是赵本山的小品，《老乐相亲》和《牛大叔提干》在审美上，前者表达了老年人对爱情的新追求，贫穷使原本萌生爱情的一对儿各奔东西，现在改革开放农村富了，已是老人的他俩，借为儿女相亲的方式，完成了自己的黄昏恋；后者通过牛大叔临时扮作牛厂长出席酒宴，又因邀请的上级不来了，丰盛的菜肴眼睁睁浪费掉，可牛大叔想要点玻璃给学校教室安上的请求却被无情地拒绝。从这些内容看审美方向，《老乐相亲》充满了对新生活的渴望，既指出过去的苦涩，又讴歌了当前人生的幸福；《牛大叔提干》鞭笞了吃吃喝喝的不正之风，又把丑态放在正义的裁判之下。所谓美的方向，就是扬美抑丑，就是提倡崇高，就是讲究高尚。并且应该为此去求真务实，去浪漫柔情，去情节曲折，去意料不到，去幽默戏谑。

但是如果美丑不分，而实际上贬损了高尚，或只是一味地缺乏正确审美价值的媚俗逗笑，这就是丢掉了审美方向。还是拿赵本山的作品为例，从《卖拐》开始，原有的审美方向被忽视，大忽悠要弄脑袋大脖子粗的伙夫却被格外突出。说白了也就是让丑的一套去捉弄傻笨，也就是把要小聪明去获不当之利作为"称赞"对象。当老实人受到无端嘲笑，显然便颠倒了真善美，扭曲了艺术的目标，

133

湮灭了审美对精神内驱力的树立与培养。艺术健康的原则被赵本山的俏皮话给消解了，只剩下了没有意义的空洞的笑。

尽管当下文化有了产业和事业的区分，但即便是要求经济效益的文化产业，其艺术产品依然是要讲究正确导向下的效益诉求的。也就是说，赚钱的艺术品也必须遵循艺术是精神食粮的尺度。人们在物质贫乏时需要精神振奋，在生活富裕后心灵更应该健康向上，不能被物欲迷了眼睛，不能被失去方向的作品和表演污损了内心世界和文化环境。

艺术是给眼睛以明丽给心灵以熏陶的。要达此目的，无论是产业的文化艺术，还是事业的文化艺术，都应该在审美力度与方向上坚持并举，在美的基础上去提升力度。即使以娱乐为主，以发笑为重点，也应追求娱乐和发笑的深层次。创作与作品只有在内涵上去褒扬真善美，传递正确价值观和彰显仁义礼信等传统文化，才能使社会和谐，家庭和美。只有在陶冶情操上更上一层楼的，才是我们真正需要的文化艺术产品，才能让艺术服务社会，有益于大众。

传统活动与文化环境

　　逢年过节和日常生活中，总会有一些习俗、老例儿和传统活动，对此可以统称"传统文化活动"。其中多表现为今天所说的非遗，如花灯、皇会、剪纸等娱乐喜庆项目。当然，在衣食住行上，也有织锦制衣、特色小吃、中药技艺等丰富的内容，还包含着烘托氛围的放爆竹以及社火活动。

　　宋代王安石曾在诗中写道："爆竹声中一岁除，春风送暖入屠苏。千门万户曈曈日，总把新桃换旧符。"唐朝诗人王驾在《社日》中说："鹅湖山下稻粱肥，豚栅鸡栖半掩扉。桑柘影斜春社散，家家扶得醉人归。"在当代，有的地区社火活动依旧是："鹅毛大雪纷飞，掩盖不住锣鼓喧天。""门庭若市，咚咚锵锵。那是多少人热闹的记忆，多少难以忘怀童年的声音。"

　　可是应该看到，社会发展到今天，上述的某些传统活动逐渐和现在的环境告别。如都市人口密集的地方已全面禁止燃放烟花爆竹，现代社区文化活动也与有着古老历史的社火渐行渐远。显而易见，这和社会发展演进的步伐加快、生活中人们对美学追求有了嬗变、环境结构与过去明显不同等密切相关。

　　当然也要了解，有些传统习俗的存在是与我国悠久的农业社会相辅相成、互补共生的。特别是"初税亩"以来，农耕的环境生态

135

进一步和节气、四季深入地融合。村落的鳞次栉比、星罗棋布,庙会集市的规律性出现,并与族群社会秩序紧密地交织,形成了地域特征明显的各种习俗,这都为传统文脉的积淀和延续奠定了坚实的基础。庆典时放鞭炮、燃烟火,吉日时节在阡陌纵横的乡村组织社火活动,不仅表达祭天拜地的情愫,还在村落之间彰显着喜庆的传递,在乡亲邻里中宣告家庭、族人中有人生大事发生。尽管在时代与生活的不断变革中,现代城镇越来越多,科技、工业、信息改变着人类社会进程,但是农业文明的积淀至今仍或显或隐地存在,所伴随的林林总总的风俗,或鲜活或曲径通幽地流传到了现在。同时,今天的发展离不开历史的滋养,因此也才有当下对优秀传统文化的学习,对非遗文化的确认。

可是,学习传统文化的意义在于对民族文化精髓的认知。同时,挖掘非遗文化的各种存续,在于对传统文化与技艺的保护。其中有些形态要从内涵上予以了解,比如过春节的团聚、敬老。有些烦琐的"妈妈例儿"虽然已经被简化或被新的礼仪所取代,但是团圆的浓浓亲情必须坚守。除夕夜的游子回归,与亲友相聚一起共话人生,就是一种鲜活的"不忘初心"。而在津沽盛行的初一儿媳在婆家操持,初二姑爷到岳父岳母家拜年形成"姑爷节",更显示出天津的和谐文化。至于传统文化、非遗技艺所蕴含的诚信、睿智、执着和精湛等,只要深入社区,与今天的环境或融合或展示,接上地气,人们都能在一个生气勃勃的空间里进一步了解传统文脉的流变,树立起文化自信。简言之,传统文化与生活空间的关系十分重要。适合的环境空间,有利于社会文化的健康发展。既富有生机又有着利于传统文化和非遗技艺的环境空间,能不断地给社会带来丰富多彩的生活内容,让人生更加充满活力。也就是说,文化给环境带来特色与充实,环境也为文化提供了争奇斗艳的良好土壤。

可是,一旦文化,尤其是习俗与技艺,和环境分割(包含自然衰落和人为损毁),那就会使传统文化失去了依托和生命力。老街区合理存在，店铺就有无声的活力，非遗的技艺就接地气。例如特色食品的制作，离开当地的特产和生态，所传递的技艺就会走样变味；某一道法鼓老会，失去了原有的环境氛围就会音韵失色，艺术感染力衰减。当然，传统也应当与时俱进，所以文化保护、非遗挖掘，根据已经变化了的世事和环境要有不同的应对，至少要有静态和动态的区分。静态者只是表明曾经的存在，是一种历史的遗存，它虽说与现实生活逐渐剥离，但因为曾经对生活发挥着作用，现在也要记录留存，或放在博物馆予以展示。动态者是这些文化项目还在满足人们的需要，并且给大家带来物质与精神的享受，所以要激发活力、顺势发展，并且给予环境的复现，在适应当代社会时把传统植入时代人生。例如，传统的特色食品，用流传有序、恪守先辈的特有的技艺，予以接地气地制作，结合着市井状态的街区，或者是古朴的环境，就能让色香味飘散在大街小巷，活跃在人们的日常吃喝中；戏剧曲艺，用传统的有着积淀的独具的表演展现其厚重的魅力，能进一步感染众多的老中青观众，也能让孩子们懂得中华艺术的美。这只是简单举例，已清楚地说明动态的传统文化、活力的非遗文化在适宜的文化环境里，会有着与时俱进的力度和前景。

尽管传统文化与非遗技艺的生活空间、文化环境和以前明显不同，但是只要适合今天的空间环境，有利于社会家庭的安康和谐，应该也必须存在着、发展着、延续着。从这个意义上说，有益于社会的文化表现要和相适宜的文化环境一致，或者今天的文化环境要给传统文化、非遗技艺一席之地，才是符合社会良性发展的，才是人们健康生活所必须的。但是，像节日燃放烟花爆竹之类，实在是影响环境并存在着安全的隐患。在高楼林立、居民密集的当下，现代城市的空间环境实在难以实现在节庆的日子、喜庆的时刻放几挂鞭、点几番炮。这种现代城市的文化环境已经和历史的乡村农耕时空渐行渐远，因此，"炮竹声声除旧岁"的习俗，只能被各类春晚等新的文化活动所取代。

　　当然，也可以多多研发些新鲜多彩的无污染的科技烟花，更具娱悦色彩的电子产品。让欢乐的声音、喜庆的环节揉入现在多元的社会生活中，把传统习俗与当代生活环境更加生动、更加适合地融汇在一起，岂不是更好。

《中国地域文化通览·天津卷》：携手努力又艰辛跌宕之作

《中国地域文化通览·天津卷》于 2014 年年底由中华书局出版。一年后的乙未年十二月初四，在馆领导和文史处的细心安排下，编纂者和关心此书的先生们济济一堂，畅谈八年来的艰苦磨砺和撰写心得。我，作为这本书第一稿下编的负责人和第二稿全书的召集者与统稿人，胸中仿佛打翻了五味瓶，感慨多多。概括成一句话：有悲有喜。

八年前，也就是 2008 年的冬天，陈雍馆长在一次座谈会上提及，由中央文史馆牵头，每一个省、直辖市、自治区，包括香港地区和台湾地区，都要编写各自的地域文化通览。随后，北京就传过来安徽省编纂的提纲和章节，作为各地着手的参考。他们的编写，基本上是以文化史、文化人和文化业绩来反映自己的地域文化特色。几乎同时，天津也积极行动起来。2009 年初夏，在一次崔锦馆长主持的会议上，陈雍先生拿出一份草案，详细列出天津从古至今的文化表现与实际，这是一种以词条凸显天津文化足迹与特点的撰写建议。全书的编委会于 12 月成立。随之，馆里决定，由罗澍伟先生牵头总揽全书，重点在文化史，我负责下编，侧重总结天津文化的若干特色。《中国地域文化通览·天津卷》在大家的努力下，春种秋实，于 2010 年冬完成，2011 年年初送交中央文史馆。罗澍伟先生花了很大功夫写绪论，组织修改全书，他还到北京香山开会作了经验介绍。

看似一帆风顺，谁知到了 2011 年 5 月，钱钢处长告诉我，《中国地域文化通览·天津卷》要重新启动。依广西、安徽等卷的经验模式来作修改，要求纵向的历史描述突出文脉，横向的区域特征叙述要有几个侧重，道出几个文化优势。

然而，按新的意见编写，原有书稿中的几个问题更加绕不开了。

首先，行政区划与文化群落并不能吻合。对天津而言，建卫筑城是从明永乐二年（1404）起，仅仅六百余年时间，但天津的人文足迹始在蓟县，已有几万年。加之天津城周围的几个区县各自都有千年以上的历史，它们隶属天津的时间长短有别，经由天津城市管辖的时间也前后不一。这就带来了纵向描述的双重取向：按城市核心区抒写，必然会使蓟县、静海、武清等区县的文化足迹有所衰减；依文化小区域分头去写，又有可能造成对天津文化脉络缕析不清的弊端。

其次，中央文史馆对地域文化通览的整体时间下限提出了必须"截止在辛亥革命"，即到 1911 年为止。可是，止于这个时间，天津近代的文化特色、经济发展是很难表达完整的。当时，陈雍馆长、罗澍伟先生诸位一致认为，就城市的近代现状和对城市的深层了解，天津应当把文化脉络下延至中华人民共和国成立前，或是 1937 年以前。不久，有一个消息说，天津可以把文化通览的时间下限放在成立特别市的 1927 或 1928 年。然而，这一意见曾在第一稿时被否决过，文稿的时间下限就只能止于辛亥革命之前。所以，很多 20 世纪二三十年代的天津文化优势就难以在文稿中体现了。

这时，天津市文史馆与北京市文史馆、河北省文史馆进行了交流。北京以建都前后写文脉的推衍；河北在历史描述上，从先秦燕赵娓娓道来。北京市的区域特征强调皇城文化；河北省的区域特征强调了几个板块的不同色调。这给了我们参照。同时，陈雍先生拿出了他深入研究天津的考古成果，津沽文化的走向应该是从西北山坡到东南的海湾，即"天津有万年以上的人文史，千年左右的城市发展史，近代百年辉煌"。当时他还以 PPT 演示了地貌、出土文物和史料，来印证天津文脉的"万千百"。

随后，依据陈雍先生的观点，我也写了分析"万千百"的文章，以及一篇论文，论及天津城市因三岔河口而逐步凝聚，又因成为京畿门户，加上市井的民风民俗和上层文化相向而行地不断积淀，形成它特有的文化脉络与特征。

经过讨论，大家的观点进一步明确。从 2011 年初夏到仲秋，由崔锦、陈雍两位先生先后主持，南炳文、尹树鹏、盛立双、谭汝为、陈克、甄光俊、高成鸢、张绍祖、高鸿均、仇润喜、曲振明、王振良、王勇则、宋阳等十几位先生与我和南开大学南先生的三位硕士、博士一起，多次研讨《中国地域文化通览·天津卷》的提纲。其间，张炳学同志、王学书同志和刘志永书记多次过问。大纲由我斟酌列出，章节框架有了眉目之后，陈雍先生审阅，再由我主持，请盛立双、王勇则、王振良以及李建武、李鹏飞和张纪伟三位硕士、博士每周几次在天津市文史馆七楼会商，讨论天津卷提纲的确立与细化。

在经历了十几稿和反复修改之后，一份有着篇、章、节、目四层铺排的详细提纲，终于在 2011 年 10 月报到中央文史馆。陈雍、钱钢、樊恒和我还去央馆参加了京津沪三个直辖市的汇报，当面听取中央文史馆袁行霈、陈进玉和十几位在京专家仔细审阅后提出的意见建议。

同时，也是从 2011 年初夏开始，参与研讨会的天津专家学者纷纷按提纲的内容，结合自己的专长，开始了撰写的初期工作，并在六、七两个月对写作情况有过三次以上的相互交流研讨。

我们去北京汇报后，回来即召开了天津卷二稿的作者碰头会，详细传达了中央文史馆的意见。此时，随着 2011 年冬季的来临，全书也进入推敲补充阶段，各位作者在初稿的基础上进行了多次修改。

据我的记忆，尹树鹏先生花了很大功夫写了天津卷序言的前一部分，一章四节把环境与天津文化的各层关系缕析清楚；甄光俊、张绍祖先生成稿较早，修改也勤；陈克先生有了提纲后，以很大的精力不断丰富内容；盛立双先生是参加提纲讨论的，他还是天津卷上编的作者之一，在听取了陈雍先生的建议后，写出了不同于传统历史分期的天津文化足迹，而且他的梳理是从新石器时期到先秦再到清中期这样一个历史跨度，难度很大；谭汝为、高成鸢、高鸿均、仇润喜、曲振明、王永良几位先生和宋阳女士，是天津方言、天津饮食、天津地方文学、天津邮电史、天津铁路史、天津曲艺史和民间艺术的专家，所写的内容虽已烂熟于心，却仍旧一丝不苟，兢兢业业撰写天津卷所需要的章节；吴裕成先生负责天津民风民俗的撰写，他把正准备的专著章节优化出来，提供给本书。王振良和王勇则先生在第二稿开始就参加了提纲与章节划分的讨论，王振良不仅提出下编的初步设想，而且写了城市空间和赶大营部分；王勇则对上编的清末民初部分和下编的天津宗教与报刊、出版、博物馆和早期摄影予以不断补充，并参加了全稿的审阅，提出了很多建设性意见。南开大学的三位硕士、博士在参与提纲讨论和写出明朝时期的文化表现后，在全稿电子文本的核对与连接上也花费了不少时间。

我从 2012 年年底到 2013 年秋，几次通阅全书，把标题特色和语感尽量一致起来，各章节凡是容量不一的，多的精简，少的补充，并把目设计润色出来。为了强调天津文化特色，凡能延伸阐释的，在不影响诸位先生撰写内容原意的基础上，我做了适当的修饰。同时，尽力把诸位先生写出的天津特色和精彩之处，凡是时间是在 1911 年之后的，我采用了含糊确切时间，运用"之后""紧接着几年以后""这一情况发展到后来""对以后一个时期产生了这样那样的影响"等等词语，或使用了简约合并之法，把天津 20 世纪二三十年代的优势适度囊括出来。尽管我做了努力，又是全书二稿的召集人和统稿人，但全书是各位同人，包括一稿诸位先生在内，用心血编织完成的，如果没有大家的通力合作，是不可能有今天这部《中国地域文化通览·天津卷》问世的。

《中国地域文化通览·天津卷》在 2012 年 10 月至该年年底，又进行了一次大的修订，之后陈雍先生审阅全书，核对上百幅历史照片；文史处的同志列出索引并打印出来交给中央文史馆，央馆和出版单位中华书局又提出了若干意见。我们对大部分予以认同，也有不同看法。主要的不同看法是三四级标题，原本中央文史馆已经同意的标题结构，后来出版社编辑提出，为了与广西卷、安徽卷等卷协调一致，要作删改。我们回复说：四级标题结构报请过中央文史馆之后，才按照四级标题撰写的。为求同，我们也可以调整三、四级标题，归入各章节，在总体上和中央文史馆所示的安徽卷、广西卷保持基本一致，"但需说明的是，各节内保留了一定的'目'单列一行，这是天津卷两年前组织专家、学者重新撰稿时，遵循四级标题而严格操作的。修改稿不能不保持这一格局，此点敬请中央文史馆见谅"。中央文史馆还提出了天津卷注释过多的问题，我们答复说："天津卷每章的注释较多，其原因是天津的文化通览有过曲折，几经研讨在总体观念上确立了'万年以上人文史、千年左右城市史和近代百年迅速发展'这一思路，使天津文化通览突出了自身的文化足迹。为了表述清晰，引用的若干资料，有的是新发现，有的是作者拿出了多年辛勤查阅收藏的成果。这和成熟且文字多多的文化旅游大省（直辖市、自治区）不同，天津卷需要拿出依据展示文脉的形态和特征。注释较多是正常的"。至于建议多使用中华书局出版的地方文化著作，"也因天津此类作品很少京版，只能发挥每位撰写者自己的藏书与天图、南开大学图书馆等馆藏书籍"。经过沟通，我们的看法得到了央馆与中华书局的理解。

尤要指出的，各章里面的引言和楷体提示、黑体标题以及书中章节的删改和文字增添、串联虽出自我手，但是源自大家的共识。例如勇则先生就注意到，在中央文史馆和出版社编辑审阅后返回的书稿上，他在一些黑体字处标注改成普通宋体字，也是为着天津卷保留"目"的单列。回顾全书的完成，我要致意文史处的钱钢处长，他当时被抽调到巡视组，但是只要一回到馆里就过问关心本书的进展和修改，解决录入、复印、印刷、送交稿和其他具体的问题。感谢樊恒从头至尾做了整理成书、选编插图工作，多次完成电子版、刻录成盘等事务，并联系各位作者，做会议的准备工作。感谢馆里几位年轻同志协助解决电子版出现的各种状况。总之，《中国地域文化通览·天津卷》是全体同人通力合作的结果，没有大家也就没有这本书。

从成书过程中，我认为《中国地域文化通览·天津卷》主要有这样几个特点：

第一，这是天津第一部图文并茂完整阐释天津地域文化史和几个主要特征的 50 万字的厚书，翔实的内容能为今后的天津研究打下一个良好的基础。

第二，天津卷第一次提出了天津文化"万千百"这样一个历史足迹，使人们对天津文化积淀厚重的认识向前推进了一大步。

第三，依据天津区域文化特征，把纵向历史划分为：天津远古人类的足迹（史前时代，从距今 1 万年以前—距今 4300 年），天津文化形成时期（夏商至宋辽，公元前 21 世纪—公元 12 世纪），天津文化发展时期（金元至晚清，公元 12 世纪—公元 1840 年）和天津文化转型时期（1840 年—辛亥革命）。这一新的符合天津文脉演变的分期的首次提出，是对天津文化特色较为深刻地阐释，与天津历史的脚步并行不悖，但却突出了天津文化自身的演进。

第四，天津卷的序言和全书结构使人们对天津文化的独特性有了系统的认知，如雅俗并举、市井文化的一些深层表现，流动与积淀共存，近代京畿地位，北洋新政推动天津文化快速发展，核心区文化与周边因近代的经济政治巨变而产生了向津沽凝聚等，能对读者理解天津有着更为宽泛的启迪。

最后说一下，成书体会。

首先，《中国文化通览·天津卷》起个大早，赶个晚集，但曲折也成就了这本书。先是，历经两年寒暑，在馆领导的热情关切和文史处全体同志辛勤操劳下，由罗澍伟、崔锦、刘尚恒、黄殿祺、谭汝为、岳宏、张磊、卢永琇、高成鸢、张绍祖、王勇则、扈其震、张宜雷、张元卿、李进超和张春生等十多位先生参加各章节撰写的天津卷一稿，于2011年年初完成了送审。到该年5月，全书的构架和叙述方式被提出了若干意见，尤其要求时间下限必须截止到辛亥革命前。这样一来，津沽文化自身的近代优势就不能作展开和深化的叙述，原本阐释晚清到民国的部分是文稿的优势所在，却遭大幅缩减，全书的框架结构也随之凹陷，这一稿的使命也就为之结束了。曾参加撰写的一些先生此后或忙于其他，或因故不再参与，这却终归是件事儿，成了这部书挥之不去的遗憾。然而一稿为第二稿打下了基础，提供了经验，有些段落也完善了二稿。

其次，天津卷二稿对提纲的格外重视是编成全书并出版的基石。从编写大纲开始，领会中央文史馆意见的精神，学习兄弟馆的经验，请他们莅临津城或发来电子文本。在不断地研讨中，提炼出主干和章节，请致力天津地域文化的中年学者和南开大学的博士、硕士研究生，形成老中青结合的撰写班子，把二稿完成好。

再次，既要按中央文史馆要求去做，又应该深刻认识到天津文化的形成有着诸多交叉，只有遵循天津文化发展的个性予以缕析，挖掘出特有的步履以及文化凸点，才能表现出天津文化的脉络与亮丽。即使面对忍痛割舍的境况，我们也妥善安排编写事宜，并齐心协力加快进度。

重要之处还在于，集体的智慧与力量是全书完成的基础，各级领导的指导关心是全书完成的前提，天津市文史馆所有参与的同志，他们的无私奉献和辛勤劳动是全书完成的保障。

尤其要说明的，听取意见和领导支持很重要。2012年9月，中央文史馆的袁行霈先生等主要领导召集京、津、沪三市的文史馆负责人和各卷主编、副主编及工作人员汇报交流，各位审阅的先生高屋建瓴又深入细致地提出宝贵意见，我们获益颇深。天津市文史馆的领导虽经换届，但都无不关心本书的撰写，解决撰稿中遇到的问题，使天津卷得以结稿。

当然，对我而言，是年近古稀后一次深入的学习，向撰稿的先

145

生们，向中央文史馆领导与专家和中华书局的编辑，向天津市文史馆的领导、文史处的同志们，向所有参与、关心《中国地域文化通览·天津卷》的人们学习。没有一稿、二稿作者的竭力写作，没有中央文史馆审阅的诸位先生和中华书局的编辑们为此书的付出，没有大家的全力支持，也就没有《中国地域文化通览·天津卷》。我在这里衷心感谢所有参与和关心天津卷的人们，我要鞠躬致谢！

要尊重审美的稳定性

贾玲和她的团队在一档节目中"恶搞"了花木兰，把历史流传下来的巾帼楷模衍化为"胆小、世俗和贪吃"的女人。这种"轰毁"传统形象的做法，虽有剧场效果，却引发了花木兰传说地的居民和挚爱英雄的人们的反感。

显然，这是一场应当重视的论争，因为涉及了对优秀历史文化如何传承的问题。网上有这样的表述：逗乐而已，何必认真；花家为北方部落的军户，世袭当兵，部队要攻击的也是南方地区，花木兰的替父参军，未必那么好。前者的议论，有些对此事不以为然；后者貌似使用历史口吻叙述从军是官差使然，却认为木兰姑娘不值得称颂。殊不知，这就掏空了花木兰传奇所传递的英雄胆识、不让须眉的气魄和家国情怀。

须知，民间传奇不单单是一个引人入胜的故事，而是几代人和千百年的文化积淀。这种积淀要经过真善美和人文道德及历史逻辑的筛选与考验。岳飞的"还我河山"的气壮云天获得千古的敬重，而秦桧夫妇只能被铸成跪像接受历代惩罚。原因很简单，岳飞精忠报国但被秦桧谄言诬陷。尽管有历史考证指出，岳飞固执，秦桧有才，他们的个性实际和传说不太一样，可是历史的审美是以民众的正义取向为准绳的。当众人的情感一旦集结在某一性格上，就会以其形象的魅力，促进文艺创作。中国四大民间故事，即以孟姜女、

147

花木兰、白蛇和祝英台为代表的女性人生，包括后来的七仙女下凡嫁给董永，都以浓郁的大爱、正义、尚善感染着人们，而其中的悲剧命运更是以一种隽永荡涤着人们的心灵。这种感染和荡涤可以超越时空，因此也是具有稳定性的。

而稳定的审美和它的人物形象、情节故事、核心内涵与传播外延，是不能予以颠覆性嬗变的。所谓反传统的大话式和恶搞式的解读、演绎，一般说来是对审美稳定性的冲击与破坏，也是对优秀文化传统的锈损和蚕食，更是对青少年接受、理解古代文艺和历史文脉的扭曲。试想，花木兰如果胆小了、变贪吃了，祝英台转身成为武林高手了，不仅巾帼英雄成了瘪三，再没有果敢挺身的木兰女；就是享誉全球的小提琴协奏《梁祝》，恐怕今后也难以深刻地感染各国的听众了。自己都不敬重已成为精华的历史形象，后辈和他乡的人们怎能会爱护文化的经典？稳定的审美形象是需要尊重的，优秀的文化遗产是应当爱护的。

发展传统、与时俱进，并非用搞笑的篡改以适应"乐呵乐呵就得了"的俗化欣赏取向，耍笑的背后往往是浅薄与无知。从卖身葬父感恩至孝的董永到思念人间的七仙女下嫁憨厚农夫奏出一曲动人的爱情故事，黄梅戏《天仙配》的成功经验才是真正对历史文化的创造性继承、发展。眼下艺术市场面临浮躁的考验，除了要提高欣赏氛围以外，文艺工作者特别是年轻的从业人员，是不是需要反思自己的学识修养？

无论开掘历史还是捕捉现实，作品追求精神的健美和鲜活、艺术的深刻与律动才是大道。

电视剧栏目化：前景与问题

　　按某一内容要求和形式风格，在特定时段予以播放，这便是俗称的电视栏目。一般说，栏目更是一种载体，使电视节目有序并可以使创作者能针对性地组织作品。长期以来，栏目大多是非剧情的，因此电视剧和栏目没太大关系。但自二十一世纪初以来，伴随电视艺术的多元化，人们需要节目突出特点、突出个性、突出系列性；同时随着解读知识的故事性需求的增长，电视又增强了情节性和故事化。其代表是江西卫视的"传奇故事"和中央台的"百家论坛"。

　　而电视创作在经过了数量增长和精品需求之后，观众对电视剧的审美进入了日常化和贴近化的需求。所谓"贴近"是希冀电视剧能呈现出观众的身影。而栏目的固定性和强烈的取向性，使电视剧和栏目的结合有了可能。走出这一步的是广东卫视的《外来媳妇本地郎》。也许喜剧能影响社会和谐，能渲染生活色彩，使观众认同的电视节目向栏目化发展，总之从一开始，电视剧的栏目化就在亲情、世相和喜剧特色上发展，不仅给观众留下了深刻印象，而且变成了一个自发性的由此岸到彼岸的艺术追求。

　　从欣赏上来看，栏目化做到了：

　　1. 集数多：使栏目的固定化让故事和演员更加进入群众生活化的审美。

　　2. 和社会时代同步：使电视剧的艺术人生与生活的鲜活交汇交

149

融，艺术与日常言行交叉互动，因此作品更加符合观众欣赏心理，创作更富生命力。

3. 精英创作和崇高审美性：经过栏目化，会让电视剧对社会尤其是对底层百姓生活或全景或某一层次的扫描与揭示，将他们的生活舞台投影到荧屏上，使电视剧走进百姓中间，成为二十一世纪电视艺术的一个发展。

从前景上看：

1. 新生的艺术样式，富有朝气和发展潜力。这也是观众喜欢和制作单位要创作栏目化电视剧的主要原因。由天津卫视制作的电视连续剧《小房东》，便是一个很好的例证。尽管郭德纲主演的《小房东》散，杨议主演的《杨光的快乐生活》俗，但由于它对百姓生活的贴近，使它们拥有了不少的电视观众。

2. 平民化。这实际是栏目化的一个前提，即栏目的设置要和百姓沟通，要符合观众的审美要求，今天的观众已不满足"你拍我看"，而是要从生活剧中看出自己、看出社会、看出人生、看出滋味。栏目化要具备这方面的特点与追求。

3. 栏目化应该情节单一，却要起伏跌宕；人物鲜活，又需张弛有度。因此故事的幽默性和深度要相辅相成，而人物性格要有独特性，既要符合逻辑又要有意料之外的言行。最好是具有生活色彩的情景，情节要有悬念，而矛盾的产生和矛盾的解决应启迪家庭、启迪人生。同时栏目化应有相当的故事量，一定的人物延续，一定的生活观。

4. 在艺术上，栏目化电视剧是生活剧的日常版、是故事剧的家庭版、是社会剧的亲情版、是轻喜剧的搞笑版。是贴近生活最好的审美，是与观众交流人生最大的引力。总之，栏目化使电视剧生活了、亲情了、人文了、互动了。

150

从问题上看：

1. 作品不精。"精"一方面是人物，故事形象动人，生活气息浓，时代感强；另一方面拍摄要精致，可以说天津卫视制作的电视剧《一个姑爷半个儿》有这方面的追求。

2. 演员要能挑大梁，但要服从故事，服从生活，不能太自我，太跳出角色和情节。电视剧《小房东》有这方面的缺欠。栏目化电视剧要有一定的"蔓"，但不能只围绕主角转，要表演出剧情人物。

3. 眼下电视剧栏目的剧本创作上不去，拍摄及播放规律还需摸索。

4. 生活向电视剧栏目化提出挑战，又给了很好的机遇。而栏目化电视剧自身还没准备好就上阵了，有些匆忙，有些外化。

5. 下面几个关系都未能处理好：如生活与艺术，通俗与高雅，数量与质量，框架的相对固定与剧情的收放，情节的逻辑与演出的幽默等等，应该是先生活，要通俗喜庆，再求高雅。

6. 坚持向观众要电视剧栏目化的动力，向创作者要电视剧栏目化的水平。面对市场需求电视制作者不仅要去适应，更需要引导。用电视佳作去引导收视。

总之，前景广阔要坚持，问题不少要克服。以艺术实践求拍摄成果，以理论求拍摄成功。主动接近观众的需求，使当前的电视剧创作再出亮点和新的潮头。

借鉴、文化准备和批评

岁末年初，文坛上的"新作（即《马桥词典》）有'借鉴'之嫌"的议论迅速引发为风波，进而成为诉讼。让文学创作与批评的争执进入法庭，从具体上看仿佛是一种依法办事的进步，但对文学的良性发展和有着丰富内涵与魅力的文学批评来说，实在是一个悲哀。

从创作上看，尽管"辞典"（《马桥词典》）进入文学载体是中国无有世界少见，但毕竟此本晚于彼本。在信息时代，感知迅速，互相启示频频，晚出的书和前面的成功创作放在一起，若是有"似曾相识"的痕迹，就很难避免借鉴别人的疑虑。何况文学借鉴也是创作的一种演进、一种过程、一种途径，如《金瓶梅》与《红楼梦》。所以，冷静、理性对待批评者提出了"借鉴"某某，予以平心静气的解释和说明，也是创作者和读者需要的。尤其对作品欣赏而言，分析阐述一下谁借鉴了谁，可以更接近创作者的原态和实绩。即使是"借鉴"了，也不一定会使作品衰减，反倒折射出创作时作者阅读的状况，受了哪些启迪，以及当时文化环境的特色。如 20 世纪 50 年代，我国文坛不少作品有着前苏联文学的印痕。这也成为那年头判断创作的一个视角。

当然，借鉴对于创作，是一个复杂的过程，也会有复杂的状态。而唯我排他的创作更是十分艰苦和非常独特的。要在借鉴与创作之间讲清"借鉴"的心境和语境,准确把握作品的内容和形式、体裁运用和创造性劳动,难度也很大。因此,即使把借鉴说成照搬,对触类旁通或以他山石来丰富自己的写作者来说,可借用一句俗话:笑骂任其笑骂,我行我素,读者和时间冲刷最终会懂得真谛,留住真相。是"借鉴"绝不会认定为"照搬",是独创绝不会硬指为借鉴。创作者面对被指为"借鉴某某"的言论应当切忌恼火,平心静气先想想自己的笔触是否借鉴了,如何借鉴的。倘若是"照搬",那就背离了艺术创作要坚持独特和个性的原则,也背离了古人"刻苦为新句用",用"心源为炉,笔端为炭"把前人的文字,即使是"佳作之语",也要熔炼一番。所以,文艺创作不在于"作"而在于"创"。借鉴无须回避,关键是"富于材料,领会精神"。受到别人指出的"借鉴"批评,应看自己是不是只"借"不"鉴",如果写的是"我手写我口",即使《金瓶梅》写了武松、潘金莲,有谁说《金瓶梅》"照搬"了《水浒传》?倒是给了后人一个"借鉴"的典范。

当然作者和批评者之间,作家之间,可以也应该相互批评,开展细致分析,有理有力有节地去探讨辩论,不能简单地走上诉讼程序。把话说得远些,若文坛圈内都一时难说明白的问题,却以法规通则去理顺文艺纠纷,恐怕更难以快刀斩乱麻。即便"判"了,却不一定"了"了,弄不好也许剪不断、理还乱。但愿我是杞人忧天,愚人之虑。

眼下总有一桩两桩借鉴之类甚至创作的"抄袭"事件出现,并且大都表现在"文革"后声誉鹊起的作家身上。从个案为现象的先导这个角度试分析,个中原因大概是一些中年作家一方面文学积累有所欠缺,另一方面又为名声所累的缘故。比如,从一鸣惊人到成为热点作家,其"功成名就"的速度一旦过快,而读者又以该作家的功名身价要求作品的数与量。这就使得创作人为地在高水平、高密度中追求拓展,其难度是很大的,以致超过了作家可能的创造力。这种超越实际能力的潜形压力和频繁地应付"文债",使作者只能疲于奔命,勉为其难。文学的积累、生活的积淀、人生的积存,以及

153

创作的厚积薄发、风格的凝聚变化、艺术的开创选择等，都成了高悬的难题。于是借鉴就成为适合的首选，以至有些作家和准备走红的作者，会边看着别人的著作边写自己的书，不由自主地或时不时地在自己笔下流淌了他人的影子，造成了你我他的相似、相近、相像和相融。也许笔下焖了一锅"夹生饭"，一半是他人一半是自己的。这可以视作我们一个时期的作家文学和文化准备的不足。

譬如在文化营养上，"文革"之后的作者，不少的是先天不足、后天失调。初登文坛就有所走红，应该是机遇大于自身条件；或前期在创作发轫时已耗尽生活积累、文眼才华，到了创作的爬坡阶段，社会和舆论也认为某些作家已发展成熟，应该年年出版大部头作品。于是形势促使作者紧赶慢赶，结果造成了短线写作过热，长线创作过于空寂。而文学市场的不健全，常用炒作宣传引导阅读，也多少折射出对创作的急功近利。同时，不能正确对待批评，或只把批评视为捧和骂，而不是视批评为文学的一翼，认同批评可以完善创作、深化阅读。一个劲地捧和骂，发展下去便只能对某某的作品叫好，不能说有些差。倘若评论者的声音尖锐些、个性些、冷静些、偏视些，创作者就心态失衡、反击激烈。

其实大可不必。批评除了评论以外，也是一种阅读后的文学发现。记得几年前有评论家说过：批评实是一种伟大的偏见，只有看得超乎寻常，分析出意料之外，作品的潜在和底里的层面才会揭橥出来，都是"今天天气哈哈哈""这部作品呀呼呼"，批评也不成为批评了。创作者如真是这样要求批评，也许他想的是作品外表光鲜而非创作本体的优劣，他可能看中的是声誉、获得感之类。

回想 20 世纪二三十年代，当一个文学大潮伴随时代而行，并站在社会前沿为人生、为艺术而呼的时刻，鲁迅、郭沫若、茅盾、巴金等一大批文艺家并没有讳言借鉴，而且是以"拿来主义"使中国文学迅速走向现代化。以致从白话文始，出现了新文化运动开一代风气的历史变化。凝眸鲁迅等先生，他们学贯中西，对中国文化传统准确扬弃，对外域文学鲜活吐纳，创造出自己的作品、民族的文学、时代的文化。而批评界也适时深刻评论他们曾经有过借鉴，并以此作为研究作家作品的基础之一。反观今天的因"借鉴"或"照搬"引发的风波，人们不禁会忆及当年并和21世纪初相比较，感叹现在的借鉴已被扭曲，批评已被冷落，创作基准被降低。于是和中国现代名著相对照，眼下实在是数、质不符，力作少，而大多数的常作，即便其中有所"新颖"，也只是凤毛麟角或只此一家。难以和佳作经典比肩，那些坐在空屋憋出来的作品，字里行间给读者的依旧是轻飘与平庸。

文学需要准备——努力学习与深入生活——无论对个人还是对社会，都要认真而严肃地面对这一问题。其一，环境要提供条件，不要让作家为声名而创作。在这一点上，倒是适应市场商业运作的作者心态。另一方面，舆论的导向要健康正确，理解批评、活跃批评，并运用批评的武器来提高批评。创作和批评是文艺的两翼，即使尖锐到尖刻，也会对阅读、对创作有所裨益。

值得大家琢磨的是，在相互理解下，应遵循批评的基本原则，以提高创作和批评。要评出精品，须有高质量批评。第一，要看生活的深入力。对今天复杂又新鲜的生活，仅仅从"转轨形态"就可以开掘出从无序到有序、表层向深层的嬗变。同时要写大人生，否则会因陷入小趣味、小事件中，而使作品浅尝辄止和片面猎奇，时代典型便会从平庸写作中走失。第二，要看思维的判断力。光深入生活还不行，还需要揭示生活，准确定位，由表及里探索分析。作家不能把素材当作艺术典范，应该从具象中折析出鼓舞人的抽象，以及如何生动地表现出来。创作佳作，需要更深刻地提炼作品的主题。第三，要看艺术创造力。文艺是以有意义的形象开发人与环境，从而去感染人，激发读者观众。缺乏艺术的开创力，作品的魅力也就被极大地削弱。而批评的作用之一，是以其准确尖锐、有理有据、有分析有解读地积极促进艺术创造走向新天地、新视野、新的描绘。第四，要看文本吸引力。任何文学艺术都有其特定的"制作要求"，是"戴着镣铐跳舞"。然而，文本的借鉴又与内涵外延的创造性、独

155

树性，既相互制约又相辅相成。优秀的创作既遵循一定文本原则，又要敢于突破前人，并以更出色的艺术载体艺术形态，使作品思想性、艺术性、欣赏性趋于完美结合。批评的着眼点常在于此，创作也应以此为要求。第五，要看审美的孕育力。艺术境界的内驱力在于美，真实只是美的一面，关键是本质的独特涵盖。不是不写丑，而应写出美对丑的审视；不是不写普通，而是写出普通的闪光，或人与情节背后的魂魄。把上述第四、第五两项放在一起，文本的追求是重要的，不应忽视文本的探索，但审美孕育更重要，即使在文本上"借鉴"了，如果审美孕育出新作，依然是读者伸拇指的力作。批评家也是从文本分析去寻找作品的真善美的。第六，要看批评的穿透力。创作与批评都要有"面对社会人生的判断力"。优秀之作不是对已有的一味继承，也不是对具备基础的题材简单加工。要有新观点、新见解，充满革新意识。而批评更注重以批判力去升华作品的社会影响和文本价值，从而提高读者的认知，提高创作水平。

简单列出上述几项，意思是以一个大致的范畴看文学也看批评。回到"借鉴"及"照搬"风波，无论如何还属于文学自身，实在到不了诉讼地步。模仿和借鉴是不应当被求全责备的，没有模仿和借鉴就没有进步，问题是用什么文化进行模仿和借鉴。更关键的是，对本体文化理解得如何。这和"抄袭"不一样，艺术的"借鉴"，是要与人物塑造和情节独具相关联的，是运用"拿来主义"去创作去开拓，是需要学贯中西和大量阅读与深入生活的。眼下一些年轻作家文化准备不充分，认知狭窄，又挂上那么多"大"衔，"负重"创作，出现"伪劣"的"照搬"也难免。这里考验的是作家的真诚和社会责任心。从接受的角度，社会要对此有所理解，只要不是"抄袭"，可以给作家以宽容。

社会的公共文化、素质氛围、阅读环境也和创作应有文化准备一样，也要积极进行阅读的文化准备和提升文化修养，积极让文化环境健康发展。现在却是出现某种偏移，例如创作和批评未能强调历史责任、时代召唤、生活深入、文化吸收等。对文本的实验，像以"辞典"突破文学体裁的惯性，应当首先热情肯定和鼓励。指出是什么样的"借鉴"，有何意见建议，借以提高创作，也是鼓励的一种。

拉拉杂杂，写了这么多，仅希望文坛走向健康，文学的创作与批评比翼齐飞。在借鉴学习、拓张创造力中，使世纪之交的文坛出现更加繁荣、更加彪炳于文学史的文学实绩。

相声，回归舞台……

——选择中的郭德纲现象

郭德纲"火"了，并成为一种文化现象：即以某种复归的方式，使进入荧屏表演的相声回到舞台，引起反响，形成出乎意料的社会关注，并伴有大量的粉丝。但仔细考察上述现象，郭德纲被更多的人认识，还是依赖了大众传媒。而且仅是电视加上网络，就使郭德纲家喻户晓。再回顾曾经的相声和电台、广播的关系，从中我们可以找到一点规律，即相声艺术离不开"传播"。但这"传播"从历史足迹上看，可以分四个阶段——从撂地摊到舞台；从舞台到电台；从电台到电视；从电视又回到舞台。郭德纲可以归入第四个阶段，并成为其中的代表人物。

然而，从相声内涵来分析：第一代相声开拓者基本是以撂地摊吃"开口饭"，表达自己和市井百姓生活的辛酸，人生命运的不济。别看说相声撂地，吃"开口饭"日子过得艰难，但是"穷不怕"，人格尊严要有，所以相声的调侃、讽刺，是从坎坷的境遇里体味出来的。以致通过讽刺述说不平，运用幽默让听众豁达乐观。因此，是人生艰辛，吃"开口饭"不易，萌生了相声这门艺术。第二代相声致力于对相声人物的塑造，到侯宝林、马三立更以雅俗共赏形态，雕画出一系列难以忘怀的人物形象。如"说大话者""尴尬人""马大哈"等等。进入二十世纪八十年代以后，电视的介入，使相声趋向表演，"说学逗唱"四门功课，发生了"为镜头而生存"的嬗变。尽管第三代领军人物姜昆、冯巩诸位对此下了很大力气去适应，也取得了成绩，如《虎口脱险》《瞧着俩爹》……但仍不免露出小品化的身影。加之创作跟不上，队伍飘零，欣赏环境多元混杂，于是，相声在综艺晚会，尤其是在春晚上"挣扎"，并不得已的在难以展开相声艺术"铺平垫稳"的综艺节目中，去"混"脸熟。在浓浓的声光电、舞音美、服化道所造成的氛围里去"逗笑"，这是拿说学逗唱的相声"糟改"。可是潮流所迫，电视相声自己或主动或被动地去遮蔽相声的初始、初心，面对镜头手舞足蹈起来，这门艺术也就失去了原有味道。

其实，众多老中青相声演员面对镜头是苦恼的，当下的欣赏多元化和多群化使已经被冲击的相声境遇更加尴尬，而创作的乏力、队伍的青黄不接和舞台变身歌厅，文化环境浮躁，使这门艺术无法更新，京津等地的相声志士已逐步觉察到"电视相声"不能适应相声今后的生存，也与马三立、侯宝林等大师带着相声走进舞台的初衷不符。而且，"面对镜头"的相声表演，使演员远离舞台，很少与广大观众有直接的呼应。即使有"效果"，那"笑声"也是摄录出来的，不是"台上台下"面对面交流的"笑果"。同时，"镜头"下的相声，参加各种晚会、综艺节目，表演受困于时间、氛围、主题，创作难以伸开手脚，观众的接受与欣赏空间因为生活和休闲状态的多元，也让"电视相声"难于发展。加之脚本的稀缺，相声创作走入低谷，不少观众开始回味侯宝林《夜行记》的高雅，马三立《逗你玩》的微妙，高英培《钓鱼》的大俗，并希望在更为深切的幽默和更为尖锐的讽刺里，找到新鲜、辛辣和哲理，在笑声中达到更高的审美。相声本应接地气，现在却飘在半空，何去何从？

遭遇迷茫的不止于相声，鼓曲、话剧、传统戏都面临困境。这是一个潮流。潮流是后浪推前浪的。近来，出现了文化"复归"潮，但蕴含着变革发展的时代气息，也预示着艺术的新趋向。舞台演出增多，小剧场相声悄然出现，电视并不像十几年前那么"黏人"。文坛艺苑继承传统的呼声和守望历史尊重遗存的意识日益浓郁。再看不忘初心的人们，先后开始了对各个艺术门类的有继承的新探索。从艺术发展史上看，文艺的较大嬗变，往往总是形式和载体的先行出现，形态走在内涵前面。例如诗歌字数和韵律的发展几乎是从格式开始，甚至内容的表达也要遵循韵律的要求。尽管作品要靠内容说话，但是艺术门类的特性和区别应该由其独具的表现形态来决定。而且某类艺术形式的初始状态，也大致规定着这门艺术的基本特征，甚至这门艺术越走向成熟，其基本特征越要保持。例如话剧主要以对话塑造人物性格取胜，无论今天话剧是小剧场还是大舞台，是巨型实景还是虚拟场景，是"一说到底"还是"穿插歌舞"，只要表演的是"话剧"，就必须以对话为主。

正因为坚持发扬这门艺术要尊重这门艺术创造的初始、初心、基本面，这可视为一项艺术规律。像相声源自地摊和茶社，面对面用说学逗唱和观众交流，用揭示社会况味与讽刺人生丑行显示其威力；虽说今天被招入电视的麾下，可它的"根"在于和观众的直接交流，存态在茶肆和小舞台。相声里的"砸挂"，是体现自己艺术特色的重要一环，在电视镜头下难以发挥，面对小剧场的新老观众，就能"砸挂"，把相声演员的能耐凸显出来。于是，一些聪明的相声演员在回归意识的萌发下，走向大众，开始并坚持在茶园、小剧场演出。天津的众友相声和名流茶馆、谦祥益文苑已经因为相声表演直接对着观众而声名鹊起，并在艰苦中取得了不错的业绩。同时，沈阳、北京、长沙等地也有了相声的剧场演出。可见，与观众面对面近距离接触交流俨然成为时尚，相声大会的名称和回复相声传统表演形态已成趋势。

此刻，德云社因在首都，郭德纲又有着相声演员所具备的优点：语言快奇，活做得巧，风格亲民；相声内容又经过一定的变化，含时尚元素，具备了去剧场听相声的观众会热情认可的基础。经过媒体交叉报道连续聚焦，郭德纲"火"了，甚至不火都不可能。究其原因如下：

首先，适应了人们对相声要回归传统的需求，这种需求在于电视媒体过于强势，使得许多艺术门类不得不迎合电视镜头、电视录制和电视播出，以至于电视语汇影响、改变了原有艺术的表现。电视的"强悍"，让不少艺术门类已经呈"弱势"。人们总会对弱势一方关注和扶持。对相声的困境也是如此。看到相声在电视镜头下突出了"演"而削弱了自身语言的张力，就会回顾传统相声的张力、魅力；看到王平、郑健曾在一段表演中发出了"我们究竟该怎么演"的呼唤，也会想到相声被"电视化"后，境遇尴尬，本该有的"铺平垫稳""适时现挂"和"与现场观众交流互动"都被荧屏"异化"了。尽管电视方便了传播，甚至相声演员在晚会只说几句露了一会儿脸，便一夜走红。但仔细琢磨原本的艺术味道却衰减了不少，镜头捕捉、剪接等技术手段，会改变所录制的相声节目原有的艺术情态、氛围和节律，使得相声不像相声、戏剧不像戏剧。这就造成了电视下的相声新作，常常会以小品似的形态出现，或者干脆就是小品，这和化妆相声不一样，化妆相声揭示人物生态，小品展露性格矛盾。

　　而相声面临尴尬，或是传统形态被衰减被取代，用卖贫耍萌去挠痒痒；或是舞台相声被电视"塑造成"屏幕上的"说加手舞足蹈"。年轻观众觉得无趣，老观众认为糟蹋玩意儿。这就给郭德纲留下一个辗转腾挪的空间，他有些传统的功底，又能把相声近距离与观众交流、会灵敏地砸挂抓哏，于是他的德云社以此为机遇的舞台，有了不少观众和年轻粉丝。这是时代使然，也是郭德纲能力的体现。

　　然而，作为相声大本营的天津，对郭氏的演出风格和内容，却看得很淡。尽管笔者不在相声界，但也以这样的心态处之。个人浅见，仅从艺术要有饱满度来说，郭德纲是相声坯子，站在台上就有相声的范儿。可是几段听下来，这几点毛病不能不提：一是，他表演的传统段子，是用分切、组装和辅以时尚搭起来的，段子里的人物，就是他，而不是塑造成"开会迷""马大哈""骑自行车人"和"二他爸爸"等等鲜活性格。二是，大量的拿捧哏开涮，不一而足。

第
二
章

若
有
所
思

161

三是，过于投靠"网络意识"下的舆情走势，不加筛选，放开了却收不住。这就和艺术既要含蓄又有张力、既要尖锐又有趣味、既要通俗又有内蕴渐行渐远。

要说郭氏相声不是艺术，也太尖刻，无视他对相声的热爱和全力以赴，是不对的。郭德纲的毛病出在扎而不深和过于迎合市场。在艺术天地留下倩影的老艺人、名角，也不会对市场小觑，但是绝对是"真功夫"——用锤炼几十年的真正的艺术力量去感染观众。感染与迎合，在社会欣赏上有金石之别，前者显示的是艺术的魅力，后者只是表演的刺激效应。

郭德纲是时代的弄潮儿，面对相声被荧屏越拖越远，能抓住机遇，这是要记住的。可是，艺术需要扎实继承传统，增厚内修，由内而外，让表演在传承中拓展出新，又在出新中把艺术熔铸成经典，当然能精彩也成。作品和表演是相辅相成的，关键是塑造让观众留下深刻印象的情节、性格。越隽永，越能经受时间的磨砺。这一点上，侯宝林、马三立是我们学习的榜样和艺术的楷模，相声后辈包括郭氏应当对此有所体会。

当前，正值社会大潮风起云涌，却又泥沙俱下的嬗变发展时期，艺术也会在这大潮中披沙拣金。艺术是需要继承、开拓并在"锤炼锻造"中积厚博发十年磨一剑的。相声艺术是文化的"轻骑兵"，但不是"短平快"，不是"快餐"。它要在巧、奇、妙下超越笑料，表现出厚重感。当场发笑的是"小技艺小手段"，在回顾中能常笑常新且韵味十足的，才是相声艺术的真谛。真诚地希望，相声艺术不要浮躁，而是静下心来，业精于勤，学好传统，推陈出新；好好说相声，说好相声。

从编造说到意象

每当我看到"裤裆掏雷""手撕鬼子"之类的镜头，不仅对有此内容的电视剧会产生索然无味之感，而且还会对这些生编硬造、味同嚼蜡的作品产生不认同它们是艺术创作的情绪。

艺术本来是以创造性的手段对人和社会进行有趣味又有意义的开发来打动欣赏者的。因此只要是艺术，就应该以巧妙的构思和出神入化的展示去感动人们。即使艺术功力差一些，也应该写出有情趣、谐趣和意趣的故事，描绘出人物性格的真善美，哪怕是其中的一部分也可以。同时，艺术品不等同于实用品，它是超越衣食住行而作用到精神与心灵的。为了触动和放飞心灵，作品要有意象等内涵。例如，杂技演员买猴是现实场景而非艺术情节，马大哈买猴，就从意向上通过幽默讽刺了不负责任的行为，是艺术的精彩展示，是运用了"意象"里的移代手法。

而意象之于艺术境界，古已有之。唐代王昌龄称："诗有三境"，即意境、物境、情境；近代王国维在《人间词话》中说："文学之事，其内足以摅已，而外足以感人者，意与境二者而已……苟缺其一，不足以言文学。"把意境作为衡量诗歌也包括小说艺术的一种标准。尽管"象"属于形态，"意"在于内涵，但是"意象"一词更多的是指作品的意蕴和情致，而且要"意在笔前""不著一字，尽得风流"。当然，写诗写小说不可能不去码字，创作影视剧不可能不去编

163

织悬念和吸引人的情节，但是应该写出有意味的叙述和描绘，画面镜头应当有韵致、有趣味，也就是作品必须有味道，所以意象的表达，乃至写出"飞流直下"和"茅屋秋风"等，就使得作品有着隽永的神韵和人生的体味了。

意象首先在于气韵，而且重在社会的时代映像上。道理很简单，作品是要让大家看的，艺术品的感染力度和关注社会底里密切相关。同时，作品应当是历史的映照，这才能有艺术的厚重。拿天津近三十年的小说为例，仅仅篇名就能感悟到时代的足迹：走过《鲜花的歧路》，现出了《明姑娘》的倩影，虽说生活还有《盲点》，但是更多的是"开拓者家族"和津门故事，《机器》已是大模样，《高阳公主》耐人寻味，《午夜阳光》《天津爱情》《遥远的祖父》《蛐蛐四爷》等异彩纷呈——顺手列出，挂一漏万——却也印证了意象之作要与时代熔铸。其次，意象要启迪人生。文学艺术是以形象刻画人与社会的，人生的跌宕起伏背后的性格印痕与命运际遇是必须予以揭示的。这其中有深有浅，有多重视角，可是再有意思的故事也应当对人生有所蕴意。此外，意象还在于形态元素的新颖别致，独具魅力。深刻的意象必定与含义悠远的形象、环境等等互为表里，杜甫的《石壕吏》鞭笞了朝廷的征战给百姓带来苦难，李白的《将进酒》彰显了诗人的豪迈。倘若没了意象的形象，作品里的力道和味道也就散去，乃至乏味如喝刷锅水了。

眼下，受多种因素的影响，艺术的图读和快餐化使得创作的笔墨滞留在故事的眼花缭乱和浅表的只图一时的动感上，鲜有为作品的意象倾心打磨者。也许文坛缺失高峰有这个因素，于是重提意象在创作中不能或缺，就不是碎语闲谈了。个中还有一层意思，艺术的载体是为传导内容和感染大众服务的。不能为着作品要刺激眼球，就去挑逗感官。艺术既然是反映人与社会的深层状况并感动着欣赏者，因此作品就必须要摆脱一般与低俗，创作应当雅俗结合，写出情趣并让意象有意思也有意义。任何载体，包括体裁对创作而言就是"戴着镣铐跳舞"，并且会影响到故事安排、情节拓展、人物描述、环境点染，以及语言、画面的特色。有的作者功力不逮，就在"讲故事"上费脑筋，以为有了奇谲的故事就可以成为引人之作，像"一箭射死几个鬼子"之类。殊不知，这种拿不真实的瞎编当作吸引人的所谓艺术，其本质是作者江郎才尽，是在制作文化垃圾。此时，离着意象已经是风马牛不相及了。

性格凸显与浪漫传奇的交响

——评《打狗棍》

当情节走出了曲折而进入奇谲，人物走出了个性而进入张扬，可以说这部电视剧已经渐入佳境。然而《打狗棍》给我们的还不止这些。

这部剧，从时代上说，横跨清末到抗日战争，从角色身份上讲，写了复杂的丐帮。而且，故事发生地是皇家避暑胜地的热河，于是作品的传奇性就展现出来。加上这传奇性充分建立在恩爱情仇的矛盾纠葛中：既有追寻师傅的死因，又有有情人不能成为眷属的错位；既有阴差阳错做了丐帮帮主的惊奇，又有舍弃亲情伸张正义揭开鸦片黑幕的悲愤。更令观众心灵震撼的是，一群人生道路各异的堂屋子弟和讨饭草根，在日本侵略者面前的大义凛然和奋勇抗争。那种悲壮，那种阳刚，那种血性，是何等的惊天地泣鬼神。当然也有那么几个败类，赚不义之财，行蝇营狗苟之事，堕落为汉奸。但正是他们的反衬，使戴天理等人的形象在荧屏中慨然树立。同时他们的敢爱敢恨，又那么鲜明，那么自然，那么荡气回肠。

这样一来，文化传统中的艺术传奇，在电视剧《打狗棍》中有了浓墨重彩的表现。这和一个时期以来的以抗日为由头的"神剧"截然不同。虽然也"编"，却不天马行空。《打狗棍》采用了流行于承德的"丐帮打鬼子"的传说，但是《打狗棍》所贯穿的，是有理走遍天下的正义裁判的力量。师傅死得不明不白，就要抓住线索查明真相；鸦片害人，不管面前站着的是官老爷还是至亲好友，也要闹个底朝天。同情弱者，关爱亲人。即使应该爱，而因种种原因没有爱成，也要用理解和善意去面对。

这也和不少电视剧在写人物时，总是夸大言行举止不同。《打狗棍》没有特意地扭曲人物关系，一味地钩心斗角；也没有只注重穿衣打扮，以显示特立独行。它是在林林总总的爱恨情仇中去塑造性格，而且这种爱与恨，随着事由、背景和时代，有逻辑的转化。例如，老二婶，由财主少爷转为多情丈夫，再转为着女装的山寨头目、打日本的杆子英雄。于是，一个充满传奇色彩人生烘托着一位绚丽人物。而巍子的出色表演，更是把戴天理演绎得有血有肉，令人难忘。从替师父查清被害真相，到割舍青梅竹马的恋人，再到为社会大义灭亲铲除鸦片危害，以及面对敌人设套、亲朋误会所造成的种种困境，依然有信念、有情义，终于成为丐帮首领和众人景仰的英雄。这种人物性格的凸显，使这部电视剧的传奇性越发的多姿多彩。

尽管角色的棱角过于尖利，爱情的曲折过于人为编织，击杀的镜头过于渲染，但是这些依然不能削弱《打狗棍》所折射出的凛然正气。艺术要有一种淋漓尽致的追求与展现，喜剧要深入达到隽永的幽默，悲剧要努力做到永远的深刻。美最好要尽美，恶最终要尽丑。所谓"传奇"，就是要能以多彩的手段，使故事和人物出奇制胜。

一支打狗棍主张正义，横扫不平；一位戴天理张扬血性，爱得有情、恨得有理；一个故事讴歌了中国人的精神，彰显了气节。可以说《打狗棍》在传奇中塑造了凸显的性格，使这部电视剧有了自己的声响。在荧屏上各种风声、雨声、雷声演奏的同时，以其哗哗的涛声，让传奇这一艺术样式给广大观众一次交响的轰鸣。

167

评藏策的《超隐喻与话语流变》

　　我与藏策相识也有近二十年了，确实从他那儿学到了不少东西。我以前在某个会上曾大声呼吁文学理论家、评论家的文学准备问题。就我所知，藏策在很多方面都有很深的修养，比如心理学，他甚至专门开过心理咨询的专栏；还有图像学，他在中国摄影界里也很有名。他搞批评能把西方理论加以灵活运用，这点是十分了得的事情。因为在我们评论队伍、理论队伍中，不会灵活运用，反倒已经成了一个常规的现象。一些研究生、博士生的文章，完全生搬硬套，已经成了一个普遍性的存在。我为这个特意写了一篇文章——《怎一个"超"字了得!》，我在这里念一下：

　　读藏策君的《超隐喻与话语流变》，感觉一阵理论新风从心头吹过——当然这也是一种隐喻性的话语，但表达出对该书的良好印象。远的不讲，只说新时期以来我们经历了不少拿他山之石，即对西方理论尤其是新理论的引进，推动了中国对待文学研究的形态。但起起伏伏之中，时间长河滤出的却多是许多概念，并非和文学现状相互动、相融会。也就是说仅仅从词句上拿来，绝不能达到鲁迅先生所提倡的"拿来主义"。而藏策的文论却以其具体的现象描述以及对经典文本、本土文学思潮扎实细致的解析，将西方的符号学、解构主义等有机地加以运用并贯通，这样一方面给人以新的视野和新的思考，另一方面也揭示出中国文化中的隐喻性内核——超隐喻。他拓展了符号学，使之成为今天文艺理论中一个实实在在的成果。这个成果可以广泛地应用，可以成为某种"范式"，成为新的理论平台，让域外之学在东方的沃土中扎下根系。这显示了一个青年学者以他对文化的投入，对文学的研究，给今天的文坛酿出了一坛美酒。它是创造性的，这显示了今天文化的一种质的进取；它也是批判的，这显示了今天文学的一种清醒；它还是体系的，这显示了今天的理论需要一种真正属于自己的声音。

天津的文学理论批评正有待于突破，藏策的不断努力，就是以其使命感责任感，默默地推进文艺理论的研究，取得了骄人的成绩。这是值得年轻人也包括年近花甲的我去学习的。此外，藏策的理论性格值得重视，他既有理论视点，能就宏观而谈，又能就具体而深入，这是值得去提倡的。他这本书的成绩主要有这么几个方面：第一，介绍了符号学和隐喻话语，并创造了"超隐喻"理论，同时把文本的"人的话语"与"话语的人"，做了辩证的认知；第二，他的论述不空泛，而且能实际运用，如对中国工人文学的解读。有关工人文学，我曾于十年前提出，在新写的天津文学史上予以重点分析，列出专章，但响应者只停留在一般介绍，未能做深入研究。现在藏策不仅文笔深刻了，而且运用解构的方法，把天津、上海等地工人文学的历史背景、源流流变、现实状况、本质属性及种种变异，都讲得生动深切，读后令人获益匪浅。他的第三个贡献是，其理论是有学科性的，值得尊重，值得推广。

希望藏策再进而写出理论的专著，而且在本土化上还要进一步做得更好些。比如在工人文学研究中，对胡、万的比较上，区域文化研究做得还不太够。希望他能保持批判力量，并进一步本土化，这就是我所期待的。

169

捧读图书一册，心触民国性格

——看《民国画报人物志》有感

　　打开一本书，散发着墨香，更因为叙述得有意义和有意思而使它有了味道，多人称赞，也就会书香四溢，令大家捧读。读者对好书会尊重它，并以书中睿智的内容作为人生的镜像、生活的指南、社会的素养、文明的积淀，留于身边，藏于馆舍，甚或作为"传家宝"传于后人。周利成编著、广西师范大学出版社出版的《民国画报人物志》就是一本可以流布的书。

　　这本人物志图文并茂，资料源自八九十年前的全国各类画报。作者以五年之功，去粗取精，由表及里，经过辛勤追真地爬梳、求实地比较、执着地考证，或校正或重写了民国名人的实际，让几十位有着影响的政治、经济、军事、文化人物，从诸多迷津、道听途说甚或以讹传讹中，走出了所谓的传闻，在他们被曲解的逸闻趣事中，恢复了原有模样。《民国画报人物志》的这一特点在当前十分重要。新媒体的多元介入本是一件好事，可是由于文化的浮躁，出现了为博眼球写的一些传言和似是而非的"过往碎片"，于是历史的真切被削减或遮蔽了。因此，对历史人物和事件的匡正求真，在眼下就显得非常必要与重要。这种求实的匡正既是对历史的负责，又是对所记叙的名人、精英、才俊的真实描绘，以便使某些流传多年的误传误记就此停住。

《民国画报人物志》的编纂原则是温故知新，把扭曲了的往事，从历史画报的细微记录中予以订正，并且撷取画报中的文字、图片，还原了历史事件真相。而且民国画报可以视作当时的录像定格，小的细节画面反映了风云人物命运中的一环。作者经过认真梳理，结合画报中的照片、绘图，于是当时的真实历史场景就被生动回放，民国人物的悲欢离合、曲折命运也就突破固旧的抒写而鲜活准确地重新阐释出来。也就是说，书中内容在尊重多种画报的基础上，参阅相关档案、报纸和文献资料，加以必要的整理、考证、补充，匡正史实、披露内幕，让这本《民国画报人物志》更具权威性和可靠性。这是十分有价值的。

　　例如，革命先驱孙中山先生有过三次天津之行，世人通常关注的是来津时间和与什么人见面。《民国画报人物志》却依据画报的报道和记叙，详尽列出中山先生的活动内容，并揭示出这三次"莅临津门"分别在先生的青年、中年、晚年的人生时段，"对他的民主主义革命思想的产生、形成、发展起着至关重要的作用"。这一论断既依据资料实际，又从政治历程的高度予以评价。显然，这就超出了一般的史料描叙，有了深入准确的判断。这一类从梳理史料寻找真迹并予以深刻论述的文字，在这本书里比比皆是。《邓仲元、胡汉民之死》《布衣将军傅作义逸事》《祁仍奚与民国金融大案》《张伯苓就任考试院长真相》等，无不依据丰富资料，在比较之后，清晰写出缕清史实、说明原委、告知真情的阐释文字。尤其是关于张伯苓那篇，更是以画报文字和档案材料相互印证，表明张伯苓就任考试院院长时，为了南开办学而委曲求全，同时也摆脱不了特定的政治氛围，流露出无奈的心态。就此也纠正了那些误解伯苓先生的传言。

　　《民国画报人物志》这本书对想了解民国初年社会百态的广大读者，和进一步研究中国近代百年的学者，都是一件知史鉴今、值得称赞的文化实绩。环顾学界的历史书写，涉及古代的，有披沙拣金的积淀，材料丰富、学人众多、著述纷纭；关乎现代的，有大量的情影及文字留存，档案厚重、政策倾斜，爬梳较为容易。而百年前

第二章　若有所思

的清末民初，虽说社会动荡和思潮迭起的宽度与广度前所未有，可是时间的短暂和环境的混交，使人们对这一时期的历史事件和风云人物往往知之不多，甚或因只言片语和材料的碎片化，而衰减、扭曲、误解了历史的真实，以致一知半解、以讹传讹。这造成了曾经出现的现象——把值得记录、需要记忆、应该载入史册的历史人物或淹没无记，或束之高阁，或传说有误。因此，周利成的《民国画报人物志》的出版就有了填补民国人物史和完善当时活跃于各界的英才人生足迹的意义。通过这本书，可以深入了解在民国史上留下大大小小足迹的人有怎样的贡献、怎样的遭际、怎样的生态、怎样的结局。再结合当时画报相关内容作为本书的插页图说，于是图文并茂、文清图真，让今天的读者知道民国人物的真实活动、性格的多样体现，知道民国画报的珍贵价值和本书资料收集的广博，也知道作者去伪存真的功夫。

犹为天津读者所兴奋的，《民国画报人物志》有约占一半的记叙和天津有关。其中政界的段祺瑞、徐世昌、曹锟、顾维钧、张学良、溥仪，学界的吕碧城、刘髯公、张伯苓、张彭春，文化界的徐世章、叶浅予、张叔诚等，都在其中。这既体现了天津城市地位和近代百年看天津的史实，还说明津沽的人杰地灵以及命运在动荡年代的镜像。而作者的天津情节让本书充满着津沽味道，令津门老年读者重睹以往，年轻读者知晓过去。

正是周利成的浓浓情怀和执着研究，梳理了众多民国画报，找出真材料，拿出真见识，那些曾经的虚夸、浮躁、凑数、无术的文字便会被读者抛弃。相比之下，本书记叙的坚实与认真，爬梳地深入与细腻进一步凸显，使得《民国画报人物志》成为一部佳作，而为广大读者所称赞。

第三章 杂说津沽

从津味看京津冀文化[*]

若打开地图，京津冀北依燕山和内蒙古坝上，西靠太行，南接鲁豫，东临渤海，是炎黄大地敞开温暖的胸怀，让京津冀头枕高原，沐浴大海，成为华夏骄傲的子女。历史上也确实如此，燕山之麓的旧石器文化、京郊的北京人、燕赵之风的演绎和北京都城的金殿红墙、天津的商埠市井、河北的古韵新姿，在悠久中与时俱进，在发展中求同存异。用百姓俗语讲，京津冀是一根常青藤并蒂长出的三个优质之瓜。基于此，不妨从我所熟知的津味深入分析一下，其"味道"是如何生成与表现的，以便从津沽文化特征的存在，回溯它在京津冀之间的"异"以及在三地中的"同"，并提出一些建议，使京津冀文化在进一步弘扬优秀传统文化的大氛围中，获得共同发展。

纵观天津文化发展，有这样的发展足迹：首先，中心城区的文化起步晚于周边郊县，尤其是晚于蓟县的人文足迹。同时，由于中心城区从卫城到府县合一，再到成为直隶署衙驻地的过程越来越快，使得这一变化带动了城区周边原有的传统文化，向核心区的新文化元素律动。其次，津沽地区每次文化的发展都留下一个独特的表现区间。如以蓟县为代表的燕文化遗存，围绕津城的武清、宝坻、汉

175

---

* 本文为作者曾经的一些文字与观点，在谈论京津冀文化时有所拓展，形成一篇发言稿，参加研讨会，就教于方家。

沽、静海等区县的汉唐宋辽文化遗存，老城厢所集中拥有的明清文化遗存，都能与近代文化表现共存，并获得一定的展示空间。形成了色彩不同的几个文化群落，有序共生在天津地区。这种文化形态成为天津文化的特点和需要梳理的地方。同时，文化驱力的上升与文化群落的聚集也是一种对文化肌理的揭示和对文化走势的认知，以便在时代发展中使文化尤其是区域间的文化有所存异求同，有所交融共生。

一

天津历史上的三个文化遗存介绍，京津冀同源，"分化"在近代前后。

1. 古贝壳堤和蓟县独乐寺为标志的津沽古文化遗存

天津原来是海，天津贝壳堤是天津重要的自然遗产。它表明了天津滩涂地貌的初始，陆进海退和河海通津，为以后的码头与港口文化打下坚实的基础。

天津地区先秦时期已经有了燕国和古蓟州，东汉末年曹操征讨乌桓，开凿平虏和泉州两渠，使海河水系初步形成；而千年独乐寺见证着唐时津沽一带被称为"三会海口"的史迹。居民也自宋末元初沿南运河至海河一带发展。十三世纪的元代，海河东西两岸各建起妈祖庙，标志津沽在明清之前的辉煌。

2. 建卫设州为标志的明清历史文化遗存

永乐二年（1404）朱棣皇帝颁旨设天津卫，十年后，从杭州到天津、通州的大运河便全线畅通，天津的城市地位也发生了变化。不仅是国之门户，还是"天子津渡"的地方。恰恰如此，北京与天津有着首善之地与京畿门户的功能分野，直隶河北既涵养了京津，又成为两大城市的经贸和农耕复地，从属性增强。

天津此时由集市经济向街市经济转化，军事之卫城有了物流、商贸等业态，实力增强，显示出天津卫城在京畿和渤海区域的某种权威地位。清军入关后，经过顺治朝的权力稳固和康熙、雍正两朝对天津的重视以及乾隆朝多半个世纪的发展，天津卫的城市地位更加重要。清中叶，当海运、盐务兴盛起来以后，天津逐渐出现了许多富商大贾，盐漕经济让天津成为"地当九河津要，路通七省舟车，九州万国贡赋之艘，仕官出入，商旅往来之帆樯，莫不栖泊于其境。江淮贡赋由此达，燕赵鱼盐由此给，当河海之要冲，为畿辅之门户，俨然一大都会也"。

3. 以十九世纪末天津开埠为标志的浓缩中国百年发展的近代历史文化遗存

清末的天津已成为一个五方杂处、商业繁荣的海岸大城市。十九世纪末，城市人口达到六十多万。影响城市格调且具有主导性和规模性建筑群的出现，是在近代。光绪二十八年（1902）袁世凯接任直隶总督，他推行"北洋新政"，规划了河北新市区。天津的河北新区是中国近代自我规划、自我建设城区的一个示范。

第二次鸦片战争以后，天津由于先后被九个资本主义列强国家占有租界，租界内西式住宅楼房迭起。皇亲贵族、遗老遗少寓居津门租界内。天津成了下台军阀、失意政客集聚的地方。由于租界内不准使用定型的设计图纸，所以天津的西式建筑物形象各异，给天津城市的文化肌理和功能作用带来极大影响。

此外，给天津城市形象打上深深烙印的，还有这一时期的工商业的快速发展。1878 年，天津招商局总办投资创办了机器磨坊，此后近代工业和各种业态在海河两岸兴起。从 1900 年到 1914 年，天津仅新开办的民族资本企业就有 38 家，分布在棉织、染织、烟草、造纸等行业，产品辐射三北地区。

关键还在于，新知识群体的形成，缔造了丰富的天津现代都市文化。以小站新军、北洋系的机械局和海军学堂等为除旧布新之滥觞，此后的南开学校、北洋大学堂和一批具有全国影响的中等和专科新式学校，以及《大公报》《益世报》等具有海内外广泛影响力的报纸杂志的活跃，大大提高了天津的文化水准和知名度。更为重要的是，天津的革命活动和新文化运动的不断增强，觉悟社与南开新（话）剧的出现，代表了天津文化的主流。这一历史阶段的天津，在经济、文化乃至政治上都在全国有着举足轻重的影响，这也是日后天津作为历史文化名城和提出"百年中国看天津"旅游品牌的主要原因。

这几片文化遗存，清楚显示了天津独特的历史人文足迹和天津的文化走势。天津学者用"万千百"总括津沽历史文脉，即天津有着万年以上文脉，千年左右城市发展，百年近代辉煌。

然而比较北京、河北，在"万"年经历和"千"年演进上很是趋同，在"近代百年"方面却有着明显不同。这应视为谈论京津冀文化的重心，要予以较多的分析。还是以天津为例，并先从"津味"植被说起。

二

当历史的脚步走到了近代，天津的城市的追求、城市的表现、城市的吸纳都处在越来越活跃的状态。天津文化的码头特色与各种业态的交叉存在，在活跃的政治、经济、军事的作用下，进一步和津沽的地貌环境有着密切交织，使津沽"水陆码头"特色突出；而"水陆码头"则进一步使天津的经济、文化与城市发展的多方聚合。当1860年津门被迫开埠，九国租界林立，城市功能出现了"水陆码头"走向"临海大港"的倾向。

这一点和北京当时较为故步自封与守护宫廷的皇城根文化不同，也与河北省文化故步在燕赵遗存上，缺少变新不一样。天津文化在近代快速发展，显现出一种前所未有的全方位、立体化的革新。据统计，清末民初反映社会进步的21类国计民生的业态中，有112项"全国第一"。

178

1. 表现在思想上，如严复译的《天演论》，梁启超在饮冰室的大量的思想历史文化著作。

2．表现在教育上，如张伯苓办南开学校所提出的一系列的教育观，各类专门教育学校在天津的兴起，都开创了中国文化的新局面。

3．城市的创新推动着社会的近代化，天津也由此带动了周边地区。

4．天津的河海运输业由内陆走向海洋。码头文化演变为港湾文化，城市的国际性元素增强。

5．天津以城市核心区及沿着海河发展的"近代烙印"，代表着近代生产力的变革成果，天津文化的典型特征也进一步凸显。

6．革命活动在天津十分活跃，从中走出了李大钊、张太雷、周恩来、邓颖超、于方舟等，这反映出近代天津的政治、思想、文化中有着强烈的先进性层面。

三

为什么天津文化在近代百年快速变化，并与京冀分化明显？先说说天津此时的文化特征。

1．雅与俗并举。天津近代城区有着老城厢、北洋新区和九国租界的明显划分，居民成分、职业和精神生活各不相同。雅俗不能共赏，也就存在着主流文化驱动下的高雅审美与通俗欣赏的碰撞，雅俗各有欣赏群体，雅与俗在津沽并行不悖。

2．"移过"与吸收同在。天津文化的群落状态和码头文化具有迎来送往的个性，使文化根系难于牢牢扎下，也成为天津文化的又一特征。一方面众多文士往来于此，但大多是过客，未能扎根津沽大地。当然，天津作为漕运码头，流动和装装卸卸的经济环境，会增强文化的"移过"。天津文化有着较强的迎来送往的特性，并随着人脉而转换，使天津文化在"移过"中自有其活力。

3．多元与缝隙兼有。天津的群落文化明显，既是历史积淀的结果，又由此而使群落之间有某种间隙。天津话的"方言岛"现象，清晰地揭示这种"缝隙性"。由此也能领略到天津文化各群落之间有一定的"分野"，蓟县文化群落不会和武清、静海、宝坻文化群落重叠，这两者也不会和城里的文化相交叉。这种文化群落带有自身"边界"的状况，可视为群落与群落之间有着某种"缝隙"。

而移民文化的多元和文化的群落状态，在天津地区明显地表现为求同存异下的共生。文化的不同展示，有了各自的"舞台"。这就使得文化的"缝隙性"不仅鲜明，还成为天津地域文化的又一特征。著名的天津"三不管"文化，就和天津市民文化活动与艺术欣赏有密切关系。学者张仲从民俗角度指出，天津的"城市风"含"文人风、商人风、游民风"三个类别，折射出天津文化的缝隙、层面和差异，而且各有各的表现，各有各的文化取向及审美标准。体现了这一地区的多元和包容。重要的是，经过先进文化的变革力，使"缝隙性"有所收敛，有所削弱，不断改善。

4. 创造和共生互促。文化的群落状即表明文化呈多元状态，又说明天津文化在互存的同时，有着嫁接和创造。以天津文学由周边向核心的凝聚来说明：天津的文学尤其是诗，其韵道刚劲、豁达并关切社稷安宁，颇有边塞风格。同时，又密切关心社会世俗，反映百姓疾苦。清末民初，天津文人善写"竹枝词""楹联"形象描绘天津市井生活，如，天津近代城南诗社的冯文洵写端午节："下绷收拾绣鸳鸯，节近天中分外忙，五色丝悬长命缕，葫芦样检女儿箱。"另一首诗中，他描述津城市民过端午："门悬蒲艾饰端阳，九子盘堆角黍香"，更有名的楹联是鼓楼上的，其文为："高敞快登临，看七十二沽往来帆影；繁华谁唤醒，听一百八杵早晚钟声。"楹联的撰书者署名梅小树，而梅氏是津沽氏族大家。

更为重要的在于，天津文学的文脉，应当是一个由周边"发酵"，进而促使城市核心区的文化成为城市文化凸点的沿革。古代天津的人文活动，大致是一个从北部高地向东南转移的缓慢历程，并逐步与海河水系，尤其是和天津的"陆进海退"相结合。由此，也形成了周边文化随着天津筑城设卫和升州为府，而向海河干流的城厢区集聚的情景。这种文化发展过程并非外缘文化明显转移为本土文化，而是在由外围向城市核心区传导中进行积淀。同时这种积淀，不是自原点开始的积累，而是周边社会环境与文化越来越被核心区文化"拉住"以后，形成了中心区文化，虽晚于蓟县、武清、汉沽、宝坻、静海，却集聚成为更为活跃的文化力量。同时这种活跃的文化力量，把传统的乡村文化改造为适合城区市井生活的文化。尤其是诗文等高雅文化，驻足天津城区之后，于明朝时萌发，在清中期达到了影响全国的高度。

这种城市核心引力的形成与聚合，体现出天津文化性格：即后起的文化活动更有着变革力和创造力。这从一个侧面说明了天津文化的吸纳力与创新精神，并影响到市井生活。南来的妈祖在津门成了娘娘，鲁菜京味到了海河岸边成为伴有鱼虾时蔬并更精致味浓的津菜。津沽文脉先是在周边各地竞相发展，然后再由城市核心区带动周边各地，形成漩涡式的牵拉效应。也就形成了近代天津文化以核心区为主，周边文化予以滋润的现象，天津文化特色因此而彰显。

这一文化特征，对今天京津冀文化的新发展有着启迪作用。"文化拉力"在京津冀的新交融、新合作中，要处理得当。某一方拉力过强，会造成对共生的偏斜，使京津冀不能深度的和谐与互补，而协同合作的文化拉力，能让三地相互协调，互惠互利，更会使京津冀携手迈步。

四

上述天津文化的近代特征，探求原因，一是时代给了天津机遇，天津及时抓住并创造性发展。二是天津的"河海通津"地域生态，更加适合近代经济在流动中凝聚的取向，天津"移过性"的缺点衰减，优势急速增强。三是先进文化的推动，在京津冀中，天津因教育的兴起而站在前沿。

京津冀在为祖国承担不同任务的同时，也衍生出不同的文化特色。北京本属战国燕文化，自金元成为国家首都，其文化的经典与垂范在明清成熟，在近当代发展为星汉之北斗；天津因三国曹操开凿运河而成九河下梢的滥觞，后海河成为宋辽界河，金元时为大运河的转运码头，明代建卫筑城，清代镇海守港，近代成商埠，西学东渐的前沿，九国租界，变革的桥头堡；河北在战国时有燕赵雄风，齐国遗痕，秦皇临海，更有赵州石桥、沧州狮子，鸡鸣驿的古朴，邢台邯郸的文韵，保定的直隶府衙彰显出对京师的扼守，在革命深入时期，西柏坡决定中国命运的大会更是永载史册。总之，京津冀文脉相依，历史相近。

但是，在近代发展中一旦过于强化自己的职守与个性，而忽视了对文化特色的互相依存、互相支撑，于是历史的同根同源被弱化，文化的特色纷纭被扰动，京津冀的区域分割的行政性取代了文化的求同存异，在主张地域特色时某些特色的外延遮蔽了同根的内涵。对此，应当重新审视京津冀文化的本身，从其特征的内质去把握三地文化的"同"是各有所长的"同"，只要在总体发展的同时，既关照京津冀的各自特征，又要顾及三地文化不同的张力，相依共生，同构融合，那就会在各有优势中比翼齐飞。

为此，我所说的津味明显体现在近代，而背后的张力是时代给予了舞台，文化发展需要提供合适的空间。一旦舞台狭窄，丢失协同性或太强调自己，京津冀就难以共生。今天京津冀要进一步合作交融，恰逢盛世，时代使然下不是把各自特点消弭，而是在存异中找到能驱动发展的"同"。

简要言之：

1. 有党的正确领导，宏图铺就，目标明确；同时，四十年改革开放获得成就，为京津冀合作共赢创造了前所未有的基础、条件与氛围。

2. 文化滋养的同源和文化历史的同脉，是京津冀发展的沃土和优势。

3. 关键是把近代所造成的京津冀的过度分化，予以合理调整。要关注的是：保持自己的特色，不能单打独斗，各自为战；强调合作共赢，应坚持互补共生。尊重北京的首善文化和引领地位，重视河北的文化在新形势下凝聚复兴，看重天津的津味文化的吐纳力和码头张力。以便优势互补，为建设美丽中国努力奋斗。

纵与横交错下的天津历史文化特征[*]

一、天津文化的历史描述

1. 天津的地理特征与河沽文化

天津位于华北平原的东北部，依燕山，倚京城，临渤海，海河流域几经全境。全域号称九河下梢，并存七十二沽，且河海通津。大运河流经此地穿海河上端，成三岔河地貌，进而雄踞中国北方航运枢纽，又因是京畿门户，终于促成人口快速聚集，政治经济文化地位日显突出。

但是，天津城区最初只是一片退海之地。在冲积平原未适合人群生活之前，燕山之蓟州一带因潮白、蓟运河水的滋润，使万年前远古人类在此生活繁衍。经历缓慢的石器时代，中原的夏商文化北抬，尤其西周封燕于幽蓟，燕文化为主的封国文化使这一区域积淀丰厚，历史特色延续至今。战国初期，气候转暖以及农耕的需要，能够令人群离开山区河谷走向平坦的陆地。

而天津的陆地平原为冲积平原，黄河的三次北迁天津附近入海，

---

* 本文写于 2012 年 7 月，是作为讨论天津文脉和文化特色的议题，以便为深入研究做些准备。

造成这片地区呈现出退海之地的特征。这一点从与今海岸线平行的三道贝壳堤中得到了证实。同时，海退陆进的地貌，伴随着黄河文脉浸润到了海河流域，尤其是先秦以来，中原政治的影响日益扩大，使中原主流文明和退海之地的文化有了交汇和交流。后来，黄河改道，加上东汉时天津地区已有人工河渠的开凿，海河水系渐渐独立。而隋唐大运河又推动海河三岔河口一带走向繁荣，海河遂成为天津的母亲河。于是天津与海河一起构筑了海河文化带，并因为河海通津的走势，进一步使天津海陆环境交汇，咸淡水交汇（天津饮食就有海鲜河鲜并举的特色），并成为天津文化的重要载体。

津城有"七十二沽"之称，就源于上述的河渠纵横与变迁。而人们居住在河岸与沽洼周围，是天津文化的一道风景。至今，某某沽、某某洼的地名依然遍布天津。

2. 地势水网的走向与古代津沽城镇文化形态

秦的郡县制使潮白、蓟运河文化群落带动了周边，燕蓟文化发挥出明显的历史影响。汉承秦制进一步使燕蓟文化下行南移进入冲积平原，与子牙、北运河文化群落相接，即与今武清、宝坻，乃至和汉沽等地接壤，渐成区别于潮白、蓟运河文化群落的子牙、北运河文化群落。仅拿方言为例，蓟县、武清和宝坻的语音特色各不同，更不同于后来以城厢为基础的"天津话方言岛"。而武清等地内的汉代城址、墓葬，漕运文化的萌显，较为清晰地说明了这一区别。

天津文化如果按都市中心区了解其分布，可划分成城厢文化群落，潮白、蓟运河文化群落，子牙、北运河文化群落，大清、南运河文化群落，但是这四个文化群落没有承继衔接的关系。潮白、蓟运河文化是源自古代的燕蓟文化，子牙、北运河的武清是古代泉州文化的延续，大清、南运河畔边的静海是古章武文化的流布区。换句话说，把天津城区和周边文化放到历史长河中，天津周边文化的发源和特色呈现，既与区域环境和朝代管理取向相关，又和天津城市足迹依海河流域顺势发展相关。

隋唐时期对天津的行政建置，重点体现在对河道的管理与使用

185

上。随着征战用兵的需要，河道日渐繁忙，而古泉州和古章武的接合部，是永济渠、滹沱河、潞河的交汇处，遂成为当时冲击平原上的政治、经济和边防中心。"三会海口"之名出现，更印证着古天津一直具备河海冲要的地位，历史已赋予其物流和港口职能。这也可看作是"天津"较早的城址萌芽。

3. 大运河与天津文化发展

东汉曹操在天津开凿人工运河（平虏渠、泉州渠），成为隋唐大运河经由中原向北流往潞河的先声；大运河又成为北京在金元时期建都后，南粮北运的主要通道。漕运文化迅猛发展，使得天津的政治地位、军事作用和文化内涵都有了质的变化。

天津地区在经历了唐朝对天津"三会海口"的行政管理，以及宋辽时期海河作为界河使天津边缘化以后，迎来了金元王朝建都北京。由此，大运河的漕运日益重要，管理也发生变化。不仅在海河干流出现了"铺""寨"的形制（如直沽、双港、独流等等），而且推动了这一带依据河道建立军事要塞。正是大运河给天津带来了文化底气，同时因为国家的政治轴心由沿着长江黄河的东西走向变成贯穿黄河长江的南北走向，于是奠定了"天津卫"，并最终使其成为门户城市、京畿重镇的文化基石。

直沽寨和海津镇的出现，使天津建城的历史上溯到千年以前。天津不只是六百年的建卫史，而是自金元以来就有了城市发展的脚步。

换句话说，当南方成为经济富庶、文化繁荣之地，在政治中枢到了北京以后，必须向京畿输送盐粮，且各种供给"无不仰给于江南"。于是漕运兴，天津兴。随之是津沽盐业由煮盐到晒盐，从福建北上的海路到达大沽口并传递到子牙、北运河。天津文化有了明显的海洋意识。此后长芦一带变成制盐和管理盐务的关要之地，天津盐文化更加凸显。海河更由于南北运河的贯通和大运河作为中央政权的漕运生命线，使三岔口及干流地区的囤积、转运与关卡职能进一步强化，海河成为"转粟春秋入，行舟日夜过"的经济动脉。军垦、制盐、物流是经济活动的重点，与其相匹配的管理机制、经济活动、民众生活信仰等等推动着城厢文化。

在文学创作中，有了《直沽谣》和《直沽客行》，妈祖信仰也在此时进入，有了元朝政府先后在天津建起两座天妃大庙的"奇观"。其中天妃宫繁盛至今，促使了三岔河口一带，特别是宫南、宫北"大街"的空前繁荣。元朝张翥在《代祀天妃庙次直沽作》中记载了当时祭祀活动的情景："晓日三岔口，连檣集万艘。普天均雨露，大海静波涛。入庙灵风肃，焚香瑞气高。使臣三奠毕，喜气满宫袍。""妈祖信仰"在天津不仅是北方的中心，而且成为各路移民在津共享的精神文化支柱，造成"先有妈祖庙，后有天津城"的文化积淀。

二、天津建卫与天津都市文化的凸显

1. 建卫与天津城市中心文化

明永乐二年（1404）十二月，朱棣下旨设"天津左卫"，后又添"中卫"，使天津有了左中右三卫，1406年筑城。天津卫城富有特色，俗称"算盘城"。因临三岔河口，紧靠海河干流。经济活动多在城外河畔，形成了城内多衙门，城外多店铺的格局。

日益繁忙的漕运，又促使了这一世相的发展，特别是"露囤"的建立，多达千所，今北仓在当时就有"百万仓"，可屯粮万担。而盐务管理机构由沧州转至天津，长芦盐业的大量晒盐和引岸专商，极大推动了天津卫的政治、经济、文化地位。盐文化有了相应的主导力量，给都市市井带来影响。农业文化也有了明显发展，屯田机制和袁黄《劝农书》、徐光启的农业试验等等都出现在天津，生动说明了这一点。此外天津巡抚的设立，手工业的日盛，也使天津被人刮目相看。

而历代号称九边之一的蓟镇，也就是潮白、蓟运河文化群落也继续巩固。戚继光修长城，使明文化叠加该地，这使后来的蓟县地区成为天津一条自有梯次承递的潮白、蓟运河文化带。

当天津卫城中心引力日渐强大，子牙、北运河文化群落，大清、南运河文化群落和靠东边的汉沽文化群落，尽管历史比天津卫城久远，其置制隶属也有自身层面，但都不同程度受到天津卫的影响。这一时期，城厢经济文化发展加快，独具特色的教育（卫学、屯学、商学等）也令人称道。此时天津名曰为卫，"实在一大都会所莫能过也"。

2. 城市制置的变化是天津文化发展的前提

清对天津的地位非常重视，从康熙到光绪，盛世时如此，衰落时亦如此。雍正时期改卫为州府，天津的统辖区域明显扩大。不仅钞关、御史署、运使署迁入，而且辖制"六县一州（沧州）"。行政体制的完善（附廓置县）使天津"门户"作用极大强化。城区经济因漕运与土宜（漕船可允许夹带的私货）在津买卖，使商贸、贩运、经营活动大量增加，尤其是盐与盐商经济推助了城市生活。

在开海禁后，商贾更是纷纷放舟天津。从而天津有了大型的货物交易，肉市、鱼市、菜市、牛市一应俱全。由于集市变为街市，城市经济框架初现，所以票号、洋货街、各省会馆也一展风姿。同时，有了富甲一方且特色独具的天津早期的"大家"，"商人的活跃对天津城市的发展起了重要的催化作用"（来新夏语，见《天津近代史》）。

道光年间的《津门保甲图说》对各种户籍人口的统计，彰显了天津的城市作用、城市面貌和城市分量。教育在天津城区多元呈现。《津门杂记》记载了众多人物事迹和客居天津的名人，这从另一方面表明着天津在清朝的兴隆。

津城周边的经济文化也在向京畿方向变化。盘山的行宫和皇族陵寝相继建立，乾隆多次到此留下诗作。古老的潮白、蓟运河文化群落又增加了"宫廷园寝"的层面。到现在，蓟县不仅是天津的后花园，还是文脉悠久、自然景观极佳的展区。

3. 形势剧变使天津成为中国近代转型的前沿地区

鸦片战争以及甲午海战的失败，使天津处在血雨腥风之中。而作为中国近代的前沿城市，京畿门户的天津，面对风云际会痛定思痛，在跌宕起伏中又成为极具转化力的城市。行政管理也在适应历史脚步，"洋务"和"新政"，尽管是是非非，却令天津成为改良变革的实验基地。

首先，在"西学为用"和"以夷制夷"口号下，天津的"洋务"与"新政"得到了发展，有了号称中国近代的"百项第一"。尤其是军事工业在天津的系列建构，代表近代金融的造币总厂的出现，铁路枢纽和城市规划建设的问世，都推动了城市变化的步履。

其次，天津还是接受新思想、新事物、新教育的前沿地区。新兴的文化意识与新型的经济形态表现在社会的很多领域。农耕手工业作坊也批量转换为有所变革的铁工厂、铸造厂和机械厂，三条石因此而声名鹊起。重点还体现在近代的城市管理，在天津城厢的广泛实施。交通有了立体化转型（电车、铁路枢纽），以及邮电邮政等等，使天津有了全国影响。设股合作之下的企业在鳞次栉比中扩大了民族资本，商贸、工矿、建筑、纺织、港口码头和金融等等几乎在天津城厢和海河干流都有较大发展或较为全面的发展。这些都使天津的社会状况有着领先一步的文化意义，为全国所瞩目。天津的教育、天津的文艺更是吸引着全国的目光。这一切都促使天津城市在近代化发展中有了多面的变化。

再次，天津文化的创新精神有了充分体现。以梁启超的《饮冰室合集》和严复的《天演论》为代表，天津的启蒙意识日隆。面对朝廷的腐朽、列强的入侵，天津的舆论、天津的学界、天津的商界、天津的城市风气等等，都在立志立人和呼唤民族强盛上多有表现。求新和抗争，已成一种世风。城市的经济实力，政治态势，尤其是服务功能纵深的展开。民族资本意识、工人意志、商人对世事的关注、市民心情等等，尤其学生和知识才俊在天津的近代化中举足轻重。外资和"洋文化"也在天津驻足，其表现也影响着社会，买办等等的出现，加重了天津近代化崎岖、多元的色彩。

天津清末民初的文化，是一种多样杂糅，力度方向交错的文化形态。但在河海通津的环境下，交汇交流普遍存在。临风而接纳新潮已成主流。报刊众多、社团林立、新式学校文化影响着社会。文艺也集聚、发展、提升，戏院、茶园凸显市民趣味。就是城市建筑文化也展示出走向近代，走向海洋的特色，海河干流上的开合铁桥和海河入海处的塘沽港口、大沽船坞的问世，就是明显的例证。

天津文化中的城市文化群落，到了清以后，中心作用极大体现，文化半径延伸到我国的华北、东北和西北。令人印象深刻的是，潮白、蓟运河文化群落依然存在，天津城市周边的各文化群落和天津卫的原有文化形成互补，以一种特色区域文化群落围绕天津卫城的形态，在市井生态中不断增强，使城和乡二者的文化互补互动。城区地处三岔河口地貌，九河下梢的环境使津城四周的原有文化被市区的繁华凝聚起来，形成一种天津特有的迎来送往的码头文化，并在共生交融中不断提高。所谓的各地艺人要成名必须到天津"跑码头"，其实就是说，津沽文化具有汇聚性。不只是对文化艺术如此，对经济、金融、工商、物流和教育也是如此。但是，天津文化在交融中并非"有我没你"，而是"你中有我，我中有你"。尤其津沽文化群落各有特点，各有传递，变成了一种在城厢文化的强势下叠加在一起的大区域文化，天津大文化群落至此形成。

三、天津文化特征简述

1. 天津文化七大形态

①天津文化是从燕山山脉经平原走向滨海的；②天津文化是群落各自演化又相依叠加与时俱进的；③天津文化是周边历史长于城区的；④天津文化是城市自建卫后迅速发展又带动了周边的；⑤天津文化是因成为京畿的"要冲之地"而厚重的；⑥天津文化是因近代百年的"先行一步"而在崎岖中辉煌的；⑦天津文化的历史可以用陈雍先生提出的：万年以上的人文史、千年以上的城市史、百年迅猛发展的近代史，这万、千、百三个字来概括。

2. 文化群落的意义

所谓"文化群落"是指天津的文化呈现各有特色的群落分布，以贝壳堤和蓟县古人类、直至辽代独乐寺为代表的是为天津古文化群落；以明永乐二年建卫和清雍正年间升州为府为代表的是天津明清文化群落；以鸦片战争以来津沽大地的震荡、进步、发展为代表的是天津近代百年文化群落；以新中国成立以后，尤其是改革开放为代表的是天津当代文化群落。这四片也可称之为"各有不同表现的文化层"。从这文化层的叠加上也清楚表明，天津是有着万年人文史、千年城市史和百年迅猛变化史的城市。因此不能以建卫六百年描述和记录天津文化，而要把天津文化放在更加悠久和宏观的历史背景下来研究。

同时，文化群落显示了天津文化有着明显的叠加性和缝隙性。叠加性，表明天津文化是一个过程，也是一个交汇的集中点。过程说明了发展的持续，交汇说明了文化的互相碰撞、互相促进、互相交融。这显示了天津的文化活力，并要不断保持这种活力。而缝隙性，显示了天津文化不是板块状态，而是各有首尾。例如，天津的雅文化由五代窦燕山的"教五子"进入《三字经》和水西庄诗画成为清代中期的高峰为代表，而天津的俗文化是以清末的曲艺和皇会为代表。有意思的是，这雅与俗互不干扰，而是各自发展。这表明天津文化各有其鲜明的群落，又为今后提出了问题。那就是在今天的文化大发展大繁荣中，把雅与俗互补和互促起来。

值得注意的是，天津的发展依照历史的走势和今天的继承，不能把眼光仅放在城市核心区，要关注古蓟州、古泉州、古章武等等文化，也就是把蓟县、武清、宝坻、静海、汉沽、东丽等区县历史文化与天津核心区密切联系起来，例如一座鲜于璜碑就把武清的历史文化生动地展示到一千多年前。

还有一点是，天津的近代文化是天津城市文化的历史定型。她以近代的全国"百项第一"也就是进步性，如天津的教育、天津的城市建筑（老城里、五大道风情区及河北新区）、天津的铁路铁桥、

191

天津的医药、天津话剧等等，使天津和革命风云进一步结合，在进入当代成为一种精神。

3. 几个问题

眼下的问题是，天津文化的历史要进一步挖掘。在深化"近代百年"的同时，把自先秦以来、金元以来的门户文化和运河文化以及河海通津文化挖掘出来，再辅以妈祖文化，水西庄文化，津城周围的蓟县、武清、静海、汉沽、津南等城周围文化的深入开掘，使当代视野不断扩大，那么天津文化就一定能出现丰富精彩的新局面。

此外，天津文化一定要关注内涵，加强内涵的分析和继承。对非物质文化遗产不仅要注意民间性，更要注意雅文化的佼佼者，如水西庄诗画、天津画派、天津书法、天津南开话剧等等。

天津文化是悠久的，也是厚重和雅俗并举的。天津文化是叠加交汇的，也是共荣共生的。天津文化的发展要讲究一个"融"字，并在融合之中扎下根来，结合现实，走向更高更强。

从淮安、台儿庄、静海段谈及
大运河的内涵与治理

陆续去了淮安、台儿庄、静海的南运河，依此谈大运河文化，因管中窥豹有些忐忑。但和同人交流，也是一件幸事，不揣冒昧就说一些。

提到"大运河"，一般从公元前 486 年吴王夫差开凿邗沟开始，至在隋唐之前，其间一千余年，几乎各个朝代都有人工运河在各个流域陆续出现。例如，东汉末年的曹操为屯军和攻打乌桓，就在津沽一带开挖了平虏渠、泉州渠。正因为这一阶段人工运河此起彼伏，可视为"大运河滥觞期"。

从隋唐至宋，经隋炀帝动用全国之力，大运河成为华夏恢宏的政治、文化、军事、经济的动脉。此后，又历经从长安、洛阳，经东京汴梁、江阴、淮安到临安、杭州的"东西向阶段"。之后，从宋元至明清，大运河由杭州经淮安过山东走天津到通州北京，自此京杭大运河逶迤在中国大地，这可视为"大运河的发展成熟期"，也即是"南北向阶段"。至今，京杭运河与长城组成巍峨的"人"字，成为祖国最为巍峨壮丽的景观之一。

而淮安既有着古老的邗沟，又处在大运河的核心部位，显然，运河淮安段的表现，可为"非遗大运河"的典型。台儿庄系在遗址的基础上大规模改造，很能代表今天对待文化遗产的一种"利用"

193

方式，它的经验教训，也是对保护"大运河申遗"的重要借鉴。至于大运河北段处于转运枢纽的静海，目前的努力，也是对"大运河申遗"的重要实践。本文对上述三地做一些解读，谈谈看法，以供深入大运河研究的参考。

一、淮安、台儿庄、静海三地的保护运河的特点

1. 悠久淮安

第一条人工开凿的运河邗沟，其北端就在淮安古末口。邗沟是大运河的滥觞，也是大运河积淀厚重的地方。今存的漕运总督府衙，建于明，至有清一朝，都是大运河的全国漕运管理与指挥中心，并成为漕船制造、漕粮转输和黄淮运河治理、淮北盐运集散的中心。文化也在此汇聚，吴承恩在淮安府山阳县潜心写出了《西游记》；徽班进京，也有淮安之力。淮安的历史繁华还对饮食做出贡献，闻名遐迩的淮扬菜流布运河沿岸，成为"中国四大菜系"之一。

淮安的"运河之功"更因其拥有最大的河坝、最经典的水上立交、最古老的航道、保存完好的古水闸而闻名。其中水利智慧，更是中国科技的华彩篇章。

淮安在大运河申遗中，有多处历史文化遗产，遗产相当丰富：主要有清口水利枢纽、总督漕运公署遗址，以及两处遗产片区。其中一条河段，五处遗产点，令人瞩目。淮安所保护和关注的大运河遗产面积超过一百平方千米，约占整个大运河世界遗产的七分之一。

近年来，淮安以大运河文化遗产为依托，构建严格的遗产保护机制，成立大运河淮安段遗产保护管理领导小组，签订工作责任状，推动责任到人；制定《历史文化名城保护管理办法》，明确大运河沿线建设，一律按照规划实施；研究制定的《淮安市文物保护条例》，将通过地方立法规范世界文化遗产大运河的保护与管理。并积极组织力量对运河沿线地下文化遗存进行勘察，新确定九处遗迹分布，对新发现的板闸遗址、清江浦古城墙遗址，予以有效保护。

淮安的另一关注点是始终把大运河作为重要景观带打造，按照"城水相依、组团相间、生态相连、文脉相融"要求，切实加强景观建设。例如。我们看到的洪泽湖，湖水浩瀚，今古大堤在大运河治理中，各展英姿。尤其是林则徐所筑大堤，更因历史背景的厚重曲折，而令来来往往的游人过客生出来许多感慨，对大堤的修筑更令人抚今追昔，信念与唏嘘并存。

去淮安最为突出的印象：大运河淮安段既是观光之河又是示范运输航道。人文效益与经济效益并存。时间历经千年，淮安运河仍是黄金水道。2016 年，淮安完成内河水路货运量 6027 万吨，占总货运量的 50%，仅此已说明淮安大运河的"穿越历史"的鲜活存在。

2. 新姿台儿庄

从高铁枣庄车站下车坐一个半小时的公交专线，就到了焕然一新的台儿庄。运河环绕全城并潺潺流经城内的各个街区，古色古香的木船接送游客环城览胜，时而呈秦淮河景象，时而仿佛游弋在异域风情的河道上。大运河滋润着台儿庄，新台儿庄城已是山东不可或缺的景点。

据了解，古城从 2008 年开始，投入 40 多亿元进行改扩建。现在古城占地 2 平方千米，有 11 个功能分区和 8 大景区及 29 个景点，含大战遗址公园、关帝庙、船形街、丁字街等景观。同时，汇聚 8 种建筑风格，几十座庙宇。台儿庄把运河与水城融为一体，18 个汪塘和 15 千米的水街水巷，把全城分割成三大区域，几十处院落，达到院院不同、院院有水、院院有主题文化、院院有展馆，还可舟楫、陆路游览并存。其中，有一段京杭大运河仅存的古码头和古驳岸等水工遗存以尽力体现出"活着的运河"。当然，台儿庄的盛名，还在于它与华沙同属世界上仅有的两座因二战炮火毁坏，从而作为世界文化遗产重建的城市。

2012 年，台儿庄古城成为国家 5A 级旅游景区。其文化节点为：中国民居建筑的博物馆，运河文化的活化石，中国首个海峡两岸交流基地，中华古水城，英雄台儿庄。核心口号为：古城台儿庄，一

195

个寻梦的地方。

可见台儿庄通过几近全新打造，已成为纯旅游之地。大运河是它的文化植被，显现的是一座集游、玩、吃一体的多味仿古水城。

3. 蓄势静海

天津大运河静海段，也称作"南运河"。大运河与海河交汇，往北是"北运河"，南去是"南运河"，静海段在海河之南，全境都属于南运河。其基础为汉建安十一年（206）曹操开挖的平虏渠，大致是从青县由南向北至古泒河（天津附近）。隋唐时期出现的永济渠涵盖了平虏渠，此后元明清三朝，成为南运河，为京杭大运河北段重要的漕运要道。

近代李鸿章督修唐官屯镇的九宣闸、独流镇内的低水闸，使南运河在通航之外，又具有水利作用，今天仍为静海水系的主干之一，流经6个乡镇81个自然村，全长48.21千米。

大运河静海段文化遗存丰富，有遗产57处，进入天津市文保单位的为西钓台古城遗址、独流木桥、九宣闸、静海火车站、唐官屯铁桥等7处。值得关注的是，其中清中期以后的遗存比重较大，文化意义不止于大运河范畴。静海运河周边的非物质文化表现丰富，饮食、花会、武术等11项为市级，区级非遗达到50余项之多。

大运河静海段在"申遗"中，建立健全规章制度，严格实施；复建了清代独流木桥，公布章简墓地、曹村大佛寺遗址等12处，开始了对静海火车站、孙氏宗祠等的修缮。沿着南运河的重点文化遗存建设文化公园和文化长廊，并对大运河文化和天津静海文化的各种表现进行集结整理，进一步挖掘，让大运河古韵与现代风采相互辉映。

静海南运河，目前属于"大运河申遗"后深度治理的过程中，细致挖掘和保护建设同步进行是其特色。

在天津，因为三岔河口地貌，大运河在津沽分为南北两段并对城市构成影响甚大。主要的是人文表现不仅沿运河两岸积累，还拓展到市区的街巷。而随着城市建设，不少显示着大运河文化特点的建筑和它所代表的运河都市文化的形态都面临着消失或已经消失。

例如，有着百年历史并承载着中国共产党早期斗争史的总商会已被拆多年。相关人士呼吁在原遗址上建设"五四运动和天津总商会纪念馆"，也无结果。马家店，在百年前是中国有识之士（王襄、孟广慧）第一次接触并开始研究甲骨文的地方。近年由北京五位顶级考古专家，联名建议，建设"中国甲骨文研究博物馆"，此事目前也没有着落。其实这两处遗存，都和大运河密切相关，运输不仅推动两岸经济，也推动着中国文化的纵深发展。

总结这三地的规律性文化，有如下四点：

1. 积淀深厚

淮安的邗沟，可谓大运河源头，至今两千五百年有余，大运河静海段是古平虏渠的发源之处，时为东汉末年，台儿庄尽管疏通较晚，她的繁荣也可以上溯到明万历三十二年（1604）。但是京杭运河的开通，使淮安、台儿庄、静海因河而兴，成为漕运枢纽、水旱码头，成就了"当南北孔道，商旅所萃，居民饶给，村镇之大，甲于一邑"的优势。大运河漕运的兴起带来了南北、东西文化的交融，沿岸文化丰富、经济富饶，是中华民族的血脉。

2. 承载历史，充满活力

大运河沿岸是中华文化的集中体现，尤其是两千年来始终助推着华夏民族的发展，凸显着炎黄子孙自强自立自信的精神。仅以淮安的古水闸、洪泽湖清代大堤为例，就涵盖着十分精彩的中国古代水利思想与实践，至今依然启迪着全球的科技智慧。而1938年春发生的台儿庄大战，中国军队三万将士在此浴血奋战，打破了日本侵略者不可战胜的神话，这又是何等的战斗精神！尽管大运河静海段千余年来默默承载着漕粮运输，但是沿岸的风采依然历久弥新。大运河和长城一样，体现着中国精神、中国文化、中国脊梁，更是一座民族的丰碑。

3. 展示记忆和与时俱进结合

淮安、台儿庄和静海三地，从二十一世纪以来，特别是在"一带一路"恢宏蓝图的践行中，通过恢复古城水系、挖掘保护文化遗址，还原古城历史风貌和民俗风情，全力打造"古运河，新风姿"的同时，把大运河"申遗"和"申遗后延伸"作为经济、文化发展战略的重头戏，使得大运河重要段落都成为所在城市的文化舞台、旅游节点。台儿庄建成试运营期间，一年共接待游客150万人，国庆黄金周就达到25万人。荣获2010中国旅游品牌总评榜山东分榜"十佳景区"榜首和"齐鲁文化新地标"榜首，并成为国内重要的旅游目的地和休闲度假区。淮安里运河与静海的运河两岸公园，也游客如织，文化产品繁花似锦。

4. 从国家到地方各级政府格外重视

淮安、台儿庄和静海三地都按国务院要求，制定了系统、周密和具体严格的政令法规，并逐步实施，效果明显。同时，绿色工程的深入与文化遗存的保护相互支持，使运河沿岸成为公园带、文化带、历史街区、大众休闲欢乐区，淮安大运河更是至今的黄金水道，经济效益突出。这其中，政府的重视与主导，是大运河重塑辉煌的关键。大运河申遗中，宣传与治理等因素使大众意识快速提高，也是运河两岸越来越靓丽的又一重要因素。

二、从三地看大运河的内涵

京杭运河是世界上最长的人工河流，北起北京，南达杭州，全长1794千米，是世界上开凿最早、最长的一条人工河道。据有关资料，我们简单归纳：

1. 大运河的足迹，是中国历史的生动缩影

（1）大运河始凿于春秋末期。

（2）587年，隋为兴兵伐陈，从今淮安到扬州，开山阳渎。炀帝即位后的605年，他下令开通永济等渠，引黄河支流沁水入今卫河至天津，继溯永定河通今北京。然后开江南运河，建成以洛阳为中心，南通杭州，北通北京，全长2700余千米的大运河。

（3）宋时将运河土岸改建为石驳岸纤道，并改单插板门船闸为

有上下闸门的复式插板门船闸（现代船闸的雏形），使船舶能安全过闸。北宋元丰二年（1079），进行了清汴工程，开渠 25 千米，直接引伊洛水入汴河，不再与黄河相连。其兴旺状态从《清明上河图》可以看到。

（4）元朝建都大都（今北京）。在急需南粮北运之时，开启海运。形成天津的"河海通津"。1289 年，自济州河向北经寿张、聊城至临清开会通河。因为会通河位于海河和淮河之间的分水脊上，所以在会通河上修建了插板门船闸 26 座，并在济宁设水柜，南北分流，以调节航运用水，控制运河水位。会通河建成后，漕船可由济州河、会通河、卫河，再溯白河至通县。1291—1293 年，元朝从通县到大都开通惠河，建闸 20 座，漕船直达今北京城内的积水潭。至此，今天的大运河的路线走向才初步形成。

（5）明、清均建都北京，对元朝大运河进行了扩建。1411 年扩建改造会通河。在 1528—1567 年和 1595—1605 年，自今山东济宁南阳镇以南的南四湖东相继开河 220 千米，此时台儿庄成为运河节点之一。1855 年，黄河在河南省铜瓦厢决口北徙，在山东省夺大清河入海，大运河全线南北断航。

（6）中华人民共和国成立以后，于 1953 年和 1957 年兴建江阴船闸和杨柳青、宿迁千吨级船闸，开始了对古老的大运河的部分恢复和扩建工作。之后又多次疏通扩建大运河。目前，京杭运河的通航里程为 1442 千米，其中全年通航里程为 877 千米，主要分布在黄河以南的山东、江苏和浙江三省。京杭大运河沿线是我国最富庶的农业区之一，工业生产也很发达。是我国仅次于长江的第二条"黄金水道"。

上述也是中国历史最为精彩的剪影，是中华民族光辉足迹的生动展现，也是民族精神、民族自信的鲜明昭示。

2. 大运河的大文化内涵

（1）古代文化的明珠之地

从大文化的视野去看，大运河历经千年以上的开凿、疏通、取直和合理改道，成为通祖国南北重要的经济、政治、军事、文化走廊。尤其是中国的政治轴心由东西走向转变为南北走向之后，南粮北运与盐漕的发展，使大运河自元代以后，为国家命脉。沿岸城市纷纷借此而兴起、兴旺和兴盛。苏杭成为甲天下的风景名城，镇江、淮安、徐州、台儿庄、兖州成为经济、军事和文化重镇。天津依借京畿之利和三岔河口地形，更因门户地位和海口要津的位置，经大运河的滋养，而成为北方政治、经济、文化、军事的中心。现在，运河沿线两市四省是我国经济文化积淀丰厚的地区，运河两岸更以文化的亮丽为全世界所称道。可以说，大运河经过的城市，无论大小都是文化名城，都能以自身的历史讲述并反映时代的优美故事。

（2）古代技艺的凸显之地

大运河沿岸因河运而兴盛，在经济物流的促进下人们很快就以创造性的智慧，把科技发展带动起来。例如，605年，开通济渠。工程西段自今洛阳西郊引谷、洛二水入黄河，这是典型的引水工程。1282年动工挖济州河，济州河开通后，漕船可由江淮溯黄河、泗水和济州河直达安山下济水。其中，由济水入海，经渤海湾至天津，这又是古代河海通津的范例。1411年扩建改造会通河，引汶水入南旺湖，利用南旺湖地势耸起的分水地形，修建南旺水柜，这包含了南水北调意识，又显示了古代的建闸蓄水，分步调高，让河道低水往高处流的科技水平。至于沿大运河的制造业、手工业、船舶业、陶瓷业更是五彩缤纷。文化艺术美不胜收，年画、版画、风筝、泥人、戏剧、曲艺以及其他民间文化表现十分发达。粮漕、盐漕不仅促进了地方与国家经济，还使城建、园林、码头、博览和庙宇、宅邸建设获得推进。天津的水西庄、石家大院就是其中之一。苏州、杭州更是因运河而使全城成为花园。

（3）历史积淀集中和民俗纷纭凝聚

杨柳青镇就是最好的回答。杨柳青因运河而兴，它是历史名镇，几乎每一业态包括衣食住行，集中起来就是各种博物馆和民俗陈列。杨柳青年画不但是我国木版年画的翘楚，其经典画面也是天津文化的代表元素。杨柳青的民间故事具有传奇和优美的特征，其民间小调《杨柳青有个白俊英》等等，以女性的大爱胸怀，唱出了杨柳青人的追求和理想。赶大营，以百年足迹展示了杨柳青人的奋斗和心系边陲的心胸。当然，做买卖求利润也显示了杨柳青人的魄力。也可以说，大运河的历史遗存是研究中国古代政治、经济、文化、社会等方面的绝好实物资料，是中国悠久历史文明的最好见证。站在保护人类文明的高度看，大运河不仅在中国是独一无二的，对人类历史发展的作用也为世界所公认。大运河水系绵延数千里，纵贯南北，构成独特的自然风情，孕育出浓郁的线形文化景观。

三、值得注意的问题与建议

台儿庄的新建，虽是对大运河的挖掘，但改造力度颇大。这给我们的大运河文化的非遗带来某些深思。

走在台儿庄新城，看似全城古色古香，实际却是一处大型的游乐至上的现实景区。虽不少旅游景点能吸引游客驻足，但台儿庄原有的文化神态——古朴与悲壮——已衰减许多。

这种建设模式会使人存在一些困惑：一方面，投资近 50 个亿建一座旅游观光和忆念历史遗存的新城，恐怕只此一家；另一方面，台儿庄的若干遗存的保留是服务于全城游览的，尽管运河水流经全城的大街小巷，在新台儿庄却是为玩遍水城而配套的，古老的韵味并不浓厚。

然而，从大文化视野看历史文化遗存，保护性的展示还是第一位的，开掘必须在不失原态上予以延续。历史的挖掘不能成为现实建设的花边与装饰物，要把历史的一页和今天的一章在认真翻阅中连续起来。

台儿庄的现代崛起在如下几点需要思索：怎样充分认识和尊重历史，让其内涵与外延充分展示出来。怎样先发掘后利用，而且这个利用不能伤害历史文化，不能短视。怎样把现代旅游和历史召唤相结合，是文化搭台经济唱戏，还是相反？原则应该是，既然是古代、近代名城，重点应当放在对历史的展示上。

总之，站在大运河沿线的非遗保护和利用的角度上看，还是少些开发性的新姿，多些古韵悠扬为妥。建议：

其一，要充分认识和尊重历史，让其内涵与外延充分展示出来。内涵要稳重沉实（方向），外延要丰满大气（力度）。

其二，要先发掘后利用，而且这个利用不能伤害历史文化，不能短视。要长远规划，系统建设，全景展现。

其三，要把现代旅游和历史召唤相结合，要把游玩享乐和情感提升相结合，要把地方特色和全球意识相结合。

其四，唱响活力大运河、文化大运河、绿色大运河、历史积淀与经济要素和谐发展的大运河。

大运河保护要从"文化运河"着眼

——由考察大运河山东段谈起

2019年6月中旬，随天津市文史馆诸位先生参观考察了大运河临清至台儿庄段，其中古堤修复、南旺坝闸、微山水景、台儿庄夜色等，都给我留下了深刻印象。

山东各级部门对大运河沿岸的治理，在遵循党和国家一系列政策文件和习近平总书记的重要讲话精神中，结合地区环境实际，视运河千年积淀为筋骨，当代运河修复整理发展为血脉，以中央指示为宗旨，把大运河从文化的高度予以深度认知和实践，做出了很值得我们借鉴的工作。

一、大运河山东段在进入世界遗产名录后，相关事宜"高位、高质"的深化铺开，成果显著

1. 思想明确、指导有力、保护坚决，恢复利用成果显著。

首先，领导思想明确。山东省委、省政府全方位组织运河沿线各级有关部门深入学习习近平新时代中国特色社会主义思想和中央关于大运河治理的文件，在认识上有着深入的提高。

其次，在环保、水利、文旅、运输等方面出台了相关政策和指导文件。尤其突出了顶层和宏观管控与具体节点的保护、利用方案，并持续推动落实。

再次，在引水注入、湿地保护、古运河河道维护、重要的运河

203

古代水利科技成果：如分水设施、拦水坝等都有大的人力物力投入，同时修复效果显著，配套设施完善。尤其是对张秋等古水利枢纽地的复原和今天的黄河底穿大运河工程的建设，不仅高质量完工并且已成为山东新的旅游节点。

2. 沿山东大运河段，凡有文化遗存的点位都予以保护性恢复与利用，甚或为着恢复古码头而把岸边的镇子整体保护。其规划严整，举措有力，成效明显。

山东对大运河落实了河长制湖长制。责任到人，我们与不同层级的河（湖）长交谈，他们都能详尽的介绍所负责的河段历史沿革、省市相关要求与政策、自身的运河保护目标与任务，完成多少，后续还有哪些工作。

3. 山东大运河节点都建有不同内容的博物馆，或是本地区的古运河介绍，或是在历史脉络中突出运河的古今情况。在台儿庄建设景区的同时，于运河对岸建有台儿庄战役博物馆并成为爱国主义教育基地。

4. 值得注意的是，山东大运河段，在保护中是把水、遗存恢复和环境保护结合起来，并放在运河保护的第一位，坚持保护当头，旅游等后续内容也就会逐步展开。

这是一个好的经验，大运河保护应当以恢复为第一要务，不能一开始就想着文旅。同时系统性、全面性和跨区域保护治理利用是非常重要的。山东坚持以全域的高度实施对大运河的保护利用，这是很重要的经验。更为明确的是，对大运河山东段的系列保护和利用都是在深入调研、听取专家意见并对古今文献全面把握细致研判的基础上做出的。运行中还予以及时修正。如台儿庄古城属于彻拆重建，从规划期就站在着眼古韵、建设新游城的基石上，视野却放在全国，要建就建成 5A 景区。所以规划高端，投资和决心颇有力度，成效也显著。尤其是，在台儿庄对面的运河畔上，兴建了台儿庄战役博物馆，通过这一爱国主义教育基地的兴建，弥补了新台儿庄以游住吃为主，而战斗遗存不足的缺憾。从中也能感到山东在大运河修复上，既深入规划建设又能及时修补在实施中出现的某些问题。这也折射出，他们的文化认知不是把大运河申遗后的工作放在一般的执行上，而是把古今融合在增强齐鲁大地的历史厚重与对今天的兴国立业上。可窥见文化山东在大运河治理恢复利用上又有新的建树。

二、山东对大运河的保护利用，调研深入、分析透彻、政策到位、行动有效、成果突出、两个效益明显

注重专家意见，且有一支研究大运河的队伍；建设时就想到大众的参观旅游，并在细节上利民、亲民。例如，微山湖湿地，把观荷、看鹅、运动等予以科学规划并在路线上选优，让旅游与休养、观光、健康结合。虽然只是漫步水岸，沿湖区走了一圈，却见碧水丰润、微波涟漪，珍禽游弋，花繁草香树绿。一处一园，一岸一景。依靠原有地貌予以扩展，使美丽景色与运河的悠远人文和谐统一。这是山东对运河建设的又一经验。

三、对照天津有如下建议

1. 天津是大运河重要的也是通往京师的节点。三岔河口地貌，河海通津的优势，使天津源自运河，又因运河而成长。运河与海河交汇形成的人文是天津特点的基础。

天津运河应当与京冀统一考虑，大运河从河北缓缓走来，沧州是其节点，成为一批货物的集结地；进入静海成为天津运河南段，沿岸有着运河的人物故事，至天津三岔河口形成，北运河直通通州，天津为北方运河最大的口岸和集散地、京畿要塞、商埠重镇、国家口岸。运河钞关、盐关在此，北大关经贸在此，河北新区、老城厢和九国租界形成的市区在此……天津文化与运河密切相关，天津风俗与大运河密切相连。红桥的大胡同估衣街官银号、总商会遗址、识别甲骨文的马家店等都和运河密不可分。

2. 天津对大运河的保护应从彻底摸清底数开始，以恢复和遗址建设（马家店可建设为中国甲骨文研究博物馆，总商会遗址可建设为天津总商会遗址暨五四运动纪念馆）为带动，把天津大运河建成天津人文带、景观带、环保带。

3. 天津目前的问题是"分散"：保护不统一、治理不统一。

关键在于，天津大运河保护不能以现有的点位修整为目标，要有顶层设计与规划，关键在于"水"。让自身的、南水北调的，以及其他的可用水，引入运河及有关湿地，落实河长制。有了水，就有活力，就会有人文景观……改变目前的"有呼吁少行动，有特色少抓手，有想法少规划"的状况。

总之，市委、市政府已经发出指示，关键在于行动。为了大运河的青春永驻，行动起来！

保护并开发我市的近代工业遗存

随着人们认识的逐步深入，特别经过"三五八十"四大阶段性的奋斗和滨海新区开发开放上升为国家发展战略，我市对"历史文化名城"的弘扬和对"近代百年看天津"这一城市名片的开掘，达到了一个新的层面。然而，由于经济发展的提速与城乡建设的进一步推进，如何保护历史遗存及遗留，也被提到工作日程上来。特别是从 2005 年 12 月以来，我国按照联合国教科文组织的要求已明确承诺对历史工业文化遗产的保护。2006 年 4 月中央已对全国各地发出指示，要求格外关注近代工业文明的保存问题。我市有六百年建卫筑城的历史，更在百年来走向近代的潮头中，成为祖国风云起伏的重要舞台。其中近代工业不仅有代表性，而且充满了典型性。例如军事工业的北洋大沽船坞、化学工业的"永久黄"、纺织工业的东亚毛纺和国棉一厂、机械制造业的三条石、钢铁工业的天钢等等，都在中国近代史上占有突出地位。

然而一段时期以来，对上述已进入历史文化的工业遗存，我们存在着较为严重的误区：

误区之一，没有意识到它们的历史文化的内涵外延，甚至以为是陈腐的背影、封建的遗迹、军阀的印痕，属于亟待调整之列。

误区之二，这些企业都是国营老厂，历史久远，包袱沉重，业态落后，从而也往往遮蔽了其原来应有的丰富而厚重的人文内容，

207

轻视了其存在的重要性。

误区之三，老工厂企业大都建在现在的市区，往往视作城市发展的"障碍"，土地升值的"首选"。又在拆迁时较之一般的居民区矛盾少，并且是政府与部门之间解决相应问题，所以不当拆也拆。

误区之四，从文化保护的角度看，认为老工厂企业不如古代遗存历史悠久。且工业文明保护刚刚提到日程上来，大家还未能给予足够的重视，尤其是在规划与城建中对其保护不利。

但是这恰恰证明我们必须对天津的近代工业文明予以重新认识，并更有必要迅速行动起来，因为老工厂企业是城市拆迁的显著目标，在力争土地出让增加政府投资和资金回收的思维下，看起来陈旧破损已不属于新兴业态的老厂区旧厂房，怎能不加速走向消失？然而这的确是应该先行中止的，即对工业遗存要先减少拆迁速度和力度，再认真调研，然后确立保护项目，并予以文化开发。例如利用旧址注入创业产业等等。

在这方面，上海、北京已走在了前头。上海市已明确宣布，市区内的特色工业遗存，不仅要保护，而且作为新的五年计划中新业态发展的预留空间。这种以旧厂址原厂区为主干的土地及建筑物的保护，一方面是地方对国家文物局大力保护近代工业文明的积极主动回应，另一方面也是上海近几年着力推动创意经济的必然结果。历史与现实，保存与开拓，在眼下工业文明亟须保护和利用的节点上达到了统一。并且为上海市绿色GDP的增加注入了活力，引起全国和世界的注意。利用旧厂区厂房，上海已获得了广泛的发展，城市的历史蕴含和历史表现进一步充实，形成了金融业、中介业、服务业、创意业群。估计今后十年，上海在这方面的效益会在全市的经济发展中举足轻重。

我市对近代工业遗存的保护才刚刚起步，而且步履艰难，甚至面临近代工业的文明全面并快速逝去的危险。

首先，我市的重要近代工业文化表现，大多处在新建设项目的关键点上，显示出在规划时就没打算对其进行有效保护。例如在大沽船坞旧址上建滨海大道，修立交桥，通跨海河隧道。显然大沽船厂这一国家重点工业文明遗址将不复存在！天津钢厂已大部被拆，三条石已基本消失，国棉一厂正面临土地出让——上述这些工业遗存恰恰都在中国近现代发展史中占有相当地位。如大沽船坞不仅代表维新之后新政的工业实绩，而且和甲午海战、北洋舰队息息相关，是国家的重要历史与爱国主义教育基地。

其次，近代工业遗存在保护的基础上有新的开发价值。例如早在几年前王天鎏委员曾建议利用天钢原址开发表现城市工业的影视基地，未果。此方案被借鉴到首钢，现在已获得明显经济效益。令人不解的是，在我市发生过口头说保护，实际不保护的现象。而且相关专家、人大代表、政协委员越是着重指出的遗址遗存，往往被抢先拆除。再过两年，是五四运动九十周年纪念，天津作为全国唯一的北京之外的五四运动发生地，流着早期中国共产党人鲜血的天津总商会原址，就是在越拦越拆中消失的。如果届时举行隆重纪念，我们只能看着照片寄托思念了。至于所谓的回避历史文化保护的全新开发，更是只拆毁不复原，令人痛心又遗憾。其实工业文明遗存是极利于正确的开发的，应充分利用其文化积淀和文化形态。"三条石"本身就是巨大的无形资产，再引进设计业、美术业、电脑编程和会展业等等，那么将前途广阔。当前的现状此举已无法实现，这给我们留下了永远的痛！而这种设想在上海、北京的老厂区内已落实并蔚为壮观。因此这亦应是我们今天开发的一个重要着眼点。

最后，近代工业遗存保护，有利于拓展"近代中国看天津"这一旅游品牌。如国棉一厂旧址代表了天津纺织历史的辉煌，并显示其在国家纺织业的地位。它本身就有旅游内质，何况再加以开发呢。想一想，倘若三条石遗址还在，天津卷烟厂适当保留，天钢不被大规模拆毁，国棉一厂能特色保存，在海河两岸的开发中也许能形成一条近代工业文明线路，经过人气聚集，会产生可观的影响。

为此，我们建议：

1. 要把保护我市的近代工业文明遗存列入政府的重要工作中。

并迫切需要由市里的主要负责同志和相关部门,向关注此事的政协委员进行沟通、对话。

2. 在上述基础上,组织专家学者进行彻底普查并立即确定第一批工业遗址保护名录,进行挂牌保护。

3. 新建项目如涉及遗址保护问题,应从规划上做较大而完善的修正。而不是再搞什么"异地建造""换型式改建",更不能再出现李叔同故居、天津建党旧址等说恢复却不能恢复,大沽口炮台遗址被蚕食的局面了。

4. 保护近代工业文明的遗存,不是不要开发,而是如何更好地利用。为此,希望市里主要领导牵头挂帅组建"工业文明遗存保护与利用委员会",该会不仅有研究倡导的权威性,还有建议及变更有碍保护遗存的权力。同时对市政协委员和专家学者的意见,要予以高度重视,并将其集体讨论的建议意见作为城市规划和建设项目实施的有效参考。相关部门要在保护近代工业文明基础上,通过认真研究和有力举措,积极拓展创意产业,并做全面系统、有预见性和富有前途的开发。使我市在文化产业和创意经济上获得长足的进步,走出自己既具历史底蕴又独具文化表现的发展之路。

文化品位要落实在文化建设上

　　市委、市政府把"提高文化品位"列入"十五"计划的"新三件事"之一，这是非常重要的带有战略意义的举措。关键在于具体搞好文化建设。本文提出六条建议，希望从文化品位逐步落实的角度深入推动我市的文化建设。

　　一、组织专门力量制定精神文明建设指标标准，并纳入政府工作，全面执行

　　提高文化品位的支柱在于精神文明建设，它需要相应的文化产品文化活动，但更要体现在从政府到社区，从行业到岗位方方面面的工作状态中，因此以岗位为基础组织相关人员、专家学者，经过调查研究，制定出"精神文明建设指标体系及其标准"是非常重要的，也是天津市精神文明建设深化的具体举措。这个"精神文明建设指标体系及其标准"是以岗位或行业为量化对象，把"四有新人""市民守则"的各项要求，衍化成十几条规定或要求。要细化、量化，能落实，并且能考察出来。有了这样的指标体系且经政府颁布，就能使精神文明建设不仅仅是一个激励人、鼓舞人的口号，也是指导原则；不仅仅是精神文明建设的方针要求，也是提高人们高素质行为的规范。而且系统化、系列化、具体化的结果，会使天津市的精神文明建设既全面又细致，能进一步在精神面貌的变化上达到较高水平。

二、文化上品位的重点在文化项目建设上

1. 对原有天津市的文明窗口，要从现在开始搞"创新上台阶"活动

我市文明窗口活动始于二十世纪八十年代，成熟于九十年代，但与二十一世纪对天津的期望相比，原有的对文明窗口的要求已很难适应，所以要把创文明窗口推向深化，推向新阶段。为此市委、市政府应当首先对文明窗口来一次全面检查，其次，要求每一个文明窗口提出新理念，新目标，最后，把"文明窗口创新上台阶"活动认真具体全面地落实下来，使海内外朋友和我市市民都从"文明窗口"上感受到文化品位的提高。

2. 要拿出文化发展规划，并把其中的重点分别落实到天津市每年的"二十件实事"中

我市有相当的文化基础，尤其在文化产业的发展上有很大空间，但缺乏策划研讨、规划落实机制。我们认为：其一，酝酿很久的"十五期间文化发展规划"要尽快在完善的基础上颁布，以便提高文化品位的工作建立在宏观而雄厚的基础之上，文化建设也能从根本与全局上开始，进入新的发展阶段。其二，我市文化产业的重点，要加速推进。要把文化建设分批落实在政府每年要做的实事之中。坚持几年，天津必然会在文化基础建设上有一个质的发展。要把天津文化发展规划和天津建设规划置于同等地位，天津的文化发展才有保障，才能可持续性发展。

3. 各区及社区的文化建设一定要和市里的目标相一致，需要积极配套

对天津市的文化建设，各区（包括某些社区）近来有很强烈的积极性，如南开区对鼓楼的恢复，河北区的意大利风情区的建设，和平区五大道的修缮，河西区对德式建筑的保护等等。但是，出现了各区所突出的重点可能会影响全市整体面貌的倾向，如马祖节南开区与河东区未能携手，所削弱的不仅仅是大直沽的天妃庙遗址，而是天津马祖的历史完整性。因此，文化建设需要站得更高、看得

更远，市里应有一个宏观安排。各区在此基础上发挥积极性，才会完整发展天津文化，提高文化品位。文化项目是具体的，所反映的形象与内质始终是整体的。

三、要抓好精神产品走向大市场，让天津文化品牌产生全国影响

提高天津文化品位，精神产品生产是重要一环。天津以"五个一工程"产品为代表的主旋律创作，已连续获得全国奖，六届满堂红。可在艺术市场上，始终不如周边地区。天津没能"双赢"，说明更需要提高水平。文化产品走市场，关键在于提高质量和流通渠道畅通，开拓文化建设的新局面。要创办几家以流通为经营方向的文化企业，资金可多渠道获得，并在流通中打造出天津品位、天津品牌，力争全国文化看天津。天津要确立文化定位在环渤海，面向北方的经济，让文化走在前头。天津文化要拿出自己的特点，每年要办几个文化节，如海河之春音乐节，国际少儿艺术节，以航母和浴场为主的渤海夏日旅游节。若出现类似青岛啤酒节、大连服装节式的天津年画与剪纸节，会极大增强天津的文化表现。

四、提高文化品位，更应主动应对 WTO

面对今年年底加入世贸组织，不要仅仅考虑被冲击，其实这是一个积极应对的过程。文化是扎在历史与民族沃土中的。WTO 的"文化准入"也要适应中国百姓的需要。所以，海外一定会执行本土化方针，而积极的对策是：主动合作。关键是培养人才，抓住项目，做好文化产品。同时，要建设一支批评队伍，加强舆论，注重民族化表视。提高文化品位，要用"大调"而不是民间小调。直辖市的文化就是全国水平，这也是对 WTO 的主动应对。

五、文化品位与市民生活

文化品位与市民生活密切相关。天津在提高人民收入的同时，要在文化消费、文化培养、文化展示上，抓"做大"与"进入家庭"这两头。尤其文化进入家庭，要作为市政府的重要工作项目。第一，要拿出文化进入家庭的发展计划。第二，围绕"城市危改之后做什

么"这样一个视野，去抓文化进入家庭。第三，要结合社区文化、学校教育、企业文化等等，去搞家庭文化建设。如老年文化和家庭文化十分密切，同时要生产相适应的文化产品。第四，文化进入家庭要从孩子与青年，老人与妇女抓起，让每一个家庭结合市民守则和新三件事去认识和提高文化品位的内涵与表现，促进家庭发生素质变化。要把文化进入家庭作为系统工程来办。建议市委、市政府能颁布一个要求，在实施文化进入家庭的活动中让百姓从精神上得到实惠。从点到面，使天津文化品位的提高建立在雄厚的群众基础之上。

六、抓好协办奥运，全面提升文化品位

天津是 2008 年北京奥运的协办城市之一，这是难逢的机遇与挑战，要以奥运精神提高城市形象，以达标提升城市功能，我市因此会加速国际化港口城市建设的进程。然而，困难的是软件建设，所以必须全面提升文化品位。首先，市里要制定达标规划和实施细则。其次，要以提高文化品位去推动各行各业的达标工作。要从培养一大批青年志愿者开始，带动全市群众做符合协办奥运的骨干成员。人人学英语，窗口行业要首当其冲，全市要为达到奥运要求而努力，机关干部要带头。让协办奥运与提高文化品位形成互补，一定要开掘与发扬热情大方的天津精神，只要天津精神文明年年上台阶，协办奥运之日会是我市全面提升文化品位之时。

契机，资源与文化品位

现在的天津，是历史上发展最好的时期。在提前完成"三五八十"目标后，又向"三步走"目标阔步前进。天津正以其快速变化，进一步巩固环渤海中心城市的地位与作用。刚刚过去的2003年，我市实现了六个"突破"，为今年的再发展奠定了坚实的基础。在这值得骄傲的众多"突破"中，全市人民将迎来建卫六百周年。我们应该充分抓住这一契机，让天津的发展更上一个阶梯。

当然，是机遇也是挑战，从深层次整合文化资源，提升文化品位的角度去审视，我们还有若干不足。

一、当前我市文化建设中存在的问题

1. 在规模建设中有"点"却少了"线"

近年来，我市新建或重建了平津战役纪念馆、周恩来邓颖超纪念馆、元明清天妃宫遗址博物馆（一期）、天津自然博物馆、天津科技馆、华夏未来少儿艺术中心等文化设施；完成了天津大剧院、中国大戏院、戏剧博物馆等的维修改造；标志性建筑之一的天津博物馆已雄姿初露，各区县的文化广场已发挥着影响。这些都为人民群众的文化生活提供了良好的阵地，为天津城市面貌增添了色彩。

然而我市的艺术院团和演出的场馆却呈现一少、二旧、三低的

215

局面。从 1993 年至 2003 年，十年间的设施投入不到 1200 万元。而 2000 年至 2002 年间，我市文化事业实际完成的基建投资额只占全市基建投资总额的 0.01％。市直属 10 个表演团体中，2 个没有团址，或借用宾馆小礼堂，或挤在大杂院内。曲艺、杂技、河北梆子 3 个院团房屋失修，其他 5 个演出单位，都面临使用面积不足的难题。更为严重的是，演出条件越来越差：一方面场馆与设施陈旧老化，另一方面又拆多建少，黄河、长城等剧院早没了踪迹，人民剧场、中华曲苑和市曲艺团也要拆除。由于拆迁补偿费用过低，繁华地段也是每平方米 1000 元左右，根本无法易地重建。而日益增多的居民新区，没有规划演出场馆项目，更使我市剧团硬件建设缺口严重。演出场地破损、减少和萎缩，即使能安排演出，现有的剧场也多是功能单一，手段落后，技术含量和工艺水平低下，很难满足广大群众日渐增长的文化消费需求。这一状况和天津的城市地位很不相称。我市文化生产的长处在于队伍过硬，剧目优秀，而硬件长期缺位的劣势，造成文化生产的要素不均衡，一条腿长，一条腿短，致使整体文化水平难以大幅度提升。文化的缺憾，也影响着我市建设的可持续发展，给整个城市的后劲带来制约。"点"虽闪光，但少了"片"的底蕴和"线"的拉动，经济与文化如何比翼齐飞？

2. 对历史文化资源的认识不到位

天津是历史文化名城，尤其是名列前茅的近代文化遗存，成为"百年中国看天津"的历史浓缩。它不仅是旅游资源的瑰宝，也是不可替代的无形资产。然而我们还没有从深层次上去整合弘扬。最明显的一点是，我市至今没有"文化规划"，也没有"文化设施建设与保护规划"。在拆建力度较大的情况下，往往为了商业新项目，拆了文化老建筑。

更多的是，目前的建设规划不能高度地融汇过去与今天，不能在规划中让近代特征和现代特色深度统一。拿海河上的桥梁来说，铁桥是优势特征，为什么新建桥不多考虑这一历史传承呢？由于接续性不足，在今天就是保留了单体的历史文化遗存，也会忽视传统性和整体性。文化资源是要综合利用与深入延续的。在今天的城市建设中，由于不能全面、系统、鲜明地凸显新与旧的互补、互动，结果使我们的文化遗存保护工作常常滞后，甚至使丰富的文化积淀被孤立，被割裂，被淹没。法国教堂躲在国际商场后面，老城厢的韵致在零敲碎打或"只补外不入内"中，远离了津沽。一个新问题随之出现，即在保护与修缮中存留下来的传统文化遗存，如何能深度持久地起作用并给天津以鲜明的特色，这个问题似乎还处在摸索的过程中，于是各种憾事在所难免。应该是既有历史又能前瞻地建设，搞好点面结合，深度与宽度的统一。不能今天动迁，明天惋惜，或者借用历史建的却是假古董，扭曲了文化。

当然，我们已越来越重视文化，重视历史。临近建卫六百年，我们的意识与行为已提高了不少。但根据国家对历史文化名城的要求，天津对提高文化品位的要求，有必要在建卫六百年到来的时候，以具体、系统、务实、深入的举措搞好这一纪念。

二、建议

1. 搞好法规政令建设

尽快颁布相关法令及编制《天津历史文化手册》。要在 2004 年再深入进行一次对风貌街区、特色建筑、名人故居、历史遗迹的普查。而且对其中有代表性的要以政府令形式予以文物保护授牌，同时还要使文物建筑的周围得到切实的维护。有关部门应在 2004 年编制并印刷《天津历史文化手册》，其中包括天津的文化遗存、名人故居、风貌建筑及中央与我市的相关法律法规等内容，优先发送给实施开发与拆迁的部门和个人，以利保护工作的切实落实。

法规方面，主要是制定《历史文化名城实施细则》《文化遗存、历史建筑及特色街区保护条例》和《天津文化设施建设规划》《海河带文化项目规划》《天津市文化发展规划》等等。

2. 加大文化设施建设的投入

我市的文化投入在全国处于较低水平，且拆迁补偿不足，维修改造扩建不够。所以对文化设施的拆迁补偿标准要提高，以能易地重建为原则，并且在划地、立项等方面"特事特办"，或拿出一个专门的办法。今年尤其要对人民剧场、中华曲苑和曲艺团的拆迁予以关注。曲艺团要安排办公、排练地址，最好先建后拆。中华曲苑应由政府投资，在海河楼商贸区建设。人民剧场由迁建单位以七千平方米规模在荣吉大街以北的规划文化用地内建设。此外要对前几年已拆的十四座剧院全盘考虑布局，一一落实重建和新建，并在设计上符合天津文化发展的要求。对困难院团的设施建设也要每年解决几个，使天津的文化建设有一个质的飞跃。

3. 深入研究、宣传天津的历史文化

天津的历史积淀，可分为四个文化层面：以古海岸和蓟县自然、人文景观为代表的古文化层，以大直沽和建卫为代表的元明清文化层，以百年开埠迅速成为都市代表的近代文化层，以现代建设深入发展为代表的当代文化层。应以迎接建卫六百年为契机，挖掘上述四个文化层面的丰富内涵形成天津形象。在 2004 年的适当时机，召开一次隆重而权威的研讨会，讨论天津的历史，天津的文化，天津的今天。我认为纪念天津建卫可以多讲历史的成果和继承，面对现代建设多思考一些欠缺与不足。关键是在开发与新建中，要以特色建设津城。

4. 以实效纪念建卫六百周年

要以纪念建卫六百年为契机，搭建扩展天津影响的平台。应分门别类组织专家探究天津文化的历史特点和现实状况，要在 2004 年兴建几处老字号文化设施，功能要综合而现代。

要完善天津城市建设与管理的咨询制度，组建各级咨询委员会，并把相应机制健全起来，使之权威化、制度化。

要让文化与历史成为建设中的要项规定，并进入建设的指导者和实施者的设事日程。

要在 2004 年深入搞一次民间文化，民间艺术，近代文化存态的普查，挖掘与抢救相结合，推陈出新，为深入发展天津文化和旅游打下又一坚实基础。

要在 2004 年 12 月前，完成金汤桥、解放桥的维修，使之在 12 月 23 日前开启，以此来纪念设卫六百年，以后每逢 5 月 1 日、10 月 1 日和 12 月 23 日铁桥都开启，以成独特景观。

要公布天津文化发展规划，全面公布近代文化遗存保护名单。

要宣传天津历史文化，宣传建卫六百年，宣传新天津。

总之，建卫六百年是难得的历史文化契机，要借此整合天津文化资源，使之成为我市发展的一笔重要财富，以切切实实的举措与成果，把天津的文化品位提高到二十一世纪的高度。

（本文系市政协常委会一次会议上的发言）

津门十大文物保护单位颁奖词（2007 年）

大沽船坞

初创时，名列全国船厂三甲，并以六个船坞的规模，显示着大沽船坞在中国近代政治、经济和军事工业及港口建设上的地位。同时，船坞亦经历了北洋水师虽庞大一时却败于甲午海战的悲怆，反映出一百多年前的中国欲改良，却因落后而梦碎于封建专制与列强入侵的历史一幕。之后的岁月印痕布满船坞，刻画出天津的世纪沧桑和工业变迁。而保存、使用至今的一号船坞及附属设施，作为著名的爱国主义教育基地和难得的工业遗存，为全国所瞩目。

大港 2 号井

一口油井，发现了大港油田，推动着大港区全面建设。它还见证着滨海石化工业，从激情燃烧的昨天走向改革开放经济发展的今天。它为天津的建设和滨海新区的战略提升，增添着雄厚的动力资源。大港 2 号油井深刻记录着二十世纪六十年代石油会战光辉的一页；留下了隽永的艰苦拼搏、科学探索、奋发图强的宝贵精神财富。

福聚兴机器厂

它是三条石铸造和机械加工业的代表。院落式车间和环视工人操作的透窗，高悬的皮带天轴与销往"三北"地区的榨油机、打稻机等等产品，传导着丰富的信息，反映出作为华北民族工业摇篮的三条石地区曾经有过的发展与兴旺。要了解天津工业的原生态及三岔河口一带对城市经济的影响，福聚兴机器厂能给予一个可供浓缩的生动答案。

津浦静海站、杨柳青站

静海和杨柳青两座县镇级火车站，以二十世纪初德式建筑风格并作为铁路枢纽开始由北向南延伸的实例，叙说着老津浦铁路在复杂社会背景下的艰辛步履。两车站细节完好保存至今，不仅为认识中国近代交通的诞生与变迁提供了生动的窗口，而且以弥足珍贵的原滋味，展示了华北铁路大动脉的初始面貌。

蓟县旧石器遗址

它清晰地揭示了中国北方小石器传统在蓟县的丰富存在。填补了旧石器时代文化遗址未能在天津发现的空白。同时，把津沽地区的人文史向前推了一万至十万年，为六百年的卫城铺了厚厚的基石。从而以今天的考古重大发现和对远古人类活动的实物认知，使天津的文脉深刻而久远。

马可波罗广场

来自地中海，落户海河东岸。以马可波罗广场和周边别墅形成的意大利风情住宅区，给天津的小洋楼建筑增添了浪漫与遐想。广场取名马可波罗并立有圆柱雕塑，使人忆起元朝时欧洲人对中国的访问，及所著的《马可波罗游记》对全球的巨大影响。该建筑群历经百年风云，至今以整体面貌供后人居住游览，而且曾有众多近代名人生活于此，更加深了这一建筑群的人文色彩。

塘沽火车站

几如原貌的车站主楼，一应俱全的站区设施；英语拼写的站名和楷书阴文的"北宁商用铁路道岔起点"条石，经一百二十年风雨见证着中国铁路初期时的实际存在。车站的价值还在于，青年毛泽东送留法学生离境时曾在此下车，留下早期中国共产党人寻求真理的倩影。它还记载着沉重和悲愤：列强在攻陷大沽口炮台后，征站台库房充做军用；《塘沽协定》和日军的入侵，更在站区内留下种种罪恶的行径。火车站虽小，却拥有深刻丰富的历史社会文化内涵，令人叹为观止。

原四行储蓄会大楼

以民间之力，在外国银行林立的原英法租界内，"执中国北方金融的牛耳"。这使四行储蓄会大楼超越其建筑的古典复兴风格而声誉远播。它开创了银行出资，以储蓄会名义开办储蓄业务，并以有利储户的各项服务，很快成为国内储额最高的金融机构。此后，在长达十几年的时间里，更因其保护了从故宫转至民间的十六只金编钟，并最终使之回归紫禁城的曲折经历，让四行储蓄会大楼极富传奇色彩。由之也熔铸了天津银行家的爱国之举，令后人深受教益。

原天津印字馆

红砖外墙，白色线条，饰以麻石，大楼虽三层，那浓郁的巴伐利亚风格，令人印象深刻。该建筑系英国人在天津创办的首家铅字印刷厂。从1894年起承印英文版《京津泰晤士报》，并以印书、办报和通信三位一体，推动着中国城市报业和近代印刷技术。现历经百年，大楼保存完好，见证着中国传媒业的初期形态。

造币总厂

清末，货币多种，使用混乱。自1902年开始，天津率先对此进行管理，1903年于大经路兴建天津银钱总厂。其直属户部，后命名为"造币总厂"，各地造币厂皆为分厂。由此该厂成为全国货币制造中心，并标识着一个新的货币时代。现该厂还存有原厂用房七十余间，大门完好，"造币总厂"四字为吴鼎昌所书。风雨侵蚀的印痕，既记其盛，亦显其衰，留下了对中国近代金融的实物记忆。

妈祖、娘娘宫与天津地域特征

　　妈祖文化不单单是一种大众信仰，对天津而言，还有一个说法："先有娘娘宫，后有天津卫"。把一座妈祖庙宇和天津城市的兴旺联系起来，并且庙在先城在后，印证着民俗活动能奠定着一座城市的诞生，天津的城市源头并不止于明永乐皇帝颁旨设立了天津卫才迈开自己的步伐。

　　天津的发展源自运河与河海相通的优越地理位置，以及活跃的物流和民俗活动。其中妈祖庙的出现，推动了津沽大地的社会生活。而妈祖对天津的形成发展大致表现在三个方面：推动河海运输，聚拢民居人心，改善民风民俗。这既包括对经济的促进，更具有对社会健全的帮助。天津的发展源自水运，南北运河的通过，又使码头功能扩大，金元时期建都北京，强化了天津拱卫京师和水运第一关的地位。特别是漕运和盐运，关乎国家命脉，虽说天津原本只是金元时代的直沽寨、海津镇和明朝的一座卫城，但经济的需求和社会结构以及朝廷的布局，使天津自设立镇、卫开始，就发挥着超越城市制置的影响，也就是看似是军事为主的卫城，实际上是一处迅速成长的经济中心。

　　元人张翥著诗说："晓日三岔口，连樯集万艘。普天均雨露，大海静波涛。入庙灵风肃，焚香瑞气高。使臣三奠毕，喜色满宫袍。"可见，妈祖庙的凝聚力十分强大，早在天津筑城前，已进入大众人生，并一边联系着漕运经济，一边积累着社会文化。所以也有诗说天后宫，"飞翻海上著朱衣，天后加封古所稀。六百年来垂庙飨，海津元代祀天妃。"在明朝建天津卫之前的海津镇，妈祖信仰已经落地生根。

基于此，天津城市的文化特征也就日益显现出来。天津的变化当然来自优越的水运条件以及运输带来的巨大经济效益。同时，天津作为移民城市，从四面八方涌来的居住者既有着强烈的漂泊感，又以人数的众多和所带来的各种风俗把津沽原住民的生活习惯于以改造，原有的民间崇拜难起较大作用，精英的文化号召力也由于他们的政治理想和人生目标重在首善之地而并不强劲。而当时移民来到津沽的大都是随着军事行动居住于此，或是凭借漕盐运输来到三岔河口。因此，移民的生活和信仰的影响力反而比原住民大。于是妈祖信仰不仅扎根津沽，还能从她传导出来的"济危解困""崇仁尚善""护佑女性"等意识中感受到妈祖对天津文化的丰富，并尊奉妈祖为城市的保护神祇——"娘娘"。

这也和津沽政治、经济和军事地位越发重要相关。天津不仅是河海通津和京畿门户，且又有着明显的军事关卡性质，虽非当官入仕的首选之地，却距离京城很近，津沽大致被视作到达京师的桥头堡和瞭望台，重要的过往地带、贸易的口岸和朝廷的屏障。于是很多政界和文坛人物在天津生活，大多处于"寓居"和"移过"状态。因此，文化的流动使天津经济的脚步凸显和强势，而精英文化表现往往为着进京和南下而处于"来来往往"的状态之中，例如，"水西庄文化现象"就是如此，可以一个时期内聚集人才，却难以扎根。所以津沽文化常常不能醇厚和稳固，却给了市井文化留下较为阔大的空间。一方面，如清代纪晓岚所说，因盐业发达使天津"繁华颇近于淮扬""港汊交通，颇具水乡之胜"，但"古迹颇稀，明以前屈指可数"，少了一点历史积淀。（见纪昀《沽河杂咏·序》）另一方面，民众意识里的大众信仰特别是社会支配行业，也就是天津的盐漕运输和相关贸易人员所信奉的神祇，往往成为市井中的共鸣对象。

也就是说，市井文化和民间信仰在天津更能迅速发展起来。

当时的水运以南方来北者为主流，信奉妈祖，妈祖落户三岔河畔也就顺理成章了。况且天津本是临海之地，沽水河汊众多，信仰海神水神有其顺势生长的条件；妈祖又是女性民间神，天津对女性尤其是姑娘多有敬重之意，本来津沽大地就有女性持家、主事的乡风习俗，供奉妈祖更加吸引妇女的参与。传说中妈祖常穿红衣，天津姑娘不仅喜欢红色，结婚时更是由里到外一身红。不论这穿红是妈祖的影响，还是天津地域特色，都表明妈祖在天津有其独特的融合条件。同时，信仰也是一种力量。主要行业的从业者信妈祖，广大的移民包括南来的士兵信妈祖，山西、河北来的贫民也信妈祖。民俗中妈祖的内容不断增加，整个社会又以市井风习为重，天津妈祖在推动经济和聚拢人心的同时又把妈祖文化的内涵与外延提升和扩大了许多。

天津的变化还来自妈祖信仰和城市居民的在精神和心理上的互相依存。天津的妈祖信仰与文化，一方面受地缘经济和地缘政治所决定，在南方广有信众的妈祖，能沿海路和水路北上天津；另一方面妈祖扎根天津是受广大中下层移居于此的民众，尤其是漕盐从业人员保平安求共识的影响。特别是这些群体迫切需要扎根和被周围认同，"妈祖"被天津人俗称"娘娘"，它的文化内涵也就是希望妈祖助其延续香火，世居津沽，长久平安。所以，天津的妈祖就有了"求子"的功效，帮助每一个家庭多子多福，扎根津沽。虽说沿着大运河有好几处因泥塑成名的城市，唯独天津有着到娘娘宫"拴"泥塑娃娃的习俗，可见绝非偶然，是天津居民生活的需要。也正因此，年节花会也与妈祖巡游联系起来，民众的舞蹈、庙会的欢乐，依娘娘的诞辰和升天日而举行，并且有了高规格的旗罗伞盖与娘娘的座辇相配套，变成了"皇会"形成风俗。而闹皇会乞吉祥为妈祖祝福也成为天津市井的文化重要主题，妈祖不仅是天津的最主要的神祇，也是天津文化重要的支撑。

把上述再深入分析一下，可有三个层面。其一，妈祖来天津并扎根于传播开来，源于天津的河海相通，漕盐两运，大运河进京的最后停泊之地等区域优势，以及天津作为京师门户的政治地位。其二，是以移民为主体的天津广大民众的凝聚力和信仰的强烈需求。其三，妈祖信仰的由民女到神祇再到皇封的天妃，其贴近草根的亲民性与朝廷提倡的主流性形成一个各种阶层、各种身份都能共生共鸣的崇敬，这种意识变成了风俗并进入道德层面，普遍的"求吉祈福"，尤其是伴生着水运、海运给移民带来的漂泊感，使妈祖崇拜升华为人生信仰。建设妈祖庙的区域成为福地，信奉妈祖的人们有了精神支柱，妈祖的风俗与文化具备了一定的价值范畴。例如，信妈祖与做善事，拜娘娘与求和美，祝生育与子孙旺等等，给了家庭人生以信心和盼望。这里体现着家庭的和谐，做人的善良，从业的企盼，并折射着对国家民族兴旺的向往。

中国的神祇，源于祭祀崇拜，一般离百姓较远，出自历史人物演化为圣人的，百姓敬而远之，只有平民成神的，如妈祖被大众敬仰，是普通百姓从心灵上接受了妈祖身上所传导的"尚善、崇义、敬和、大爱"的精神与理念。这是妈祖信仰产生的坚实的发展土壤。也就是说，百姓生活艰难命运坎坷，人生受到贫困的挤压，他们盼望获得的温饱和安稳却难以实现，困顿中盼望着杰出人物能给予他们物质与精神的力量，他们朴素的信仰常常以社会楷模为基础，以能济困解忧为着眼点，以通过显灵（精神安慰）为企盼，去避祸求吉。源自南方的海神妈祖，到了天津这座移民众多又临海且沽水遍布的城市，必然会获得广大民众的信奉，使天津居民生活增添了爱意和人生的温暖，也必然令百姓把妈祖视为城市保护者，称妈祖为"娘娘"就有着这一层意思。

综合上述，对妈祖文化内涵和发展的分析，包括天津妈祖在内的妈祖信仰、妈祖文化所容纳的大众性、安康性、修身性、和谐性等等，在伴随着河海航运祈祷，移民凝聚，地方文化丰富等内容之后，随着时代和官方的扶助，进入了大众人生和社会意识主流。所以，周汝昌先生著文指出，天津有"两个母亲，一是海河，另是娘娘（妈祖）"。这从一个侧面，也揭示了津沽地区的历史和风俗。需要强调的是，天津在进入国务院批准的第二批历史文化名城时，批文明确指出，这座城市的发展自金元开始，河海通津和三岔河口的地貌与南北交汇东西交融的人文是天津突出的城市味道，而妈祖和妈祖文化在津沽尤其是在核心城区有独特的存在并产生着深远影响。因此，妈祖与南开与天津的研究和继承是个说不完的话题和不断有硕果出现的文化平台，应当持续地推进下去。

天津古代文学简述[*]

天津古代文学简述[*]

第三章 杂说津沽

文学创作是文化最活跃的部分，它是一定社会生活在人们头脑中深入反映的产物。

天津为古燕地，秦属上谷，汉属渔阳、渤海等郡，设有章武、泉州等县。魏晋沿袭之。后及隋又设雍奴于此，宝坻及长芦镇是出现在金元时期。明永乐初置天津卫。清雍正三年升州，九年开府，遂为畿辅的大都会。

天津有文学影响于世，是在燕山北麓与平原接壤的蓟县区域。此地隶属古燕赵文化区。蓟县古称渔阳，春秋时期称为无终。秦代置无终县，隋大业末年改为渔阳。唐朝时撤渔阳县归并蓟州，直至1913年始称蓟县。历史上的蓟县很早就产生了文学家和文学作品，也有其历史背景和文化环境。依据文史学者高鸿均的搜集整理，蓟县在后魏时的高闾（？—522），著有《高阁士集》三十卷；唐天宝晚期剑南节度使鲜于向（693—755），著有《鲜于向文集》十卷；五代北宋间人窦仪（914—966），著有《端揆集》四十五卷，其弟窦俨（919—960），著有《窦俨文集》七十卷；北宋时以"半部《论语》

---

[*] 本篇是笔者承担《中国地域文化通览·天津卷》的召集、统稿工作时，对"文学历史"部分的一些考虑，有些已续貂在相关文字中。现在整理成一篇短文，收入文集，即是说明编书过程中向同人学习，也借此表达对天津文学的认知。

治天下"而官拜太师并封魏国公的赵普（922—992），留有《赵韩王遗稿》十卷；金时官秘书省著作郎且善书画工诗文的张斛，著有《南游诗》和《北归诗》二书；元代至元年间，又有善词赋书画，与赵孟頫几近齐名的鲜于枢（1256—1301），著有《困学斋杂录》和《困学斋诗集》等。如此可见蓟县在津沽文脉上有着"发展早、底蕴厚"的优势，是津城文化的先导。只是入明后，由于政治环境、军事地位和经济形势的变化，文化中心遂南移至新设立的天津卫。但是，蓟县即今天的蓟州区，其文化积淀所产生的影响仍不能小觑，应该花力气进一步去挖掘和深入总结，以便使天津城市文化获得更多的历史涵养。

天津平原曾是海滨荒地，金时置直沽寨，元时设海津镇。居者稀疏，经济落后，但由于其地理位置河海通津，东环大海，西靠平原，海河水系几乎贯穿全域，加之有曹操开凿水渠，后有大运河进入京师的大码头，遂成京畿门户，很快就形成"地当九河津要，路通七省舟车"的繁华之地。所以自明永乐二年（1404）建城设卫以来，"京师岁食东南数百万之漕，悉道经于此。舟楫之所式临，商贾之所萃集，五方之民之所杂处，皇华使者之所衔命以出，贤士大夫之所报命而还者，亦必经于此"。以致一些致仕的卫官、退役的军人和南北往来的经商大贾、文人学士，都看好了这块风水宝地，纷纷来此驻足或安家落户以谋发展。

曾经影响津沽市井百年兴衰的抚宁张氏，宛平查氏，江浙华氏、金氏等，都是靠居津经营盐茶起家的；加之"建卫驻军"的官籍、军籍、商籍和灶籍，逐步成为沽上的永久居民。天津作为移民城市开始了迈向商埠重镇的步履。

近人高凌雯在《志余随笔》卷五中说："三卫讲武之区，本不优于文学。然当明中叶后，士子由科甲起家，如张公愚，官至巡抚，著有《蕴古书屋诗文集》，刘公焘，位至总督、经略，著有《浙西海防稿》《奏议》《晴川余稿》，当日武功文治，必有可观，不知何以至今无存。然则非作者无人，乃传之者无人也。"

研究天津教育史的专家张绍祖等先生著书指出，明正统元年（1436），天津始建卫学。入清后，人文活动随着津沽城市地位的增强，出现了张氏遂闲堂、查氏于斯堂，大江南北知名之士聚集于此延续数十年，津沽文化遂享誉内外，也就是说，天津的诗文显于明而盛于清，以诗学成就最为突出。

天津的文学，尤其是近代市景风情的作品，其韵道刚劲豁达并关切社稷安宁，颇有边塞风格。同时，又密切关心社会世俗，反映百姓疾苦。若追踪这一特色的源头，就会看到三国曹操的身影，唐代诗人的遗踪。有研究者据此认为，津门文学传统可溯源至建安文学和唐边塞诗歌。理由是幽州燕北既和古蓟州有联系，可视为天津文学之源。陈子昂的"念天地之悠悠"所登的幽州，是在今北京一带，曹操的所观的"沧海"也指的是山海关秦皇岛周围，和天津没有很直接的关系。

然而，曹操攻打乌桓，不仅屯兵海河流域，还开凿了平虏、泉州等渠，是促进海河流域摆脱黄河水域的先声。而正是曹操率领士兵所进行的对自然水系的改造，改善了天津的人文环境，促进了这一地区军事、政治、经济和文化的发展。虽说他的《观沧海》所指的具体环境并非津沽，但是他带来的文化意识显然培育了天津文学的精神。唐边塞诗写了幽州及周边的风情，给今天北京区域的文学带来了重要影响。当然也由于蓟州与幽州的密切关联，唐文化显然在津沽有所沉积。唐诗中的关心国事，担忧边关安危和关注社会民生的情感，以及豪放、悠远、悲怆的诗风，体恤民情深入现实的视野，都对天津文学有所潜移默化。更为重要的在于，天津文学的文脉，应当是一个由周边"发酵"，进而促使城市核心区文化成为凸点的沿革。

古代天津的人文活动，大致是从北部高地向东南转移的缓慢历程，并逐步与海河水系，尤其是和天津的"陆进海退"相结合。由此也就形成了周边文化随着天津的筑城设卫和升州为府，而向海河干流的城厢区集聚的情景。这种文化发展过程并非外缘文化明显转移为本土文化，而是在由外围向城市核心区传导中进行积淀。同时这种积淀，不是自原点开始的积累，而是周边社会环境与文化越来越被核心区文化"拉住"以后，形成了中心区文化，虽晚于蓟州、武清、汉沽、宝坻、静海，却是更为活跃的文化力量。

这种活跃的文化力量，把传统的乡村文化改造为适合城区市井生活的文化，尤其是诗文等高雅文化，驻足天津城区之后，于明朝时萌显，在清中期达到了影响全国的高度。尽管天津周围各县的历史都比天津建卫的时间要早许多，可是随着海退陆进、九河汇一、经济枢纽与首都门户等等要素汇集于天津的三岔河口，这种城市核心引力的形成与聚合，体现出天津文化性格——后起的文化活动更有着变革力和创造力，风格上更是凸显出沉实和豁达。于是天津文学尽管以明清诗文为代表，但是在骨子里含着建安意识和唐边塞诗行的韵致。所以天津宋以前的文学不能被视为外缘文学，而应该是天津历史上的文学印痕，是天津城市文化的靓丽倩影。虽凝聚于后，却有着古老的遗韵，并投影出蓟燕风范和武清、静海的味道。

所以，天津文学的特征一是得益于周边文学的勃兴和流布；二是津门文学以有清以来的诗坛盛况为代表，前有曹魏诗风和唐诗筋骨，后有清末市井风俗诗形成延绵文脉。但是津门的清代诗歌有一种格外的凸显，不仅成为天津文学的高地，而且在清代诗歌中占据一席之地；三是随着津门诗文渐成天津文化的闪光，而与之相辅相成的是天津市井文艺活动的普遍开花；四是天津文学的核心是面向各层生活，彰显其思想情感和对沽上环境的欣赏，对民风民俗的格外关注，并用"竹枝词"和带韵的短语形成长文（如杨无怪的《皇会论》，无名氏的《津门买卖杂字》等）记录了多彩的社会民生，在叙事抒情中追求艺术享受和对天津地域的浓浓乡情。

从上述对天津古代文学的简要叙述，我们应当有如下明确的认识：天津有自己的文脉步履，而且文人著述颇丰。明清诗歌兴盛，至康乾南北诗人画家聚集，诗集众多，出版亦发达，获得后人赞誉。尤其天津文化由周边向核心区凝聚，其漩涡效应甚为独特，既全国少见，又为津城文化的特色之路铺下基石。这是一份优秀的地方文化遗产，也为今后文学的发展提供了很好的借鉴。

水西庄与查氏诗文活动

水西庄为盐商查氏于清雍正元年（1723）筹备并陆续所建。其中查日乾（1667—1741）既是建庄首创者又系天津文坛的中坚力量。

水西庄的出现，因其规模宏大，有人以为是查日乾经营盐务利润丰厚，想通过建园来显示家产丰厚，也有的人以为是他倾心诗文，建私人园林用来聚拢文人才俊。其实仔细考察，兴建水西庄和他的家庭经历密切相关。

查日乾，字天行，号惕人，又号慕园。出生于顺天宛平（今属北京）。幼年时随母寄居江南姨家。成年后，迁居天津。刚开始家境困难，但有才气和眼光。曾投闲堂主人张霖门下，得以跻身漕盐，后在行盐中致富。

查日乾性格豪爽仗义又好交友，并为此曾因事入狱，后获释。他读书不拘泥章句，却深得文之神韵。对史事更加揣摩于胸。著有《左传臆说》和《史腴》二书，可惜现已无可寻觅。在《宛平查氏支谱》（1941年递修本）里存有其《重筑于斯堂记》，文中记叙了"日乾幼孤，赖先慈抚育至于成立。然弱冠之年，犹皇皇然奔走衣食。尝私心窃愿：吾安得一亩之室，百亩之田，以供吾母菽水之需乎？无何，荷天地祖宗之灵，天时人事万谋而合，颇有馀力鸠工筑室，自土木以及粉绘，俱亲监其事，既备美观，又极完固，堂成名曰'于斯'，取张老之祝也"。虽该文写于康熙六十年辛丑（1721）二月，当时尚没有水西庄，但是查日乾已经对建设此园有了蓝图，而且是为了表达对母亲的孝心。可见水西庄文化有着明显的尚善慈孝的内涵。

水西庄是查日乾父子合力所建，世称他们"水西庄主人"。雍正元年（1723）选址于天津城西五里的地方。雍正十一年（1733）一期工程完工。园内有大小水面四五处，之间有桥相连，回廊依丘而建，奇石错落，绿丛有致，在树影林翠之中筑有揽翠轩、柁溪廊、数帆台、候月船、绣野簃、碧海浮螺亭、藕香榭、花影庵、课晴问雨等等妙景雅居，既取江南楼榭的曲径通幽委婉精深，又有北方园林的起伏跌宕借景造意。同时，水西庄出现在天津，也和津门"地为漕运孔道""舟车络绎"和"商贾之所辐辏"的环境密切相关。而且水西庄在建设中突出了"楼台映发，池沼潆抱，竹木荫蔽于檐河，花卉缤纷于阶砌，其高可以眺，其卑可以小憩"等景致，把津沽河网水榭淀洼的地理环境优化为引人称赞的园林胜地。当然也就把诗情画意塑造出来，以供众多诗人抒发情怀了。

查为仁在诗序中说："天津城西五里，有地一区，广可百亩，三面环抱大河，南距孔道半里许，其间榆槐桋柳之蔚郁，暇侍家大人过此，乐其山树之胜，因购为小园。垒石为山，疏土为池，斧白木为屋，周遭缭以短垣，因地布置，不加丹垩，有堂有亭，有楼有台，有桥有舟。其间姹花袅竹，延荣接姿，历春绵冬，颇宜觞咏。营筑既成，以在卫河之西，名曰水西庄。"（《抱瓮集·水西庄诗并序》）

水西庄在陆续建设时，已经逐步聚拢文人墨客，并形成天津文坛的亮色和高点。这又与查氏，尤其是查日乾的子辈致力为文关系甚大。

查日乾有三个儿子：长子名为仁（1694—1749），字心榖，号蔗塘，又号莲坡，别号花海翁。一生只好读书藏书。康熙五十年（1711）考中顺天乡试第一，时年十八，不久被人陷害，入狱达八年之久才得洗冤。获释后居住在水西庄一隅，常常回顾自己身陷囹圄的人生坎坷，并对世态炎凉唏嘘不已，进而决心与仕途分手，隐居在园林徜徉于书肆。并以明人唐寅相比，一时间都称他为清之唐子畏。查为仁常伏案笔耕不已，著有《蔗塘未定稿》九卷外集八卷，乾隆年间以精刻出版。袁枚称其诗深得初白老人（查慎行）之教。全书有厉鹗、陈鹏年、查慎行、王霖、符曾、万光泰、汪沆、张照等人作序，是天津清代诗坛的代表作之一。

次子名为义（1700—1763），字履方，号集堂，又号砥斋。幼时已显聪慧，八岁能文，对经史有深入的研究。他还曾投笔从戎，足迹到过西北边陲，不久又弃武入仕，因功授安徽太平府通判。在任八年之后，得知父亲去世即奔丧归家，遂不再为官。查为义还工诗善画，其所作兰竹，深获称赞。他还著有《集堂诗草》，现已散佚无存。在《津门诗钞》一书的卷七，有他的诗二首，可窥见其风采。津门诗歌大家梅成栋称查为义的诗作"有山人林下之致，故诗情闲旷可爱"。

三子名礼（1715—1782），原名为礼，又名学礼，字恂叔，一字鲁存，号俭堂，又号榕巢，别作铁桥。幼随长兄查为仁读书于水西庄，随之与来到水西庄的海内名士相识相交。他也行走在青山绿水间，与各地文人笔会唱和。查礼善为诗文，诗作颇丰，且工画墨梅。乾隆十三年（1748）由监生授户部主事，历任广西庆远府理苗同知、太平府知府，松茂兵备道和川北兵备道。后迁四川按察使布政使，官至湖南巡抚。他著有《铜鼓书堂遗稿》三十二卷，现可看到清乾隆五十七年（1792）查淳刻本。其中诗二十四卷，收录自甲寅（1674）开始直到壬寅（1722）年间共四十九年的古今体诗两千首，若一一排列，每年都有诗作，毫无间断。杭世骏在序中说此书与查慎行《敬业堂集》"齐观并轨"。

水西庄自开始入住，就从全国广置金石彝鼎文物图书。为了收藏书籍，甚至不惜把衣物抵押典当，用作购书之急需。查礼在《铜鼓书堂遗稿》卷三十中有《亡妻李安人行状》一文，记载着：

　　予既筑隐书楼，遇生平未见书，必尽力营购。壬子（乾隆七年 1742）秋，有书贾携故家书数十篑至，时新析著，诸用拮据，无以应。安人曰："三冬尚远，彩襦犹可典。异书一去，不可复得，盍质金与之?"予欣然从其言，书遂属予。

上述所记的李安人（1716—1745）是查礼的妻子，名钦字安媛，山西人，黄州通判李秉乾女。李钦十分好读，对史书爱不释手，在诗词上也很精通，帮助丈夫收藏书籍更是不遗余力。水西庄为后世留下夫妻唱诗、女性为文的和谐文风，而查礼和李钦的夫唱妇随共同为藏书努力的言行，是其中的楷模典范。李钦曾著有《清机小舍遗稿》，可惜现在书稿已佚，成为水西文脉的又一憾事。

一个家族虽富有，却不是去挥霍，声色犬马，而是把文化熏陶放在首位，努力在审美和修养上下功夫，大力建构诗画平台。不只全族几代"诗书传家"，而且邀集南北名流齐聚水西庄。诗画并举，园林美色和文采绚丽同步。天津本是三会海口，码头和商埠文化突出，而水西庄和其文化活动，既是清代天津文化的鲜明体现，又是天津诗画发展的高峰。为津门文脉积淀了厚厚的基础和后世需要的重要营养。水西庄不仅仅是一座园林，一座显示查氏富贵的地方，它以其围绕园林的文化历史活动，还彰显了一座城市，一段历史时期的素养和内涵，以及对后世文化品格的影响。

查氏父子博雅好客，人品文品兼优，又仗义豪爽，水西庄又提供了一个文人集聚的平台，且"藏书累至万卷"（清查淳《铜鼓书堂遗稿》跋），大江南北才俊，纷至沓来，络绎不绝。只要是来天津驻足，向查府递上"名片"都会被热情招待。名流如吴廷华、汪沆、刘文煊、万光泰、厉鹗、杭世孩、朱岷等等均在水西庄居住，吟诗作画。天津诗坛也就由此成一高峰，并为清代诗作一股重要力量。这期间，天津本土诗人周焯是其中的佼佼者。

周焯（? —1750）字月东，晚年喜得一枚七峰小铜印，因号七峰。他是天津在雍正十三年（1735）的拔贡生，但在后来几次应试几次不中，于是专心自我文化修养，不仅诗作精，更精于小篆和治

237

印，还醉心收藏。曾游城西海潮庵，在污泥中获得宋人谢枋得（文节公）的小方砚，额镌"桥亭卜卦砚"五字，背有元人程文海铭，珍之若性命，就此命名自己的居室为"卜砚山房"。周焯一生以教书为业，与水西庄查礼友情甚笃，临去世时将桥亭卜卦砚送给了查礼，成就了津门文坛一段佳话。引人关注的是，周焯的曾孙女是近代文化名人李叔同父亲李世珍的曾祖母。这也从一个侧面，说明了天津文化的传递与家族间的联姻有着不可分割的联系，同时，也侧面反映李叔同的家学厚重而绵长。李叔同与天津大家的关系由此也可以确证。周焯著有《卜观山房诗钞》二卷，清乾隆间精刻。

上述也说明水西庄的文化队伍，既有外地来津的学者，也有本土文人。后世考证《红楼梦》作者曹雪芹也曾在水西庄留驻，其"大观园"有芥园的影子。因为水西庄的地位和影响，曹氏曾来津门是很有可能的。

水西庄成了南北文人雅集场所和文化交流平台。他们诗酬唱和，探讨学术，大大推动了天津文化的发展。乾隆六年（1741），查礼辑刻有《沽上题襟集》八卷，内收刘文煊、吴廷华、查为仁、汪沆、陈皋、万光泰、胡睿烈、查礼八人诗作，人各一卷；另附查为义、朱岷、厉鹗、周焯等主宾二十四人散诗三十五首，可见当时风雅之盛。在当时，天津文苑内外以水西庄为核心，形成一股清代诗坛不可小觑的力量。其文风既有汉唐以来曹魏的气韵，又有边塞诗情对国事的慨叹，主要表现了天津文脉重视传统并展现出运河文人的社会情怀。其中整理历代优秀之作和描述地方风俗是水西庄的重要诗文活动。例如查为仁和厉鹗合编的《绝妙好词笺》，成了今人读宋词者的必备文献；而汪沆纂修的天津县府志及在此基础上写成的《津门杂事诗》百首，则给天津留下了丰富的地方文献资料。同时这些著作，包括查为仁的《蔗塘未定稿》和周焯的《卜砚山房诗集》，都是在水西庄刊印而传世的。所以，水西庄还是天津清代出版业的典范，水西庄里设有专门的刻书机构"沽上校经书房"，查礼曾有诗记载刻印书籍的一些事情。由于其早期刻书多楷书手写上版，用开花纸印刷，很是精美绝伦，至今已成国家古籍善本之一。

乾隆十二年（1747）五月，水西庄续建工程"小水西"落成，查为仁命其子善长、子媳月瑶，和女儿调凤、容瑞、绮文，以及小妾贞娘各赋步韵诗二首，后汇成了《澹宜书屋六咏诗册》（今藏天津历史博物馆），时人称："有清一代，开津沽之风雅，为仁有力焉。"

乾隆十六年（1751），盐运使卢见曾（他是纪晓岚的姻亲，纪之长女嫁给卢见曾的孙子卢荫文。后来卢被诺，在投入狱中之前，纪晓岚曾报信，也受牵连而戍乌鲁木齐）也即世人所称赞的那位"人短而才长，身小而智大"并兴建了扬州红桥二十四景及金焦楼观的卢澹园（号雅雨）。他在天津曾提出要建问津书院，却苦无地址，查为义慷慨捐出城内运署西南角的旧居一处。也有人说是把于斯堂，改做问津书院，开创了天津的书院教育先河。此后三取书院、辅仁书院、会文书院相继在天津成立，为天津人才的培养和风化教育作出了有益贡献。

乾隆二十二年（1757），查为义在水西庄东侧新辟"介园"，取一介寒士之意。三十六年（1771）乾隆皇帝南巡驻跸于此，适逢园内紫芥盛开，遂御笔赐名为"芥园"。乾隆先后四次东巡和南巡往返取道天津时，均以水西庄为驻跸之所。

水西庄成了天津一亮丽品牌。清人袁牧在《随园诗话》卷三中说："升平日久，海内殷富，商人士大夫慕古人顾阿英、徐良夫之风，蓄积书史，广开坛坫。扬州有马氏秋玉（曰琯）之玲珑山馆，天津有查氏心榖（为仁）之水西庄，杭州有赵氏公千（昱）之小山堂、吴氏尺凫（焯）之瓶花斋，名流宴咏，殆无虚日。许佩璜刺史赠查云：'庇人孙（孔）北海，置驿郑南阳'，其豪可想。"袁氏以水西庄的人文之盛，与素称人文荟萃的江浙并提，既显示了水西庄的俊美，也反映了水西庄的人文表现后来居上，和有数百年历史的江南园林并驾齐驱。

文坛能领军，园艺能上乘。这不仅在天津历史上仅有，在北方文化史上也独树一帜。

239

铸出历史　熔出源头

天津市区独特的地理环境，可以说与三岔河口的地貌密切相关。大运河与子牙河交汇，不仅使海河声名鹊起，还让漕运发达兴旺。于是它成就了津沽历史人文特征，也使得近旁的三条石街区有着自己的积淀。

一、三条石铸造业的发祥

时光回溯，十九世纪六十年代，天津正面临多事之秋，社会动荡百业坎坷，却隐含着挑战与机遇。当年环北京、天津的直隶省，被称京畿之地。各县因城市需要形成特色服务人群，宝坻剃头的多，三河当保姆的多，交河打铁的多。"三条石"因铸造业远近闻名，并以华北铸造业的摇篮载入史册。

一百多年前交河有位叫秦玉清的，一家人善营铁制农具，铸锅手艺尤好。秦玉清力主到三条石办厂，借三岔河口之便，让秦记铸铁产品外销东北、西北。

也许他拉家带口到津门运河岸边时，没想到十几年后，这里成了远近闻名的三条石，并以华北铸造业的摇篮载入史册。秦玉清也作为第一代铸造业者，被人们津津乐道。秦记既是津门铸造业之始，又成为各地铸造业的传播者，秦记的人，一方面出来任各厂的经理，如三合铸铁厂的高氏兄弟，华顺铸铁厂的刘玉臣，中兴义铁厂的扈子贞等，都是秦记的伙计；另一方面秦记本身分为两股：有在天津的连顺和玉字号铸铁集团，向河北胜芳等地的，有玉兴栈铁厂等"玉"字号企业。而其"玉兴栈铸铁锅，叫响津、京、保、石家庄、沈阳、济南、蚌埠等地"。

其实秦玉清的远见，也是多种原因促成。先是传李鸿章为办丧事改黄土铺道为三条石板筑路，再因他兴办因房地产而使占地七百亩的三条石地区繁荣。于是三条石成为宝地，其南临南运河，北靠北运河，西通河北大街的地理优势，使三条石一跃为天津的重点地位。有书称："走进三条石，机声隆隆，锤碰叮咚。铸铁厂的风火呼啸着，焰火烛天，照红半条街"。足见这里的盛况和我国北方铸造业发祥地的面貌。

三条石因李鸿章的官势崛起，使之走向铸铁和机器业。是市场这只无形的"手"，让三条石走进工业。一百多年前，面对农业文明向近代社会的嬗变，耕田种菜要按城市需要去变更。自给自足让位于社会的供需关系之中。当时对棉花的需求日益增多，而经济作物常依赖工业技术的支持。仅仅一个轧花机，就给了打犁造锅的铸铁铺带来商机。"秦玉清们"正是敏锐看到其中的发展机遇，迅速推出轧花机等新机器。立竿见影的收益，使其他做铸造的人们云集在三岔河口三条石宝地。于是三条石便以近代民族工业的典型初期特征享誉中国。若再深入想想，三条石的工业，一是以技术和机器产品服务农业；二是以铸造业为先导带动轻工纺织食品业；三是以手艺人为骨干队伍形成民族业态的基础。今天看来，这三条经验值得汲取。虽说当时的工业水平与现代化相比还十分初级，但三条石工业的影响是巨大的。

二、门类繁多的三条石铸铁厂

尤要提及的是董记三义公铸铁厂。三义公位居三条石大街中间偏西。先开张的是南号三义公，后开张的是北号三义公。两厂对门，家眷住在北号里院。和秦玉清不同，董记创业者董风自身不会铸造技术。但他熟悉组织管理，以经营榔头、秤砣、猎枪、铁砂起家。当别的厂又干起了农具、轧花机，董风却做切面机、刨冰机，买卖一下子就"火"了。当过乡下货郎的董老板知道，食品机器容易推广，客户的使用就是广告。他借机建分号，如在三条石建永茂公，在绥远建义盛公。还在天津芦庄子办了银号。董风的用人之道，一是委派亲属，二是信任徒弟。并着力培养人才，像孟昭臣、陈朝信、向东元都是出自董记，他们都是铸造业的佼佼者。

赫赫有名的还有三合铸铁厂。经理高庆澜来自武清，祖籍交河，曾在秦记铁厂做"力巴"轮大锤。后来学会了看火，成为出色的化铁技工。过了几年，他和同在秦记学徒的两个弟弟高庆溪、高庆洁两人创办了三合铸铁厂。过去讲究"打虎亲兄弟，上阵父子兵"。这三兄弟团结办厂，也成为三条石一段佳话。坐落在西口路南的三合铸铁，一开始篱笆当厂房，茅屋是卧室，艰难创业，前店后厂。产品以质取胜，经营以信取人。买卖越干越大。特别是后来能出产分解金、银、铜等有色金属的"锅"为槽型铸件，重达千斤，不仅是天津卫各金店的"炼金重器"，外地金店银号也纷纷订货。三合在获利的同时，还做起了翻砂，兼干干模铸造工艺，以至能为化学、自来水配套铸件。一个时期以来，三合雄踞三条石铸铁业之首，到1956年公私合营时，成为天津铸铁业私股最多的持有者。

能高薪聘请工人，并生产印刷机和自行车零件的是德利兴机器厂。厂主李元才，早年修理胶皮车，后为当权者生产军用品。其制造的自行车飞轮，可与进口货一比高下。企业全盛时期，有职工七百余人，能造出全套印刷设备。包括电力铅字印刷机，人力脚踏印刷机，印铁制罐机，矿用机械等等。德利兴也是天津机床修理厂的前身，1961 年更名为天津液压件厂。

三条石铸造业的后起之秀是庆隆机器厂，由享利银号做后盾，经引资入股，由从三义成出来的陈梦周任经理。当年陈梦周二十二岁，年轻有为，能吃苦。以六间平房，两台砂轮机，两台老虎钳，一台车床起家。主动揽活，以交件及时扩大影响，终因其信誉上乘扩大再生产。后承租原东大成机器厂厂房，聘用实干技工，只用三年时间，便成为三条石机器业的后起之秀。庆隆厂以打包机、榨油机打开销路，靠地球牌轧花机名扬华北。不料日本投降后，国民党大员眼红，竟以种种借口派武装特务抓走陈梦周等人，设刑毒打，讹去二十两黄金才放出人来。陈梦周一气之下，猝然去世。庆隆厂从此一蹶不振，直到新中国成立后才发展起来。

以自己姓名为厂号的是郭天成机器厂。郭天成原籍河北吴桥，年少时在天津东北角学徒，出师后做小铜件，并在 1883 年左右开了个天成铜铺。其实郭天成本名郭庆年，铜铺为天成号。过了几年，他在三条石干起了机器厂，并和日本银行拉上关系。人们习惯于把郭庆年的企业称为"天成家的"，索性郭庆年就把机器厂命名为郭天成机器厂。他靠为日本泽行造轧花机开路，不久转为铸造轮船铸件，并自主设计新型的轧花机、弹花机，注册商标"仙鹤牌"。以其低价值高，超过日本机型。郭天成虽无文化，却善学习，重视引进新工艺。他为制造出性能良好的织布机，带头重金购置二十台马力锅炉蒸汽机作为总动力，以天轴、皮带轮发动全厂机器，提高产品质量数量并降低能耗。郭天成机器厂是三条石工业发展的一个缩影，其影响不只在天津制造业、纺织业，还远达西北宁夏，东北海拉尔和津浦路沿线。

综观三条石铸造、机器业的兴衰变化，可以看出天津作为华北工业重镇，起源于交通便利和人才汇聚。同时着眼于农业，并为轻工、纺织、印刷配套，使其迅速发展。三条石的工业生产还注重百姓的饮食之需，尽管今天看来，轧面机、刨冰机都显简易，却在当

243

时备受欢迎。天津的机器制造还以人才流、物流扩大效益和影响，其经营走向由小到大，从简单到成套设备等等，奠定了津门工业基础并形成传统布局。

靠海河水，倚南北运河，三条石在时空上与我国近代的脚步合拍，并以地利、人和成为工业发祥地。也许一百多年前交河人秦玉清没有想到他的来津办厂引发了三条石的神奇。然而历史却告诉未来，任何与时俱进的挑战和机遇，只要面对并抓住了，就会有业绩诞生。

三岔河宝地，三条石街区，人杰地灵，物美天华。

抹不去的滋味

带着一股清香和爆火出锅的嘶嘶声，一盘有着黄色锅巴、碧绿菠菜、油黑木耳的独流佳肴，被浓香的蒜味裹着，摆在了小树桩做桌腿，粗木纹板当面的饭桌上。和已经上桌的扣肉、烧鱼、炖鸡相比，是那么的素雅、清淡，甚至是朴拙，然而越过寻常的炖、熘、炸、熬，独流锅巴在看似简单中凸显着灵秀，以平和却不寻常的姿态在食客面前，述说着原料的精细和制作的用心。

独流以醋名扬海内外，且历史悠久，这已经折射出此地在粮食深加工中的底蕴和功力。在做饭炒菜上，也讲究一个"穷菜富吃"，把身边的普通食材通过睿智的琢磨和时间的积淀，烧制成一道风味独具的独流锅巴。

先说独流锅巴的主料，是把上好的绿豆磨成浆，再摊成可入菜的煎饼。此过程需要先筛选优质绿豆，用石磨碾碎；接着浸泡，去皮；然后，磨成绿豆浆，再兑入适量的团粉并予以调色；最后，摊成既薄又韧的锅巴，放在盖帘上冷却。锅巴的制作过程需要十个小时左右，以有着百年传承历史的"王记"和"尤记"锅巴为代表，口感筋道又不粘锅。津沽一带的小吃，为方便大众食客，常常把菜与主食一起制作，如"狗不理"的包子、"大福来"的锅巴菜、享誉海内外的煎饼馃子等。而独流锅巴，用切制成菱形小块的绿豆煎饼，配以菠菜、肉丝、木耳，或爆炒或糖醋或拔丝或凉拌，以乡土的质朴与绿色食品的养人，使"穷菜富做"登堂入室，进入非遗的层次。

然而，我对独流锅巴的记忆，不仅停留在舌尖，而是植入心田。约三十年前，因经常评论、分析影视剧，便有机会和剧组一起跑外景、看拍摄。有时忙到天黑，吃饭便顾不上搭配，填饱就好。要是转场在路上，饿了便随便找一家小饭馆有嘛算嘛。那天，从山东回天津，过沧州进静海，已经天黑。为赶路，中午饭就凑合，到了晚上九十点钟，几个人已经是饥肠辘辘，几双眼瞅着窗外，司机师傅更是恨不得见着能吃饭的地方就踩刹车。那时改革开放刚起步，公路窄，饭馆稀少，夜幕降临，人和车仿佛与孤寂为伍，风刮树叶的哗哗声，越发让人心烦。

前面是独流镇，路口有一处街边村，亮灯的小馆门前挂着的柳编笊篱在风中晃着，仿佛在呼唤我们几个。一进屋，年纪有四十多岁的汉子和一位中年大嫂迎过来招呼我们入座，递上热水。剧务着急点菜，米饭馒头有，肉鱼所剩无几，难以炒出几个像样的菜，大伙连连说，凑合吧。谁知，转眼间汉子端上两大盘子，满满的，有黄有绿有黑，还飘着浓浓的蒜香。我拿起馒头夹一筷子菜，绿豆的清淡、菠菜的涩香、木耳的柔韧，伴着甜中带咸的芡汁，是那么爽口，引得我食欲大开，心情也温暖起来。大伙称赞说，这是一路上最好的一顿饭，也是从未有过的口福。

现在回想，那两盘锅巴，是急就章炒出来的，锅巴长短不齐、菠菜也有点老，调料也单调了些。然而，汉子和大嫂的热情与体贴，却让这两盘菜深深地烙上了独流人的爱意。这朴素的菜肴，让南来北往的食客感受到了独流这一方水土为中华饮食的添砖加瓦，把寻常食材变成不寻常佳肴的智慧与工艺。于是，一道抹不去的滋味——隽永存在着。

古朴中走来的咸水沽

提起咸水沽的"古",其历史可以追溯到前秦,在汉唐时代也有着清丽的身影,宋辽对峙,咸水沽一度处于兵争之地,到明清时期咸水沽是天津府八镇之一,盐业发达,是京畿扼要。又因居海河南岸面向渤海而成为漕运枢纽。经济的发达必然使得人文荟萃,咸水沽一直以人杰地灵蜚声海内外。近百年来,文化大家、红学泰斗周汝昌、中国现代版画先驱李平凡、评书翘楚田连元等,都是从咸水沽走向全国的。正是咸水沽的"古",使得它兴旺时"马不扬鞭自奋蹄",寂寥时"埋头苦干出实绩",也就是人们常说的笃实、执着、奋进精神,成就了咸水沽的厚重。以致重视历史文化,做生活的主人,在咸水沽已成为一种自觉、自信和自律。而这种风气在改革开放的大潮中,便会如鱼得水、畅游其间、于波光粼粼后浪推前浪之中,一个鲤鱼跳龙门——咸水沽镇变了,变得厚重里彰显着大气,古朴中孕育着腾飞。

原本海河裁弯取直后,咸水沽的码头优势逐渐衰减;津门核心区的集聚力,又使得古镇被边缘化,曾经的码头繁华,千帆竞发,街市的熙熙攘攘,海鲜时蔬飘香的景象重归为平静。可是咸水沽人的"在有为中有位"的精神,在平实的生活里"但有进兮不有止"(梁启超语),从未向命运低头,它的人文精神和历史筋骨,在祖国这四十年的铿锵步伐中,于群情激荡中迸发出前所未有的活力,并且把握时代核心理念，在不断学习中，攻坚克难；尽管曾经慢了几步，现在要迎头赶上。

数日之前，我去了一趟咸水沽，所到的几个地方，尽管是走马观花，也被到处充满活力的气象所感染。昔日的平房矮屋被新颖的高层住宅取代，鳞次栉比的大厦小楼是小康生活的生动写照。楼宇间，幼童玩耍、老年人跳着广场舞蹈，更有阵阵的葫芦丝声、胡琴声、电风琴声飘在微风中。正赶在一场雨后，挂满水珠的碧绿草地现出沁人肺腑的草香。和着欢乐，使咸水沽折射出思想明确，上下合力，打造新生活的志向。走到之前海河的故道，已经建成供往来游客和当地居民欣赏游乐的景区：亭阁廊桥高瘦低肥、曲径通幽、倒影亮丽；清风沐浴荷花俏，小船慢泊迎客来，到处花香鸟语。曾经的"家住苍茫缥缈间，荻蒲弄水鹤踏船；来客若向空中语，清笛引路入桃源"的美景，又以新姿装点着咸水沽。

然而，若以为咸水沽只是风貌换了新颜，那就错了。它的"新"更表现在要站在时代的潮头，凤凰涅槃。

这是我看到古镇的开发区获得的深刻印象。走入一家与北京高校、科研院所合作的高新产业，做电子印刷版精细研磨的企业，看到手不离器械，眼睛紧紧盯着各种仪表的几位二三十岁的年轻人在一丝不苟的工作。千万别以为这只是普通"印刷"前的某道工序，此印刷非彼印刷，这是为入太空、潜深海的科技芯而研磨的基础材料。看到此，我脑海中出现了一幅画图：古镇已化作石壁飞瀑，水雾氤氲之中腾飞的雄鹰在云间翱翔。是啊，咸水沽从历史走来，有着秦汉的开拓，唐宋的积累，元明清的繁荣，然而河海码头、京畿大镇，毕竟随着过去的足迹成为生活的倒影，今天时代的鼙鼓已敲响，咸水沽已进入了新时代，科技大潮使得古镇从厚重走向智能的腾飞。我看到了坐落在古镇开发区的智能机器人深度研发、批量生产的工厂。大家还记得天津承办的第十三届全国运动会开幕式上的机器人以方阵组成的舞蹈队伍吗？那些动作雅致、表情率真的上百机器人，就出自咸水沽新区这家企业。匆匆走来穿行在车间、设计室、目不转睛看着荧屏进行操作、向我们做展示和讲解的都是年轻人，他们的脸上洋溢着自信，身上散发着青春的热情，同时古镇的朴实执着也在闪现着、积淀着。

哦，古镇已经迈着大步走来，它稳稳的，因为它厚重；它奔腾着，因为它插上了新时代的翅膀。

我爱华夏的古老，给今天的中国以丰富的营养；我更爱祖国的今天，让古老的中国焕然一新。咸水沽只是这巨变浪涛的一滴水，而一滴水可见湖海江河的瑰丽颜色。咸水沽在变化，在前行，希望它日新月异——期待吧！

胡同印痕：津沽老街的"四铺"

　　旧时的天津，大街少，胡同多。巷子不长，又曲里拐弯，那错错落落的泥屋棚舍与不多的砖房小院就沿着碰鼻子拐弯的胡同，你借我的山墙我依着你的篱笆草屋逶迤地连在一起。看那胡同名：大伙巷、小稍口、李家房子、粮店后街、油店胡同……就知道这片民居的形成环境和相处氛围。

　　而增添了生活气息，让日子过得有味道的，是每一片民居里都有的水铺、粮店、油盐店和小人书铺。

　　津沽老年间的胡同水铺，一般坐落在胡同口，屋子不大，放一两口大水缸或粗水瓮，临街窗户下有灶，灶上两口煮水大铁锅，一烧温水一烧开水，锅盖为两个半圆形，舀水时只掀开一半，既方便掀开舀水，又让盖着的那一半锅盖保持着水的温度。这还引出一句歇后语：水铺的锅盖——两拿着。有的水铺在灶台靠近烟道的地方还会留三五个圆洞，放置几个水汆子，以便利用烟道的余热把水汆子里的水烧开保温，这也可以看出水铺主人的节能意识。水汆子为长圆筒形，口沿上面有铁丝提梁，方便装满水、烧热、保温后提出。

　　那时，津城百姓家里烧铁皮煤球炉子，为省煤，临近中午做饭的时候才点火。别看天津人生活在九河下梢，沽汊棋布，可是喝水靠水车送清水。水铺的水都由老关系定点供应，几口大缸灌得满满当当，可用一两天。

天津居民过日子，会盘算，既要节省又有约定俗成的讲究。尤其老人一早要漱口、洗脸再喝上两口茶，这叫"清嗓提神"，稳当下来才去干别的家务。上班打短的也要把茶水喝足了。这水铺就十分重要了。主妇或半大孩子提着铁壶暖瓶去水铺打水，人多时挨个儿，熟人就用自己的盛水家伙排队，水铺主人也绝不会弄乱。打开水的钱很少，有的随时递上几分钱，有的月头月尾一起结账。赊账几乎没有。你路过要讨一碗水喝，水铺主人会热情递上。

天津的水铺，滋润着胡同的老少百姓，那一壶壶开水，沏着津沽特有的正兴德的"高碎"——价钱便宜又精心配制的茶叶末，那叫一个香，一个爽。想一想这情景，好像都能闻到一片一片的居民草舍土屋或瓦顶的上空，每到早晨七八点飘来的一股股茶香。家里有了生活味道，胡同有了活泛气息，伴着人们逐渐喧哗、自行车清脆铃声和小贩此起彼伏的叫卖声，这座城市在迎接着新一天的日子。水铺，用它的温暖滋润着津城的千家万户。

走在两侧满是低矮连片房屋的胡同里，不由得有一种压抑，想着早晚有一天要搬离这你挨着我、我傍着你的拥挤和潮湿的旧巷小街，可是看到有粮铺在自己家的附近，那心又踏实起来。仿佛那不大的通常也就一间半左右的平房，藏着力量似的。

其实，津城粮铺通常门面与库房合一。大的做门脸，小的堆放各种成品粮。粮铺一般要比周围高些，门口有一两级台阶，利于防潮，也方便在台阶侧面的旮旯处放点防虫草和鼠药。猫和狗是要养一两只的，为的是捉鼠和护家。走进粮铺，迎面是一溜宽大的木柜，一般分四个隔断，依次是棒子面、白面、大米、小米。其他的大小芸豆、粗细棒子渣、黏米面、黄米等，都用大点的面袋装着，袋口要向外卷几折，露出里边装的是哪种粮食，既能让人直观看到，又显得这家买卖实在、利落、干净。孩子们跟大人去粮铺，表明这一天或几天内有饽饽、米饭吃了。更高兴的是看伙计称好了粮食，往粮柜前面的铁制漏斗"哗"地倒下去，买粮的便把口袋张开，放在漏斗下面用双手撑住去接那下滑的米或面。这一倒一接，伴着几斤

251

粮食进入自家面口袋的那一刻，与铁漏斗摩擦所发出的声响，仿佛在诉说着这家大人小孩可以果腹了，温饱的欢乐洋溢在他们的周围，诱人的饭香会慰藉他们的俭朴生活。

胡同粮铺给日子带来充实，也有一番他们的贴心。即使就买两斤棒子面蒸一锅窝头，粮铺伙计也会用秤盘先盛上二三两的豆面之后再称余下的棒子面。天津人的蒸饽饽讲究搭配和香气飘逸，棒子面里掺些许的豆面，那饽饽软硬适中口感还好。到了年跟前的"腊八"，粮铺会配制腊八米。除了大米、小米、江米、芸豆和豇豆之外，还会有鸡头米、黏黍米、栗子等，需要就加点钱买上几种。这腊八粥不单样数多，还透着天津人对食材的精心选择，熬粥的米样数多，丰富中显着喜庆。

天津的粮铺不大，却给家家户户以充实。

在津沽的小巷子里还有菜铺、油盐店。有意思的是这类铺子常常以主事儿的姓氏和坐落方位命名，形成只有这片居民知晓的名称：岳家小铺、丁字口油盐店……津城方言习惯"吃字"，丁字口油盐店就习惯喊成，"去丁口买两把韭菜""去口上打点酱油醋"。铺子的称谓简单了，人们与菜铺油盐店的关系就紧密、亲近起来。

天津人喜欢吃鱼，家家做鱼都有一套，你清蒸，我红烧。当然每位主厨都有自己的招法和独门技艺。有趣的是，津沽人家在熬小鱼熬杂鱼上手法味道却出奇的一致。天津胡同的油盐店就有这样的业务：正要做鱼的一家，会打发半大孩子拿着一只碗，用三五分钱买现配的"熬鱼料"——碗一递上，伙计在你碗里倒上比例适合的酱油醋，一两枚大料、三四瓣蒜、一截大葱，半块老姜，还会加一勺面酱，滴几滴香油。孩子端着碗回到家中，大人刚煎好鱼，一碗鱼料倒进锅，加点水，盖盖焖上，不多时鱼香四溢，一顿窝头熬鱼美美吃进肚里。现在的天津名菜"××熬鱼"，其实是有雄厚的家熬鱼做基础的。而胡同小铺的贴心鱼料表明天津百姓生活的滋味和滋润。

天津小铺对主顾热情，买完几样之后，总会瞧着你的菜篮子，

252

是冬瓜就搭把香菜，是炒咸菜头就送两小勺泡黄豆。菜铺油盐店还能赊账，是为了应急，做饭做菜你正好缺了点辣椒，少了块豆腐，大人就让会学舌的孩子去小铺赊，很快就能拿回来，立马洗干净，切了入锅。第二天，大人去买菜顺便补上昨天的缺的几样东西的钱。这就是天津小铺和邻里之间的交往，买卖中裹着情谊，把小事往贴心上做。

天津的贴心小铺，对孩子的，是小人书铺。几十年前，连环画出版得多，种类纷纭，古典名著、武打小说、英雄人物、家庭故事、工人劳模、农业模范都能在小人书里和孩子见面。最吸引小学生的是《西游记》《三国演义》《水浒传》《聊斋志异》和战斗英雄故事，《黄继光》《杨连弟》《铁道游击队》《回民支队》……这些反映中国文化和中国精神的内容，经历过二十世纪五六十年代的人们，至今还会记忆犹新。

天津胡同里的书铺，数量比菜铺、粮铺少，大部分开设在面积比较大的居民区和学校附近。小人书一本拆成两本，包上牛皮纸做的封皮，书名一般是规规矩矩的毛笔小楷，也有用蓝黑墨水写的。书铺主人大多是大爷或中年妇女。他们有些文化，嘴上功夫了得，介绍小人书，说到一半就停下来，让孩子们不由自主要坐下来看后面的故事——不过你得掏掏口袋，摸摸有没有零钱。对认真看的投向喜欢的眼光，对拿起小人书快翻、乱翻的会说上几句。

当时看一本小人书一分钱，要是孩子坐那连连看，超过一毛钱了，书铺主人会阻止，"还有零钱吗""爹妈不放心了，回去吧，明天再来"。表面看，是问还有没有看书的钱，怕孩子看小人书花超了，其实也含着关心，别沉迷其间或耽误了做作业。

看小人书，是当时孩子们最喜欢也是很普及的课外生活。画面加说明性、情节性的文字，给少年们的脑海里开启一个故事的世界，也是一个形象接受文化知识的平台。接触古典名著从连环画开始，感受中外童话也从彩色小人书中获得，战斗英雄形象首先是从这里记住的……是小人书给少年儿童铺设了走进学海的基石，拾到了最

253

初的五彩贝壳。

有的小人书铺还出租书籍，主要是名家小说。交上点押金拿几本走，几天后还。租书者往往是家长，租上几本丰富孩子的业余生活。给小孩买书，那个时候还属于奢侈。就是成年了，参加工作最初的青工，工资不高，图书馆还少，也到小人书铺租小说看。慢慢地家长可以有钱买小人书，青工们能在图书馆借书了，小人书铺就开始消失了。水铺、粮铺、菜店、油盐店，也随着城市建设的步伐加快而成为历史的记忆。然而，它留下的回忆，很值得回味。

这"四铺"，是天津市井生活的温馨载体，是百姓人生的难忘滋味，也是小商小贩营销的代表者。虽小本经营，却兢兢业业、细致认真。他们着眼于百姓大众的柴米油盐，并能从细节着手赚些钱，可绝不贪心，真诚地把居民看作衣食父母。一壶开水、一碗做鱼的调料、几斤棒子面、几本小人书，从中折射着交往的融洽、服务的贴心、经营的用心。

天津胡同里的小铺还有许多，早点铺、糕点铺、成衣铺、理发铺、煤铺……是它们，让城市有了"适合居住"的元素与条件，尽管显得简单，甚至简陋，但却让大众的日子过得有活力，正是这种活力体现并刻画着城市历史的生命轨迹，留下了温馨的回忆。

舌尖上的遗憾

当看到天津的煎饼馃子，在《舌尖上的中国2》的早餐部分，只有着几个镜头的时候，这部纪录片的分量，倏忽之间变得轻了，轻得竟如几片风中的落叶，只剩下掉在地上的沙沙声。

我并非让煎饼馃子去争大餐的名分，也不是让这种小吃去夺什么排行榜的第一。我所不解的是，一个直辖市，千百万人口都喜欢，以致在全国都声名鹊起的煎饼馃子，为什么会被轻描淡写？来自山东的煎饼手艺，到了津门的摊儿上，改用绿豆小米面而不再是齐鲁大地盛产的玉米面，然后加上鸡蛋，裹入炸得香脆的馃子或馃箅儿，再刷上面酱、酱豆腐汁，撒点儿葱花，这么一卷，咬在口中，是何等的美味！

当然，味之美，依个人、群体和环境的不同而各有取舍，所谓的"萝卜白菜各有所爱"。不能说天津的煎饼馃子，大江南北都喜欢。也正是各有风味，南甜北咸东辣西酸，才能组成舌尖上的中国。但是恰恰在此，口味不同中的内涵，也就是所表现的人文与文化的那一层意思，才是这部纪录片最重要的。还是拿天津的煎饼馃子举例，摊煎饼、炸馃子的手艺不是津沽首创，但把二者放在一起，玉米面换成绿豆面，再加上鸡蛋、面酱、酱豆腐汁和葱花，却是海河口味。并且天津的小吃，大都面馅儿合一，味儿略显咸，又讲究做法的精致并适合市井生活。于是，天津人的"卫嘴子"并非只指

255

"说"，强调的更是吃出天津性格。

三岔河口，南北运河，河海相通，食材丰富，这是独特的地理环境。南北荟萃，容纳贯通，主张手艺，看重口味，既能大俗，又能大雅，甚至为了应时到季，要尝鱼蟹的鲜美，不惜"当当吃海货，不算不会过"。这里又透着天津人的豪爽与对饮食的追求。既然是记录舌尖上的中国，也就是用镜头语言描绘出饮食中的不同地域、不同食材、不同制作手法下的文化表现。对天津的煎饼馃子而言，它不是一种浮光掠影般的快餐，而是大有探究的地域文化突出的饮食。应当揭示出煎饼馃子背后的人文性格，如大运河把煎饼带到津沽，天津人以自己的才智，把玉米面煎饼卷大葱，改为绿豆面卷馃子，绿豆去暑，馃子香脆，而放上一些葱花，又提味又不失这道小吃是来自山东这个原点。天津人在饮食上海纳百川，但在手法上更会容纳提炼。天津菜系多来自齐鲁和京师，但比鲁菜有海鲜味，又比京菜少了些宫廷气，即使是煎饼馃子也有着津门的追求，仅仅运用几个镜头是说不清楚的，即便是运用艺考前那位外地母女做红烧肉的煽情手法，也难以表达天津人与煎饼馃子的那份情愫，那份对海河小吃的心灵投入。

饮食是生活的必需，做饭之中会有情感的移入。但是《舌尖上的中国》记录的是神州赤县的饮食文化，要挖掘的是某种饮食形成的历史和人文烙印，各地依据环境等等因素对某种饮食的创造开拓，以及其中的精神与故事，像苏东坡与东坡肉，天津人与煎饼馃子。若以此来评价《舌尖上的中国2》被不少人吐槽的原因，就在于对文化的了解与挖掘浅尝辄止。口味与感情，做饭与家庭，只是饮食特色的一部分，舌尖上的文化是泱泱中华文化的味道表现，其多姿多彩与深刻厚重，远非"亲情"所能覆盖。

天津三绝，都有既是主食又是副食的优势，但是其中的和面技术与半发面、半发酵的手法，加上包子馅的鲜、炸糕的外焦里香、麻花的酥脆甜美，却是各具特色。如果结合津沽的市井文化，真正挖掘出天津人对小吃的又要"硬磕"又讲究"味道"的那股子精气神，并且能在看似小环节上拿出独具的功夫，这才是展示津门"舌尖上"的真玩意。若只是浮光掠影的叙述，拍的镜头再多，也仅是罗列，解读再花哨，也只是矫情。

《舌尖上的中国2》确实掀起了又一轮的吃在华夏的热浪，光是辛苦的介绍就功劳不小。需要指出的是，拍出文化，拍出地域特色，不那么简单，不深入历史、人文和饮食的背后，是难免要瑕瑜互见的。对文化进行记忆，不在于时髦，也不在于博得眼球，而是在接地气的同时，去缜密了解历史的足迹与对生活的创造。《舌尖上的中国2》应当更睿智，更深刻。

《五大道》：一曲多彩又隽远的津沽华章

　　说起天津城市文化的积淀，不能离开五大道，谈到这座城市的发展却不能仅仅围绕着五大道。对津沽而言，描述这片洋楼林立的街区，不得不面临着看似能说出一二，却又难以讲透的尴尬。现在，大型人文纪录片《五大道》播出了，而且一播就火，再播大热。拍得精彩、精心自不待言，关键在于拍出了历史文脉，拍出了人物足迹。文脉的丰富清晰，使得《五大道》充满文化底蕴和万千世相，人物的起伏跌宕，使得《五大道》盈溢着活力和人生体验。

　　五大道一词缘起于二十世纪七十年代末对那一片房屋"落实政策"，重点在于这片小洋楼和它的主人在"文革"期间受到冲击，必须先"拨乱反正"，解决运动带来的问题。有关部门下红头文件对这一片楼群予以整体安排，用五大道一词概括"这一街区的特征，相关问题可综合处理。然而，随着时代的发展，五大道的历史和社会内容被重新认识。于是，建筑特色和天津城市的轨迹、入住者和中国近代风云，被不断挖掘，不断爬梳，这一地区的文化积淀以及伴生的人文百态相继被揭示出来。最终，一幅横跨百年的津沽核心区的城市景象，如一幅现代的《清明上河图》展现在人们面前。代表这一视点的文化作品，就是在中央电视台、天津台热播的大型人文纪录片《五大道》。

　　五大道并非第一次走向荧屏，但影响都没有这次大。究其原因，首先在于视角。笔者曾多次参加有关五大道内容的影视作品和剧本的研讨会，以往的大部分创作只是就这一地区谈这一地区。而总导演祖光的这部《五大道》，以中国百年为背景、以天津巨变为舞台，大大拓宽了观察、分析的视野；同时，把握住世界和中国在当时的大趋势，通过介绍全球的政治、经济、文化的此消彼长，用大视野去诠释当时因落后而寻求变革和改良思潮的涌起。随之，本片紧紧扣住"天津之变是全国变化的前沿"这一主旨，把发生在津沽的中西政治、军事和经济的激烈碰撞聚焦在五大道上。也就是着眼五大道，又不拘泥于五大道。于是，一个城市的街区在世界近代化的历史走向中被投影，叙述时空极大地拓展，认知的幅度与厚重较之以前增加了不少，五大道的内涵被充分地开掘出来。

《五大道》的成功还在于从横断面中巧妙叙述历史走向，这是独具匠心又能正确反映五大道底里的艺术布局。这部纪录片由近代天津的九大节点为结构，从历史背景和社会裂变来阐释租界的风云与影响，从军工并举，金融繁盛，商文两旺来抒写天津的崛起与变化。中国近代百年的动荡不已和弃旧扬新，在五大道与津沽大地这一舞台上被生动地浓缩和投影出来。衰败的清王朝不敌列强的坚船利炮，而大沽口的硝烟、天津城的被拆，使天津从否定之否定走向嬗变与觉醒。于是，大舞台出演了大作为，当时的人们，尤其是站在时代潮头的勇敢者，或把握政治或抓住机遇，或展示才智或敢于创新、冒险，一时间津门人物辈出，海河两岸风生水起。近代化的进程，使五大道名人荟萃，他们的活动举足轻重，津沽迅速成为中国北方最重要的都市之一。

《五大道》这部作品的感染力很强，全篇气势宏大、历史断面广阔，如钱塘大潮、壶口瀑布，浪涌涛飞，震撼着观众的心灵。这种艺术力道，源于全片文献资料大量而细致的收集，以及摄制组从津城到欧洲到北美的寻觅、考察和采访。镜头上的全球视野、立体观察、对相关国内外史料专家的采访，加上历史的昨天与现实的今天在这一街区既有联系又截然不同的对照，使天津和五大道被多渠道、多侧面、多元化地展示在荧屏上。多只眼睛在回眸、凝视和展望着天津因为五大道的出现所引发的鲜明变化，历史中的"他们"，活动被格外地凸显。于是为天津付出、与海河相伴而生活的"人"，就在这个大舞台唱念做打，演绎着一幕幕多姿多彩的人生的出将入相。由于打破了对历史往往重视事件却常常忽略人物神态的叙事传统，李鸿章、周学熙等人的实业，袁世凯、徐世昌、段祺瑞等人的新政，金融街洋行、银行的崛起，范旭东的化工、宋棐卿的毛线，乃至京评梆曲受到海河水的洗礼，寓公雅客经受津风津韵的陶冶……都被鲜活的描绘，跃然于镜头中。五大道不再是一片街区，天津城不再是一座京畿商埠，她是地杰人灵的宝地，她是人才辈出的沃土。

更为精彩的还有《五大道》的叙述风格。以建筑元素和文献资料为基础，镜头表现的是名人的身影和他们后代的口述，曾经的人和事被亲切地娓娓道来，而历史场景的再现和专家学者以及相关人士和街坊邻居的分析议论，使全片每一章节都在升华和深化。五大道活生生地呈现在人们眼前，既实实在在，又探入到人文机理。天津近代百年的脉络、天津百年文化的厚重，天津对中国近代的浓缩，天津在百年风云中的演变与奉献，都形象地矗立在华夏大地上。

大型人文纪录片《五大道》的成功，一是立足街区，放眼天津乃至当时的整个社会，于是一个有故事的街区呈现于人们眼前，编织出一部百年中国的大剧。二是以人去写历史，把时代足迹鲜活为一代人的人生，凸显人的历史作用，及对城市政治、经济、军事、建筑和文化、教育的推动，并以此启迪后人联系改革发展的现在。一部人文纪录片，谱写了一曲有声有色、婉转云天、高扬天津精神和民族风貌的华彩乐章。三是传统艺术手段与最新技巧的高度结合，全片恪守史实，人物情节都有出处，在一一道来的同时，精心使用电视的科技手段使艺术表现全面提升。如，静态画面的多维动态化、场景还原的人物与情节再现等等，结合全篇镜头的精致、剪接的精准、解说词的精彩，形成精品。四年的辛勤汗水，化作一部佳作的问世。大型人文纪录片《五大道》会让天津文化悠远绵长，并将长留在津城百姓和全国观众的脑海里。

短论二篇：天津"贺岁书"

读在春节　收获一生

——谈贺岁书《津门传家宝》

城市在发展，要不断记忆，以更好地继往开来。像我们天津，积淀丰富又表现纷纭，更应该在记忆中扩展提升自己的都市形象。尤其需要以一种经典的表达方式，让津城的历史在形象描述中成为生动的文化传承，并从学者笔下普及到大众心中。于是，《今晚报》连续三年在春节，即国人生活情趣最为浓郁之时，推出了贺岁书，使年味充满了地域色彩和文化精神。

今年的《津门传家宝》和讲津沽历史的《六百岁的天津》、叙述年俗的《天津卫过大年》不同，尽管依然保持着红火喜庆的年味和雅俗共赏的文化品位，却更注重以城市之"宝"传承都市文脉。一座大都市，尤其有盘山、古镇、贝壳堤，并能汇长城、大运河、千年独乐寺和近代中国百年的政治、经济、文化、教育及姿容各异的风貌民俗于一身的天津，必须及时并不断地打开历史闸门，让多彩而独特的文化遗产，即城市传家宝，成为家乡百姓的精气神。

全书选取了有代表性的 36 个类别"传家宝"。以具象鲜活又内蕴深刻的抒写，让享誉全国的中上元古界地质、天津老城厢、佛塔

261

庙寺、工业遗存、民舍洋楼、名人故居、革命遗址、民间技艺、戏曲文学、节令风俗乃至特色小吃等等，都一一再现。引人瞩目的是，书中的讲述不单还原了的古生态、老滋味，更突出了对文化生命的传递。凭借《津门传家宝》可使海河大地多姿的风物、绚丽的人文进一步得到萃取，从而达到"虽云色白，匪染弗丽；虽云味甘，匪和弗美"的效果。该书以其点染之功，聚合之力，使天津"城市的分量和文化上的含量"被体现出来。

对不少人而言，虽生活在津沽或土生土长于斯，却往往不知其历史，更对种种文化现象难谈其详，甚至在忙忙碌碌下，淡忘了乡土内质、生活底蕴和文化陶冶，对个中的来龙去脉更是漠然。而《传家宝》一书，正是以其生动而深刻的呼唤，让大家知道了"宝"在何处，如何保持下去。冯骥才总结出一句箴言："前世之宝，后世宝之"。让我们在记忆历史、发掘文化传家宝中，使津门的历史文化成为天津人的人生甘泉，天津市的气韵之钵。

如果说，该书108篇文章记录了天津36宗宝，那么这部贺岁新作就是第37宗"宝"。它彰显出沽上精粹，让书中的叙述使津城越发地显出人杰地灵。它制作精良，选图精美，文字好读；它充满喜庆，使你读在春节，收获一生。

人要从厚重走向升华，城市要从精神文化的认知里得以闪光。《津门传家宝》和每年推出的贺岁书，以其品牌和含金量使天津和天津人在新的发展期更加自豪地行进。

让历史传承"活"起来
——再评贺岁书《津门传家宝》

正月十五元宵节，恰逢大雪纷纷，人们喜度上元之时更充满了对生活的热情；雪给节日增添了祥瑞，又像沽上一景——捧读贺岁书《津门传家宝》一样，给天津的地域风情带来了活力。

民风习俗是社会生活的结晶，也是历史人文的遗存。但它的传递不单单靠着积淀，还需要不断地与时俱进。而给这进取以推动的，是继往开来的鲜活。同时这种鲜活，在眼下经济的发展日新月异下，更应有一种对原汁原味的尊重，对其本体气韵的保持。

因此今晚传媒集团《今晚报》连续三年推出的以回顾历史，描述年俗和记录城市文化遗产为主要内容的《六百岁的天津》《天津卫过大年》《津门传家宝》三部贺岁书，就不仅有鲜明的即时性，更有厚重的长效性。所谓常效，就是《津门传家宝》等书，以其生动的再现让历史与风俗活起来。例如天津是近代小吃快餐的开创之地，无论是面馅合一的包子，还是菜饭统一的锅巴菜，都和津门是个水陆码头密切相连。再比如我们天津集古地质、古海岸、古卫城于一体，又临运河、向大海、守都城，近代名人荟萃，现代建筑异彩纷呈。从《津门传家宝》中，读者一下子就能进入历史文化名城天津这部大书。

然而长期以来，对这种城市公共财富，我们往往身处其中而浑然不觉。虽说见惯不惊，只缘生活在其中，但岁月磨砺也使"传家宝"和天津的历史民俗渐渐失去其生命的原动力。

如果不纪念建卫六百年，很多人不知天津历史之长；倘若不挖掘海河两岸的年龄、文化的遗存，不少人已忘记津沽大地的人文存态。于是"借我一双慧眼吧"，《津门传家宝》等书的意义便不只是贺岁，不只是兆丰年的瑞雪，还应该是滋润我们和社会、城市、环境的精神上的春雨。它是对天津文化深入的追寻与重塑，也是对天津脉络的张扬和文化的扩充。《津门传家宝》一书，集前两部书之经验，组织专家学者行家里手，老中青济济一堂地描述我们的人杰地灵，并"画"自然景观，"绘"人文特色。这种"绘画"有文字的深刻、图片的形象，更有这部书集采编、装帧、印制等等而折射出来的精致。它不是俗气的"市井语"，更不是外人学说的"天津话"，它是天津宝贵的人文遗存的"身份证"。

首先，它珍奇而贴近读者，且大俗大雅。就是谈大饼、煎饼馃子、麻花，都透着古香，显出深邃。尤其是全书分三十六个种类，

263

涉及全面的天津人文，既说出来龙去脉，又亲切而娓娓动听地讲述其情节和趣事。于是天津人知道了自己的根、身边的宝。其次，本书多彩而人性地把天津的"宝地""宝事""宝人"等等，都传神地捕捉出来。其中有简练浓缩的篇章小引，又有图文并茂的专节描述。照片的老而典型，选题的精而生动，使津门之宝聚满津城。以名人故居为例，书中不仅有思想文化先驱李叔同、梁启超，又有革命烈士吉鸿昌和中国"话剧之父"曹禺。全书的视野与魄力，令天津精神更上一层楼。

《津门传家宝》就是在再现津城珍奇的主旨下，使本书各章在编辑出版上精益求精。它写实但不木讷呆板，它深刻但不曲高和寡；它生动但不夸张变形。同时以其喜庆，以其民俗，以其具象，直接与百姓交融在一起，并能好读耐读，常谈常新。单是封面，那聚宝盆剪纸花饰和红裹金的历史照片集锦，都令人们眼前一亮，并能体味到书的感人气息。

让历史生动，让风俗活化，让津门传家之宝生命长存。从历史的尘封里走出来，露出亮焰；从生活底层走出来，显出风采；从记忆中走出来，显露优秀文化传统的新前景。

《津门传家宝》也是一场瑞雪——文化的祥瑞之雪，彰显出天津对精神生活的理解与追求。

为方言文化兢兢业业，著词典伏案经年

　　谭汝为先生主编的《天津方言词典》出版了，它标志着我市的地域文化研究掀开了新的篇章。尤其在方言的深入挖掘与系统归纳上，进入了一个科学诠释的层面，并且使人们对天津话有了更为全面，更为准确的认知，其中还包含着更为"文润"，更为贴近天津人性格的理解。该书在解读中强化了对天津方言的全方位分析，并在阐释时保持了一个相对稳定的语言叙述，同时把方言文化中所富有的历史、文明和充满着厚重人文与方域个性的内涵规范地揭示出来。

　　这工作十分艰巨。而以谭先生为代表的方言工作者，经过了十几年的刻苦努力，使得天津地方语言和区域文化的保护与研究进入了本文称之为"文润"的阶段。

　　首先，《天津方言词典》有高水准的语言视点。编纂者把方言作为区域文化的语言表现，尽心挖掘所包含的丰富内容。例如在突出天津方言词语的同时，把俗语、谚语、歇后语和民俗文化词语收入，这样就把天津方言立体化了。一句"膀中有力养一口，心中有力养千口"，既含有重视素质与文化的思想，又道出了养家需要提高心智的人生哲理。词典在这方面的重视与爬梳，使这部文化典籍不仅具有知识性，更强调了学理才是天津方言的筋骨。因而，天津话的"艮劲儿"和"哏劲儿"才不落入俗套和油滑。

　　其次，《天津方言词典》更突出了"语言岛"现象，一方面，全

265

书收录的方言语汇，尽力从城市核心区遴选，把有着历史印痕并活跃在今天的天津话作为词典主体，在解读时突出方言特征的集群性，这就把天津话的优点和独特，较为整体地铺排开来，有利于语言的全貌记录和深入发掘。如"走"字项下，就有走板、走背字、走畸等十四个词，较完备地把天津话中对此的语义反映出来。尤其是"走畸"涵盖了"变形、失去原本模样、走邪门歪道、形容艺人演出时荒腔走板"等意思，仅这一个词，加上相关的"走水""走心"把天津话中对言谈和行为中"走味儿"的现象生动地揭示出来；也把相邻的现在也属于津沽行政区的武清、静海，甚或和西青等近郊地方语言的区别体现出来。另一方面，在解释时强调了其语言源头来自安徽，与天津卫城的历史沿革密切相关。于是，《天津方言词典》所折射出天津地域文化的时代特征，集中在明清遗存和近代百年的风云际会上，以及城市的河海通津、南北交流、中西文化碰撞的情境都尽在其中。这就尽显出天津方言的特色鲜明又繁复多姿，甚至雅俗互补，亦谐亦庄，有趣有谑，并因为聚集群体的求同存异，使天津方言魅力独具。词典还注意到了方言岛内和相邻地区的语言也有用词和语调的出入，编者通过比较分析，把属于天津方言的内容列入并予以归纳。例如，天津有两组表示方位去向的词，城里地界高，租借地洼地多，前者为"上边儿"，后者为"下边儿"，这是走旱路。若沿海河走水路，顺流而下叫"下卫"，逆流而上则是"上卫"。这两个词条，既把天津城市结构和语言特点解读出来，又以清晰的阐释说明了天津人独有的环境概念。在天津寻找街巷胡同，不讲东西南北，而说左右上下，这与天津是九河下梢和沽地洼淀众多，道路难以横平竖直，只能依地形而铺设密切相关。从词语中了解到天津文化的历史存态与天津人的生活轨迹，是这部《天津方言词典》极具底蕴的地方。

最后，词典还留有学术探求的空间。这表明，以谭汝为先生领衔的编纂团队，有一种与时俱进的研究精神。在老中青结合、专业与业余互补的合理结构下，少框框多韧劲，以严谨又开拓的态度，视《天津方言词典》为一项重要的文化事业，并以对天津方言的殷殷之情予以全身心的投入。他们以对天津方言的挚爱去从事词典的搜集、整理、诠释和编辑，一些有不同理解的词汇在力求深入的前提下，引入发散思维。像"狲（sūn）鸟"一词，谭先生以"猢狲"之"狲"把有音无字的这句天津话记录下来。同时该书的序言也列出不同看法，其中李世瑜先生所创造的上"丑"下"面"合成的"sūn"字，我认为更有意蕴，体现出天津话的"sūn鸟外国鸡"的语义。这样的例子还有一些，使词典能引起大家的讨论甚至是不同意见的争论，天津方言的活力也就在其中了。此外，一个阶段以来，方言处在话语交流的边缘，和方言相关的文化表现，如地方戏、非物质文化遗产等，都急速萎缩。《天津方言词典》的编辑工作也就有了抢救的意义。可惜的是，对方言文化的长期缺乏整理与系统探求，在推广普通话时又忽视了适度的方言继承，城市青年把使用方言归为"老土"或认为不能与时俱进地走近时尚，加速了方言的凋落。在这种氛围中，天津方言也到了需要抢救的边缘。令我们惊喜的是，《天津方言词典》问世了，而且如此的有深度、有特色、有分量。这部谭汝为先生主编的词典是我市文化发展的一件大事，为天津方言文化的进一步规范树了标尺，为相关文化的深入研究奠定了基石。

我们祝贺《天津方言词典》的编辑出版，更为共襄其事的编纂者、出版社、档案局和广大为天津方言献声出谋的群众喝彩。他们为方言文化筚路蓝缕，为著词典佳作呕心沥血的精神与实践，如丝竹之鸣回旋于津沽大地。

《天穆清真南寺简史》序

　　已是深秋，津沽道路两侧的树木不断落叶，从稀疏的飘零变成婆娑地洒落。树冠不再那么浓密。透过枝叉，放眼望去，越发感到天域旷阔、河水清幽、街巷稳重、乡镇豁达。运河畔的名村天穆，在一南一北两座清真寺的映衬下，于秋风中显现着一种质朴的亮丽。

　　在南寺简约明亮的小客厅，重逢老友雨仁先生。没有过多的寒暄客气，他递过来一部书稿，诚挚地嘱托我，看后写一篇序吧。突然间，阅读新书的兴奋和写序的压力接踵而至，让我一时未能回应，可脑海里却忆起了和老友十几年前的相识。

　　那时，我还没退休，社会活动较多，常与雨仁先生在会议上相遇，或邂逅问候，或小坐交谈。尤爱听他简短的发言，语速缓慢，清晰利落，从中透着浓浓的书卷气。后来，他惠赠四卷大作给我，每每开卷捧读，字里行间都闪烁着睿智的思索和深邃的心得。特别是《缀珠集》，折射着雨仁先生的深思和对人生的彻悟。

　　现在，他又主持编就了《天穆清真南寺简史》，把天穆的地理文化浓缩在一座寺院的兴衰跌宕中。角度虽小，蕴含颇大。这样的著述应是地域文化的见微知著之作，是津沽乃至北方回族同胞发展足迹的集萃采珍，是对天穆历史的深切开掘。

　　近几年，津沽乡贤对故土文化的发掘已形成热潮。究其原因：一者，天津曾对自己的文脉梳理不够，现在要加紧补齐短板；二者，伴随改革开放以来的经济繁荣，"盛世修典"更是在民间和基层深入展开，仅"问津文库"就出版了百种之多。北辰区的书史修志行动较早，成果丰富。这本《天穆清真南寺简史》，从动议开始就秉承了"天津若欲立于中国城市之林，尚需发弘卓然独特之文化"（见陶慕宁《"津沽笔记史料丛刊"总序》）的理念，犹强调"后之视今，犹今之视昔也"。此系雨仁先生在简史照片彩页后面墨写的题记。我看着这笔力遒劲的十个字，感到了书中内蓄着"揆古察今，深谋远虑"（《三国志·魏书·文帝志》）的意涵。

全书以记载南寺历史为经，以每小节都描述其间的事和人为纬，经纬交织、纲举目张、层次分明地记叙了天穆清真南寺的演变足迹、文化特色、内蕴和对今天的启迪。因此简史在深入爬梳资料的基础上，多层分析并揭示出南寺文化的厚积薄发。书中对南寺文化的影响力做了揭示，对天穆回族文化增容了津沽文化做了阐释，使读者对天津多元文化的认识深入一步。也正如书中"引言"所说，只要结合所叙章节对天穆南寺的今生前世予以缕析琢磨，并从"言有大而可以征于小"（唐·杨炯《〈梓州惠义寺重阁铭〉序》）"善言古今者合于今"（汉·陆贾《新语·术事》）的视角去探究，就会以"寺兴人立"为镜鉴，"看到历史的帷幕上清晰地标注着这样的话：清真南寺不可小觑"。

不可小觑之一，是简史深入具体地写出了清真南寺的肇建，拓展了天穆村的外延内涵。

天穆是穆家庄与天齐庙村经时间的浸润合成整体的，而清真南寺的出现虽比津沽第一的穆家庄清真寺晚了四百五十年，但正是南寺的肇始，让穆家庄、天齐庙村合二为一；自此天穆村"崛起为天津地区最大的回族聚集村"，"对天津地区乃至整个华北地区的回族聚落亦产生过深远的影响"。不只天穆村的体量大了，其内质也超出有故事可说的村落，成为津沽文脉中穆斯林文化的生态镜像。天穆的历史可用一句民间俗语"先有天穆村，后有天津卫"来通俗表述：不仅建村早于天津的建卫筑城，而且在"共建家园领风气之先"的层面上，也是垂范津沽和华北地区的。《天穆清真南寺简史》中指出："相互尊重，和睦相处，共同发展"的共识在几代天穆人心中传递、坚守，这一"优良传统一直保持至今"。可以说，本书缕析的是南寺的兴衰简史，送给读者的思想是不忘初心。

携手才能共生。天津作为运河驮来、码头养育的城市，和睦发展的天穆历史难道不是津沽福地由兴而盛的鲜明写照？一村一寺，映射出天津发展的步履和内蕴。这本《天穆清真南寺简史》，通篇播撒着爱家乡、懂民族、知兴衰的情怀，耕耘着文化感受的阅读力量。

不可小觑之二，是简史在全面系统介绍清真南寺的建设、演变、寺务、教职、人物、制度、作用、文献、轶事的同时，还突出了"经堂教育""女寺义学"等文化事项。

《天穆清真南寺简史》虽为"简史"，却是内容丰富的全景抒写。从中可知南寺的历史渊源、变迁足迹、活动内容、人员更迭等丰富的内容。可以说，它是一部天穆清真南寺的"百科全书"，具有"查阅"和"史册"的功能。而且，简史在"全"的基础上，颇有侧重地描述了"制度""经房子和女寺"。读者从中知道并懂得了穆斯林寺院的管理和伊斯兰教中国化的实际，以及爱国爱教传统的呈现和践行过程。

简史介绍了回族传统教育的形态与内容，记述并归纳了"女寺"的功能。首先，天穆南寺对妇女教育格外重视，课程内容笃实，着力从社会角色、素质修为等方面去培养女性健康的生活观和适应社会的能力。其次，对天穆劳动妇女集中做信仰与持家的"基本知识"教育，提倡听讲后要对这些内容"应知应会"。显然，接受"女寺"教育，会使女性同胞素质提高，树立起和谐治家、见贤思齐的优良作风。这不仅体现了古人提倡的"正其本者万事理"（唐·张九龄《对嗣鲁王道坚所举道侔伊吕科·第一道》），而且也是对女性一生向好的有力推动。

简史的这一专节，写出"女寺"对入学的穆斯林妇女有着完整的人生指导，效果良好。同时，简史还把"体现了经堂教育在一个村的完整结构"的"经房子"梳理出来，深切记录了"开办清真义学"的宗旨、方式和教育成果，指出南寺的"经堂教育"很好地促进了天穆穆斯林文化的传承。回族特色的"经堂教育"不断健康发展，天穆村民也由此声誉渐隆，影响四方。

这也是一种文化自省，文化深耕，反映出中国的文化自强，是包括回族同胞在内的各民族的共同认知。从"经房子和女寺"上，可以鲜明感受到：广袤华夏的文化自强自信，从一乡一村的不断培植，到历史涵养的万溪归流，最终汇聚成厚重的中国情怀。爱国爱教在我国的穆斯林中有着千百年的传统和积淀，因此今天常说的伊斯兰教中国化，并非近几十年间才有。天穆清真南寺的"经房子和女寺"，是一个很好的中华伊斯兰文化教育的范例，也是天穆南寺对津沽人文的特色贡献。

不可小觑之三，是简史突出记载了"阿訇职责与传承"，并对为清真南寺的建设发展做出奉献的几代参与者一一做了清晰生动的介绍，写出言简意赅的人物评述。从而阐释南寺的发展与影响，源自拥有一支承上启下的志士仁人队伍，他们的努力与奉献，使不大的南寺超出了一般。而寺与人的相互依存，相携共生，是简史叙述的核心所在。

深谈《天穆清真南寺简史》中这一特点，可以从我前面提到的雨仁先生所著的《缀珠集》说起。

《缀珠集》每一节字数并不多，却在平实叙述中现出难忘的警句。例如论述做人，书中说："一人之立于世间，一要做好人，二要做好事。""做好人好事"，是多年来流行的口号，雨仁先生在这句话前面加上了"一人立于世间"六字，便有了开阔的意境——"人"既立于天地间，就要有担当、有作为，就不能一般般地做些好人好事，是要有德才蕴含其中的。同时，崇德、怀才的关键在于"有志"。雨仁先生强调"人活在世上""不患无成，当患无志，如欲成事，必先立志。"

读到这里，再联系《天穆清真南寺简史》里的"人与寺"，深入体味建设天穆南寺的坎坷历程中，几代人所留下的辛勤倩影——无论阿訇还是海里凡，无论乡老还是志愿大众，他们都在清真南寺涵养的文化氛围里，孜孜不倦去做《缀珠集》所提倡的"立身行道，始终不渝"。正是这样的"人"，接棒前行且后浪推前浪，在南寺演进的二百多年间，天穆人从少年励志起步，秉志前行于年壮，即使到了暮年依然不忘初心。简史对清真南寺的建设者、奉献者、参与者都按历史步履予以清晰的表述，其中有"彰显个人信仰良知和伊斯兰教生命力"而捐资兴建了天穆南寺的穆朝正，有追求攻修完美朝觐归来的穆瑞德、李志起等众多哈吉，有受人敬仰做出成绩的几十位阿訇——他们以"精研博学""鞠躬尽职""正气凛然""信仰坚实""底蕴深厚"和"钟情南寺"等优良品行，被天穆民众、津沽穆斯林所钦佩。简史对他们的业绩修为如数家珍，记叙述评娓娓道来，这也是本书令读者感动的地方，从中可以看到天穆的地灵人杰。

寒暑交替，岁月沧桑，南寺穆斯林从"有志的种子"发芽成长，历经人生的冬去春来，努力开出色彩纷纭，或靓丽或平凡的"花朵"。清真南寺还珍贵保存着可视为文物的多卷经书，封皮略呈褐色，古朴的经文流淌在发黄的书页上，印证那起伏跌宕的沧桑岁月，述说着传经解惑的经堂教育，投影出清真南寺的文化活动，反映了天穆人对精神生活的执着求索。

史书是文字抒写的历史，也是对过往经历的铭记。历经时间涤荡冲刷的天穆南寺，闪烁着"人的可贵""品德的优秀""精神质朴的追求"。一部史书，写出了人的精气神，这是《天穆清真南寺简史》的一大特色，也是对"盛世修史"的生动写照。

简史生动、深入、全面地以清真南寺的沉浮描画了天穆人的不懈努力，述说了多层次的穆斯林的文化生活和历史轨迹，缕析出建设家乡的经验与贡献，使读者触摸并感受到生活在津沽大地的回族同胞，"立身行道"，几经磨砺，曲折而感人的修为与进程，懂得了和谐家园是要这样培育和经营的。

当我在电脑上敲出了前面的几页文字，把《天穆清真南寺简史》

插放到书架上那必须常读的几十册书中，心潮并未随着本篇"序"的落笔而平复。起身倚立桌旁，望窗外，落了叶的枝杈在微风中摇曳，飘到地面的或枯黄或微红或老绿的大小叶子，与大地相拥在一起。树上那些浅绿的嫩芽长成油绿的大叶，曾使树冠茂密而生机勃勃，当片片叶子在显现了树木旺盛的生命力之后，又在风的催动下，轻轻匍匐在大地母亲的怀抱，与泥土相偎，渐渐成为树木来年的营养。树与叶生生不息地在自然界往复循环，积淀，发展。我想，人又何尝不是这样！尤其有着文化涵养、有着信念支撑、有着优秀传承的人，正如围绕着清真南寺的几代人，以其切实而诚挚的人生追求，让这座寺院有着"不可小觑"的身姿，矗立在津沽大地，给人们以多种启迪。

《天穆清真南寺简史》那质朴的文笔，记载着南寺这一方人生沃土；那缜密的内容，塑造着天穆人的南寺文化精神。简史可称为又一朵天津文化之花，芳香流溢。

是为序。

＊文内引文除标有出处者，均源自《天穆清真南寺简史》和《缀珠集》。

于平实中见精神

——读天津红桥区志

在深化改革，各项事业快速发展之际，多地纷纷组织相关专家学者和业内人士编辑出版本地的志书，以期通过对历史的清晰总结，为今后的建设铺下坚实的基石。"以史为鉴，助我伟业"，这正符合我们传统的思维——"盛世修志，继往开来"。而仔细阅读新出版的《红桥区志》，似乎不止于此。书的腰封醒目印着"艰辛为志，真诚传世"，蕴含了编辑本书的辛苦和宗旨，同时也折射出红桥区的方方面面无不在努力付出和倾心创业。因为，这本区志归纳总结的是1979年到2010年这三十一年的业绩。大家知道，这一阶段是我国逐步深化改革开放，不断取得辉煌成果的时期。风云际会，波澜壮阔；强国梦想，奋力践行；继往开来，硕果累累。天津市红桥区，虽只是这大潮涌起的波涛，却已映照出时代的绚丽。及时写出这三十一年的区志，不仅对红桥的各项工作予以系统梳理，而且由于抓的及时、梳理的深刻，也必将会对今后的工作有着深入的影响。这种着眼于当下并为今后积淀的文化工程，其本身就值得称赞和发扬，也体现着红桥区委、区政府在自身建设中的魄力和眼光。"修志"注重对当代的总结，这种"当代性"必须继续弘扬。

首先，全书处处折射出浓浓的新时代情怀和对这片厚土的敬仰。我们知道，作为志书，不能以集珍拾粹、猎奇求异来表明自己的特色与优势。而应该是全面、系统、真切描述所涉范围的环境、人文、历史和发展，尤其是刚刚经历过的不凡岁月。这部《红桥区志》一方面用28编147章，周纳又类别清楚地介绍了红桥的自然环境、政区人口、城市建设、城市管理、财税金融、经济工业、商贸服务、医药卫生、体育文化、教育科技、民族宗教诸多层面，还从党政的组织建设、党派团体等制度上予以言简意赅重点突出的叙述。更引人瞩目的是对精神文明、民主监督、社会工作等的书写，从中可以看到《红桥区志》的当代意涵。志书不能只着重历史足迹，更需要对今天的总结和对今后的规制。这体现出国家改革开放的深化已取得明显成果，也彰显出一个区域的建设成绩，尤其是制度和机制建设，从这部志书中鲜明的看到。其中印象深刻的是志的开头，娓娓介绍了红桥区的地理位置和地貌环境，及在新时期的变化。

尤其在"三河五岸"与津沽源流这两方面，予以一环扣一环的爬梳。这样，一方面写出了历史对红桥的馈赠：大运河把三岔河口地貌给了天津，裁弯取直更让红桥在这一地带凝聚成"运河海河交汇"的骄人景观。而天津的物流与街市，以城外北大关、估衣街为盛，这就把红桥的区位优势凸显出来。于是，红桥就有了津沽根基的文化肌理，在这一域界之内会出现很多的津城之初始的经济事项、津城之独特的文化遗存、津城之最多的历史故事也就不奇怪了。另一方面，全书又写出红桥区走过的这不平凡的三十一年，在继往开来和与时俱进中，流下汗水做出了成绩：经济建设快速发展、城市建设日新月异、"科技兴区"战略深入实施、交通邮电发展迅速；在精神文明、民主政治、社会保障、文化旅游、教育卫生等方面都令人印象深刻。

其次，全书对红桥的区位结构和机制组织的钩沉梳理，不仅在资料寻觅、史料搜集、文件整理上深下功夫，使得"以实鉴真"落在所经历岁月的每一步履上。而且在记叙以往，述说当代的过程中，既没有厚古薄今也没有厚今薄古。对红桥这一时期的足迹，在写出清晰脉络的同时又突出重要节点，如：写出"城市管理"的细致，

"经济概览"的亲民，"教育科技"的扎实，"文化体育""医药卫生"的突出，这就使得本书在勾勒诸多事项上详疏得当、重点清晰。尤其是，书中对影响红桥进程的人和事，在准确记叙中，突出了事项对天津乃至华北与全国的影响，如教育的新姿、商工贸的兴旺等等，都突破了一般介绍。写出了新面貌、新成果。

再次，全书从区域介绍开篇，清晰而有层次分类地谈及红桥与天津的区位、历史步履、经济发展、文化实绩。这部分侧重详实，如"五个资源""大胡同商贸""运河明珠数红桥"等内容，或列出专章予以叙述，或在综述和涉及当代建设时予以介绍。《红桥区志》在分别阐述机制结构、社会风俗、企业生产、饮食制作等内容时，侧重了对其中的特色与创造性发展的描述。如"红桥明珠"记载了"民族体育""百年街道"。"文化"一章，让我们了解了红桥区的古迹、文物、历代诗词、石刻碑碣、楹联匾额。近代歌谣中折射出天津百年的城市生态，红桥是天津人文的特色集中地也清晰地揭示出来。

志书通常要文字简洁笃实，而这本"志"却在朴实详尽中含有爱家乡的浓浓情愫，特别是对老字号的描述如沐春风，对名牌产品的抒写如数家珍，让读者仿佛看到了它们砥砺前行的风姿。而上述又从继承发展的角度，写出红桥的"新"是从历史走来又上了一个台阶的"新"。

总之，这部《红桥区志：1979－2010》是紧跟时代修志的一个成功的硕果，它"平实中见精神"，让读者从丰富、扎实的记录中体味到红桥区的新发展，也感受到红桥的明天会更好。

《蓝盾》：为法制文学辛勤耕耘

改革开放的三十年，也是法治建设的三十年。在这个进程中，法制文学的作用是巨大的。因为在各项制度建设还需要一段酝酿期的时候，文化艺术的感染张力和敏锐探求，尤其是形象描述所带来的环境影响，是十分重要和必须的。当年的"伤痕小说"就包涵着对社会的人性和法治的呼唤。

而《蓝盾》的创刊既是《天津日报》对法制建设的积极响应，也是新闻视野的文化拓展。所以当《蓝盾》先行一步，通过一本艺术性突出、法理性深邃的刊物，向读者弘扬法制精神时，她已担当着沉甸甸的职责，并且坚定的走下去，一走就是二十五年，出版了三百期。

这其中，无论是法制小说，还是纪实作品，甚至是回答读者相关的法律问题，都是那么鲜明厚重，那么认真深入，那么热情体贴。《蓝盾》上的小说，有案件，有虚构，但从不以悬念为由头，她在故事的背后含着深思，拷问的是人性扭曲的成因，家庭与社会责任，法制淡漠的后果。《蓝盾》上的案件追踪、大千世界，有超越常理的怪事，但从不以猎奇为号召，在拍案惊奇的背后，蕴藏着家国关系、做人准则、是非曲直。《蓝盾》上的反腐前沿、史海钩沉，有惊讶，有气愤，有反思，但从不以发泄为满足，在引发关注的背后是对情愫与心灵的触动。例如刊登"打黑除恶"的文章，简述事件，揭橥

277

凶犯，但并不就事论事，而是由表及里，深刻到法制观念和法制建设。同时紧紧扣住中国特色，把握当代，引向未来。因此，《蓝盾》充满着朝气，讴歌并展现着正义力量，即使在批评和揭露中，也在播撒着医治社会病灶的种子。

《蓝盾》在二十五年中，面对市场的引力、面对阅读的多元、审美的趋俗倾向以及读者的挑剔，始终坚持着为民办刊的宗旨，《蓝盾》从不华丽，从不媚俗，从不打"擦边球"。它在质朴中有一种昂扬，在扎实中有一种新颖。这就是刊物贯穿着普法的追求，并把初期的侧重文学镜像延伸到法治文化的全景扫描。

翻开今天的《蓝盾》大大小小十几个栏目，既有着"热门话题"的及时性和前瞻性，又有着对"人生百态"的贴近性。特别是分析与议论的话语发人深省又语重心长，增加了刊物的思想重量。而这一点，并不是单纯依靠理论的逻辑力，《蓝盾》浸润的是爱，是爱护今天的思想解放，经济发展，国家昌盛，百姓富裕。所以，爱之深，对各种丑恶就剖析鞭笞得狠，刊物就有"气场"，就能获得读者的喜爱。同时，《蓝盾》还始终坚持她的引领性，使对社会与人的关爱沿着正确方向前进。于是这三百期，二十五年的足迹，就折射出祖国改革开放的年轮，尤其是法制建设的步伐。

当然她是具象的，也是典型和举一反三的。尤其在眼下，法制建设和反腐倡廉形成社会热点。一方面，制度建设在深化；另一方面，转轨中的各种诱惑锈损着私欲膨胀的某些权力者。于是反腐题材必然成为法制文学的重点。《蓝盾》特别把角度放在腐败现象中灵魂扭曲的人的身上，并在追寻各种堕落和犯罪缘由的同时敲响警钟。也正是基于此，反腐作品要着重镜照和反思作用。所谓"镜照"，就是把腐败者的堕落过程和对社会的危害写成一面冲击人们内心的"镜像"，让身上沾污者警醒，让清廉者更加清廉。普通读者阅读后要提高素质和社会责任，让社会正气不断弘扬。所谓"反思"就是对丑恶的揭露不止于抨击，而是进行分析，引向对人的教育和对法制的完善。建议《蓝盾》多刊登对腐败现象中的人的描写与挖掘，

278

同时把反腐举措和反腐工作者的工作做详细介绍。此外，加强法制的威慑力和亲情的感召力，使阅读反腐作品在内涵上就充满着正义的裁判力量。并且希望《蓝盾》这本刊物，也是文化和文艺上的"蓝盾"，法制建设中的"哨位"。它不畏惧于坎坷，不委顿于物欲，不屈从于俗念，以"蓝盾"精神办《蓝盾》，给天津和文坛、给全国的法制建设塑造出一道隽永而亮丽的风景。

我们爱这风景，爱这法治阵地，祝她更加多姿绚丽。

第四章 意在笔端

身边那一座文学的花房

也许用"花房"喻指刊物编辑部对年轻作者的栽培与扶植有点不甚准确。然而，我心中的《天津文学》就是这样的——她热情地张开双臂，拥抱着倾心文学的投稿者，以细致和耐心浇灌着诗歌的萌芽、小说的幼叶、散文的蓓蕾和论文的嫩枝。

虽然，今天的我已经退休多年，离文坛渐远，但是心里一直存有这份刊物。我认为这本从《新港》一路走来，历经《小说导报》到《天津文学》的文学期刊，尽管有着坎坷和蹒跚，可是她对作者的殷殷之情从没有改变，而且自始至终地在几代编辑中保持和发扬着。

一个月前，接到编辑部小艾的电话，约写一篇纪念《天津文学》即将迎来六十华诞的文稿。放下电话，我一时间竟有点蒙，难道《天津文学》已经走过一个甲子了么？这疑虑倒不是因为岁月催人老，而是《天津文学》在我的心中一直年轻！从1956年的创刊至今，诞生时，她火热；发展时，她内蕴；曲折时，她探索；坚持时，她执着。六十年来，她以不懈的努力耕耘着天津文坛，培育着几代作者，使海河两岸小说飘香、诗歌飞花、散文染绿、评论添色。

记得在二十世纪八十年代初，三十多岁的我从河南大学调到天津社科院文学所，边熟悉环境边写评论。不久，就陆续有《新的开拓——评蒋子龙〈锅碗瓢盆交响曲〉》《和改编者商榷改编中的一些

283

问题——浅议电影〈赤橙黄绿青蓝紫〉改编的不足》《创新，应有自己的气韵》《植根沃土，馨香肺腑——读康濯的三篇小说》和《盲点·烟嘴·钉子——吴若增小说创作道路漫评》等文章发表。其实，这些文字虽有锐气，却写得急了点，有些欠打磨。因此，对听说一向严谨的《新港》暂没投稿。但是，在一天的上午接到盛英大姐的电话，说杨润身刚刚出版了一部长篇《风雨柿子岭》，能不能抽时间看看写点什么。盛大姐与我不熟，主动打电话来约稿，显示了编辑部的热情和对津门作者队伍及时地掌握、了解，也是盛大姐对后学的鼓励、提携。这使我很受感动。我随即请教文学所的张学新副所长如何与作者联系，他摆摆手说不急。谁知，数天后我就收到了杨润身送来的大作。是《新港》和文学所在与我联系之前就已和杨润身沟通，说明了情况，老作家也是十分照顾年轻的评论者，亲自把大作托人送到社科院。怀着谢忱与敬重之情，连看带写熬了几个晚上，我把一篇名为《老树新枝春意浓——读〈风雨柿子岭〉》的短文送到新华路路口的一栋陈旧的小楼里，见到了盛大姐和沈金梅先生。这是我第一次和《新港》编辑部的编辑见面聊天，坐在堆满书报杂志和文稿的旧桌子旁，陌生被亲切赶走，距离被贴近取代，像是很早就往来的朋友，先聊了聊我如何去河南大学读研，后就谈到怎么看《风雨柿子岭》。我说了取这个题目的考虑。过了二十多分钟，我怕耽误他们手头工作，站起身告辞，盛大姐留下拙稿，走了几步送我到楼门。我心里热热的，回到单位脑子里依然还在转悠着和他俩的交谈。不久，1984 年《新港》的第 4 期发表了我的评论，此后又发了几篇。

两年前，我的文论集要出版。整理书稿时，不时地想着文章发表的一些情景。记得盛大姐曾和我说，写评论切忌对所谈之书读得不细，要沉下心来再动笔。后来，她组织市课题《20 世纪中国女性文学史》的编写，为 1995 年的"世妇会"献礼。我着手的篇章，分析戴厚英、张洁、谌容的创作特色，都吸收了盛大姐的写评论要"仔细"、要"沉下来"的经验之谈。二十多年来，我的文论和短评保持着一定的厚重感，也与此相关。

二十世纪九十年代，天津作协花很大精力扶助业余作者创作，掀起一波浪潮，天津文坛一时之间盛况空前。而津沽的业余文学创作自五十年代就一直扎实而蓬勃的发展，各区县有自己的阵地，并有几位值得尊重的指导者，使天津的工人文学、田野文学半个世纪雄踞全国前列。我曾说，这些是海河两岸文化的沃土和绿地，天津文学的根系与基石。1999年，天津作协与和平文化宫等单位合作出版了十二册一套的"精卫鸟丛书"，十二位天津文学业余作者创作的作品集中问世。开首发式的时候，天津作协的同仁和蒋子龙等主要领导齐集，津沽作家和业余作者近百人到会。我很受鼓舞，发言说：业余创作不容易，出版发行困难大，丛书的问世却把这"不容易"变成"全国首创"，让天津的业余作者整体走向全国文坛，应当称赞和宣传。发言中，我还对丛书的几部作品做了简要分析。

会后，《天津文学》执行主编谭成健让我写一篇《读〈精卫鸟丛书〉》的文章，我构思了读这套书后的几个"断想"，拿出此文的框架和他谈，他说还要多写一下业余作者和社会生活的联系。我提出"平凡的闪光"和他们创作的"投入、真挚和清新"是这套丛书的基本面，还强调了"精卫鸟"与眼下的浮躁之作区别明显。这种交流也是提高，回到家中花了几天工夫我把文章写出、推敲后送到编辑部，于第8期登出，获得了一定反响。这也促使我加深了对天津业余文学创作的认知和研究，为以后又写的几篇相关的评论打下了基础。

上述这两个亲身经历，和《天津文学》编辑部因文稿而产生的交流看似不算什么事儿，也许在他们那儿天天发生，但对于我却影响甚大。无论是和《天津文学》的第一次接触，还是后来所促成的评论"精卫鸟丛书"的文章，都让我和天津文坛贴近了一步，对深入认知津沽文学创作和区域文化是个良好的互动。

作者与编辑的关系，往往生动地体现在一言一行里。我的印象中，《天津文学》总是热心主动地扶植作者，对初写者如此，对熟悉、知名的作家也如此。只要来到文学这块热地、这座文坛花房，几代编辑都辛勤地精心浇灌，除草施肥，让幼枝苗壮，让鲜花绚丽。他们付出得多、费心得多，昼夜改稿、仔细推敲，他们把才华流淌到作者的文稿里，自己却甘愿透支，默默地做护花养花的园丁。"点燃别人"的蜡烛精神在编辑身上是一种日益磨损身心用以服务文学事业的常态。然而，这种一辈子都在付出的"日常"却蕴含着一种为社会、为文学不图回报倾心事业的伟力——文坛的花香草绿离不开他们专注的耕耘和服务作者、着眼于读者的胸怀！

他们或许只是点滴补正，只是斟酌几个字、几句话；或许只是修改了几段文字、几个标点；或许只是把一篇小说、一首诗歌发表了，然而却会对作者、读者、文坛、社会产生很大的或改变人生的影响。编辑的工作往往一直默默站在文学的背后，可我们深知在那有益社会人生、感染大众的审美推力中有他们的臂膀！

我已经年过古稀，每当忆起走过的文字之路就会感恩报刊、出版社的编辑。正好，有这样一个机会，在喜逢《天津文学》六十年的日子里说几句心里话。我还要诚恳希望并呼吁：设立"编辑节"，让全社会学习他们，并为工作在这一岗位的老中青祝福！

附录

在纪念《天津文学》创刊六十年会议上的发言

文学需要生活，需要智慧的创作。但是，文学更需要辛勤的园丁，需要认真执着的助产士。作品发表和编辑审阅就是令文坛敬仰的园丁和助产士。在天津竟有着两家已然进入一个甲子的文学园地：《天津日报》的"文艺周刊"和曾经的《新港》，今天的《天津文学》。当《文艺周刊》以培养文学的萌芽成为全国报纸副刊的佼佼者的同时，《新港》也就是《天津文学》以她的对文学作者全方位的辅助，使天津的文学创作不仅突出了她的特色，也彰显了她的胸怀。

《天津文学》自《新港》时期就与时代共呼吸，尤其和全国的作者——从年轻的初写者到成名作家携起手来一起养育、浇灌着海河两岸的文学植被，并且推出了很多影响全国的作者、作品，向广大的读者展示出他们的艺术世界和艺术才华。

　　我回顾了一下，天津的作者几乎没有没在《天津文学》发表过作品的，甚至他们的成名之作都和《天津文学》这块文学阵地血脉相连。我曾说，当代天津的文学有茁壮而厚重的业余创作的"绿地"，孙犁、梁斌两座巍然屹立的"山峰"，杨润身、柳溪、袁静、林希、蒋子龙、冯骥才、航鹰、吴若增、冯育楠等十几棵"大树"，赵玫、肖可凡、王松、龙一等多姿多彩的"香花"，以及可以期待的含苞待放的许多文学的"蓓蕾"。而这些山、树、花、草都在《天津文学》上，或展露创作的芳姿，或拿出文坛的扛鼎之作。

　　仔细翻阅《天津文学》，六十年的足迹，六十年的业绩。《天津文学》以她的坚韧、执着、热情及温馨的胸怀，和作者一起书写着天津文学创作的辉煌、起伏与甘苦。而且，只要和《天津文学》相伴，回顾她的历史，刊物的每一页都记载着天津的小说、散文、诗歌、杂文与评论是怎样的面貌，怎样的贡献。这里有二十世纪五十年代的奋斗、六十年代初中期的沉稳、七十年代的坎坷、八十年代的开拓、九十年代的反思和对天津地域的独特描述。世纪之交，《天津文学》也有着不错的面对变革的探索。现在，二十一世纪的头十几年，更有着默默无闻的文学深耕和坚实的对创作的推动。当然，她还有着《文学需要才能》的惊鸿一问，也有着从《新港》到《小说导报》《青春阅读》再到《天津文学》的创业与求索。

　　今天，她一个甲子了，为天津的文学做出了不可磨灭的奉献和写入当代文学史的历史成绩。我希望，她依然热情拥抱那些爱文学、钟情文学的人，不管是初学写作，还是成名作家。希望《天津文学》继续与时代共鸣并接地气，反映正能量，揭示社会深层，引发思索。一个甲子是走向成熟，今后的又一个甲子是从成熟中化蝶，在中国，在天津的文坛上，靓丽地展示美丽的身姿，飞翔！

"传统活动"与文化环境

逢年过节和日常生活中总会有一些习俗、老例儿和传统活动，对此可以统称"传统文化活动"，其中多表现为今天所说的"非遗"，如"花灯""皇会""剪纸"等娱乐喜庆项目。当然，在衣食住行上，也有"织锦制衣""特色小吃""中药技艺"等丰富的内容，还包含着烘托氛围的放爆竹以及社火活动。

宋代王安石曾在诗中写道："爆竹声中一岁除，春风送暖入屠苏。千门万户曈曈日，总把新桃换旧符。"唐朝诗人王驾《社日》中说："鹅湖山下稻粱肥，豚栅鸡栖对掩扉。桑柘影斜春社散，家家扶得醉人归。"在当代，有的地区社火活动依旧是："鹅毛大雪纷飞，掩盖不住锣鼓喧天。""门庭若市，咚咚锵锵。那是多少人热闹的记忆，是多少人难以忘怀童年的声音。"

可是应该看到，发展到今天，上述中的有些传统活动逐渐和现在的环境告别。像都市人口密集的地方就要全面禁止燃放烟花爆竹；现代社区内的文化活动也与有古老历史的社火渐行渐远。显而易见，这和社会发展演进的步伐加快、生活中人们对美学追求有了嬗变、环境结构与过去明显不同密切相关。

当然也要了解，有些传统习俗的存在与我国悠久的农业岁月相辅相成、互补共生。特别是"初税亩"以来，农耕的环境生态进一步和节气、四季深入地融合。村落星罗棋布，庙会集市规律性出现，并与族群社会秩序紧密地交织，形成了地域特征明显的各种习俗，都为传统文脉的积淀和延续奠定了坚实的基础。庆典来临放鞭炮燃烟火，吉日时节在阡陌纵横的乡村组织社火活动，不仅表达了祭天拜地的情愫，也是在乡亲邻里中宣告家庭族人人生大事的契机。尽管在时代与生活的不断变革中，现代城镇越来越多，科技、工业、信息改变着人类社会进程，但是农业文明的积淀至今仍能或显或隐地存在，所伴随的林林总总的风俗包涵着传统的习惯也就起起伏伏、婉婉转转，或鲜活地延续，或曲径通幽地到了现在。同时，今天的发展离不开历史的滋养。因此，也才有当下对优秀传统文化的学习，对非遗文化的确认。

可是，学习传统文化的意义在于对民族文化精髓的认知，同时挖掘非遗文化的各种存续，在于对传统文化与技艺的保护。其中有些形态要从内涵上予以了解，比如过春节的团聚、敬老，有些烦琐的"妈妈例儿"，虽然已经被简化或用新的礼仪所取代，但是团圆的浓浓亲情必须坚守。"除夕夜"的游子回归与亲友相聚一堂共话人生就是一种鲜活的"不忘初心"。而在津沽盛行的初一儿媳在婆家操持，初二姑爷到岳家拜年形成"姑爷节"，更显示出天津家庭氛围的和谐。至于传统文化非遗技艺所蕴含的诚信、睿智、执着和精湛等，只要深入到人群与社区，与今天的环境或融合或展示，接上地气，人们都会在一个生气勃勃的空间里进一步了解传统文脉的流变，树立起文化自信。简言之，传统文化与生活空间的关系十分重要。适合的环境空间，有利于社会文化的健康发展。既富有生机又有着利于传统文化和非遗技艺的环境空间，会不断地给社会带来丰富多彩的生活内容，让人生更加充满活力。也就是说，文化给环境带来特色与充实，环境也为文化提供了争奇斗艳的良好土壤。

可是，一旦文化，尤其是习俗与技艺，和环境分割（包含自然衰落和人为损毁），那就会使传统文化失去依托和生命力。老街区合理存在，店铺就有无声的活力，非遗的技艺就接地气。例如特色食品的制作，离开当地的特产和生态，所传递的技艺就会走样变味；

某一道法鼓老会失去了原有的环境氛围就会音韵失色，艺术感染力衰减。当然，传统也应当与时俱进。所以，文化保护、非遗挖掘，根据已经变化了的世事和环境要有不同情况的不同应对，至少要有静态、动态的区分。静态者只是表明曾经的存在，是一种历史的遗存，它虽说与现实生活逐渐剥离，但因为曾经对生活发挥了作用，现在也要记录存留，或放在博物馆予以展示；动态者是这些文化项目还在满足人们的需要，并且给大家带来物质与精神上的享受。所以要激发活力顺势发展，并且给予环境的复现，在适应当代社会中把传统植入时代人生。例如，传统的特色食品，用流传有序恪守先辈的特有技艺予以接地气的制作，结合显示着市井状态的街区，或者是有些古朴的环境，就会让色香味飘散在大街小巷，活跃在人们的日常吃喝中；戏剧曲艺，用传统的有着积淀的独具表演展现其厚重的魅力，就会进一步感染众多的老中青观众，也会让孩子们懂得中华艺术的美。这只是举例，已清楚说明动态的传统文化、活力的非遗文化在适宜的文化环境里会有着与时俱进的力度和前景的。

尽管传统文化与非遗技艺在今天，其生活空间、文化环境和以前明显不同，但是只要适合今天的空间环境，有利于社会家庭的安康和谐，就应该存在着、发展着、延续着。从这个意义上说，有益于社会的文化表现要和相适宜的文化环境一致，或今天的文化环境要给传统文化、非遗技艺"一席之地"，这才是符合社会良性发展的，才是人们健康生活所必需的。但是，像节日燃放烟花爆竹之类，实在是影响环境并存在着安全隐患。在高楼林立居民密集的当下，现代城市的空间环境实在是难以在节庆的日子、喜庆的时刻放几挂鞭，点几番炮。这种现代城市的文化环境已经和历史的乡村农耕时空渐行渐远。因此，"爆竹声声除旧岁"的习俗只能被各类"春晚"等新的文化活动所取代。

当然，也可以多多研发些新鲜多彩的无污染的科技烟花、更具娱悦色彩的电子产品，让欢乐的声音和喜庆的环节糅入现在多元的社会生活中，把传统习俗与当代生活环境更加生动、更加适合地融汇在一起，岂不是更好。

敦厚的院落和九个字的记载

　　妈祖，天津人称作娘娘。千百年来在神州大地宫庙遍布，香火日盛。在百姓心里，妈祖娘娘是济困求吉祈福的神祇。古籍中，也有许多关于她的传说，如"观井得符""编读仙书""化木护舟""智收两怪"，等等。

　　从历史文化上归类，妈祖不是神话传说和图腾崇拜而来的神，她是由人成为神的，进而形成大众信仰，并为历代朝廷册封为圣。这和关公由历史名将发展为庙堂神灵一样。二者也有不同，关云长是刘皇叔的二弟，在社会上层；妈祖生活在普通人家，还是位年轻女子。对比中就有了一个疑问，一位生前背景不甚显眼，并在不到而立之年就逝去的女性怎么会衍化为神？

　　据记载，妈祖因降生时不哭，取名林默娘，是家中的第六个女孩，长大后善于助人，二十八岁时死于海难。要说，这经历也并非赫赫，甚或没有孟姜女哭倒长城那样的壮举。但是，却能在身后有宋元明清数十位皇帝的三十六次下诏赐封，从"灵惠夫人"到"护国庇民妙灵昭应弘仁普济福佑群生诚感咸孚显神赞顺垂慈笃佑安澜利运泽覃海宇恬波宣惠导流衍庆靖洋锡祉恩周德溥卫漕保泰振武绥疆天后之神"，这长长的褒扬之语，一口气都念不下来。在坊间传播中，更是有着林默娘是观世音转世，或是上天神仙降临人间这样越说越"神"的话本。可是，林默娘明明是生活在宋朝年间（960—

987）的凡人，无论历代皇帝怎样下旨加封，还是民间日益在绘声绘色谈论妈祖的灵幻和奇谲，都更加说明了妈祖身上的所谓灵异之处不过是后人在敬仰中的附会。而且这种越演越烈的崇敬，在历史中却又不是虚无缥缈，那就一定会有一个坚实的社会实践基础和深刻的人生步履。

为此，我们去福建的莆田、泉州考察，有两个印象很是深刻：其一，在莆田贤良港的妈祖出生地看到一座根据文献复建的院落，院子不大，却在敦厚中有着书香之气。其二，在泉州妈祖庙见到一段记载林默娘生前活动的几句话，讲她"观天象、懂医术、会凫水"，并坚持用这些服务家乡，获得村民和周围百姓的称赞。

也就是说，妈祖是以自己的才智济困助人赢得声誉的。她家虽曾是大户，但到了默娘父亲，只是一位护海守边的"巡检"，下层军官而已。相关传记上还有林默娘的哥哥出海打鱼屡遭风险的描写，也说明了家里的生活状况。但从其院落来看家风却属于家教严谨又能让子女参加生产和发挥能力的那种人家。若稍加分析，妈祖小时候的"不哭"显示出个性，良好的传统教育又让她非常懂事与格外关心他人。林默娘的"观天象、懂医术、会凫水"并不是超越一般的"神功"附体，结合她居住在海边，父亲守海，哥哥下海捕鱼，贤良港一带多风又湿气较大等等来看，懂事又关心他人的默娘会在很小的时候就细心了解气候谚语并观察天象，进而帮助病危者采集草药防病治病。至于会凫水，也和在海边生活密切相关。更为我们关注的是林默娘的这些"能耐"，在她短短的青春生命中，始终为大家、为需要者服务，例如当地称赞她常常为海船引航，有时连续十几个日夜待在商船和渔船上，领船出进湄洲湾。一次累了几天的林默娘正在家中沉沉入睡，忽听外面树叶乱响，知道风暴骤起，会有海浪袭船，来不及告知出海的人们，就把自家的房子点燃，作为"航灯"，让海中船只返航，以避免船毁人亡。这则"焚屋引航"的故事生动体现了妈祖身体力行又一贯坚持的大爱、崇善和尚义的精神。

而高尚的精神和始终为他人着想的行为是一定感人至深的，是能够超越时空的。而这才是林默娘在生前获得赞誉并在身后被尊崇为神的实际原因。

　　南方称可敬的女性为妈祖，朝廷又从夫人阶梯式的递封为天妃、烈妃、圣妃、圣母和天后，步步高升，也就由人间崇拜发展为神祇信仰。然而在这一变化里，妈祖的亲民特征和面向大众的本色从没衰减，反而越来越强。时至今日已获得上亿民众的敬仰，形成凡有华人的地方就有妈祖祭拜的景象，并被联合国确定为世界文化遗产。同时，妈祖在海边救危济困，又在海难中为救人被桅杆砸倒而去世，自然就与海发生密切联系，被尊为海神也顺理成章。令人深思的是，比起传说的龙王，妈祖神没有龙王爷的兴风作浪那恶的一面，这又从另一角度印证了妈祖之神是海之爱神。凡与河海挨边儿并于此生产生活的地方，妈祖和妈祖文化就扎根发展，并成为和谐的纽带连接着大家。

　　妈祖从生活中走来，以其感人的精神获得古往今来的仰慕。而这才是"神"——活在历史，活在世间。

艺术的使命性、鲜明性、精炼性和审美的庄重性

——评大型史诗电视剧《辛亥革命》

那是一个闪电裂开满天乌云的岁月，那是一个披沙拣金、志士仁人辈出的时代。然而，我们却缺乏对这一悲壮岁月与志士时代完整的当代艺术表现形式。现在大型史诗电视连续剧《辛亥革命》在央视一套黄金时间隆重推出了，填补了以恢宏的艺术追求去刻画中国近代革命历史的空白。这本身就应该高度评价。而且不止于此，《辛亥革命》在创作的使命性、立意的鲜明性、艺术的精炼性和审美的庄重性上都做出了贡献。

创作需要使命感，这是主流艺术应该也必须强化的。

其一，这种创作使命感要有鲜明的方向。

一方面，艺术是文化积淀和发展最为活跃的层面，主流艺术创作是时代文化前进的前哨。社会越是日新月异的行进，思想越是多元呈现，解析越是纷纭争鸣，就越应该强调文艺创作的使命性。这不仅是当代作品需要正视的，更是主流创作必须具备的。另一方面，反映革命洪流的历史剧，是通过对节点的把握，在准确植根于史事的基础上，做到以史为鉴，要让"纪念革命的历史剧"成为有益今天精神建设的艺术力量。这其中也包括对革命历史更为深入的精神理解与文化再现。今年是辛亥革命的一百年，对于中国近代这场曲折又壮阔的斗争，时至今日不仅影响巨大，而且还有不同的认知，

294

这就更需要主流文艺创作做出掷地有声的文化表现和艺术描画。电视剧《辛亥革命》不仅是一部有着震撼力的创作，还是一部具有历史权威性和艺术经典性统一的佳作。这种"权威"和"经典"的诠释，体现了强烈的艺术创作的使命感，也必然会推进今后的艺术实践，带动主流作品走向新的层面。

其二，使命感在主流创作中，关键在于准确而深入地解读历史，并把它明确而生动地表现出来。

正是基于此，大型史诗电视剧《辛亥革命》从一开始就确定了要对这场革命予以全景和正面的展示，一是为了准确深入描绘这一革命的整个过程；二是为了记录以孙中山为首的先烈们的英雄业绩；三是让现在的人们由表及里地了解中国近代曾经是怎样的落后、怎样的睡狮猛醒、怎样的和"帝制"与反动势力进行前仆后继的浴血战斗；四是让沐浴着解放和改革阳光的青年一代明了我们走过的道路和今后肩负的责任。换句话说，这部电视剧写了历史的魂，写了和今天的发展相一致的精气神。这实际已涉及了代表主流创作的又一个特征——立意的鲜明性。而且这种鲜明性不仅需要突出，还应该予以高扬。

电视剧《辛亥革命》不但做到了这一点，而且能成为今后艺术创作的延续和范式。因为，编导者做到了：首先，以"实于史，益于今"来抒写辛亥革命。全剧清楚地揭示出，历史既是过去的足迹，又是今天的一种积淀。而要做到对历史的科学展现，其艺术描绘就必须从代表先进文化的高度，让创作成为对优秀传统的弘扬，让作品成为今天的助力。其次，编导者做到了对革命历史的呼唤性称颂。镜头语言充分刻画出辛亥革命是中国革命史的重要一环，是需要传承的重要的革命精神遗产。再次，编导者明确了这部电视剧的当代性。虽说辛亥革命距离现在已过去了百年，但是，我们应当知道，当代社会的发展无论多么辉煌，一定有其历史的基石和纵向的积累。对革命斗争而言，没有"前仆"，也就很难"后继"。我们当前在中国共产党的领导下正进入深化改革全面建设特色社会主义的新阶段，

295

十分需要不断吸取各种营养，尤其是革命历史的营养。可是随着时间的推移，对启动近代变革的足迹、对推翻封建王朝的辛亥革命、对孙中山先生和他的战友在血雨腥风中奋斗的历程，广大观众缺乏系统和形象的了解，更少了些心灵的震撼。于是不能很好地认知今天的发展是有着昨天的奠基，不能很好地了解未来的蓝图是源自过去的可贵设想。

然而，当大型历史电视剧《辛亥革命》以其全景而具象、深入而鲜明、写实而诗性、鉴史而知今的艺术描画，令广大观众进行了一次形象的历史阅读和拨动心弦的视觉文化欣赏的时候，观众便会自发地把为中华崛起而赴汤蹈火的历史一幕，把千万英烈为民生富足所贡献的一切牢记在心。

为此，全剧从一开始就明确了艺术审美的庄重性，作为实现创作使命感和鲜明性的红线。

在现代文艺史上，"红色"曾经专指描绘中国共产党领导下的革命斗争生活的经典之作；近一时期又把描绘红色人生和红色记忆，以及翻拍改编"红色题材"的作品也纳入红色创作。而电视剧《辛亥革命》以其恢宏和坚实，理所当然地被列入红色艺术之中。而且更由于它的大气和深刻、具象和内涵，经典地填补了对辛亥革命历史的形象刻画、对众多革命先行者的艺术描绘、对社会剧烈嬗变期的生动抒写的空白，所以极好地体现出创作的庄重性。特别是对这种庄重性积极热烈地坚持，使《辛亥革命》做到了"红剧必须要有红线"，由此才能使主流艺术作品在表达其社会文化的引领作用的时候，既有思想高度又有审美力量，既色彩斑斓又主旋律清晰。

这也就是说，优秀的文艺作品要做到方向和力度的统一。电视剧《辛亥革命》在思想方向和艺术力度的融合上达到了很高的水准。编剧王朝柱指出，他写的这部《辛亥革命》是明确针对"告别革命"思潮的。一个时期以来，与革命告别成为近代史翻案研究的理论喧嚣。在许多的假设中，褒扬的竟是那些被时代证明了的、阻滞了革命的袁世凯；贬损的却是那些被历史确立了的、推动了革命的孙中山、黄兴、秋瑾、宋教仁。显然这种"告别革命"是对历史进程的否定，也是对现实发展的扭曲。于是，电视剧《辛亥革命》的立意与主旨就有了三个标尺：1. 热情地讴歌革命；2. 热情地塑造革命性格；3. 热情地绘制革命的画卷。于是也就使得该剧既有方向又有力度，并把这一点作为科学把握近代史历史的几个鲜明原则。

上面用了好几个"热情"，然而艺术的高昂热情必须伴随审美的深邃辩证。《辛亥革命》紧紧把握住唯物主义史观，坚持并张扬了改变封建中国的力量在于对专制制度和思想禁锢的革命。这个革命不是"师夷技以制夷"，不是"实业富国"，不是"格致实学"，而是以爱国精神推翻帝制走向共和，并通过包括流血斗争在内的各种斗争实现民主、民权、民生。尽管这场可歌可泣的斗争只推翻了一个皇帝，成果也被袁世凯窃取。但革命的影响是巨大而深远的。正是这种艺术创作的思想高度，使电视剧《辛亥革命》建立在准确揭示历史走向和社会内涵的基准之上。因此也就使这部鸿篇巨制有着大历史教科书的意义，以及认知中国近代革命发生发展的形态与内涵的典型价值。同时，在这样的立意与主旨笼罩下，人物的社会、人生、情感、家庭等等舞台也从一族几户的折射投影走向了抒写立国立人等等社会大事的反映。

此外，要使艺术方向与表现力度高度统一，还应把人物的思想和行为放置在一定的氛围中，去刻画社会的兴衰、人生的激荡与矛盾的复杂多变，并且应该把这些工笔着墨在情感深处和生活细节上。《辛亥革命》对孙中山、黄兴、宋教仁、秋瑾等的塑造，对章太炎、杨度、陈天华等的抒写，对袁世凯、张勋、段祺瑞等的描绘，无论是求新求变的革命家，还是逆行倒施的独裁者，都遵循上述"深"和"细"这一原则。孙中山和黄兴从各自为战到生死与共，一同领导同盟会，是通过交谈中国前途，并在浴血奋战里确定革命理想的。当宋教仁遭到袁世凯的暗杀，镜头下的孙中山悲愤交加，以至撕心裂肺地恸哭不已，最终将这份悲痛化作推翻反动势力的决心。画面中有对各种人物情绪和眼神的细腻刻画，使得人物性格更加鲜活，

第四章　意在笔端

情节也能深入延续下去。

环顾眼下的文艺创作和演出，去艺术审美庄重化现象俨然成风。庸俗、媚俗、恶俗的力度在不断加大，而凸显艺术的雄壮、雅阔、清新、诚挚和真善美的文化方向却渐渐弱化。对此，《辛亥革命》以对革命先辈的讴歌，尤其是把知识精英的呐喊与庶民的觉醒进行互动描绘，并通过为振臂高呼者刻画个性和在言行中揭示内心的艺术手法去塑造英雄性格和历史人物。同时，把各种主张，正反立场，多角度多侧面置身在这样一个决定中国命运的大舞台上。于是《辛亥革命》被赋予更为深远的意义，从而把为中国命运呐喊的先辈们栩栩如生地表现在电视荧屏上。

这又是一种对历史英雄主义精致的刻画。孙中山的博大坚毅，黄兴的缜密务实，秋瑾的不让须眉，都被抒写得感人至深。尤其是几十位更显英雄本色的形象，在电视剧《辛亥革命》中被集中塑造，形成跌宕起伏可歌可泣的人物长廊，被浓浓的史笔所展示，被郁郁的诗情所渲染。即使对袁世凯等逆历史潮流而动的人物描画，也由于立意主旨的科学把握，既在大是大非上揭示其政治取向，又在细节情趣上烙印其思想意识。

总之，电视剧《辛亥革命》是一种对史实的"透读"，也就是全面而立体的深入探求。在大量掌握史料的基础上，一方面"大事不虚，小事不拘"；另一方面"细节求似，大节求准"。在创作的使命性、立意的鲜明性、艺术的精炼性和审美的庄重性上都做出了贡献。这也拓展了历史剧创作原则，即在艺术空间里"抓大放小"的同时，描写的笔触要反映历史的本真和创作上的"以似求准，以不拘求不虚"的维度。一旦这一切建立在资料的了然于心和对事件人物的感情共鸣上，艺术的"虚和实"就变成了创作历史剧的真功夫，也就是以艺术的功力写出历史的真切，并在突出全剧走向共和的立意中，把各种表现还原在一百年前的氛围里，但每个人物都和一系列当时的事件纠结着，冲突着。也许当时没这个小动作，却有那句话；也许当时没有那样的话语，却有相通的情怀。关键在于历史的情怀与历史的情节，人物的逻辑和性格的内质。而且各种政治文化力量的言行都展现在如何对待中国命运的大事小情上，写出主流，写出复杂，写出跌宕，写出情感，写出动态，写出进退，把握之历史的走向又写出历史在人物的动态中演进。历史被生动地活化，也必然会被艺术精致生动地再现。

电视剧《辛亥革命》给了我们很多，也启示我们很多，它必将成为现代电视剧的一种升华而载入艺术的史册。

一竖、一点的大写

——谈冯品清的《大运河史话》和《武清民俗概览》

品清兄以他的孜孜不倦和刻苦认真，在退休后依然笔耕不辍，并且行万里路阅万卷书，在行走大运河和深入武清乡镇田野进行调查和求索中，向广大读者推出了《大运河史话》和《武清民俗概览》两部内容丰富的专著，在给大家惊喜的同时，也表明了天津的运河与民俗研究上了一个台阶。

更重要的是他的深入阐述不仅提高了人们的认知和对相关文化历史的进一步了解，而且在字里行间我们看到了一位以毕生精力为家乡文化付出心血的人。尽管我把他笔下的运河称之为"竖"，所写的武清民俗归纳为"点"，但是这一竖一点是那么壮阔有力，那么厚重如金。金子是要披沙沥水千淘万选才能闪光的，品清的著述更是经过了夜以继日废寝忘食的思考与推敲。所以这两本书才见微知著颇有分量。

《大运河史话》和《武清民俗概览》表面看是两本通俗读本，然而在畅晓阅读的同时，却是沉沉甸甸的历史、悠悠久久的文化和丰丰满满的民俗。

随着国家的富强，民生的富裕，社会的富足，广大群众的文化诉求也进入了新阶段。然而，由于物质追求的泥沙俱下，精神短视带来的浮躁和肤浅，那些具有素养的知识与文化的思索反而被冷落丢弃或束之高阁。真正的文化挖掘、文化梳理、文化考察、文化新探却难以火热，甚至是无人喝彩。可是品清却甘愿在寂寞中打拼，在文化受到扭曲时，迎风破浪。先不说他的成果，单是这种精神就值得我们学习和发扬。

应该称颂的首先是他的精神，他的追求，他的著述，他为了文化的与时俱进和文化的普及深入所做的不懈努力。

其次，是他的文化研究立足大地，立足家乡，立足大众。大运河是华夏民族人工水利的总括和发扬。早在春秋时就有邗沟，而且人工河渠不仅是水务，还是经济通道。大运河的完成推进了隋唐经济，而且在元朝以后由于北京成了首都，这条黄金水道成了国家的重要血脉和社会生活的重要支柱。从文化上讲，大运河是民族的骄傲。天津是运河驮来的城市，运河是武清的母亲，养育了沃野，浸润着人灵。品清更视运河为生命，要呵护她，了解她，亲近她，拥抱她。于是在数年中两次从北到南的行走，多次的反复考察，以第一手的、系统的历史变迁和人文风俗结合的材料为基础，使他的大运河"史话"把"大运河的历史和大运河文化的内涵展现在社会公众面前"（见该书尹钧科的序言）。若进一步说，冯品清对大运河的阐释有着三重结构。

第一是历史的。从隋炀帝开凿大运河谈起，直到大运河对经济、政治之利，以及出现的事件、名人等等。《大运河史话》用娓娓道来的方式向读者叙述了运河发展的脚步。其中对隋炀帝的评价是客观的，他贯通大运河的作用是明显的。书中特别对运河四个形成时期、漕运盛况的缕析是精彩的，是他准确把握史料的体现。第二是人文的。无论是介绍运河沿岸商埠、名胜，还是描述饮食、艺术、园林，都把文化表现和文化意味陈述出来，让读者不仅能领略绚丽的景观，而且还能欣赏深刻的内蕴。第三，是对大运河风土人情的刻画。这是必要和特色的。尽管大运河横贯京津冀鲁苏浙诸省，各处民风民俗迥异，但毕竟有运河长期流淌，这其中就有相同的地方，也就是大运河沿线有文化的相通性。品清紧紧抓住这一点予以书写，写出了运河文化、运河风情，也写出了运河历史的精彩和神韵。这是他创新的地方。

冯品清对运河与家乡风土的挖掘、分析、研究确立在深入调查和大量搜集材料的基础上，尤其是采访、追寻现存的而又渐行渐远的人文足迹，既是文化抢救，又是历史的复活。于是在我们的脑海里，运河是生动和隽永的存在。这是品清对文化研究的深入理解。这种理解是符合当下要求的。文化的遗存不是静态的，是要和人类社会的脚步及今天的生活相交织的。大运河要申遗，不仅仅因为它的古远，它的历史作用，还在于延续到现在具有的影响，而且在文化的熏陶下，这种影响将继续传递下去。

品清的"史话"就是遵循这样的观念去布局谋篇和深情阐述的。因此也就使这本书超出了读本范畴，是一部贴近大众的文化著作。在此指出，我不希望文化著作以艰深为荣，应该是寓深刻于流畅好读之中。

正是品清在基层的丰富的经历，使他了解大众的阅读需求，也让他的风土文化的写作切合今天的需要。他的《武清民俗概览》和《大运河史话》比起来只是一个"点"，但是这个"点"写得浓，写得厚，写得酣畅淋漓。首先，他以武清区的地理环境为文化开掘的重中之重。这是十分正确的。人类的历史其实也就是环境与人互补后的发展史。只有对环境深入了解，才能对文化有深刻认识。其次，"概览"虽说是"概"，但并非"简"。品清使用的是铁线勾勒之法，在言简意赅中，有意思也有意味。这是可品、可鉴、可传的文化叙述。

武清的良好环境，武清的城乡村结构，武清的农事民俗、商贸民俗、居住民俗、家族民俗、饮食民俗、服饰民俗、节日民俗、礼仪民俗、信仰与禁忌民俗、民间社团民俗等都被这部著作——清晰地描述出来。于是从地域到家族，从农商到饮食，从礼仪到穿着都进行了系统而关联的介绍。这是对武清社会人生的全景描写，是一部人文小百科全书。尤其是家族风俗和民间社团风俗，过去不怎涉猎，一方面源于政治理解的偏狭，另一方面源于材料的难以搜集。品清在这本"概览"里着力归纳，把这方面的内容抒写出来。于是武清民俗在本书中全面而深入，重点突出且严密完备，它使武清的文化表现又朝前推进一步。

文化要挖掘记录，也要积淀发展。拿出内容丰富超越前人的著述，就是一种很好的文化繁荣。尽管它只是文化海洋的浪花，但是没有千万浪花，哪里会有波涛滚滚？

冯品清这两本有价值有分量的为文化奠基的作品写出了文化的深刻，文化的土壤，文化当今的存在，也写出了他的感情、思想和人品。

这一竖一点充满了他的努力，他的激情，他的思考，他对运河文化和武清风俗的大爱。我们在文化发展中，需要对历史既有当代性探究，又有尊重以往的厚重描述。这需要有心人的刻苦努力，社会应当对这样的默默前行者给予关注。

品清，我们以认真地解读和广泛地传播，尤其是敬重，向你学习。

求新与坚守

——对群文文化创品牌的一些看法

作为群众艺术品牌，无论是传统品牌还是创新品牌，只要是"品牌"，那就要在艺术的范畴里予以规律性的认识。

当然不能是狭义的。

群众艺术具有明显的大众性和民间性，属于"大文化"。因而不仅需要从宽度上去认知，还要精益求精。只有在高屋建瓴下把握并建构群众艺术品牌，群艺品牌才能健康发展。于是这也就提出一个问题：怎样看今天的群众文艺？

对群众文艺，历来就有一种传统的看法。那就是发端于解放区时期的，经过计划时期培育而成熟的"群文"文化。也就是经群文组织而普及的文化活动。它的品牌，是推荐和奖励相结合并经层层推动而产生的。其主导层面，是有关部门的关注和舆论的宣传。当然，也和群艺人才的带动作用密切相关。但是其人才的脱颖而出，还在于组织的"培养与发现"。例如，天津过去每年都有"职工文艺会演"，几乎历届都有佼佼者被推荐、被表彰，成为个人或集体品牌。

今天，这种品牌模式依然时隐时现，影响也时起时伏。此外，伴随着改革开放，群文的品牌也日益受到市场经济的推波助澜。不少群文活动一方面受到时尚流行的牵引，一方面按"钱"（经济支持）运行。这也没有什么不好。但是这种品牌往往"随行就市"，稳定性差，还有一种"铜臭味儿"。这是从严厉的角度上看的。其实，品牌与商事挂钩，符合现实状况，只要不出格儿，也没有太大的毛病。

眼下，突出的"特征"，是在文化多元下的群文的"增容"。其一，群文与民间文化混合；其二，群文与个人才艺混融；其三，群文在公益原则支持下，以某种主流姿态呈现；其四，群文在适应新需要中，创新问世，并日益获得人们的认可。可能还有其他的表现，但只是这四种情况，已清楚说明群文文化和品牌有了新的变化和发展。因此，我们必须在新的层面上审视群文文化品牌的确立和走向成熟。

对品牌的评价，实际上是约定俗成的。不外乎这么几点：首先必须是精品，也就是要有极高的代表性。其次，必须要经过一定时间的洗礼和磨砺。再次，要有代表性并被社会广泛认可的作品，或是日益被共鸣有一定知名度的文化活动。最后，属于非物质文化遗产，并有明确代际关系的传承人所引领的文化项目和产品。

而眼下的普遍问题是，群文品牌受社会外在因素影响很大，往往在外延上用力甚大，内涵却不断萎缩，华丽的外表掩盖着非精品的东西，在外强中干下，让品牌只有"牌"而远离了"品"。

于是，当群文文化和民间文化混合时，强调的是民间文化的原生态和底层气息，忽视了原生态和底层气息所架构的初始元素。比如，我们不少民间文化到现在还有着浓郁的神祇崇拜，天地赐福，原始性等等因子。它是农业文明的产物，传承至今尽管有它存在的理由，但它只是文化遗存，而非文化品牌的支撑要素，顶多属于文化元素。这是当前群文文化品牌意识的一个明显误区。从理论与实践上讲，民间文化是群艺的基础。这是指群艺活动的认同感和群艺工作的大众性，和群艺形式的民间律动。它只是一种开展活动和希望民众亲近的氛围与条件，而非品牌增强内力和增加形态的质量要素。举例来说，杨柳青年画的不少元素是大吉大利和多子多福，还有一些是宣扬传统意识与伦理。现在，贴年画的时空条件早已淡化，过年不再以贴年画的方式渲染节日的喜庆和盼望日子过得吉祥如意。在表达良好愿望的方式多样化的今天，杨柳青年画只能是代表地方文化的旅游产品。它的品牌只表现在比传统制作更加原汁原味和更加精细上。但是杨柳青年画不是群文文化活动，也不是群文文化表演，它已不属于群文范畴，只是一种历史文化遗存。这种文化遗存，是保护为主下的存在，它的关键在于延续，而不是创新。

这样，我们就要面对两个问题：一是当前群艺品牌的发展不能过多依赖什么发掘"民间元素""历史原态""传统理念"；二是要合理适度选择市场需求和推动力。

其中主要在于"求新"和"坚守"。我所说的"坚守"，不是固守原态，站在传统表现上不动。而是坚守群文文化的本质，那就是在广大群众以文化方式达到了文化权益自主与共鸣后，以更加艺术的内容和形式，使个人与多人的表演、展示活动等成为精品，成为品牌。在社会发展很快的今天，一方面"物"的东西随处可见，诱惑仿佛无处不在，人们要么匍匐在物欲之下，要么对精神世界有追求又够不着。而文化，尤其是健康文化，就有必要开始快速发展。

而群文文化就在大众身边。它对人们摆脱"纯物"的状态非常直接，并且效果突出。所以，群文在今天要扩大影响。但是，群文文化在眼下，除了要摆脱"物"的泛滥和干扰，还要应对文化的多元的现代性，主要的是文化的中外碰撞和传统对现代的嬗变。换句话说，就是如何对待我们文化的国际化，和如何顺应我们的文化进一步融进时代。

要解决面临的这些问题，必须从"当代性"入手。群文文化，要告别过去计划时代的普及宣传和教育群众的思维。群文不仅是一种宣传的载体，一种只有要搞活动才能使用的工具，它应该是让群众成为文化主人的平台，是群众享受文化的摇篮，把文化交给群众自己的途径。群文是广大群众拥有文化，欣赏文化，在文化中成长，在文化中愉悦的伴侣。而且，群文品牌是群文文化的代表和精品，其品牌主人应该是群文的精英，群文艺术的带头人。他们有思想，有魅力，有品格，有代表作。如果是集体成果，必然要成为一个出类拔萃的团队。

同时，张扬群文文化品牌的精英和团队还应该是能摆脱局限的现代人。这"局限"包括局限在地域，局限在传统，局限在民间，局限在老的审美域界里，只待在积淀中拥抱过去，不能创新发展。

群文文化的难点，在于站得不高，看得不远。只把品牌当作一个惯例，或者一个题目。更认为群文是哄大伙玩儿，让街头里巷村头地垄热闹热闹。殊不知，群文文化大有作为，它是社会文化的奠基，文化生活的主体。基于此，今天的群文文化既要有历史，又要走出历史。因而不能老是拘泥于维护"文化遗存"的观念，死扣着传承"老玩意儿"不放。要重视传统文化在民间的存在和流布，但要把传统文化鲜活起来，生动起来，现代起来。

不错，鲁迅曾经说过"有地方色彩的，倒容易成为世界的"。但这是从审美的高度讲的。对群文文化来说，这文化是动态的，是群众生活中的，是与时俱进的和能大范围交流的。于是，群文文化和其品牌就应该多些网状的，交叉的，立体的，超越的层面和角度。

从文化活动的视野上看，群文文化应该是"越是开放的，越是现代世界的"。群文尤要在品牌上"国际化""潮流化"。但是"国际化"要中国味儿，"潮流化"要不趋俗。

所以，我还提出另一个创群文品牌的要求，那就是"求新"。而且，要坚持站在中国文化上"求新"。即不断创新，以新求精，以新支撑品牌。也就是品牌来自对"新"的求索、实践和攀升。群众生活新了，群文能不新？群众视野开阔了，群文能不开阔？群众审美提高了，群文能不提高？群众都懂得外面的世界真精彩，群文能不内外开花都精彩？

总之，群文文化在新的形势下要有新的发展。其品牌意识，品牌战略，品牌实践，品牌可持续性发展都要在坚守群文文化的本质基础上，全面、深入、大胆地求新。这"新"，一要摆脱组织群众的老框框，二要摆脱只在传统上打转转，三要摆脱对地域文化和历史文化的低头依赖，四要摆脱只把群文和民间文化联系起来的故旧思维，五要有国际大审美的视野，既懂中国民族的审美，又懂国际审美规律。而且，这之中最重要的是群文文化品牌，要依靠出类拔萃的群文文化品牌的组织者和领头人。也就是品牌战略的关键在于人才，在于队伍，在于人不懈的努力。

一部展示新津味的文化小说

——读宋安娜的长篇新著《十城记》

读宋安娜新作《十城记》，竟有一种不识作者真面目之感。记得几年前我曾经说过，她有日报记者、知性小说家和天津犹太人研究学者三种身份，各有其不同的笔墨，各有其不同的视角。可是，在这部长篇作品里出现了熔铸和升华。记者的新闻域界和纪实叙述，被拥抱历史和铺排情节的激情所遮蔽，乃至她研究津沽犹太文化的探索状态也衍化为对三个家庭的命运的倾情描绘。宋安娜擅长的知性小说家"第三只眼"式的抒写，变得和《十城记》的人物共生起来，仿佛和耿秀山家、雅各布家、吉田满家都有内心的沟通，并以一种心灵的孕育，把他们的人生跌宕与生活在这座城市的时代脉动，如火山喷发般地刻画出来。

宋安娜的习惯笔法全然变异，原有的平稳加跌宕的叙述方式转化为错落加扭转的结构，并予以现实裹着浪漫的抒写方式，让这部新作有一种游刃有余的恣肆和淋漓尽致的放笔。于是《十城记》突破了宋安娜自己的艺术走向，以一部不同以往的她、也不同文坛已有姿态的笔触，写出了近代天津一段不同凡响的文化生态，体现出津沽性格的恩爱情仇。

作者给自己的小说取名《十城记》，显然是以近代天津有过九国租界为背景，并借此把城市特征凸现出来。京畿门户本是京师的屏

309

障，鸦片战争之后，竟被迫让美、英、法、德、奥、意、比、俄、日荷枪入驻，各管一片，立于中国主权之外。于是，扭曲的治权出现了畸形的生态、多面的人生。但是，宋安娜把这种社会氛围浸润在故事情节和人物性格上。因此，她笔下的大户小姐要嫁穷小子；好端端的天津城"生生给掰成十块"等奇谲故事与独具个性的人生跃然纸上，让读者在起伏跌宕中去琢磨，去思考。

《十城记》开篇是两个楔子，一个写了耿家特立独行的小姐耿秀媛自作主张上了轿，去和洋人结婚；另一个楔子写了天津的"庚子事变"：津城在浴血奋战中，大沽口沦陷、城墙被拆，百姓涂炭，海河两岸成为"人在街上走，不知不觉就到了'外国'"的"邪门"之地。就这两笔，人物、环境都出来了，近代天津也出来了，小说也就在这个舞台演绎了一出有历史的厚重，有文化的滋味，有情爱恩仇的大剧。

全书设"风""雷""雨""电"四章。"风"纵向描述了来自华夏、犹太和东瀛的三个家庭的演进过程与在津城的传奇交集。"雷"写出了一百多年前风雨飘摇的天津耿秀山家、雅各布家和吉田满造孽后各生出了儿女后代，而且每一户都伴随着或天花、或绑票、或难产的苦难。"雨"把故事引向舒缓，可命运的拷问和道德的考量与社会的动荡交织在一起，更添加了日本侵略者的阴谋和吉田满的恶毒。悲剧在步步紧逼，小说人物的人生走在悲壮与扭曲的路上。"电"是《十城记》的高潮，作品对历史借鉴、正义感召和天津人文的蕴含都有着深刻的揭示。小说的主题也就此明朗起来：揭示漂泊的艰辛、赞扬创业的信念、称颂尚德的品行、讴歌抗日的果敢，同时，鞭笞了居心不良大搞阴谋的丑恶。作品的艺术探求是：把鲜明的指向隐含在丰富的文化展示和传奇故事中。

小说的题材是新颖的，涉及了一个从未被描写过的天津犹太人生活的领域。小说的铺排是风俗的，描绘了津沽习俗和城内租界的异域信仰与人生。小说的情节是传奇的，放笔抒写了仓对儿由聪慧到坚持正义的成长、大梅的白黑交错的畸形个性、雅各布的犹太浪子般的生活。尤其是他们和他们的至爱亲朋、人生对手，竟被时代浪潮推动和裹挟到中国近代前沿的天津，或骨肉相连，或恩怨交汇，或心灵碰撞，或正邪对峙。总之，奇特开局双楔子，中日犹太三家恩怨，生动推衍了津城百年的生、死、恨。

要写清末民初到抗日时期的天津，只关照人物就会显得单薄且无历史感，而一味地介绍局势和风土又会失去性格的鲜明与活态。宋安娜在小说中运用了先写情节结果再去揭示缘由的手法，并以此形成故事的叠嶂式叙述，使人物走向、人生轨迹和情节悬念充分展开，都能引人入胜。同时，对史实，如：租界林立、军阀腐败、日本势力横行、督军被刺、海河浮尸等，都与三个家庭和有关的人物相交集。而人生步履辅以源自南开学校教育、用跪哭团阻止售卖日货、警视厅拘留进步学生等一系列事件，和以张伯苓、马俊、川岛芳子等真实人物为模特的书写，使小说故事中的角色变得活灵活现并富有切实存在感。

然而，作者并不满足于此：一方面把天津这一历史阶段做"清明上河图"似的铺设，另一方面突出反映天津事儿，并运用天津风土、方言刻画人物。八国联军淫威下的天津城墙被强行拆毁，小说写道："老城里没了五百年老城墙护卫，春天的第一场沙尘暴就掀翻了文庙学署的整座屋顶""连风都来欺凌"。清政府的衰败，北洋执政造成的"总统换得走马灯似的，天津成了北京政坛的大后台，官场不得意的都往这儿扎堆儿，日本人又奔这儿下蛆来了"。当吉田满出现在耿家，账房展贵堂立马"就膈应"（天津话，恶心的意思）。从城毁说到风沙掀瓦，再讲北京政坛与天津的密切关系，以一句"奔这儿下蛆"写出了日本觊觎津沽，其代表人物吉田满心怀鬼胎的探访，让耿家讨厌到了极点。宋安娜的文笔原本清秀，《十城记》里却墨色浓重，还夹杂着沙砾的棱角、沽水的流溢和胡同的凌乱，她把近代天津的政治、经济、文化有机地搅拌在一起，津沽的杂色变得五彩斑斓，而且由于耿家三代人的拼搏、雅各布父子的坚韧而使城市富有张力，更由于吉田满的诡计连连而令生活有着漩涡。

311

但是，天津作为大运河驮来的商埠，京畿制置铸成的近代中国前沿，中西文化碰撞引发的思想变革和民俗风尚积淀出的正直刚毅，使耿秀山、仓对儿父子具有让人骄傲的性格。耿秀山的祖辈来自福建湄洲，是妈祖济困救难的精神培植了他"男人不发狠，到老受贫困"的信念，一步一个脚印，而且脚印还要走出正气、志气和节拍。他不仅干出名堂，还与时俱进。这对父子，如果说耿秀山还带着传统，仓对儿就以南开学校为台阶走进了先进文化提供的舞台，并在成长中成为抵抗日寇的中坚。小说格外彰显天津民俗的各种元素，从娘娘宫拴娃娃表示扎根津沽立业津门，到吃海鲜听评书，以至年节礼俗，无不突出了九河下梢的津味特色。宋安娜仿佛在《十城记》里提供了了解天津近代百年风土人情的"全书"。可是，小说并不"土气"，对租界，尤其对天津犹太人生活的描述给读者留下了深刻的印象。作品写了犹太民族的漂泊，从俄罗斯历尽风寒到了海河畔，他们寻觅着，自立着，以树叶比拟，"凡有树的地方就有犹太人"，并且不满足"不思进取""来到这个世界就不能赤手空拳离开"。雅各布要赚钱，为此历经生死、战乱、父亡妻丧。但是，他始终正直，爱着天津这座城市和善待他们的人。与此相伴，小说多方面书写了租界的文化：歌剧《图兰朵》、西餐起士林，也刻画了留下创伤的都统衙门和以英日明争暗斗为代表的租界政治。

全书围绕着不同文化背景的三家人的奋斗来写人物和他们的内心世界：耿家的坦荡做人，摆脱各种经营的矛盾与困局的智慧与策略；雅各布家的拼搏求生，勤奋求财。他们的人生虽曲曲折折，读来却让人们感念和壮志。他们负荷的时代精神与民族精神让大家获得荡涤和熏陶。而吉田满从挑着货郎担收集华北经济情报到执行日本军部的"河豚计划"，每次的行为都充满着恶毒，可有时又那么寻常。问题恰恰在于他的异化似的人生和变色龙式的性格。小说集中展现出阴谋人物一旦抱有侵略野心并和这样的政治走向一致，就是个罪恶和麻烦的制造者，吉田满就是这样的人。他绑架情敌让耿秀媛不得不穿着铁裤衩嫁给他，又通过强行的手段让耿秀媛生下大悔，并步步紧逼把大悔嬗变为吉田纠夫，眼瞅着纠夫从可爱到孤独，进而心态分裂，从虐待昆虫到畸形杀人——杀害养育他的亲人恩人。

《十城记》的深刻还表现在：宏观的背景、复杂的城市生态，孕育着有个性的人；文化的积淀与碰撞，锻造着有个性的人生；列强的践踏和日本军国主义的入侵，使他们的人生有了殊途不能同归的变化。民族立场和品德相异使耿氏父子和吉田满的斗争不可调和，耿秀媛的由任性到低沉，再到大洋彼岸转身为民国杀手，再到接受《共产党宣言》成为革命战士，她历程的一部分是由于身边或明或暗的侵略阴谋而羽化的。

《十城记》写出了历史与人生的内在规律，并以文化、人生、政治、命运把一城三家人，中国、犹太、日本三个民族的个性角色在天津近代动荡生活的历史生动形象地刻画下来。由于视野独具、视角宏观、视点新颖，在时代特色和文化笔触上都有突出的收获。虽然在情节的安排上有些为铺设悬念的冗陈之笔，文化的摹写也有过甚之处，但是主题的深入和人物的鲜明，使这本新作超越了宋安娜以往的作品，上了一个较大的台阶。

津沽大地有着万年以上的人文史、千年左右的城市足迹和人们格外关注的百年辉煌。然而，这百年的辉煌是和百年的风云际会相交织的。正因如此，津味小说不时有佳作问世，或塑造鲜活的市井人物，或雕画大宅门人生，或描绘津沽性格。而宋安娜的《十城记》既凸显了她所抒写的环境，又以一种对畸变世相的聚焦，把天津近代文化和时代人物勾画得入木三分，这可视为较之以前有新意的小说。我们为此而感到，随着天津建设的深入，新津味小说的问世，一个文化的新潮已经到来。

313

以传奇立人，以开掘书史

——评抒写杨柳青文化的两部长篇小说

一

看完了扈其震创作的《大画坊》，久久不能平静。一是为作者结出硕果而祝贺，一是为小说的成功而兴奋。

认识扈其震很久了，他的勤奋、他的亲和力、他为创作付出的巨大努力都曾不断感染着我。早就知道他对天津近代历史情有独钟，并把描写的笔触放诸到天津文化的"河海相通，中西碰撞"上。但是对他历经四年，把业余时间集腋成裘，用孜孜不倦的精神写出35万字的长篇小说，还是又感慨又钦佩的。

他把非物质文化遗产杨柳青年画作为题材，把流传在当地的民歌《画扇面》中唱的才女"白俊英"作为女主人公，通过个人命运、家族纠葛、感情跌宕、年画兴衰、历史苦难的交织，写成了一部围绕杨柳青年画技艺承继的传奇。但是，《大画坊》书写的传奇并非把笔墨聚焦在起伏跌宕的情节上，而是更多地着眼于民间艺人对"非物质文化遗产"的保护与传承上。可贵的是，百年前的杨柳青年画创作者，并不是在应有的社会保障中去创作的，他们是在种种干扰、压抑、屈辱和盘剥中把杨柳青年画推广开来的。这种"自觉"是一种民间艺人为了祖宗的文化得以延续的血浓于水的自觉。可以称之为"民族血脉性自觉"。于是，这就形成了题材和主题的升华，一方面把民间艺术引向民族文化的人文性征，一方面又把描写命运不平的通俗故事推向对传统技艺的人生真谛的探求。换句话说，《大画坊》对杨柳青年画和作画艺人的关注，是对文化植被和文化底层人民性的关注。文化在更有大众基础和更有历史特色的层面上被写入小说中了。

金守诚、白俊英本是一种遭遇关系，但恰恰是这种偶然的碰撞和后来一系列的恩怨情仇的交织，在看似传奇的经历里，实际张扬着中华民族诚信、坚韧、钻研、仁忍等等品格。而从小说开头所描绘的带有浪漫色彩的奇崛老人讲"鼓画"故事，也就是人入画中和画有神灵，使《大画坊》从情节性描写升华为对杨柳青年画和绘画人的内涵与精神家园的刻画。

小说突出了杨柳青年画作为农业市井人生的一种审美，不仅为平凡生活乐趣增添了色彩，而更在于让百姓的日子有了一个慰藉与兴奋的追求视角。百姓家中，一年"添"一张画，画面的内容和技巧又凸显着大众对真善美，尤其是对日子和美的期盼。于是年画的审美底蕴和精神底蕴被描绘出来，这不单单强化了年画自身的文化内涵，更进一步把杨柳青年画的人文积淀开掘出来。年画是植根大地的，年画是历史汇聚的，年画是民间艺人心血凝聚的，年画是民族灵性铸造的。

《大画坊》以它对杨柳青年画近百年间的沧桑起伏和白俊英的悲壮人生为舞台，通过浪漫与写实的结合、年画故事与艺人人生的结合、历史积淀与泣血现实的结合、版画技艺与文化蕴藏的结合，透过画板归属、画艺继承、情爱曲折、家庭纠葛、家族纷争等等，由传奇进入人生，由人生进入文化。

整部作品呈现出对年画的生命力的捕捉，对年画人精神的挖掘。以真善浸润美，以美的追求彰显年画的真谛。小说写杨柳青年画，地方特色明显，人物的塑造和主题的深化，使人们对杨柳青年画有

315

了更为全面和丰富的认识。这是第一部写杨柳青年画的长篇小说，既是对民间民族文化的形象写照，又是对天津艺术天津文化的聚焦与弘扬。

二

《赶大营》是一部根据真实历史事件创作的长篇小说，我是在讨论这部作品时才与它的作者晨曲相识的。近年来，"赶大营"题材越来越受到大家的重视，作者创作的艰辛也越来越为人们所知。

赶大营本身就是天津杨柳青人经营的传奇、拓展人生的传奇、边疆合作的传奇、历史风云的传奇。它显示着杨柳青人的品格、视野和精神，也表明了百年前杨柳青人经济活动的能力和文化张力。

可以说，"赶大营"本身就为小说创作奠定了坚实的基础，但素材再好，也不能直接成为作品。作者以一种对历史的严谨追寻，按照原生态的足迹，放大主人公安文忠的性格，突出他与乡亲、与亲朋、与女性、与军旅、与边疆兄弟在交往时的心态、举动和话语，鲜明地描写了安文忠的不灰心，不放弃，讲诚信，讲恩德，抓机遇，敢为人先的品格。于是也就从故事传奇走向对英雄人格的塑造。

尽管小说还有着记录的痕迹，但是写实性和人物创造的结合，赶大营和描写感情生活的结合，史实和运用艺术手法复原场景的结合，使得《赶大营》这部长篇小说有着叙事的浪漫性，刻画性格的着力性，描绘进程的画卷性。

小说在"韧"和"仁"上同时结合了工笔的细描和粗犷的泼洒。前者表现在如何做买卖，失败了再干和艰苦卓绝的赶大营上，后者表现在安文忠对待不争气的高旺和几位不同女性的恩爱关系上。于是历史背景刻在人生足迹里，在生活舞台的后面；人物性格凸显在家庭、乡梓里，在各种矛盾中蕴含着情感。

小说艺术需要对人性的挖掘，对情节的思索，对读者的感染，对审美的心理感悟都能表现出来。《赶大营》也就为杨柳青人，杨柳青的一段历史和杨柳青文化增添了可称之为隽永的艺术抒写。

三

两位长期在基层从事文化工作的作家不约而同地用笔倾心地描绘杨柳青的年画和"赶大营"，而这两件事都发生在千年古镇——天津西青区杨柳青。虽角度不同，素材各异，却都放笔抒写地域文化，认知历史个性。这就形成了值得深思的文学现象，需要我们去分析。

随着社会对历史文化认识的加深，地方文化由于更具有区域特点，更贴近现代建设内涵的需要。例如杨柳青镇，因悠久而成历史文化名镇，因年画而成民风民俗重地，因"赶大营"而成赴边经商经典。这些丰富的素材，应当成为文艺创作的题材。

值得注意的是，它被基层作家首先把握并开掘，显示出作家应该在生活第一线，越是身在素材旁边的作者，往往越有笔写春秋的优势。两位作者，个人经历和文化准备不同，但都对天津近代史，对杨柳青年画和"赶大营"做过十分深入的调查和研究。同时，他们由历史进入人生，把众多的材料涌向对人的理解和描绘上。这就区别于一般的历史题材：不是人物跟着历史走，而是人物彰显着历史，历史是人物的生动投影。

尽管他们描写的那一段历史有着悲剧的苍凉苦涩，然而由于突出描绘了主人公的坚韧与奋斗，把自己的力量和文化的传播交融起来，人物的伟力就有着英雄的倩影。也许正是这种对人物阳刚之气的追求，加之对题材格外的偏爱，使作者往往形成了抒写的先验性，造成了不是按小说人物内在逻辑去描写其言行和命运，而是把作者的理念，例如让主人公在发展和跌宕之后，总是重复性选择，不是传递性起伏，以为不间断的悲剧事件可以把人物棱角突出出来，殊不知人物的丰满在于性格的多元化，并非一直的不幸加悲怆。更何况作者对素材的编织又使这两部写区域文化的长篇历史小说展示出更多的内涵与思索，作品也就更倾向叙事的辗转腾挪了。当然，这

317

也许是情节性使然，抑或是对理想人物的敬仰，甚或是写作受了阅读要有"眼球刺激"的影响。然而，张扬阳刚之气和拼搏品格，是一种时代需要的审美。从大众需要的民间典型来说，小说所描写的底层英雄对今天更加个性张扬，更加注重草根蜕变成偶像的普通读者，会更加拓展阅读的贴近性和亲和力。

扈其震和晨曲作为基层作家，对民间素材格外关注是一种天然优势，这就扩大了小说创作的宽度和深度，使今天的文坛进一步获得读者。同时他们俩不约而同地写杨柳青，表明千年古镇文化的潜在影响力。地方文化进入小说创作，使文化的区域性特点突出，也为天津文化的悠久大气增添了多层、厚重的氛围。

天津文学有过大树，有过奇石，现在又有了独具地方特色的鲜花。它标志着一个更有文学地标性的阶段已阔步走来，让我们深情企盼并热烈欢迎吧！

用那妙曼的情愫，弹拨温润的心曲

——读陈丽伟的散文集《给枯干的花浇水》

看这书的第一页，那饱含深情又如诗如画的描述就浸润着读者的心扉，敲打着读者的胸怀。这本取名为《给枯干的花浇水》的散文集，以"在津"的乡情、"漫言"的叙述、"说文"的缕析、"望海"的视野、"倾听"着时代的脉动、抒写着改革大潮激起的朵朵绚丽的浪花。那浪花，或折射着海的色彩，或飘散在水天之间，或洒落在沙滩之上，氤氲出清丽的水珠和引发沉思的印痕。于是人生的底里、生命的价值、生活的滋味，都在陈丽伟笔下的这本散文集里展示着、跳跃着、哼唱着、点染着、蕴含着。

散文的特点在于用心底的文字"抓拍"社会的点滴、日子的一页、性格的闪光。诚然，笔下也描画绿野青山、小桥流水、雁阵孤鸿，或发一声叹息，流一行清泪。但是，散文描摹抒写的一定是心灵的感受、情感的慰藉、人生的顿悟，而且应该接天地之气韵，掬社会之活水，绘百姓之情性。

他拥抱生活，胸中植根着"独守一方心地，真善为神，诗书为水，兀自经营些不算丑陋的文字"，他笃信"语言是人类的家园""秉心为之"，文学要自觉观照现实生活，热情抒写时代精神，即使面对横流的物欲也应有自己的价值取向。正因如此，陈丽伟正视纷纭世事，率性观察，对社会的不平之象心生悲悯。所以，他的散文

319

有着"现实之思"和"历史之照",尽力去"一叶知秋"并往"关怀上升华"。他思绪的深处有着扬清扫浊的努力,诉诸笔端,使得不少散文显示了"远看山花竞云雾,近瞧苔草比春风"的情愫。读《给枯干的花浇水》散文集,就会体味到个中滋味。

陈丽伟的散文仿佛下笔就心潮涤荡,一旦寻觅到动人处便放笔倾吐他的真挚感受,语言也就或舒展或紧凑地流淌在纸媒上:金秋的天津,犹如"一幅浓墨重彩的山水画","海河,如一支精工细做的巨笔",天津的金秋,更是"一曲恢宏壮丽的交响乐",而"五大道如小提琴协奏曲""老城厢如胡琴有板有眼""滨海新区林立的楼群如锃亮的管弦乐队",而"入云的津塔,已唱出新天津华彩乐章的最高音"。每当我们读到此,能不感悟到美丽天津那缤纷异彩的画卷,聆听到当代津沽那优雅跳动的旋律吗?

他写人也是笔墨怡情。对获得诺贝尔文学奖的莫言,陈丽伟写道:"你是幸运的,又是不幸的。你实现了很多人的梦想,也把很多的压力揽到自己的身上。"在陈丽伟看来,莫言是"举着心底的火把,燃着故乡熬出的灯油,兀自前行,锋利的笔尖犁铧般深耕出一片片叙事文学的沃野"的作家,用如此鲜活的描述概括这位诺奖得主,是陈丽伟以作为鲁迅文学院的学弟对师兄的传神书写,既揭示了莫言创作的不容易,也咀嚼出莫言小说的味道。

陈丽伟面对社会的泥沙俱下,他的字里行间冷静又深刻。看到了人声喧嚣下的浮躁,他归纳:"当今社会,流行'四泡'""一为泡歌厅、二为泡澡、三为泡吧、四为泡妞"。有人热衷与此,以为时髦,陈丽伟明确告诫:"一旦失足,百年心伤",若找原因,先"问问自己"。这样的锋利之语,几句就把生活中的污浊晾晒在阳光下。

他的散文很多篇是敏锐又辩证的,所以蹊径另辟,写出了别有洞天的视野。例如,都嚷嚷着"把蛋糕做大",他却指出:"蛋糕是定量的","做大"了再加上"策划和炒作"会有"很多泡沫";其实,蛋糕如何要看看有几颗鸡蛋,非要往大里做,就"有利益可图"。所以,陈丽伟呼吁,做蛋糕应"多在'做好'上下功夫",这才是正理和正道。在这点上，陈丽伟似乎有些"矫情"，可是，在"做大还是做好"上较真，恰恰表现出他对不良风气的剖析与批评。

也许，陈丽伟在他的内心深处有着文人的执着和诗人悯惜生活的情怀。他观察社会百态寻找病灶，同时，更对文学寄托着"文章合为时而做"的企盼。所以，他从理论上总结了"新经济文学"要与时代密切律动，在散文中明确指出："文学责无旁贷要为当代的改革开放、经济发展留下镜像，理应塑造更多新人物形象。"因此，他的文学耕耘，既努力于培育百草，也要"给枯干的花浇水"，这样做，实际也是"锻炼自己感受生活，在充满对生命负责的状态里虔敬那弱小的成长"，并在"希望中体味自然、体悟人生"。

由于对文学的这种理解，陈丽伟的散文如潺潺清泉，沁人心扉；如擦拭镜子的百洁布，对社会的污秽予以打扫，并让读者领略什么是真切、什么是深入、什么是认知、什么是理解。家乡在他眼里是生命的产床，是培育人格的花房，是热爱家园的暖棚。他热情关注社会人生，倾心投入改革开放。他选择了文学，写诗、写散文、写概论，在书法上放飞心绪，在编辑中认真工作。他是多面的，但绝不浅尝辄止。他是诗意的，但决不滥情浮夸。

《给枯干的花浇水》每篇文字不长，笔触所及写了津门的街景、滨海的风情、多位人物的行为和性格。于是形成了一部多乐章的套曲和联奏。这也是这本散文集的魅力。俗话说，散文形散而神不散，单篇要有文眼，辑成文集要有主线，还应蕴含一些哲思，讲些道理。当然，散文还应在"但写真情并实景"并在"功夫深处独心知"上下力。因此，散文中的理性是内蕴的，也需要"随语成韵，随韵成趣"，文章水平高低也由此分野。同时，文字应该清丽、潇洒和举重若轻。陈丽伟具备了写出好散文的条件：诗意、敏锐、激情，却又理性、细腻。他把他钟情的书法，即"先散怀抱，任情恣性，然后书之"的意趣移入散文写作，并转为以"趣长笔短"来捕捉具体而微，运用"抚琴鸣弦"的手法，让他的散文"短歌微吟"，细小起来：写人物多是基层，摹场景多系一角，即使写到风云人物也是从小角度把个性与亲历述说一番。结果，《给枯干的花浇水》很是地气浓郁。也许陈丽伟的这种追求缺少某些大气，可是"烹制"有色彩的点滴才能把生活的味道"煮"出来。当然，这点滴的"烹煮"也可能是率性的、铺排的和自我体味的，对散文透过描写看筋骨的笔力有所削弱。但是，"描摹随心性，细小拈来亦有情"也是风格的一种。

　　陈丽伟在不断努力，希望他继续前行，朝着他心中的目标努力，并且不断地厚积薄发，深入开掘硕果累累。

由"大师"口吐"狗放屁"说开去

　　"狗放屁"以及把这三个字颠倒顺序，放狗屁、狗屁放，用来指责别人是"放屁狗"，本属小年轻或嘎小子练嘴皮子逗人一乐而已，现在竟从某"国学大师"的口中说出，令人惊愕。而且，在看似"潇洒幽默"的背后，是用来掩盖自己对年龄的虚构，或表白自己满腹"国学"，可以把"狗屁"说得唾花四溅。殊不知，有学问的人答记者问时，是不会粗口应对的，何况所采访的内容涉及自己是不是岁数造假，学术虚高，名实不符等等。在严肃话题面前，是不能"今天天气哈哈哈"的，更不应该以"放狗屁"来忽悠关心他的大众。

　　当然，"狗屁"之类，也有点理屈后干脆回应一句骂，算是精神胜利了的意思。鲁迅当年曾经抨击某些人的阿Q相，现在这阿Q相在百姓中不怎么引人注目，倒是在学界露出了马脚。先是媒体为了刺激眼球效应，便拿着日益便宜的"大师""泰斗"等帽子廉价赠送。有趣的是，有人就乘机弄了个"大师工作室"，不知是在那室里工作就坐实了"大师"之名，还是大师工作室里能造出众多"大师"？后来，还有人在学术文章与学历资格上连编带凑，把个"博士"搞得和古代茶博士一样，成了揽客上楼的跑堂角色。

　　眼下更有"银样镴枪头"者，把自己岁数说大，以便成为太炎先生窗下"立雪"的弟子，与鲁迅同门，而且是研究鲁迅诗歌的先

323

驱。笔者不才，忝列"鲁迅与三十年代文学专业"，研究鲁迅的书读了若干，没见某"大师"那本鲁迅诗歌解读。诚然这是本人孤陋寡闻所致，不应是否定"大师"的佐证。但常识告诉我们，大师是要有相当学术影响的。倘若在学界无深刻痕迹，在百姓中无一定口碑，这"大师"也只能是自封的，决不是学术水平摆在那，而且能够接受时间磨砺的。

说到时间冲刷，倒是公平而且"眼里不揉沙子"的。这也引发了另一思考，那就是越演越烈的网络媒体的造势所带来的负面效应。应该看到，媒体有时候是"成也萧何败也萧何"的。走上网络媒体，在家喻户晓的同时，也有放大的作用。星光闪烁中的"星"未必名实相副，也可能是包装大于内容。令人深思的是，造星的媒体和被制造的大小星辰，不由自主地以"星工场"和"星座"自居，认为只要通过媒体炒作后，某人便已经是"火星"和"月亮"了。其实被包装者往往依旧仍是凡人，或顶多是普通人加点才气与机遇而已。这之中确实有能人，但他们也决不会被各种光环所左右。因为智者和有识之人是不会跟着炒作走的，他们耐得住寂寞，再说他们凭学问说话，自有威望和威信在。

现在麻烦的是，网络媒体环境的浮躁让人们常常只求简单的表象，不问为什么和怎么会这样。于是某些人的"表象"，例如年龄虚高，曾写过一点已进入遗忘的东西等等，可能在年轻的媒体和媒体人看来，这些已构成炒作的线索与材料，因而再送一顶"大师"的帽子也利于刺激眼球。这样一来，就形成媒体上的大师多于学界认可的大师，引起争论和质疑也就非常自然了。对此，格外需要让社会的浮躁转化为一种文化的冷静，那就是每个人都以求真务实为风尚，对身边的人和事尤其是社会现象要问一个"为什么这样"，而不是盲目跟风。并且帽子越大，越要探究一下帽子下面是不是真神，千万不要见个影子就叩首。是个写书的，就翻翻他的著作；是个演说家，就亲耳听听他讲的内容，而且要多比较并辩证分析，独立思考。所谓的"大师""风云人物"也就能回归原生态，在准确的位置发挥正确的作用，社会会更加和谐与科学发展。

　　相信经过实践的检验和议论的起伏跌宕，包括曾经跟风现在已经认真思考的人们在内，大家都对真假是非有了警惕和基本的识别。"大师"的帽子，只不过是帽子。而真正的大师定会于披沙拣金中闪光，也会以其累累硕果和令人尊重的品德成为我们的心中之圣。

睿智的揭示与描述的费解

——对抒写梦境作品的一些思考

　　梦境是艺术创作的特色载体，古今中外写梦的佳作很多，而眼下更是借助技术手段频繁出现在影视作品中，例如电影《地球最后的夜晚》就是这样的一部，然而却颇受世人微词。

　　尽管海外有弗洛依德的《梦的分析》，我国有《红楼梦》这样的古典小说名著，但是对梦的艺术创作至今依然存在误区：或借此天马行空，或让梦包装莫名的情节，以致制造梦幻竟成为"吸引"大众欣赏的捷径。其实，把梦描绘成艺术品很不容易，稍有不慎会令大众厌烦和产生歧义，甚或感到作品不知所云。因为梦境是对生活与人生的折射，是心理活动的曲折幻象，运用到艺术创作中需要睿智地描述，既应亦真亦幻，又应以此去思索社会矛盾的各种拷问，去体味人生命运的各种坎坷。换句话说，艺术世界里的梦是对历史与现实的看似变幻实为深入地挖掘，是用梦去剖析生活的底里，让人们对人生有着更加鞭辟入里的认知。《红楼梦》假作真时真亦假，把"梦幻"作为对大观园诸多人物性格的悲剧观照，从繁华到败落，不就是一场梦境吗？关键是《红楼梦》惊醒了林黛玉、贾宝玉，也让几代读者读出家国兴衰、情感求索、生活况味。

　　换句话说，梦也是要与生活互为表里的，但是梦毕竟不是与现实的拥抱，梦是附着在幻象上的，是生活的云气侧影，而不是人生的本真。艺术本就含着对真实生活的主观描述，但不应离开生活的真实。但是，写梦不能因为梦幻能够上天入地就乐此不疲，任意为之。可见，梦的亦真亦幻在给艺术留下空间的同时，也为浮躁的作者提供了任性的平台。最近上映的《地球最后的夜晚》，从影片最初获得豆瓣8分以上的评价，到眼下的颇受观众微词，可窥见这部电影在大众接受的过程中，竟断崖式地被抛弃，实在是影片本身出了问题，即对梦境的展示显现出浮躁和肤浅。

《地球最后的夜晚》的起因是朋友突然死了，原因不明。观众自然以为这是一部侦探电影，要看如何抓住凶手。影片也开始了叙述。麻烦的是，主人公在历经一番生活困顿、失落错愕之后，又掉入与女性的纠葛。感情的起伏在朦胧的交往中时续时断，影片由2D转入3D，梦境被强化，观众随着主人公的梦幻追寻，从"枯井"走入"神秘的灵境"。此时，又一位年轻女性出现，并身处既是断壁残垣又是歌舞场的后台，与主人公莫名地讨论人生，晦涩地讲述自己的命运，断续地说着朋友的死因。若明若暗中，《地球最后的夜晚》描述的竟是一个在迷惘中追寻、在生活里挣扎、在情感上半遮面活着的人物，他在现实里苦闷挣扎，在梦境中踽踽而行。

在迷惘中寻觅，有结果吗，似乎没有，这就是《地球最后的夜晚》给予观众的，叙述的断断续续和抒写梦境的不明不白，使影片与欣赏隔着一层。若仔细琢磨，明明能从现实中挖掘人生苦涩的深层原因，却偏偏要从凌乱的梦幻中表现所谓的命运不在自己的掌控中。主人公在无奈中追寻，却要给设置路障的人指路，这个《地球最后的夜晚》实在是夜晚等不来黎明的混沌故事，把一场梦幻描绘得难以解读，把一个追凶故事编织得深奥晦涩，编导很是用力，可过犹不及，过力地渲染梦境里的人生跌宕，却把观众拖进费解之中。

艺术是要求睿智的，而睿智是需要文化底蕴的。电影是画面语言的艺术，氛围可以渲染，以致能去超现实表现；情节可以编织，以致可上天入地。但是，不论蒙太奇还是长镜头，都要在塑造人物性格与讲述故事上下功夫，在呵护画面艺术中去创造有趣味的情节演进，关键还要让观众看明白。即使曲径通幽、草蛇灰线、交错演进的种种形态，再加上倒叙、插叙、意识流，也不能忽悠得观众越看越雾里看花。记得有部国外的老电影《放大》，开头是摄影师在花园里拍婚纱照，暗房里放大照片时，惊讶地发现灌木丛中有枪口对准新人。不久，新娘遭到暗杀。但影片却在"追寻"凶手时，引导观众深入认知生活中常常是"祸福相依""人生幸福与命运挫折相伴"的生活哲理。《放大》的故事也有欣赏难点，并且含蓄大于明快，但观看下来不费解。而《地球最后的夜晚》却解读困难，简直让人满头雾水。

简言之，把梦境写出人生是睿智的妙笔，把梦幻写成费解的解读却是艺术的浅薄。匪夷所思的是，这部影片拿着费解当作艺术的创造，硬把能够讲得明白生动的故事给碎片化了，想靠梦幻去叙述前因后果又故作艺术状，这就把艺术与生活分割了。究其原因是文化浮躁，文化被市场牵着鼻子走。文化自信要有艺术求索的自立，把创作作为通向精神家园的又一块基石，是为大众奉献有意思又有意义的艺术产品。它要有创作个性，更要有对欣赏者的艺术启智，在有意味的艺术创造中，去感染熏陶读者观众。联想到一个时期的电影，超出观众欣赏维度，把故事表现得忽忽悠悠。这是创作的苍白文化的浅薄，是编导脱离社会生活的表现。艺术需要源于人生的鲜活描述，而不是闭门造车。《地球最后的夜晚》失去观众，只能说在艺术与生活上还需要艰苦磨砺。面对改革开放四十年的火热生活，艺术要有新世纪的功夫——深入社会拥抱大地的硬功夫！

第五章　溪畔拾贝

不堪回首的凄苦悲剧

——略谈历史上的寡妇足迹

做女人难，做寡妇更难。

——作者题记

两性结合，夫唱妇随。不论这是假象还是真情，在外人看来，女方是幸福的。甚或遇到邻里亲朋中的红白喜事，有丈夫的女人若再上有公婆下有子女，便被视为"全合人"，祥云笼罩，走到哪里都会迎来欢笑。然而，丈夫一死，活着的妻子便被称作"未亡人"，仿佛身体没能随夫同去，但灵魂也应上天入地。于是，"寡妇门前是非多"，以致只能终日清心寡欲以泪洗面。

在中国一向讲究"立人"，做人要清白有气节。可寡妇不管怎么做人，几乎都会碰上"跳进黄河也洗不清"的麻烦事。寡妇年轻，说你克夫；中年丧偶，说你妨人；老来失伴，说你没福。倘若刚订婚不久，那男人就无福消受命归黄泉，这未婚之妻简直是大不祥的尤物，只能接受周围的冷眼，往后便不敢越雷池一步。否则，就是"小狐媚"，即使守节十几载，但偶尔对陌生男性一笑，或善意给赶路人一碗水喝。于是长舌的鼠目的及吃不到葡萄就说葡萄酸的人便挤眉弄眼地议论起来，一旦满城风言风语说其作风不正，那么这姑娘就连家族的坟也进不去的。

当然，我们谈的也许是过去的事，现在人们对寡妇的看法已经有所改变。可是，在一些文明程度有待进一步提高的地区、在一些男权思想浓厚的人们身上，寡妇依旧是"黑乌鸦"，她们的一举一动依旧招致非议。因此，仍有悲剧出现。

我们不得不面临这么一个问题：为什么要对寡妇如此苛刻，如此压抑？对社会性问题，起码要从历史发展与沉积的角度去思索，因而简述一下女性由"凤凰"嬗变为"乌鸦"的这一过程，也许是极为重要的。

稍微了解社会发展历程的人都知道，史前期曾有过一段漫长却令女性骄傲的时期，即典籍所载的"但知其母，不知其父"的母系氏族社会阶段。可是随着生产手段的变更，生产力提高带来的私有财产的增加，男女间的职责和性别角色发生了变化，女性作为支撑人类生活的社会生产主力军的地位被男性逐渐取代。而且，一旦男性成为社会家庭的中心，女性连做人的权力也被褫夺，并且在从属于男子以后，随即就让政治、经济、法律、道德等固定、束缚和规范住，只有服从的份儿，不能越轨一步。

甚至在性爱对象和性享受上也失去了平等和自主。当社会还没进入"夫为妻纲"的娶媳制前，男女的性爱与性享受是自由结合和自由支配的，即使从群婚发展到对偶婚，女性的性爱对象也和男性一样多，当然也就无所谓寡妇问题。

寡妇的出现是男权中心的产物。男性对女性绝对占有，女人对男人全面依附，必然形成女人为男人活着，妻子为丈夫活着的现象。男人社会出现一支寡妇队伍，更证明了男子的主宰力。男权社会严格约束着女子的人生走向，甚至男人生前要支配女人，死后也要威慑女性的存在。实际上，寡妇只不过是为丈夫殉葬的一种形式，比被埋入地下多了一口气而已。

本来男女结合是社会和人类的需要，成为夫妻才能组成家庭。但月有阴晴圆缺，人有生老病死，两口子再要好，小日子再舒服，总有一个人会先于另一位撒手而去。这自然是令人悲哀的事。特别是年轻夫妇或婚龄不长便丧偶，应属人生的大坎坷，无论对男对女都一样令人同情。可是古往今来，常常是失妻者能再娶，而寡妇却不能再嫁，包括女性自己都认为丧夫是妻子有"罪"。寡妇不但不被亲友社会同情，反倒备受歧视，只能心如枯井地苟延残喘。

造成寡妇这一悲剧命运的，主要是封建社会越来越禁锢的同时，在意识与伦理上对女人的性别压抑也日益严重。这集中反映在"节烈观"上。

因为封建社会对女性的要求是从属男性，"妇者服也"，妻子的一切都要"嫁鸡随鸡嫁狗随狗"。娶媳妇是为了生儿育女、传宗接代，而要接续香火必须明确血缘与长子继承（或指定某子继承，皇上即位后的"立太子"即是指定继承的典型代表）。所以，妻子的贞操不单属丈夫专有，而且其生育载体、生育能力也是丈夫的财产。一旦丈夫死去，不管妻子的年龄大小、个人意愿如何，整个宗法礼教要求遗孀只能守寡，这就是"节烈观"里的"节"。从男性社会的角度去看妇女的最大作用，无非是女人长大后一定得被男子娶过去。并且不管是否拜了天地，只要有父母之命媒妁之言，下了聘收了礼，这姑娘就算是夫家的人。即使是从小订下的娃娃亲、指腹亲，那女孩便"有了人家"。一旦其丈夫短命，没出嫁却有婚约的她就要守节，而更干脆的是以身殉夫、同赴黄泉，这就是"节烈观"里的"烈"。这里格外要指出的，"烈女"还包括受到男人性骚扰或遭到强暴不再活下去的女性。女子的性器官只能给婚约里的男人，让外人占了就是失贞，失贞便没脸活着。这显然表明女子的节烈观，其实是男人从性歧视上规定了妇女要恪守的一种生活观和生死观，它保护的是男人对女人的正统的占有，并以此确定了女性从自然属性开始就要遵循一整套的性别角色的服从。而且这种服从一旦由道德的方式加以提炼成为社会规范，那就在女性价值被扭曲与贬损的同时，又打上了宗法的烙印。当然，随着历史的进步、文明程度的提高，特别是妇女解放运动的深入，"节烈观"已渐成陈迹，主张寡妇守节、烈女殉夫更遭到大家的唾弃。"节烈"这"极难极苦，不愿身受"，且"无益社会国家"又于"人生将来""毫无意义"的行为，现在基本已"失去了存在的价值"。上述是鲁迅在二十世纪初说的话，既指出了要求妇女节烈的大不合理，又宣告了"节烈观"必须彻底轰毁。

但是，任何曾滞留于历史舞台，并以道德形态加以归纳的事物，往往因其能进入文化的层次，所以很难经过几次冲击便在短期内退出人生的视野。它常能反复出现，并在几代人中间潜在地传承。鲁迅先生渴望的摈弃节烈陋习、拆掉世俗旧屋的意愿还远没有全面实现。因此，写出下述内容就不单有历史的依据，而且还有现实的意义。

因此，本文首先谈及的就是中国历史上寡妇的种种悲剧。

一、凄苦阴冷的岁月

女人一旦成为寡妇，摆在她们面前的最大的问题是如何活下去。生与死仿佛时时出着一道两难选择的实际话题。活着，是为了死去的丈夫，而死了却能为活着的家族增添荣誉。但殉节者毕竟是少数，何况生命对于人只有一次。所以从生命的权利上讲，人应当不能白来世上一趟，无论如何要活下去。可是活得没有滋味，整天战战兢兢，公婆不给好脸，叔伯常瞟白眼。没了夫妻乐趣，没了房中欢乐。如膝下有子，还算安慰，倘若没有生下一男半女，那只有呆看粉墙，空坐屋内，以泪洗面。万一丈夫是早夭，年轻守寡，那漫漫岁月，天天清苦，用一个熬字难以概括。说是"煎熬"，也表述不清内心的荒凉和孤寂。加上无形之中承担着沉重而艰辛的社会道义与伦理职责，更造成了寡妇精神上的巨大压力。所以，宋代词人李清照才发出"寻寻觅觅，冷冷清清，凄凄惨惨戚戚"的感叹，假若她不是寡居之人，依旧和夫君共赏金石字画，无论怎么体验兵燹水灾的磨难，是透析不出这极孤苦的心态的。

也许文人的心是相通的，也许才女的感情更细腻。清代的张玉珍，曾是随园袁枚的学生，后嫁太仓秀才金瑚为妻，孰料夫死，她成了寡妇，真正领略到"怎一个愁字了得"。某年正值春绿，窗外的种种生机涌动，更引起张玉珍的诸多感慨，虽她还在教儿子识字，可心内在悼念丈夫之余翻转着无名的烦恼：

> 双燕穿帘，浑不解倚楼人独。才瞥眼春光已近，满前新绿。旧梦竟随流水去，遗书苦唤娇儿读。叹辛勤窗底母兼师，愁盈掬。
>
> 思往事，眉常蹙，怜别绪，情难续，愿相期一笑，同登仙箓。识字由来忧患始，有才偏使年华促！剩心中抱恨最难平，抛棋局。

"愁苦"日子难熬，"抱恨"寡妇地位，梦中想去夫君处，桌旁娇儿在读书。她毕竟有娇儿，能填词，再加柴米油盐亦有保证；假如身在穷乡僻壤，无文化又无子女，这寡居生活恐怕就是挣扎度日了。但人活着总会日有所思夜有所梦，可伦理宗法社会习俗不让寡妇有所谓的"非分"之念。才女可作作诗，村姑也能哼哼歌，唯独守寡连小曲都不能高声唱，便只能打掉牙往肚里咽、有话往心里憋。憋急了，行为异常，就会有种种无言的悲剧。民间传说这个故事：有一位老寡妇，以缝补为生，苦捱几十年后撒手人世。族人整理其遗物，发现有百十双新鞋。原来她每晚靠给死去的丈夫做鞋度日，聊以慰藉精神的烦闷。

汉魏时的丁门某氏是一位被杀者的妻子，她在经历了若干年的寡居生活之后，写了一篇声泪俱下的《寡妇赋》。这是极为感人的内心独白，形象反映出她们过的是"肠一日而九结"的苦日子。其赋节录如下：

> 静闭门以却扫，魂孤茕以穷居。
> 刷朱扉以白垩，易玄帐以素帏。

335

含惨悴亦何诉，抱弱子以自慰。

想逝者之有凭，因宵夜之仿佛。

自衔恤而在疚，履春冬之四节。

瞻灵宇之空虚，悲屏帏之徒设。

仰皇天而叹息，肠一日而九结。

计先后而几何，亦同归于幽冥。

你看，丈夫一死，先要屋内挂白改素，然后是闭门思过。房内没了生气，室外断了交往，只能仰天叹息命苦，低头抱着弱子自慰。每天含悲无处诉，总想快点和丈夫同归于冥间。用句大白话来概括，丈夫只要一死，这寡妇就不能过人的日子。实际上，她们在社会上已是活死人了。然而寡妇就是如此"守节"，在某些男人看来仍然不够"全贞"，他们需要女性的彻底服从。于是在中国历史上就出现了妻妾为夫主殉死的事，而典籍中把其归为"贞烈"。

例如至正二十七年七月，朱元璋围困姑苏，守城指挥系张士诚女婿潘元韶，几次突围不成之后，只好回家告诉妻妾，他要与城共存亡。然而就是如此，潘元韶也没忘记女人的贞洁，要求七位小妾将来一定同死，万不可被世人所耻笑。结果一位小妾比他更干脆，往前一跪说："我请求在您活着时就去自尽，别让您怀疑。"于是她和其他六位小老婆相继赴死，可是这位潘元韶却最终降了明朝，远没有女人的骨头硬。后人曾建七姬庙以盛其事，但远非扬其女性的果敢，倒是把眼盯在"节烈"上。

出于维持封建礼法的需要，历代各朝从中央到地方都对表彰节烈有浓厚的兴趣。朝廷号召，民间推崇，遂使节妇烈女之事更加走向畸形。元初有位叫郭三的青年，新婚宴尔不久即被征召从军，随后战死沙场，其妻杨氏便成了寡妇。杨氏决心矢志守节，可公公一见杨氏就想到死去的儿子，并觉得郭三在地下一定过得孤独。于是他对儿媳杨氏说，邻家曾死一少女，他准备移棺与郭三合葬。杨氏已知公公不满自己新婚就守寡，现在竟说出这么一番话来，只能上吊自杀，以满足郭家要求其贞烈并使丈夫阴间有伴的要求。这件事已清楚看出家庭与社会对寡妇的虐杀。而无数丧偶的女性，在经历了亲人离去的悲痛后，还要以自己弱小的身躯、宝贵的生命为毫无人性的理法、蒙昧的社会风气涂抹血色。而口口声声要"光耀门庭"的男士，依靠的却是女人的泪水甚至生命。

具有强烈民主性的小说《儒林外史》尖锐地揭露刻画了一位被传统礼教熏晕了头的穷酸秀才，竟鼓励女儿以死殉夫。这位王秀才在府学中呆了三十年，别的道理没弄明白，却只懂得女人要"节烈"。他的三女婿患病而亡，看着新寡的女儿哭得泪人一般，怦然想起要"名垂青史"，让亲闺女进入《列女传》。于是不顾女儿公婆的同情与劝解，一定要刚丧偶的女儿去尽忠尽孝尽节。他倒一个劲儿地撺掇女儿的公婆一起让其快点"节烈"。此后回家边看书边等女儿绝食的消息。果然没几天，女儿便魂追夫君变成"烈妇"。这位王秀才"仰天大笑道：死得好，死得好"，还进一步向妻子解释："三女儿而今已是成仙了。你哭她怎的？她这死得好，只怕我将来不能像她这一个好题目死哩！"为了所谓的巩固封建秩序的"好题目"，可以逼杀亲女而大笑不止。礼教驯化使人至此，什么人性、什么人道、什么博爱，都显得苍白无力。所以历来的有识之士总是不断呼吁要改变这陋习，掀翻这吃人的"节烈"。

当然，为了光宗耀祖名垂青史而逼寡妇做节妇烈女者，相对来讲只是少数人的行为。但是中国传统社会把女人划入小人的文化氛围，却使得寡妇活得极沉重。白天只能日影相随，晚上只能孤灯为伴。丈夫的灵牌，便是唯一的寄托。于是屋外的风声雨声都能勾起无限的愁绪；邻家的男欢女笑，更让青丝化为白头。白日急盼夕落，守夜更思夫君。连魏文帝曹丕都感慨道："人皆处欢乐兮""他独怨兮无依""伤薄命兮寡独，内惆怅兮自怜"。

至于把女性的"全贞"变成对妇女的性独裁和性虐待，在中国历史上也不乏其事。清《埋忧集》卷五就有这样的记载：沈某自幼无赖，长大娶妻后仍拈花惹草。媳妇闵氏貌美品端，稍一劝沈即遭火烙。一次闵氏见丈夫淫族人女，怕祸及全家，只说了几句，沈某竟扒光妻子的衣服，把其打得体无完肤。然后一边骂，一边用铁钎在闵氏的阴户上钻孔，并穿上锁，以此表示他对妻子的占有。北魏时一个叫高聪的官员，曾依仗权势将十余名妓女收为小妾。不久他得了重病，日见沉沉。当他知道围床而立的美女不能再享用了，竟在病榻前令下人用火炭去烧这些小妾。更残酷的是，高聪命小妾自己以手抓烧红的炭，在手伤残后还得把热炭咽到肚子里。于是十余名美女转瞬间成为指曲声哑面伤的丑妇。不久高聪死去，这十余名小妾被送入空门为尼，伴一豆青灯终其残生。

虽说寡妇一般不会像上述两例那样受到丈夫的性虐待，但无赖男子却可以借寡妇怕惹是生非的心理和环境使其孤立无援，占便宜做坏事。寡妇被欺，又不敢声张，更助长不良之徒。然更大的不公平在于事传出去，倒霉受指责的往往是受污辱的寡妇。所以，寡妇的"守节"实在是人生畏途。有的宁肯殒身而去，也不愿受这钝刀割肉般的精神与肉体的折磨。面对今后岁月漫漫的无生气无情欲，行动受限制，只能闭门敛声的日子，不少寡妇或走上了反抗的路，或自甘选择死亡。《明史·列女传》就记有一位寡妇，百般思忖之后，觉得"死节易，守节难"。因此借口"妇殉夫为得正"，自缢身亡。

二、是非漩涡的弱者

是人类，总有共通的一面。中国古代神话里，人是女娲抟土和泥捏成的；然而仔细捏就的是男人，一着急甩出去的泥点子是女人。西方的伊甸园故事，说的是上帝在造了男人亚当之后，抽出其一条肋骨点化成女人夏娃。总之，几乎世界各国各民族都说女人比男人低一等。而且女性常常被指责招惹是非，夏娃偷吃"禁果"，弄得男人懂得了私情；商王朝被周打败，偏偏说坏在妲己身上，女人成了昏君的替死鬼。这一切当然折射出男性社会对女性的偏见，同时也说明性别角色的社会内涵从一开始就对女性不宽容，甚至小乘佛教的《小莲花本生》也记载了女性的不识好歹。莲花菩萨未成佛之前，与妻共逃灾荒，菩萨的六个兄弟都杀妻以充饥，只有菩萨之妻在丈夫的保护下避开厄运。谁知这位得以活命的女人竟和一个丑八怪私通，并要合谋杀害菩萨。后来菩萨成了莲花王，那女人沦为乞丐，上门讨饭时被莲花菩萨认出。莲花王愤怒地说："淫妇是她，罪犯是她，女人该杀。"从佛讲善行而言，这个忘恩负义的妇人还是得到了宽宥。可是从故事提供的形象来说，确实给人留下了女性丑恶的印象。

尤其在中国，"女人是祸水"成为历史经验之论。"四大美女"云云不过是成者王的反间计，败者寇的替罪羊，连古籍《汲冢周书》都有如下文字：

> 春分之日，元鸟不至；妇人不信。
>
> 清明又五日，虹不见；妇人苞乱。
>
> 立冬又五日，雉不入大水；国多淫妇。
>
> 小雪之日，冬虹不藏；妇不专一。
>
> 打寒之日，鸡不始乳；淫妇乱男。

寥寥数条使我们看到，自然界的一些异常现象全被引申归纳到女性的恶行上来。连"鸡不始乳"都说成"淫妇乱男"，那么丈夫去世必然会归咎其妻不祥。于是"败家""克夫""扫帚星""丧门星"等污言秽语纷纷投向女性，整个社会，包括妇女自己也认为"寡妇"晦气，并从内心鄙视失偶的女人。而且更不公平的是，男人丧妻可以再聘，无子可以纳妾，女人丧夫却不能改嫁，一旦带孩子再婚，连孩子也被挖苦为"拖油瓶"。

鲁迅先生的《祝福》极悲怆地叙述了二次婚姻后成为寡妇的祥林嫂的悲剧。她第一次死了丈夫后进入鲁四家，便遭到了"皱眉头"，只是鲁家贪其性格温顺、干活儿爽快，才让她帮工。后来祥林嫂被婆家抢去，卖到山里。此时她一方面以再婚之身为小叔子娶妻

"得了好价钱"，她婆家也就不让其"守节"了；另一方面，再婚又使她"一女侍二夫"，埋下了社会终要抛弃她的祸根。果然山里的丈夫一死，祥林嫂再次来到鲁四家，就连"上年饭"的事也不能沾了。据一个叫柳妈的说，去庙里捐条门槛，以防止将来到阴间会有两个男人撕扯她。于是祥林嫂将自己的打工血汗钱送到庙里捐了门槛。可是鲁家依旧不让她动那些过年拜祖宗的用具和贡品，把她视为"不祥之人"。祥林嫂从此以后呆了、傻了，逢人就问有没有阴间、有没有灵魂。可谁能摆脱社会积淀所形成的对寡妇的压力？只好眼睁睁地看着她饿倒在年夜的雪地里。显然祥林嫂的悲剧是旧中国劳动妇女的悲剧，更是旧习俗下寡妇的悲剧。

尤为凄惨的是，只要成为寡妇便落入了是非苦井，无论怎么小心翼翼、循规蹈矩，也躲不掉受指责、遭冷眼、挨挑剔、被嘲骂的境遇。所谓"寡妇门前是非多"，完全是男性社会对不幸妇女毫无根据的揣测。而世俗男人更是把寡妇的这件事那件事当成茶余饭后的"消遣"。而舌头底下压死人加上固有的社会偏见，人们见寡妇只能是轻者绕着走，重者便是斥责并恶语相加了。

男人社会一方面要求女性"为悦己者容"，另一方面又认为绝色女子会招惹是非。而寡妇要是漂亮，那日子就更难过了，就得自怨自艾，周围的老实人便忧心忡忡，怕其招蜂引蝶，而图谋不轨者欺负寡妇软弱、怕事，常落井下石或骚扰一番。《埋忧集》卷三就记有这么件事：李某之妻杨氏貌美体纤，其邻薛见杨便心怀妒意、垂涎不已。后来李某不幸遭了雷劈，而杨氏无钱葬其夫，只好和婆母相对流泪。薛一见觉得有机可乘，便假意借钱给杨氏，并让其婆母在字据上画押。然而仅过数月就再三催还，婆媳二人拿不出，杨氏只得成为薛家妇。中国人评论弱者，"孤儿寡母"是重要一项。就大多数人来说，都愿意扶弱济贫。但对寡妇总是心有余悸，而且不好掌握分寸。于是反倒让不怀好意之人恣意所为，而寡妇的反抗，便酿成悲剧。最具典型的，是元戏剧家关汉卿写的《窦娥冤》。地痞张驴儿见窦娥婆媳守寡在家，便和光棍父亲商议，想借机来个父子同娶窦娥婆媳。张驴儿认为，窦娥年轻美貌又是新寡，一定守不住。于是就百般勾引，不料窦娥坚决拒绝，张驴儿只好耐住性子走第二步棋。结果这步棋成功了，张驴儿之父和窦娥婆母混在一起。婆母百般无奈要窦娥接受张驴儿，窦娥依然心如铁石。情急之下，张驴儿想害死窦娥婆母逼窦娥就范。谁知阴差阳错喝下有毒汤面的是张驴儿之父。官司打到衙门里，昏官认为有错的一定是寡妇。窦娥为了要回清白，临行前对天发誓；"天"还算明白，真的血溅白练、六月降雪、此地大旱三年。关汉卿希望人们要同情寡妇，正确对待她们。

　　然而在中国历史上，像关汉卿这样理解寡妇苦楚的人毕竟太少了，更多的是"高家哥哥"这种人。清人沈起凤的《谐铎》就叙述了这个故事。平江民女张绣珠和高家女淑荪从小就很要好，后来淑荪成为接聘未嫁夫亡的寡妇，高家哥哥决心让妹妹一辈子守志尽节。而张绣珠的父亲迫于生计，仍把绣珠嫁了出去。这时张再返家探亲，并进高家找淑荪叙旧，高家哥哥便厉声呵斥："再次出嫁的妇人不要到我们家中来，况且我家中有贤德的女孩子，不能用淫风引其步入不义之途。"在这位高秀才的眼中，寡妇再婚便是不贞，便是淫欲。可是张绣珠的再嫁系尊父之命，按封建礼法完全是尽孝之举，绣珠真是难以做人了。所以她哭诉说："尽了孝心而不能保持节操，是命运造成的，有什么法子呢！"谁知这位高家哥哥还能振振有词："瓦罐子破了，还说是完整的，你这是无耻强颜。"请读者设身处地替这位张绣珠想想，她还怎么度日？果不其然，张氏气愤难平，不久病倒，一个月后就辞世了。环顾中国社会，高家哥哥的思想意识和对寡妇的无礼责难简直无所不在。深宅大院有这种论调，瓦舍陋巷有这种舆论，甚至俚语俗话也充满对寡妇的"蹂躏"，什么"寡妇夜哭有戒"、什么"寡妇之子有戒"等，连深夜哭泣的权利都被剥夺，并危及寡妇之子的社会地位，失偶之妇真是难做人了。更有甚者，为了让寡妇安于"现状"，泼了一大滩的"命背""命不济""上世没修来"之类的脏水，把寡妇强行浇铸为任人宰割的羔羊、自怨自艾的顺民。可是谁低头走路不会踩上泥水？一旦鞋上有水渍，寡妇除了自杀之外，只有自残以明志了。

三国时，有"令女志誓媸，引刀割其鼻"的记载。这位姓夏侯的令女，年轻守寡，为了表示对丈夫曹文叔的"贞洁"，先是剪断自己的头发，随后又当着劝其再婚者的面割去双耳，说是为了免听改嫁的"污言秽语"。不久曹家败落，令女之父想让女儿离开曹氏家族，谁知她又割掉鼻子，并讲："我不能因为丈夫家的兴衰而改变自己的贞洁。"今天看了，令女是贞洁的坚定执行者无疑，可是能用刀割耳去鼻，其内心痛苦可想而知。这种血淋淋的事几乎历朝都有。五代时有一李氏，其夫王凝在外做官病故于任所。李氏闻讯带孩子奔丧，待守孝期满就背着丈夫的遗骨回家安葬，一路上风餐露宿。这天途经开封已是深夜，她要住宿，店主见李氏携骨灰浑身缟素，怕进店带来不吉与晦气。于是抓住李氏的一只胳膊用力把李氏拉出门外，李氏仰天大哭道："我的手被另一男人拉过了，这是对死去丈夫的不敬，做寡妇就要保持贞洁，不能因这只手臂而玷污我的身体！"说完，她竟寻一把斧子砍下了被店主拉过的手。周围的人都纷纷叹息，不知是叹其贞还是叹其愚。元代还有一个"节妇马氏乳疡不医"的故事。说的是元成宗年间，一位姓马的寡妇自丈夫死后就不再见男人。谁知她于大德七年十月时患了乳疮，不久就脓血淋漓、痛苦不堪。家人劝其请医生诊治一下，否则会危及生命。可马氏却勃然大怒，"我是夫家的寡妇，怎么能让外姓男人来看我的身体！"就这样一直拖着不去医治，最后乳烂而亡。无独有偶，清代宣城也发生过类似的事。一个叫张詹氏的寡妇，自丈夫死后发誓不再嫁人，其父母怜悯她日子过得清苦，就让她改嫁，张詹氏至此不再登娘家的门。她每天足不出户，连乡里的妇孺也很少认识她。到了老年，詹氏得了病，儿子要找医生，被她严词拒绝。后来自知不久于人世，便挣扎着起来自己给自己更换衣服。她对守在身旁的亲属叮嘱再三："我所用的东西绝不能让男人碰，以免毁了我的名节。"寡妇的"清白"竟到了这种地步，对女性的禁锢可谓登峰造极。而几千年来男性社会从理性到实践都推崇这种"寡妇的节烈"。于是"青史"留踪，"坊匾"久存，更让女性不敢越雷池半步。把贞洁视为生活信条和行为的准则，在所谓的遵守妇规妇德的背后是扭曲、痛苦、血泪，是生命的摧残和人性的败落。当了寡妇就要受无形之罪，其肉体与精神的折磨难以用言辞表述。她们活着，已心灰意冷；她们"死了"，却气息尚存。不管处在什么人生位置上，只要是寡妇，就是弱者中的弱者。

三、艰辛坎坷的足迹

男女由于生理诸条件的差异，在社会分工上必然会有区别。但社会角色的形成又和经济活动与宗法礼制密切相关。所谓"男主其外，女主其内"，不过是封建制度下的男女有别。

农业社会以田间耕作和男性私有为特色。男性在劳动生产中充当主力，于是就享有支配财产的权利。女性被局限在家务劳动中，靠男人的劳作果实生活，便失去了自主的经济地位。丈夫在世，妻子依附丈夫；丈夫去世，寡妇要靠儿子生活。如果儿子幼小，就得让夫家人或乡党出面理财管家，直到幼子成人，再接过家业支配权。所以封建社会要男性继承，寡妇更不能没有儿子。如果女人没开怀就成为寡妇，她除了自己日子过得艰难，还得受家族的制约。古代《孝经》上明确规定"不孝有三，无后为大"。但男人可以三妻四妾，媳妇死了再娶一位。而女人却只能从一而终，夫死守寡。这其实是说，男人的世界，怎么做都有理；女人的生活，怎么样都得从属于男性。当代小说《贞女》就刻画了桂花在丈夫死后被"黄土填屋"的过程。这其实是夫家族人按"老例儿"要谋夺桂花的酒店。桂花的男人原是司机，常年在外头开车。桂花在家中开了个"夜来香酒店"自主经营。按说吴老大酒醉翻车摔死崖下之后，酒店应该也必须属于桂花。可吴姓之人却认为，桂花是吴家的媳妇，"夜来香"也姓吴。不给，就"黄土填屋"。四五十号吴姓族人挑土挥锄，仿佛只知自己是在干一件维持"光荣传统"的大事，其实不过是几位吴家男人听说桂花要再嫁，怕酒店落入外姓旁人之手。

从这场发生在二十世纪八十年代中国土地上的"闹剧"，我们似乎能洞悉几千年来中国寡妇常被族人和乡党掠去财产的一般状况。对寡妇来说，要活下去，要抚养幼子弱女，首先得有一定的经济来源。但女人在男人主外的世事下，靠自己的力量去守业、去经营，相当困难。倘若家有资财，夫之伯仲还心存善良，那么这位寡妇还能活下去。如果家业被亲族所觊觎，或所托之人心怀邪念，那么家产会很快被人谋夺，寡妇的日子便雪上加霜。因此，宋人袁采说了句公道话："寡妇治生难托人"。可不让别人照料又确实举步维艰，于是就弄出一个又一个死了丈夫又被别人赶出家门的悲剧。《儒林外史》就有赵氏被大伯严贡生算计了的描画。严贡生之弟严监生一辈子悭吝敛财，且会谋人田产。不料家业正旺之际，他却一命呜呼，抛下了由妾扶为正室的赵寡妇。赵氏怕财产中落，就托大伯严贡生照管。严贡生满口答应，也真的负责。谁知赵氏子出天花，七天后夭折。严贡生见赵氏没了男孩，也就变了脸。先是否定了赵氏要过继弟五侄为嗣的要求，然后让自己的二儿子当"新主人"，并一口一句，赵氏是妾不能占正屋，更不能管家。等二儿夫妇进了监生之家，赵氏反倒要天天拜见"二爷二娘"，完全成了严家的两姓旁人。赵氏苦恼着告到县衙，知县批文让"族亲处复"。赵氏只得摆几桌席，请族中尊长议论。可族人惧怕严贡生，说来说去还是让"二爷"管。急得赵氏隔着屏风诉说严贡生如何满口应允，又如何口是心非。严贡生听得不耐烦，竟然又揪赵氏的头发臭打一顿，并"登时叫媒人来领出发嫁"。为了夺寡妇产业，什么守节守贞之类全无顾忌。可见所谓寡妇不再嫁，也只是对女性的要求。在《沽水旧闻》中还记载了一个寡妇所托非人，家产被掠，自己沦为乞丐的故事：

> 光绪初年，有张寡妇。夫生时，放大利息钱为业，性最吝，积金无算……夫死，张少年貌美，被混混（天津地方对流氓、地痞的一种称谓——笔者）吴七达子所霸占，数千金均携之去，

并用石灰揉张之目。张既盲，不能见吴之面，遂无能指控其人，日赴街头巷尾度曲以丐食，卒死于饥寒。

也许有人说，这位张寡妇倒霉遇上了坏蛋，碰上别人会好一些。其实偏见往往萌生恶意，即使是族人，一看产业是寡妇的，便往往有非分之想。《明史·列女传》中就写了一位汤慧信，为守寡而不得不向族人析产。汤氏年方二十五岁，丈夫邓林就去世了。邓林族人见其居值钱就一再令汤氏回娘家，慧信搂着七岁的女儿说："我是邓家的媳妇，凭什么回汤家？"族中之人一计不成又生二计，暗地里把房子卖给某大户人家。汤氏闻讯，坚决表示要把丈夫的遗骨埋在此处，她和土地共存亡。要买房子的大户人家，听说慧信准备以死据售，敬佩其贞，放弃了买房的念头。这时汤氏也琢磨出族人是贪图她的家产。为了避免更大的风波，汤寡妇干脆把产业送给族中之人，她自己以纺线缝衣来糊口度日。既然此事被写入《列女传》，可见社会也认为汤氏的做法是义举，值得嘉奖。其实这类事，总会掩藏着某种把寡妇逼进绝境的血腥。清康熙三年五月二十四日，著名文士钱谦益死；六月二十八日，其妻柳如是自缢身亡。于是朝野上下、笔记诗文一哄而起，赞柳氏节烈。但这些"绝妙好辞"所粉饰的却是一桩谋夺产业逼寡妇致死的丑闻秽行。

柳如是原系吴越名妓，二十四岁时被钱谦益"礼同正嫡"聘娶家中。以柳如是的出身，进钱家门并掌握家政之权，已被族人视为莫大耻辱，只是碍于钱谦益的声望隐忍未发。现在钱已故去，柳如是失去依傍，族人便露出了本来面目。他们乘机发难，挺戈入室，朝逼暮索，强夺良田数百亩、僮仆十余人，以泄胸中积怨。六月二十八日，他们又在族霸的唆使下，围攻柳氏，立逼柳如是交出现银三千两，而且"毋短毫厘、毋迟瞬息、毋代赍饰"。一方面不准以物代款，另一方面又扬言"有则生，无则死"。恶意相逼加秽言凌辱，已难令人忍受，他们还忽而登堂入室摩拳擦掌，忽而踏椅卧床连声詈骂，甚至要把柳如是的爱女和招赘女婿打出家门。面对夺产变家

345

第五章　溪畔拾贝

和如狼似虎的族人，柳如是十分平静，她先以酒席招待众人，后用"稍静片刻，容我开账"稳住对方。等她从容上楼，却是投缳自尽，留下一纸悲愤的遗书。柳如是在遗书中说："我来汝家二十五年，从不曾受人之气，今竟当面凌辱，我不得不死。"她最后要求女儿，请其兄出面，并拜钱谦益的相知仗义执言，为她雪耻申冤，"决不轻放一人"。尽管柳如是宁为玉碎不为瓦全，拼死向欺负寡妇的势力斗争。可是在歧视妓女歧视寡妇的传统习俗和主张男当女家的文化氛围里，谁会真正为柳氏说话？就算讲些公道，在强大的封建宗法面前，能有什么作用？到头来，被逼死的柳如是还得被迫戴上一顶"节妇"的帽子。生前受辱，死后还要替凶手堵别人的嘴，悲莫大于焉！而那些勒索柳氏的主犯却糊涂断案草草发落，依旧能我行我素跋扈乡里。

即便有些寡妇碰上了好邻居好亲戚，一旦析产，难于为争的还是寡妇。《明史·孝义传》记有淳安徐姓一家，原合家而居，后父母去世要分家另过。结果长兄得马一匹，次兄得牛一头。因老三早逝，就给其寡居之妻留下一位年逾五十的老仆。寡妇此时只能暗暗哭泣了："马可供人乘骑，牛可助人耕地，这五十多岁的老仆对我有什么帮助呢？"心虽不平，但不准也不敢相争。这表明寡妇的地位十分卑微。别看丈夫生前可能有很大声望，有不菲的财产，一旦男去女留，其遗孀的人生之路即刻会遍布荆棘。而那些原本家境贫寒的寡妇，其余生则像柳絮浮萍，只能听天由命了。倘遇到生活的坎坷、岁月的跌宕，要么走投无路，要么卖儿鬻女，或者自卖自身。乾隆年间，津门盐商牛继善派人到小贩尤家催要债款。来人一进其家门就愣住了，破桌上一摞钱，室内尤妻与女正抱头痛哭。原来小贩已死去，其妻为还债不得不把女儿卖掉。听说尤家女被妓院所买，来人也不禁生出同情之心，拒收债款并当面烧掉借据。至于寡妇为了儿女出卖自己的事情更是屡见不鲜。文学作品也多有反映。老舍的名著，中篇小说《月牙儿》，更以母女二人先后沦为暗娼，揭示出寡居女性的人生旅途越走越灰暗。不仅自己陷入泥沼，而且累及女儿。为了吃饭，"娘俩就像两个没人管的狗""受着一切的苦处"；为了能活下去，她们把"一切都卖了"。然而等待她们的是男人社会榨干了她们的肉体后，又把女儿投入监狱，囹圄中只能望见茫茫夜空中的一弯月牙儿。

假如失偶女性一直生活在家乡故土，或婆家很有些根基，亲朋较多，那么寡居之后，至少还有口饭吃，有个落脚的地方。一旦出嫁后随夫远离故乡，丈夫客死异土，这寡妇的日子就在"难熬"中潜伏着危险。《水浒传》里的宋江杀阎婆惜，除了情急之下要救晁盖以外，他孝义三郎敢动刀子，就因为他娶的是寡妇的女儿，而且阎寡妇是在随丈夫投亲的路上成为寡妇的。为了埋葬丈夫，她不得不带着女儿阎婆惜去卖唱，正好遇上宋江。为了报答宋江慷慨拿出银子，阎婆才央求媒人让女儿做了孝义三郎"及时雨"的外室。后来阎婆惜找了个情人，又抓住宋江私通"草寇"的把柄，这就造成了非挨宰不可的结局。但仔细琢磨一下，"及时雨"唯一一次的杀人，骨子里的动因恐怕还是在于"一个寡妇之女，又是我花钱买的，你背叛了男人，我就要杀你"的潜意识。如果阎是大户人家之女，又明媒正娶地嫁到宋家，孝义三郎手中的刀恐怕就扬不起来了。

鲁迅先生在《狂人日记》中，借狂人之口揭示了封建社会的"吃人"的本质。而封建社会及其整个的宗法制度对寡妇的残害和虐杀更为冷酷凶残——常常杀人不用刀。所以，寡妇的人生步履每一步都充满凄苦辛酸，每个人都是一出令天地动容的悲剧。

四、扛枷戴锁的归宿

翻开中国厚厚的史籍典册，几乎每一部都有"列女篇""节妇篇"；举目望中国广袤的大地，更是处处有"烈女區"和"贞节牌坊"。这就像一副副巨大而沉重的精神枷锁，不仅紧紧地套在妇女的头上，而且还沉甸甸地压在寡妇的心中。除了贞节烈女这一套以外，一些道学家积古先生还用神怪、鬼妖、地狱、魔窟毒害女性，尤其

347

是寡妇的心灵。于是，一些女性在结婚的或没结婚的丈夫死后，为了免下地狱，为了挂个贞节匾，便寻死觅活。有点求速死不成，就变本加厉自己折磨自己，不但摧残自己的身心，还扼杀自己的人性。

东汉名士桓鸾之女嫁读书人刘长卿为妻，在生下一男孩并长至五岁时，刘长卿病故，桓氏成了寡妇。她自此再不回娘家，多次断然拒绝父母让其改嫁的意愿。谁知苦守十年之后，儿子也死了，桓氏在失望之余更加惧怕父母要她再婚的请求，干脆毁容割耳以明其"志"。读者也许认为桓氏的行为是愚昧，可是她有明确的理性信念。但是她所付出的，却是人的正常生活和宝贵的人性。有时做父母的，甚至是婆家人并不阻拦寡妇改嫁，一些开明的长辈还主动为失偶的女儿组织新的家庭。

然而令人深思的是，不少女性拒绝这种安排。东汉末年著名经学家荀爽的女儿荀采，年方十九岁就成了寡妇，父亲看其孤单，极力让她嫁给同郡的郭奕。郭奕的妻子因病而亡，且人品才学俱佳。于是荀爽称病，派人叫荀采回家探望，荀采却藏刀于身地来到父亲家中。没谈上几句，荀采就抽刀自刎，幸亏身边的人眼疾手快，才没造成恶果。此后荀爽不得不严密地看住女儿，生怕再出什么事。不久，荀父与郭奕一起把荀采用轿抬至郭家。荀采便一面假意欢娱，一面让下人在房内点上许多蜡烛。她对郭奕说："自己立志要与前夫共葬一穴，现在竟不能尽节了。"这使郭奕觉得十分没趣，慌忙退到室外。荀采便命人烧汤以备沐浴。待屋空人静之时，她提笔在墙上写了"尸还阴"三个字，然后自缢身亡。对荀采的死，我们姑且不去评论，只是想她小小年纪且父亲又宽容，为什么还要守那个"贞洁"？恐怕关键是社会的一种定势，一种无言又实在的氛围，使得女性守寡后心理严重受损，精神极为紧张。唐代宋若华曾写有《女论语》，其中的《守节章》有这么一段话：

> 夫妇结发，义重千金。若有不幸，中路先倾。三年重服，守志坚心。保持家业，整顿坟茔。殷勤训后，存殁光荣。

请大家想一想，在"存殁光荣"的舆论下，寡妇的人生目标，只有杀身尽节最为高尚了。连诗人孟郊在《去妇诗》中都赞扬"一女事一夫，安可再移天"，显然社会风气就号召失偶女性去服从世俗的摆弄。所以在清康熙年间，就出现一件县官让一位寡妇不要去殉夫，可她依旧非绝食不可的怪事。事情起因于林如兰在临死的丈夫面前起誓答应了"随其一起到地下"的无理要求。于是，林如兰在置棺木时，就买了两口，决心与夫同葬。家人屡劝不行，只得请求衙门干预。县官也觉得此事不近情理，判决林如兰殉夫的要求无效，并命其家人速为其立嗣以绝其念。而此刻的林如兰完全失去了求生的欲望，只想不违誓言，并且三番五次大讲恪守闺训的"道理"。县令再次不准，还亲自过问继子的抚养问题。林如兰只好放弃速死的打算，回家侍奉公爹幼子。六年后，公爹病故，林如兰在料理完毕不久，竟绝食四十天而亡。临终时还写了一首五律，其中有"我自寻夫去，人休作烈看"之句。这明显地表明，林如兰是为了一个荒谬的"誓言"扭曲了自己，更扭曲了人生。

有些人虽未速死，但却以削发为尼来度过余生。这其实是对心灵的囚禁。此时，如果哪位想让寡妇回到正常的生活轨道，反倒会加速心如枯井者的死亡。清雍正时，在江苏武进有一个姓梅的农夫，其女洛姐尚未出嫁，她的未婚夫就病故了。洛姐想从此与青灯为伴，被好心的父亲劝阻。谁知两天后，棉花地里只有她丢下的箩筐，人却溺于漉河。只能说精神之光的熄灭比肉体上的死亡更加残酷，怎么能说梅父的做法不是慈父的行为？

然而在封建礼法下，人性的内涵常被视为肉欲情魔，而一旦和情与肉沾边，不论当事人的行为多么合理，事情的发展多么自然，都会被划到"伤风败俗"的圈内，到这时任你浑身长满嘴也说不清，只见东西南北全是诅咒你下地狱的唾沫，这才是一条人间的"黄河"，甭说跳进去洗不干净，就是站在岸边也得溅你一身泥点。《清稗类钞》记载了这么件事：一位叫赵蓉江的秀才做城东陆氏家馆的塾师，陆家主人已过世，只留下一位新寡的妻子和年方七岁的幼子。

一天蓉江在馆内秉烛读书，突然门被推开，走进来那位孤守空房的寡妇。赵蓉江很奇怪，几经询问，才知这位寡妇有心以身相许。然而蓉江却教训这位女人："妇女应珍视名节，读书人要重在品德，稍一放松就前功尽弃，你赶紧走吧，人们的议论太可畏了。"说完便把其推出门外，而这位寡妇回房之后，也认为刚才的春心荡漾是败坏人伦的污行，越想越怕自己不能洁身自好。于是拿起刀子把两个手指剁掉。等她苏醒过来，又将两个断指拌上石灰收藏起来，以惩戒自己的求偶欲望和推开赵蓉江房门的举动。这个故事有三点令人深思：一是赵蓉江对"人们议论"的惧怕；二是寡妇不能有情欲的涌动；三是当时的男女双方都受到了近乎扭曲的贞洁观念的影响，所以才有这位主妇的自残之举。不过人们还是应该感谢蓉江秀才，他没有把此事当作绯闻张扬出去，否则这位寡妇就不是剁下两指而是不得不死了。

封建社会公开宣扬女子无才便是德，除少数知识女性外，大多数妇女对礼教的认识与遵守完全依循的是口传心授的"祖训"和模模糊糊的"道理"。各种规矩套子已经使女性不再思索，只懂得低头服从。稀里糊涂地结婚，懵懵懂懂地当了寡妇，莫名其妙地守节直至死去，一辈子没做过"人"，更没有人把寡妇看作"人"。如果说"节烈女子"是背着封建的十字架，被社会即刻吞噬的话，那么活着的"守节妇"则是脖子上套着精神枷锁被伦理缓慢的消溶。这也就是俗话说的钝刀子割肉，往往结局比速死还惨。柔石在他的中篇小说《二月》里就刻画了一位戴着沉重精神枷锁不得不以死告别内心苦楚的寡妇。由于富有正义感和同情心的肖涧秋，只是稍稍关心了一下这位因丈夫参加北伐而成为寡妇的孩子，竟看到她平日的样子是"两眼红肿的，泪珠还在眼檐上，满脸愁容，又蓬乱着头发。"并且遇到男人，遂想把门关上。明明肖涧秋与她的关系清清白白，村里人偏要生歪心说闲话。后来寡妇的男孩夭折了，指望失去，她也就走到了人生的尽头。

这位年轻的寡妇本可以走一条重新选择幸福的路，当时尽管已是北伐时期，可对女性来说曙光依然难见。即使到了今天，对寡妇的偏见仍不时出现。因为对妇女的认识，往往植根于封闭的固执的传统道德观念内，所以寡妇的命运常常要趋从于一种思维方式和某类文化风俗。例如，生活在二十世纪八十年代的桂花，在丈夫死后想改嫁，但提亲的人却讲什么"娶个二路亲讨个二路婆"，明显地让桂花没进家门就低人一等。于是桂花"刷地一下寡白了脸""眼睛发直，要笑笑不起，要哭哭不出"。别以为这是小说家言，这种哭笑不得的心境正是中国寡妇被一种源远流长却多处扭曲的文化所制约。因此生存得沉重，活得不容易，并不得不付出血泪甚至是生命的代价。

十几个世纪所积淀的传统习俗，千余年来所编织的封建礼制，囚禁了寡妇的人性，也泯灭了社会的良知，寡妇成为封建礼教的殉葬品。因此，历代的失偶女性都发出了同一种痛苦的心声："来世变牛变马，再莫托生女人，更别当寡妇！"诗人说"女人啊，你的名字是脆弱"，可是塑造这"脆弱形象"的恰恰是男人和他们的世界。

五、人性扭曲的心态

中国封建社会的过于漫长和超出一般的稳固带来一个很大的祸根，就是对人性的漠视。尤其是用礼教来"灭人欲"，更让生活没了活力，没了兴致。鲁迅曾形象的描述，这样的人生结构是在"活棺材"和"铁屋内度日"。他抨击道：

> "我翻开历史一查，这历史没有年代，歪歪斜斜的每页上都写着'仁义道德'几个字，我横竖睡不着，仔细看了半夜，才从字缝里看出来，满本都写着两个字'吃人'。"

封建社会连"人"都敢"吃"，对打入另册的寡妇更是施以政权、族权、夫权等的压迫。于是，众多的失偶女性心理变态、行为乖僻，酿成了一桩又一桩畸形人生的悲剧。特别是所谓的"天理"在完全抑制了"人欲"之后，各种令人毛骨悚然的事情发生了。清朝的《谐铎》记下了一位寡妇的自述：

"我寡居时，年甫十八，因生在名门，嫁于宦族，而又一块肉累腹中，不敢复萌他想。然晨风夜雨，冷壁孤灯，颇难禁受。翁有表甥某，自姑苏来访，下榻外馆。我于屏后观其貌美，不觉心动，也伺翁姑熟睡，欲往奔之。移灯出户，俯首自惭，回身复入，而心猿难制，又移灯而出，终以此事可耻，长叹而回，如是者数次。后决然竟去，闻灶下婢喃喃私语，屏气回房，置灯桌上，倦而假寐。梦入外馆，某正读书灯下，相见各道衷曲，已而携手入帷。一人趺作帐中，首蓬面血，拍枕大哭，视之，亡夫也，大喊而醒。时桌上灯荧荧作青碧色，谯楼正交三鼓，儿索乳啼絮被中。始而骇，中而悲，继而大悔。一种儿女之情，不知销归何处。自此洗心涤虑，始为良家节妇。向使灶下不遇人声，帐中绝无噩梦，能保一生洁白，不贻地下人羞哉？"

请读者注意最后一句，为了"地下人"，年方十八九岁的寡妇，甫说去约会，就是想一想梦他一回男人，也自责得必须"洗心涤虑"，并表示今后什么也不想什么也不看了。连孟子都承认，"男女居室，人之大伦"。可后来偏偏不准寡妇再嫁，而且守节守到"不遇人声""绝无噩梦"的程度，这纯粹是把寡妇挂到墙上了。尤其是自我禁锢、自我压抑、自我大悔，让一位本来就不堪重负的弱女子终日里觉得愧得慌，并且时常的"耻"一下、"骇"一下、"悲"一次。于是自然的心态变得不自然了，正当的人生要求变得不正当了。真要是偷吃禁果，越了半步雷池，那更要惶惶不可终日。

352 所以寡妇活着，没有要求正常人生的权利，只有自己折磨自己的义务。上述所引的那段文字的主人，十几个春秋的"抚孤守节"，换来的是饱受精神创伤、临死前她直言同病相怜的姐妹："守寡两年，难言之矣！"并在弥留之际向女性们呼唤："倘不幸青年守寡，自量可守则守之。否则，上告尊长竟行改醮"。虽说她的呐喊以"自量可守则守"为铺垫，但毕竟明白表示寡妇有选择人生的权利、有改嫁的自由。这不能不说是大胆的宣言，也是失偶妇女摆脱精神压抑和心理变态的正确途径。

然而以几十年的苦与愁促成的觉醒者只是极少数的，更多的是用自己的青春、自己的灵魂、自己的肉体、自己的血泪去粉饰封建的"天理"。但屈从的结果，是完全放弃了人间的快乐。可是任何一个人，只要活着就会不停滞自己，张力总是存在的。有时道德的制约、精神的束缚取代不了"绣被冷如冰"的感觉和"孤灯独自眠"的清苦，就求助于五花八门的外力。于是滋生了种种的怪异与难以想象的畸变，在《志异续编》中记载了这么件事：

一位妇人年轻轻的就守寡了，她明确表示要矢志守节。此后人们发现，每晚夜深人静时她的屋中总传出铜钱落地的叮当声，然后便是好一阵的窸窸窣窣声。但早晨起来，寡妇房内一切如初并没有什么异常，而且左邻右舍都知道她一向坚守门户、洁身自好，找不出一点疏漏。可是数十年来，只要关门就寝，寡妇的屋内就有铜钱落地声。慢慢地大家也习以为常，她也在叮当声中进入了老年。后来她病倒了，并觉得不久于人世，便把子女亲属叫到病榻前。寡妇极力控制着自己，双手却不停地颤抖，她从枕畔摸出一百枚光亮如同镜子般的铜钱，向身边的人述说："这是帮我守节之物。自从丈夫死后，就觉得夜间难熬，翻来覆去的时候想到鲁国敬姜夫人说过的话：'捞则善，逸则淫'。于是每到天黑熄灯时，我就把这百枚铜钱撒抛在地，摸黑去拾，而且不捡齐了绝不睡觉。如果差一枚，也不懈怠自己，非找着不可。等把一百枚铜钱找齐了，力气耗尽了，精神也疲惫了，再上床就能安稳地睡到天明，不会胡思乱想，也不会感到孤寂难熬了。我每天夜晚都这样做，到现在已然度过六十余个春秋。虽又苦又累，自己折腾自己，可心中不敢愧对地下，这守节也算守到头了。"读者诸君，读到此你有何感触？两万多个夜晚，这位寡妇以撒拾铜钱消磨岁月，填补心灵的孤寂，从黑发到白发，没了人欲，只剩下所谓的"天理"，可这天理难容人之常情，更把人异化得怪诞不经。

这类例子在史册中也有记载。《明史》卷三百零一之《列女传》中有这么一段文字：成化年间，江西分宜有一易姓女，许给安福的王世昌为妻。未过门丈夫就已卧病在床，为了冲喜就匆匆嫁了过去。在丈夫弥留的十个多月里。她尽心服侍，衣不解带。世昌去世，她决心守节。三年后仍犹衣缟素不施粉黛。她的婆婆怜悯她的处境，劝她说："你还是个处女，这么能终身承受这种拖累呢？"谁知易氏听后，双膝跪地哭诉着："这是什么话！我父母把我许配给王家，终身是王家的媳妇，这是不能变的。"从此以后，她独居一座小楼，四十年足不出户，过着与世无争、与世隔绝的生活。易氏还把丈夫患病吐出的痰血等秽物收集起来，用一只布袋盛好，每晚当枕头放在脑后。她曾经解释说，这样做，一是心里有所慰藉，好像与丈夫厮守在一起，同时也是以此摆脱形单影孤之感；二是使得思想有了怵惕，宛如亡夫一直用眼盯着自己，也就可以坚定一辈子守寡的信心。果然易氏一直头枕秽物了其终生。

和前一个故事一样，尽管易氏采取的是无声无息的办法，但比起撒拾铜钱的肉体折磨更多了些心灵的战栗。以秽物做寄托，比起铜钱来，毛骨悚然之外，又增加了一层龌龊。可我们的女主人公却安之若素，处之泰然。她们的灵魂没有了，她们的感情消失了，只剩下扭曲的行为和变态的意念。中国的寡妇啊，已被封建礼教所毒害，更被世俗舆论壅塞了神智。一个"节"，一个"烈"，将活生生的失偶女性塑造成麻木不仁的"痴子"和冥顽不灵的"活鬼"。戴着无比沉重的精神枷锁，她们蹒跚于人世间。在留下一串串后人难以理解的歪歪斜斜的脚印之后，怀着满腔的苦楚默默地进入虚幻的"天堂"——那时是否精神得到解脱，只有她们自己知道。

封建社会还有一个严格的戒律，叫男女授受不亲。于是在男女大防的礼教下，又派生出若干法规，如"外内不共井，不共湢浴，不通寝席，不通乞假。男女不通衣裳。内言不出，外言不入。"你想，连语言、用水、沐浴都不能联系，"夫死不嫁""女子出门必拥蔽其面"更是理所当然。女性社会交往中在完全被隔绝的情况下，那些道学家见一封信，疑心是情书；闻一声笑，以为是怀春了；只要男人来访，就是情夫；为什么上公园呢？总该是"赴密约"。如此的氛围和如此的风气，使女性只有俯首帖耳的份了。而寡妇更不能心有他想。于是，千万失偶妇女除了为"清白"而活着，剩下的仅仅是小心防范，不苟言笑，闭门敛足，自生自灭。

明正统年间，浙江会稽有一对范氏姊妹，因都失去了丈夫，就一起回娘家守节。为躲闲言碎语，让人高筑围墙而居。院内有田十亩，水井一口，房三间。每逢耕耘及收获，二女之父便在墙根儿开一门洞，领佣人进去犁地锄草割稻。一俟劳作结束，其父把小门堵死，二姊妹自行汲水浇田，相依做饭。就这样，她俩一直自愿囚居达三十年。

还有一位昆山县的王女，被聘未婚，其夫便患病而亡。王女立即去婆家尽节，每日早晚先跪拜夫之灵位，然后就是侍奉婆母。事毕便把自己关在屋内，此外绝不见其他的人。即使最亲近的族人遣丫鬟问安，她也一一拒之门外。并且说："我这是按规矩办事，谢谢！"安陆县有姓陈女，嫁李某为妻，婚后不久，丈夫去世。她孑然一身回父母身边守寡，从此独居于一小楼，三十年从来不下楼一步。临终前告诉婢女："我死以后，千万注意，别让任何男人来搬我的身体。"说罢就昏厥过去，家人已忙乱，忘其嘱托，令家丁上楼抬尸。突然陈女又醒转过来，见有男人在旁，挣扎坐起，恼怒地说："刚才我是怎么吩咐的，为什么让男人来？"家中人大惊失色，赶紧让家丁下楼，她这时才瞑目而逝。还是在会稽，有一姓胡女子，出嫁前公公及夫兄遭难，丈夫亦被关押。后来丈夫出狱，却一直患病呕血。到胡女二十七岁时方与丈夫举行婚礼，谁知仅半年，其丈夫即逝。因夫家在胡女进门前后屡遭变故，竟有三人死亡，乡里村外便纷纷议论起来，说三道四者也不少。胡氏为表明心意，就剪断头发划破面皮，并且不见任何人。后来她晚年患病，家里人要请医生，她对父亲说："寡妇的手怎么能让外人看呢！"终于拒医而死。

这只是一些个别的事例，但已清晰地看到，在封建法规和节烈风俗的重压下，中国寡妇的漫漫人生实际上是在活地狱中挣扎。非人的约束，如履薄冰地度日，战战兢兢。做出怪异之举，是环境逼迫的结果。倘若亲人不能见谅，那寡妇的日子比受刑还甚。慈溪有一王姓女，是为冲喜才成为陈家妇的。当时她才十七岁，从结婚的第一天起，便没日没夜地照顾病中丈夫。谁知丈夫没福，很快死去。而婆母却怪罪王氏，说她不祥。于是两个小姑出面，整天无事生非恶语相加。先是以未行夫妇之礼做借口，逼其离家；然后用辛辣的闲话刺激王氏，让她出差错，好轰走了事。可王氏说："我进了夫家门，就是夫家人，绝不离开这里。"可为了保持"节操"，她剪发毁容，即使让她整天做丫鬟的活，也丝毫没有不满的表示。两位小姑一计不成又生二计，羞辱加抓脸，弄得王氏常血流满面。婆婆更损，强迫她睡在小姑床下的湿地上。王氏仍不道一句怨言，默默忍受。久而久之，她终因睡卧湿地而病入膏肓。可私下里王氏却庆幸自己："这回再也不能让我改嫁了！"这简直不仅是愚昧而且是任人宰割了。其实她的身心已完全受到封建理教的驯化，主动发起所有的人性要求，甘愿做"贞洁"的牺牲品。更惨的一件事，发生在宣城刘庆的妻子冯氏身上，她十九岁守寡，竟遭到妯娌们的妒忌。都是女人，却"窝里反"。这个说冯氏年少不能守志，那个讲"守节不是动嘴皮子，没有咬断铁钉的劲头当不了真寡妇！"刘庆的寡妻听到这些话，觉得有污自己的人品，就在一天把妯娌叫了去，当着她们的面把铁钉拔下来，用牙拼命咬，咬得嚯然有声，齿有齿痕。这还不算，冯氏又从自己胳膊上割下一块肉，拿那咬过的钉子钉在墙上，发誓说："如果我有非分的想法，这块肉比下贱的猪狗肉还不如。"于是平息了家人的疑虑讥讽，安心守节。伴随着怪异行为的是血泪，而血泪的背后是心灵的锈损。

笔者所举例的王氏、冯氏都曾被封建官吏称赞为"声教所被，廉耻之分明"的"盛行",是节妇烈女中的"佼佼者"。然而今天看来,她们既是受害的女性,又是让女性继续受害的"领头羊"。社会桎梏了她们,她们扭曲了自己。漫漫千年,悠悠百代,无数中国寡妇就在人性丧失、人性变态、人性关闭的状况下沉重地度日,无言地萎缩着自己的宝贵生命。

　　(本文源自与林纯业合著的《中国的寡妇》之部分章节,成一篇收入文集。)

趣词释读

中国文化博大精深，表现在言语上，蕴含丰富、指代奇谲、曲径通幽、绵里藏针，甚至话里有话，能在通常的话语中映射出趣味来。二十世纪末，曾参与对女性写作和妇女人生命运的研究。伏案之余，竟收集不少关乎男女、婚姻等的词语，做了一些故事性的释读，其中一部分还被"悄悄话"配图使用，反响还好。后来，记载这些内容的纸片置于一个大信封内，束之高阁。前不久，拿出来看，觉得有些意思，就边整理边输入电脑，也就有了下面的文字。

一

女娲造人

女娲是我国神话中一位非常奇特的女神。她能在共工和颛顼争夺帝位把天柱撞断的时候，炼五彩石补天，斩巨鳌的足去支撑倾斜的天地。同时，女娲抟土造人，还说她和伏羲婚配，成为中国式的夏娃亚当。也就是说除了开天辟地，女娲还是人类女性的祖先，也是后人性崇拜的神祇。在汉代的石雕砖刻上，有她和伏羲人首蛇身缠绕在一起交配的画面。

在女娲传说的故乡河南淮阳县，既有女娲庙，还有庙中的"摸儿洞"。千百年来，不少祈求子女的妇女把庙墙上的一个二十几厘米的"摸儿洞"摸得黑黝光亮，典型地传导出人们对生儿育女的幸福企盼。

当地还卖一种以连体的狗为主要造型的泥偶。这种民间工艺品往往是头分左右，屁股相连，据说暗示性交，是女娲伏羲缠绕在一起的一种通俗的艺术变形。

女娲造人的传说，记载着古代女性原始社会的历史烙印。并在不断演进中，增加了性的内涵，成为百姓供奉的生育神之一，是古代性文化的重要元素。

家

"家"字是"门"底下有"豕"，也就是猪。可见家最初含义是以家畜的饲养、猪羊的多少表示生活的富裕程度。后来人们认识到，"家"是居住场所，而且男女结合之后"交复深屋"，才能人丁兴旺、传宗接代。于是这个"家"是夫妻组成的家庭，要有性生活，要生儿育女。而且四世同堂五十聚居，才显得人气旺盛日子红火。所以，"家"也成为人生的追求。《国语》曾说，无家之女为"疲女"。《离骚》认为，男人贪欲奢侈也不利于家庭。足见"家"在人们心中的地位，既要和谐又应健康。

家庭是社会的细胞，我国在传统上又极重视家与国的关系。在治国方略上，提倡"齐家治国平天下"，把家庭和睦与国家的繁荣密切联系。同时，也把国家的安定和家庭的幸福视为一体。所以，古人强调"治大国若烹小鲜""忧国如家""家和万事兴"。至今在歌曲中还有"保家卫国""好大一个家""有国才有家"等等爱国爱家的歌词陶冶着我们。

家的主体主要是夫妻，夫妻之间在维系家庭运转时起关键作用。不仅其中要有爱情，有和谐的性生活，还要好好过日子，过好日子。只有家庭美满，人生才能扬帆远航。

男女

男，本指男人；女，指女性。两个字连一块，在古代汉语里就有了男女之情的内涵。《易经》中明确地说："有男女然后有夫妇"。

359

男女也被称之为"一阴一阳之谓道"。同时古人认为,"男正乎于外,女正乎于内"。男女在一起时,"男根女阴交媾"是自然而正常的事。所以,古人是真挚坦诚地对待男女间的性生活的,并非都像宋代程朱理学主张的"存天理,灭人欲",那么没人性。

先民在内蒙古的阴山画有许多岩画,其中有男女性交、嬉戏的情景,还画有感生脚印和求孕的舞蹈场面。在《周礼》这本书的《地官·媒氏》一节还规定了"男三十而娶,女二十而嫁",并且明确地指出,夫妻间如果性生活不和谐,"不但有损于男子,亦害女人"。可见古人对性的认识有极为深刻和健康的一面。

总之,"男女"作为独立的词使用,原是指男女结合,行夫妻之事,乐内室之乐。后来,有了男女私情的含义,但是并没说男女在干什么。所以,男女一词还显示出某些羞涩,给人以遐想的空间。也许这之中已有了贬义。《水浒》里的武松骂西门庆、潘金莲偷情,张口"狗男女",闭口"淫夫荡妇",更充满着愤怒和斥责。不过一般情况下,"男女"一词还是具有含蓄性的,比现代白话文的"男女关系"一词要收敛,而且不那么直白。

龙凤

龙和凤都是华夏文明的艺术结晶,起源于先民的动物崇拜。龙的初始形象是蛇,凤的雏形来自鸟类。后来经过不断的想象,加工创造,塑造成龙和凤。凤是雄性,凰才是雌性,可是在古老中国的性别图腾上,龙凤合在一起时,龙就代表着男性,凤就寓示着女性。

在民族大家庭的共同审美下,几乎每个民族都有关于龙和凤的优美传说。几千年来,人们创造出丰富多彩的龙凤图案,生动地装点着生活。尤其是皇宫内苑,帝为龙后为凤已成定制,不管怎样改朝换代,凡属皇权的地方都突出着龙的形象,显示着凤的仪态。

龙为皇家专用,凤还不那么严格。因此,民间妇女常用凤的各种动人的造型和图案打扮自己。尤其是头上的凤钗,腰上的凤带与长短不一的凤裙,更是出嫁女性首选的服饰。如今,在许多民族的节日及喜宴上,还经常看到身穿凤图案的盛装妇女,表达着她们对古老华夏文明的新继承。

一般来讲，龙凤图案在一起时，总是龙在上凤在下。但在慈禧的墓地有一块巨大的石雕，却是凤翔龙上。这从一个侧面反映出这位封建末代女皇的人生个性，和她对自身地位的一种彰显。

秦晋之好

人们常用"秦晋之好"祝福喜结良缘的新婚夫妇和因婚联姻的儿女亲家。"秦晋之好"也简称做"秦晋"，是说春秋时期，秦国与晋国两诸侯之间世为婚姻。因此，后人称两家结亲为互结"秦晋"。

当时是秦穆公娶了晋太子申生的妹妹为妻，不久申生遭到晋献公的宠妾骊姬的谗害，被逼自杀。申生的兄弟重耳和夷吾便逃离了晋国，过起了隐居生活。后来夷吾回到晋国做了国君，他的儿子圉又娶了秦王的宗女怀嬴为妻。几年后晋国大乱，重耳又到秦国避难。秦穆公下令让圉的妻子改嫁重耳。这样一来，侄媳怀嬴又变成伯叔公的夫人。可见，互结秦晋其实是典型的政治婚姻。果然，在秦的支持下，重耳最终返回晋国一展霸业，他就是历史上赫赫有名的晋文公。

也许历史故事是为胜利者唱赞歌的。所以，秦晋之间的政治联姻到了民间就更增添了许多美好，大家便在求婚和结亲时把"秦晋之好"作为一种充满吉祥的祝愿语，频频使用在传奇小说和戏曲演唱中，在百姓的喜礼宴庆上更是广泛流行至今。这也说明了历史典故的民俗化，成语有着极强的生命力，扩充了语言的内涵。

二

阴阳石

中国古代先民认为生育是非常神秘的事。由于生存环境恶劣艰苦，人的平均寿命又低，于是家族的兴旺、人丁的繁衍就要依赖多生多育。为了早生多生求助神灵，形成生殖崇拜。

生殖崇拜常表现在生殖器崇拜上。大千世界，尤其是鬼斧神工的山林里，有许多凸起和凹陷的石柱、山洞，有的极像男女生殖器。在广东丹霞山就有被称作阳元石、阴元石的自然景观。阳元石是一个巨大的龟头形石柱，因形态类似男性的阴茎而得名。与之相对的原本是个洞口狭长的山洞，因外形很像女性的阴户，所以叫阴元石。原本是大自然的造化之功，但人们在崇拜中予以想象，把阳元石说成吕洞宾在风流快活时，经常把自己的阳具化成黄莺鸟。谁知有一天，一位仙女抓住了这只黄莺鸟，并在观世音菩萨的帮助下让黄莺变成了石柱，落脚在人烟罕至的深山之中。吕洞宾受到了惩罚，阳元石却成为百姓崇拜的对象。

这个传说使自然景观有了社会内容，并借神仙故事增添了许多人生的告诫和生活的遐想。例如，江西鹰潭的阴阳石就叫金枪峰和羞女岩，既表达男子的阳刚之美又描述出女性的温柔羞涩。阴阳石世界各地都有，在我国更以人文积淀显得多姿多彩。那些在阴阳石前供奉香火的痕迹，叙说着它古老的历史，留下了斑斓的风土人情。

通情

在古代中国，男女相悦，甚至经过接触而成为夫妻的不在少数。当然，两相爱慕并喜结连理，更多的是在社会的中下层。那时对男女相恋一般不用"相爱"一词，而常以"通情"代之。

唐朝代宗年间，有位晁采姑娘，幼时曾与邻居家名叫文茂的男孩一起玩耍。后来两人年龄渐大，虽不能像孩提时互相嬉戏，却也经常寄诗以"通情"，甚至有时还夜间幽会。时间一长，晁采的母亲知道女儿已私下和文茂订了终身，不仅没有生气，反而说"才子佳人自应如此"，并主动张罗让晁采嫁给了"通情"已久的文茂。

"爱情"强调了一个"爱"字，而"通情"除了因情而生爱意，还讲究男女间的相互交往。所以，在《幽明录》和《唐传奇》里记载了更为有趣的"通情"故事：买粉娶妻。说的是一个小伙子到集市上买东西，见街角一间铺面的柜台里站着一位清秀的姑娘在卖胡粉，也就是出售西域化妆品。为了多见几次这位姑娘，小伙几乎每到集日就去买胡粉。姑娘开始觉得有些奇怪，不久便明白了小伙的通情之意。她故意弄些面粉充当化妆的胡粉卖给小伙，小伙也心甘情愿地接受。一天，姑娘问小伙："君买此粉，将欲何施？"小伙回答："通情相悦"，又不敢唐突，"故借此以观姿耳"。姑娘为小伙的痴情所感动，便答应与之相爱，并终成眷属。

喜神

在我国古代，常有依据生活需求而供奉的民间神祇，被大众所欢迎，又只在心中祝福的是喜神。喜神也叫吉神，老百姓遇到高兴的事，或祈求好事降临，就拜上一拜。

在北方，新春岁初第一天，各家各户都要聚在一起，于黎明之时向算命先生所推定的方位拜喜神，嘴里还要念叨着：敬迎喜神，大吉大利，更祝孩子个个长命百岁。有的人还要和朋友一起走喜，希望在路上能碰上喜庆的事，以祈祷新的一年事事顺心。如果看到喜鹊登枝，就高兴得欢呼雀跃，心情也十分痛快。

拜喜神在婚礼中更为重要。要预先请人确定时辰方位，如"甲巳日，寅时，位在艮方"。

等到花轿来了，在新娘上了花轿之后，轿口要对准东北方向静待一刻钟。这就是在迎谢喜神，祝人生幸福，夫妻好合。而只有在谢过喜神之后，才能起轿抬往新郎家中。

清朝乾隆皇帝推崇喜神，那时的拜喜神的风俗也最为炽烈。到现在，人们只是在节庆日互相问候的时候道一道喜。有的人家，在春节到来之际，用红纸写上"抬头见喜"，贴在院中房内显眼的地方，以表示对幸福生活的祝愿和企盼。

尤物

尤物原指非常突出的人，《庄子·徐无鬼》篇就有"夫子，物之尤也"这样的话。后来"尤物"一词就专指漂亮女性，而且强调女人是男权社会的财产属性。古代社会自进入男子为中心以后，女性一直被视为战利品和财宝，而为胜利者和强权者所占有。春秋战国，你伐我讨，战败国从君主的妻妾婢女到普通百姓的妻子女儿都会成为战胜国掠夺的对象。三国时的曹操就曾在打败袁绍之后，把袁绍的儿媳甄氏分配给儿子曹丕，还引得曹植写了一篇《洛神赋》流传至今。

由于"尤物"不仅是男子的财产，还可以供人向外界炫耀。于是又要求女性色艺双全，脸蛋腰身要出色，弹唱歌舞也须出众。然而战争中总有胜负，色艺双全的"尤物"往往又成了亡国的借口。像妲己淫乱纣王而亡了商朝，杨贵妃妖冶狐媚而毁了唐明皇等等，都是历史上著名的所谓美女误国的例子。

封建意识顽固流传，使"尤物"在民间俗语中被"狐狸精"一词所取代。女人既然成了狐狸精，明明是男人花心，也找到掩饰浪荡行为的借口。唐朝的元稹写《会真记》，也就是崔莺莺的故事中，就坚持了"凡尤物不妖其身，必妖于人"的蔑视女性的观念，在剧中张生无情地抛弃了崔莺莺。这种描写后来受到同情女性的王实甫的批评。所以在他写的《西厢记》中，视女性为"尤物"的意识被极大削弱。到今天，"尤物"一词因含有对女性的歧视，已从日常用语中退出，只是在某些文学作品中还偶然一见。

丰乳肥臀

当代作家莫言曾以《丰乳肥臀》作为他创作的一部长篇小说的书名，为此还引发一场热闹的讨论。其实，以乳房丰满屁股肥大来评判女人是否美和健康是个古老的话题，甚至在很长时间内，人们普遍认为丰乳肥臀是上天对优秀女性的恩赐。在先民的各种崇拜当中，生殖崇拜是最自然也最原始的。人类要繁衍，就要做爱、怀孕、生孩子。先民相信臀肥乳丰是"宜男之相"，适合男人需要，既从形体上吸引男性，又能哺育出健壮的后代。所以，丰满的乳房和肥大的屁股一直成为民间选择媳妇的标准。至今，一些农村仍以乳大臀宽去相对象，反把脸蛋漂不漂亮放在一边。

当然在盼望女性丰乳肥臀的同时，古代先民对男性的生殖力也做了细致观察，认为有着巨大阴茎也就是阳具坚挺的男子生命力旺盛，也最能传宗接代。于是古人由重视到敬仰，并像崇拜神祇一样的崇拜丰乳肥臀和巨大的阴茎。前不久考古发掘出的古代先民制造的陶制器中，代表红山文化的巨乳女陶俑，以及阳具突出阴茎巨大的男陶俑，都形象地表现着古人的性崇拜和对生育的理解。某些观念，如重视孕育能力轻视爱情和婚姻质量等等，到现在还有若明若暗的影响。而探求丰乳肥臀的历史演变，已成为性文化研究中一个既重要又有特色的内容。

三

沉鱼落雁　闭月羞花

汉语言中常有以此褒彼、借物反衬的形容手法：描绘女性的姿色，不是说她本人如何美貌，而是写多彩的花鸟都自愧弗如，甘拜下风，不敢和貌美的女子待在一起，怕被比丑了。这就把女人的格外漂亮更加鲜明地凸显出来。

用"沉鱼落雁"和"闭月羞花"来形容女性之美，即美女袅娜而过，鱼就沉入深水，雁便藏在草丛，月亮躲到云后，鲜花也羞答答不好意思盛开。于是女人的靓丽、惊艳四方的样子就神情毕现了。在汉语言里，这种借此衬彼写美的极致早在《庄子·齐物篇》中就有类似描绘：一位叫毛嫱的姑娘，"人之所美也""鱼见之深入""鸟见之高飞""麋鹿见之立即站住不敢正视"。女孩子的美丽连可爱的动物都如此羡慕和惊愕，这比直接写她们的漂亮要生动得多。后来，又传说西施在溪边浣纱，鱼都惊叹其美；貂蝉晚上在花园里焚香拜月，月亮竟躲避在云彩中不好意思和她见面。于是，"沉鱼落雁""闭月羞花"便成为赞扬女性之美的首选之词。尤其是戏曲和小说，描写女性美貌常常用上这两个成语。

然而，正像巴尔扎克老人所言，第一次说女人靓丽很新鲜，反复用就有点俗，还有些滥。原本挺不错的写女性美得"沉鱼落雁""闭月羞花"两个成语，现在变成了旧词陈言，已从当代语境中退了出去，很少有人用了。

秀色可餐

秀色可餐，直白的解释就是说美色可吃。什么东西一美轮美奂，那味道便好极了，还色香味俱全，能观之品之。这就引发出一个问题，美和吃的关系。难道美的标准要依靠嘴的口感？其实，以色香味来辨别美丑是个很古老的思想。美字本身就是由"大"和"羊"组成的，即"羊大为美"。

这原本也符合美学的实践精神。俗话说"民以食为天"，肚子饱了，生活好了，才有基础去审美。至于"秀色可餐"用来指妇女的容颜之美，美得让人垂涎欲滴流口水，显然是把漂亮当作能舒舒服服吃在嘴里的美味。这一方面表现出某些男子的没出息，见到容貌出众的美女想一口吞下；另一方面又说明，传统美学往往从"七情六欲"出发，过于侧重直接的感受。晋代的文豪陆机，描写日出映照着的山川，说美得像女人的肌肤，而且"鲜肤一何润，秀色若可餐"。不单单对漂亮的女子要吃一口，连青山绿水也要尝尝鲜。可见美在古人心中极重视口感、快感，把对美的欣赏跟享用、把玩紧紧连在一起。

因此，在古典长篇小说《镜花缘》第六十六回有这样的描写：一群玉女少妇走过来，便觉得"那娉婷妩媚之中，无不带一团书卷秀气，虽非国色天香，却是斌斌儒雅""观之真可忘饥"。看见美女便忘掉饥饿，娶了天仙般的姑娘就一辈子不吃饭，这当然是笑谈。可是把女性之美和胃口密切相连，多少反映了传统美学的过于实用，审美的精神层面反倒被冲淡了。

红豆

红豆也称相思豆，长在相思树上。说起相思树，源自一个凄婉的故事：战国时，秦国强盛，魏国要抵御秦的入侵就不断从民间征兵。一位年轻的妻子天天盼望和秦军交战的丈夫快点回家。不料却苦等不归，想念中便病死了。不久在她的坟头上长出一棵树，令人惊奇的是，树叶倒向一边，齐刷刷地冲着丈夫戍边的方向，还重重叠叠伸过去，像是向丈夫招手。人们就管这种树叫相思树，也有了

"南有相思木，合影复同心"的诗句。

由相思树而相思豆，加上相思豆坚硬圆润又呈现红色，于是红豆比相思树更受到相思男女、情人和夫妻的喜爱，和红豆有关的故事也日益增多。唐朝诗人王维的《相思》诗"红豆生南国，春来发几枝。愿君多采撷，此物最相思"流传至今，每每读后都像李白说的"长相思，催心肝"。当代作家宗璞更是以小说《红豆》让我们领略了世态炎凉中的感情变故，患难中的爱恨交织。到现在，恋人之间、夫妇之间还常以红豆示爱，来纪念刻骨铭心的情感流露和心路历程。

其实，情人节不一定非随着洋人的习惯送玫瑰鲜花，不如给心上的人送一粒红豆，既表达出自己心中的爱，而红豆也能长久保存，充分显示出历史悠久的中国气派、中国风俗。

红袖

中国修辞中常有指此说彼的借代手法，像以"它山之石"表示"借助别人的经验"，以某人的"胃口不错"来说明"能吃"等，都算一种借代的用法。"红袖"一词原指女人身穿艳丽的红衣，在走动时衣袖飞扬娉娉袅袅煞是好看的样子。所以，古诗里有"声发金石媚笙簧，罗襦徐转红袖扬"的句子。因为年轻貌美的女子爱红装，红袖也由此而专指漂亮女性。

衣袖又连着手，手又能显示女人的巧和媚，也就能联想到风姿、风韵、风情。因此，借手来描绘女性的诗也很不少。最著名的是陆游的《钗头凤》："红酥手，黄滕酒，满城春色宫墙柳"，至今脍炙人口。在《孔雀东南飞》中，描绘刘兰芝的美貌、清秀、温柔，着意描绘她的手"指若削葱根"，也就是"纤纤玉手"，叫人着迷。注重女人的手，是和古代女人只能露出手，并常缝衣做饭密切相关。所以看手就能意识到女人的存在，红袖就更衬托出女性的魅力了。

对在灯下苦读书的男人来说，夜深人静时一心向往的是有女子陪伴。古诗由此诞生名句"红袖添香夜读书"。大诗人白居易推而广之，连喝酒吃饭也希望美丽女子待在身旁。他写道："今夜还先醉，应烦红袖扶",也就是酒喝多了站不稳了,请美女来搀扶。这种描写在白话小说里不单多起来,还写得很直接,如"红袖在我面前一展,我顺眼向里望去,隐约见到了肩头"等等。今天一些人喝酒赴宴常让小姐相陪,也就把古人的含蓄变成了露骨,甚至走向了丑恶。

花黄与黄花

"当窗理云鬓,对镜贴花黄",这是《木兰诗》写花木兰解甲归田后的情景:窗下铜镜前梳完头,正往脸上贴着用黄纸剪成的花饰,比起在战场上男扮女装叱咤风云的样子,恢复女儿家模样的花木兰更多了几分姑娘的娇美和东方女性的柔情。这里的"贴花黄",是中国古代妇女常用的一种化妆方式:用金黄色的纸剪成星、月、花、鸟等形状贴在自己脸上。据说最初是为了让花黄遮挡一下脸上的青春痘,也有的是为了借此引起别人的注意。古人很讲究"女为悦己者容",也就是为爱着的人把自己打扮得更靓丽。

把"花黄"两个字颠倒一下变成"黄花",含义就不一样了。俗称没结婚的女孩子为黄花闺女,这里的黄花原本指的是菊花。菊花开在秋天,而秋令在金,即所谓的金秋。同时黄色是土地之色,又是"五色土"居正中的颜色。古人很崇尚黄色的尊贵,并把黄色专给皇帝使用。

用黄花描述女性的处女状态,是说姑娘还未做妻子,正值青春灿烂,像待开垦的土地,会在上面结出硕果。有的地方把金针菜也称作黄花,而含苞未开的黄花属于上品,这又预示着女儿家的本色。这也就不难理解为什么婚前的女孩或自称或别称做"黄花大闺女"了。有人也以黄花闺女暗指女孩有完好的处女膜,没和男人发生性关系。这种以黄花姑娘强调女性是处女的意识,实际是男性社会对未嫁女孩的一种角色判定。推而广之,有些地方把没和女人发生过性行为的年轻小伙叫作"黄花后生"。"黄花"也就是指没有性经历的青年男女了。

花柳

以花儿来形容女性,说女人打扮自己要戴花,女人貌美像一枝花，这古已有之。其袅袅婷婷的体态腰身也被写成如垂垂柳枝那样婀娜多姿。古诗词中常以如花似柳来刻画女性，并留下"青归柳叶新""春风桃李为谁容"等等名句。后来随着人们在叙述中语言的指陈借代，"花柳"一词在添字改意中出现了多种话语意象。

例如"残花败柳"是指女性青春已过，不再靓丽，有的更借此词表明已被男性凌辱过。还有用"花街柳巷"来指妓女云集之地，并以"花柳病"说某人因为不洁的性行为染上了性病。当然更多的是通过花香柳绿、柳暗花明来抒写春意盎然和景色宜人，描绘女性的秀美和妩媚。无论是"春未老，风细柳斜斜"，还是"梨花院落溶溶月，柳絮池塘淡淡风"都给我们以幽远的意境。可以说"花柳"一词是一扇文化窗口，从中可以看到汉语言的丰富多彩和无穷魅力。

东床

据传王羲之年轻时，一天正在屋中露着肚子大睡，碰巧太傅郗公派人来相亲。未来的岳父问媒人，我将来的女婿是哪一个？媒人回答，王府的小伙子都衣冠楚楚的，争当郗家的女婿，却只有一个人在东床之上袒胸露腹地睡大觉。郗太傅立即说，这就是我的女婿！王羲之就这样以他的真诚洒脱做了郗府的乘龙快婿。后来这则趣事四处流传，加上王羲之在书法上的成就越来越大，"东床"也就成了女婿的代名词。再后来"东床"和美少年联在一起，又称之为"东床娇婿"。在白话小说里，"东床"又有了一层暧昧，含有娇婿少年风流的意思。到了《秦香莲》一剧，包公在审陈世美时，责骂这个负心人为了当驸马爷做皇帝的东床娇婿，竟然"杀妻灭子良心丧"。于是"东床"又有了一丝贬意。

看来从古至今，男人都要做女婿，可女婿也各种各样。大多数称职，也有攀女方高枝儿，不是为了钱就是为了权的。鲁迅曾说这种人叫攀龙附凤，拿"东床"当敲门砖，为了自己的私欲把妻子视为往上爬的垫脚石。而一些文艺作品在描绘这种人时，也对"东床"做了性的刻画，把王羲之的坦荡潇洒蜕变成人格的鄙琐和委顿，"东床"原有的含意也就多少变了味儿。

369

白马王子

问那些好想好想恋爱的女孩，梦中伴侣是什么样子？差不多都
会回答，希望是位白马王子。

白马王子给人以潇洒华贵、英俊神秘的印象，还从他为寻找心
爱的姑娘骑着白马飞奔的矫健身姿上传导出浪漫的遐想。其实这也
不奇怪，因为白马王子的形象来源于德国的格林童话"七个小矮人"
的故事，并依托美国动画片《白雪公主》而成为全球家喻户晓的
人物。

生活因艺术而丰富，艺术凭借生活而拓展。经过时间的洗礼、
文化积淀和人生选择，《白雪公主》里恶毒的王后和美丽的公主似乎
被淡忘，因为她们的矛盾与爱情无关。而白马王子却从童话故事中
走出来，进入人们的日常生活，成为爱情的一种参照，而且具有择
偶的认同性。如身材挺拔、富有教养、风度翩翩等等，也就是把白
马王子视作青春的体现、理想的追求。

然而正像一百个人读《红楼梦》，就有一百个不同的贾宝玉一
样，白马王子在每位梦想爱情的姑娘心中也千姿百态、性格各异。
虽说在爱情的实践过程中，白马王子身上的光环被不断务实的人生
需求所取代，但对俊男靓女而言，浪漫情感中的白马王子将会成为
一种美好的记忆。

四

媒氏

男婚女嫁的牵线人叫媒人。媒人在远古的周代是官办的，称为
媒氏。媒氏的首要职责是"掌万民之判"，"判"在这里就是"半"
的意思。单身男女只是家的一半，夫唱妻随才是完整的社会单位。
所以我国一直提倡"齐家治天下"。当时的媒氏不仅要为结婚者做
媒，还要把进入成年的男女姓名及出生日期都一一记录下来，必须
在男三十岁女二十岁之前让他们都能男娶女嫁。如果男子失妻成了

鳏夫，女子丧夫成为寡妇，媒氏不单要记录在案，还应想方设法让鳏夫娶妻寡妇改嫁，这在当时称作"合独"。

每当一年的阴历二月，媒氏要按惯例召集到婚配年龄的未婚男女相会交友，以便男子能选中妻子，女性能相中丈夫。在这时候，男女私订终身或发生性关系都不算过错，甚至还鼓励。要是无故不服从媒氏的管理，或者没任何理由拒绝参加阴历二月的男女相会，就要受到惩罚。

当时的社会对媒氏组织的春交活动十分重视，认为未婚青年男女能自由交往有利于婚姻和顺家庭和谐。《诗经》中的《郑风》就描述了青年男女夜间相会一起说笑，还"赠之以芍药"的欢乐情景。

俪皮为礼

人类要繁衍，就要男女结合。古人很早就意识到嫁娶的重要，并在伏羲时代就有了兽皮定妻的规定。这就是《通典》上说的"伏羲氏制嫁娶，以俪皮为礼"。俪皮就是鹿皮，当时要娶某女为妻，须送两张鹿皮。

后来随着礼制的完善，男婚女嫁要有"六礼"，也就是俗话说的先提亲再说媒，然后择吉日定亲，向女方送去聘礼，确定结婚日期和到时隆重迎娶等几个相互衔接的环节，即《礼记》中所规定的"纳彩、问名、纳吉、纳征、请期和亲迎"。而且这六礼在实行中都要有相应的礼仪和礼物，同时无论官家还是百姓都要像过节一样办得喜气洋洋。

古代六礼比较侧重于求婚订婚，到了唐宋时期，人们更加关注的是迎亲和婚礼，并且在装点洞房、花轿迎娶、新娘进门跨马鞍、坐喜帐、小两口牵巾拜堂、拜后喝交杯酒等仪式上很下功夫，甚至在进入洞房又经过闹喜之后，才算完成整个婚礼过程。

古人的婚礼至今还影响着我们，虽然在民俗上还有各种表现，但已简化仅保留了订婚和迎亲。而且到了现代，只注意恋爱后的领结婚证和举办婚礼上。随着观念的改变，人们虽格外喜欢婚礼，但提倡个性和节俭，不再一味地追求奢华之风了。

燕尔新婚

一对新人拜堂成亲，主持人常常用"燕尔新婚"来热情赞美。其实燕尔新婚一词在两千多年前的《诗经》里写作"宴"尔新"昏"。即以宴会之"宴"和头脑发昏的"昏"表明夫妻间出了问题，要弃旧再娶。后来人们反其意用之，以结婚的婚换掉了昏暗的昏，以美丽的燕子（古文里宴燕互通）取代了宴席的宴。于是在大戏剧家王实甫的《西厢记》里就有了"婚姻自有成，新婚燕尔安排定"的名句。

燕子也象征着夫妻和美。晋代田园诗人陶渊明描写燕子，"翩翩新来燕，双双入我庐"。宋朝大诗人苏东坡把燕子飞来飞去描绘成一幅画，他写道："花褪残红青杏小，燕子来时，绿水人家绕。"你看，"在花刚刚开过，青杏还小的时候，燕子飞来，使绿水青屋更添了勃勃生机"，这是多么的优美和惬意！

小燕子小像一个个小精灵，在蓝天白云间比翼齐飞，在红墙灰瓦的屋檐下结伴做窝。这怎么能不引起大家美的联想和幸福的祝愿？因此，燕尔新婚就不只是对婚姻者的赞美，还应该包含对一生百年之好的期盼。所以，在百姓的喜歌里会这样祝福：燕双飞，夫妻好，家和万事兴，日子节节高。

洞房

洞房是新郎新娘结婚第一夜住的新房。为什么把新房叫洞房？这和"洞"字含有深透、明澈的意思密切相关。

人类早期的居住地是山洞。山洞能存食物避风雨，还促成男女结合，过日子，生儿女，繁衍生息。山洞能留下美好的记忆，还保护着人自身的安全。古代先民崇拜山洞，不少壁画岩画都生动记录了这一点。我国的道教也很重视并推崇山洞，把许多秀美的山洞称作"十大洞天，三十六小洞天，七十二福地"，也就是人们常说的洞天福地。《西游记》中的孙悟空称大圣时，住在水帘洞，《八仙过海》中的吕洞宾也住在祥云缭绕的紫气峰荆山洞。洞能成仙，这是多么令人陶醉的地方！所以，称新婚之房为洞房，不仅包含着对新人的祝愿，还预示着婚后生活别有洞天，掀开了人生崭新的一页。

洞房还是一种象征，暗示新婚男女幸福做爱，享受飘飘欲仙的滋味。自古至今，大家都重视洞房的布置，铺新床，点红烛，挂宫灯，连窗帘帐子都弄得喜气洋洋。唐诗就有"洞房昨夜停红烛，待晓堂前拜舅姑"的名句。宋朝诗人洪迈把拜堂成亲入洞房视为人生大喜事之一，写下了"久旱逢甘雨，他乡遇故知。洞房花烛夜，金榜题名时"的千古传唱，把考举人中状元和入洞房相提并论。

今天时代变了，生活绚丽多彩，洞房也不都是自己盖自己粉刷，住在宾馆里也很惬意。

交欢

交欢，是古代中国常用于性活动的一个词。"交"有接触，还有"天地万物通"和"造化合元符，交媾腾精魂"的意思。男女交合，结孕生子，也属于"交"的范围。所以，新婚礼俗中，新郎新娘对饮便叫作"喝交杯酒"。

虽然古人对性的科学认知是逐步深入的，有时在认识上也有误区。但是对性爱，不仅意识到男女结合是为了组织家庭，繁衍后代，还能准确理解性交本身也是一种愉悦。因此是"交欢"，而不是简单的"交媾"。

"交欢"一词还深入到生活中，"春宫画"里就有"交欢图"，丈夫和妻子搂在一起满脸喜色。尤其是民间俗曲和白话小说，更时隐时现地把夫妻生活、男女做爱描绘为一种快乐。像古典文学《游仙窟》里，少府和十娘在夜里"情来不自禁"之后，感到"人生聚散""未尽欢娱"，显然是内心希望获得长久的愉悦。而不少作品包括《乔太守乱点鸳鸯谱》等也都生动描绘了"交欢"是"男女相悦之快事"。总之，中国古代在性的问题上，还是能在一定条件下抛开礼教的束缚，有着较为正确的认识，并把它反映在文艺作品中。

验红

传统婚俗有"验红"一说。即在洞房之夜的第二天，要查验新娘在性交以后，是否有血痕留在准备好的白绸巾上，借此来判定要来的新媳妇是不是处女。

古代社会对人的生理的认识常常是不全面的，过分强调了女性的标志就是处女膜的完好。而丈夫娶妻，又多以男方家族添丁进口、传宗接代为目的，要求新婚女性不仅要能怀孕生子，还应该承担血脉纯正的责任。同时，礼教又偏执地认为，女子的贞节是对夫家尊严的维护。而印证新娘操守的，首先就是把完好的处女膜交给新婚的丈夫。于是新婚"验红"成为专门针对女性，并含有特别歧视的陋习。某些大户人家常指派请来的"喜婆"，即"全合人"去问婚后的新娘"见没见红"；有的还要把带血痕的白绸巾在亲朋中传看。也有些地方的习俗，是在新娘"回门"时，经由岳母或女方亲属来"验红"。

其实，处女膜只是女性成长阶段的一种生理表征，是否完整也和初次性交没有唯一绝对的关系。爱情的纯真和怀孕生育更与处女膜是否完好没有必然联系。随着社会的进步，男女权利的平等，以男性为中心的"处女膜情结"在今天已成为一个过时和落后的观念，"验红"的陋习更被现代婚俗所摒弃。

房中术

房中术是中国古代典型的性学词汇。作为思维观念，是指夫妻间的性生活要讲究一定的方式，遵循一定的理念。同时房中术又泛指性的实践，是描述性技巧、性生理和讲解男女养生等书籍的统称。

今天，以现代意识看古代房中术，其中不少内容和看法是符合健康性生活原则的。如主张男女欢爱，强调性高潮，并认为房中术和家庭和谐、生儿育女密切相关。此外，房中术也承担了指导青年男女顺利做爱、普及并提高性行为的职责，对性的某些认识甚至走在了那一历史时期世界的前列。

但是由于房中术未能较系统地建立在科学的基础上，加之道家思想"采阴补阳"学说和传统的性神秘思维的介入，使房中术成为非常杂乱的文化遗存，记载并用春宫画描绘了性的种种言论和形态，甚至表现了开放的一面。可是有许许多多糟粕的东西，特别是对女性的不尊重和性歧视，使房中术也误导着人们的生活。

随着社会的发展进步，大家对性的认识已越来越深入，对古代中国的房中术也有了更为辩证、更为深刻的分析。其中有益的，体现古代性文化内涵的部分已整理归纳并系统地介绍出来，成为中国传统文化一个独特的组成部分。

鸳鸯戏水

深受大众喜爱的鸳鸯个头比鸭子略小，雌性多为苍褐色，雄性却羽毛艳丽。鸳鸯常成双成对在水中嬉戏，古人很早就借此来比喻夫妻关系的美满融洽。千百年来，不仅流传着"鸳鸯荡漾双双翅，杨柳交加万万条"的动人诗句，还以"鸳鸯戏水夫妻恩爱"的吉祥话儿表达老百姓对夫妇百年好合的衷心祝福。

鸳鸯戏水还被设计成丰富多彩而又栩栩如生的图案、花纹，用在新房和喜床上。我国民间已习惯用鸳鸯帐和鸳鸯枕来装饰卧室，更把绣有鸳鸯戏水图的枕巾、床罩、门帘、窗花作为新婚和乔迁的贺礼。文人雅士也热衷于作鸳鸯诗和鸳鸯画，以表达他们的情趣和对甜美生活的忆念。

以鸳鸯戏水为题材的各种绘画还广泛出现在扇面、年画和陶瓷制品上。在约定俗成中，人们都能从中体味出婚姻与性的含义。特别是"鸳鸯荷花"图，表达了纯洁与吉祥，又象征夫妻和睦、美满、幸福。无论内地还是海外，只要有华人的地方，都能看到鸳鸯戏水、鸳鸯荷花，这也生动说明了炎黄子孙的文化渊源和趋同特征。

比翼鸟

在古代语汇中，常以奇特的物象比喻社会情景，并传导出感人的情怀。如用"千里眼"说明洞察一切，以"大鹏展翅"表达志向的高远，将"玉宇琼楼"描绘人间胜景等等，都于其中展示出浪漫和美的遐想。尤其对真挚的情恋，更以"海枯石烂心不变"强调永恒的爱意。有人说爱使人变得聪明，爱情的语言更因此而丰富多彩出神入化。像民间诗歌，说一对青年男女各捏一个泥人，然后"打碎重新和过"，再捏出俩泥人。于是"你中有我，我中有你"。这就

375

把两个人的相爱如同一颗心在跳动活灵活现地表现了出来。

同时，生动的比拟也让爱的物象更加巧妙和深刻。例如"比翼鸟"传流千年至今，已成为鲜明的爱情象征，不仅白居易有"在天愿做比翼鸟，在地愿做连理枝"的千古名句，而且各朝各代的文人墨客都有"比翼鸟"入诗，去讴歌爱的纯洁，情的悠久。其中"愿你百岁夫妻常好，比翼共连枝""思驾归鸿羽，比翼双飞翔"等等，更把比翼鸟描绘得感人肺腑。

举案齐眉

古代中国在男女地位上奉行的是男尊女卑，婚姻家庭以男性为中心。但也不断地有夫妻相爱、和睦相处、琴瑟相伴、比翼齐飞的动人故事流传于世。

其中著名的是后汉的梁鸿。他年轻时以替人舂米为生，日子过得艰苦，结婚以后虽生活清贫，却愉快安康，十分敬重妻子。妻子孟光对丈夫更是关爱有加，每当梁鸿干了一天活疲惫地回到家中，她就会做好饭菜整整齐齐摆放在桌上。孟光还每每把盛满米饭的碗放在木盘内，双手高高举起直到眼眉的位置，请梁鸿吃饭，以此表明丈夫在她心中的地位。当丈夫到田间耕地锄草，送饭的孟光也会把饭菜举至眉间，梁鸿接过饭碗时也要举起来表示感谢。于是"举案齐眉"就成为一个成语，后人用来形容夫妻感情深厚，互敬互爱，彼此关心。

不少白话小说和古代散文，只要描述和颂扬夫妻和谐，就常用"举案齐眉"一词，并称颂其"重效鸳鸯，欢谐伉俪，唱随永娱，偕老永随"。

虽说现在夫妻之间不用每顿饭都举案齐眉，可两人之间应当相互理解、互相惦记，做到你敬我爱、白头到老才好，和谐社会是要体现在家庭幸福夫妇和睦上的。

喜结连理

新人结婚，客人祝福，常用"喜结连理"一词。在古代，"连"字本身就指婚姻关系。《史记》中就有"苍梧、秦王有连"的记载，说南越与秦之王室互有姻亲。在历史上，人们还把不同品种的、能够根系相连的草视作吉兆，认为"异根草木，枝干连生"会带来福德，能预示和谐共生，人丁兴旺。于是"连理"也就成为既说男女婚配、又祝婚姻幸福的吉祥用语。

到了唐代，大诗人白居易写《长恨歌》，把唐玄宗、杨玉环的故事作为说不尽的爱恨情缘予以动人的讴歌。其中"在天愿做比翼鸟，在地愿为连理枝"更以爱的象征和爱的誓言成千古名句而流传至今，比翼鸟和连理枝的形象深深印在历史、文化与艺术上，积淀成中华民族人人都喜欢的爱情符号。

"连理"一词更被赋予爱情的诗意，还透着感动天地的浪漫。"喜结连理"也就频频出现在对美好婚姻的祝福中。一对对新人也在这吉星高照的祝愿里走向红地毯，走向婚后的美妙世界。

月老红丝

古人崇拜月亮。月的阴晴圆缺和人间的离别团聚相联系，既浪漫又贴切。所以，苏轼的名句"月有阴晴圆缺，人有悲欢离合"一直传诵至今。

对月亮的景仰还诞生了许多优美的神话，如"嫦娥奔月""吴刚砍树"等等。表现在婚姻上，就有着月老的传说，认为它是民间主持婚姻的神，不断促成一个又一个的美好姻缘。杭州白月庵就有月老殿，其殿前的楹联就是广为流传的"愿天下有情的都成了眷属；是前生注定事莫错过姻缘"。考察一下男女婚配和月亮的关系，一方面出自图腾崇拜，另一方面是先民的男女结合的各种活动多在夜间进行，而圆圆的明月象征着婚姻的美满。因此，人们对月亮格外钟情是很自然的。加上古代婚姻受礼教影响，青年男女无父母之命媒妁之言就不能正式结合。所以不少怀春的男女为了找到理想的伴侣，常对着明月寄托自己的愿望，月下老人的形象也就应运而生。

而红丝牵线，既来源月下老人把有缘分的一对儿拴在一起的美丽想象，也和一件真事密切相关：唐开元时期，一位叫郭元振的书生英俊又有学问，被当朝宰相张嘉相中要招他为婿。宰相有五个女儿，怎么选择呢？就让郭元振拿红丝线隔着幔帐去系，结果把最漂亮的三小姐拴住了。后来，红丝线改成红绸带，在婚礼上一对新人各执一头，一起拜天地共同入洞房。民间风俗也就有了"月老定姻缘，红线来相牵"的吉祥话儿，成语里也留下了"红丝待选"一词。

凤去秦楼

凤凰是古代传说中的"万禽之王"。雄为凤，雌为凰，能一鸣冲天，五彩祥云伴其左右。日常生活里，人们也常在婚姻礼俗中用"凤凰合鸣"来祝愿新郎新娘百年好合，这又来源于一个浪漫的故事：春秋时期，秦穆公的女儿弄玉，漂亮温柔又好音乐，并经常以琴声诉说自己的情怀。秦穆公见女儿大了，就想觅得一位精通韵律的帅小伙做自己的女婿。后来听说一个叫萧史的年轻人极擅吹箫，还能以箫声引得孔雀、白鹤飞来，在院子里和着箫笛的节奏翩翩起舞。于是便让弄玉嫁给萧史，还在皇宫附近的山坡上建了一座华丽的凤台让小两口居住。萧史每天对着霞光明月教弄玉吹箫，很快，弄玉便能吹出凤凰美妙的鸣叫声，还伴着祥云于凤台之上。几年后，夫妻俩的箫声越来越美，胜过神乐仙曲。果然，在一次萧史、弄玉共吹箫笛之时，天边飞来一对凤凰，让他俩骑在背上，乘风驾云而去。此后，人们就以萧史弄玉吹箫驾凤的故事比喻夫妻和美，并以"凤去秦楼，和鸣共飞"来祝福夫妻的美满生活。

花前月下

古代中国的阴历二月十五和八月十五被视为喜庆之日。后来，八月十五专指中秋节，而二月十五称作花朝节，并被人们视为"百花的生日"。

每到二月中旬，常有蝴蝶飞舞，此时新菜已上市。所以有些地方把"花朝节"又叫作"扑蝶会""挑菜节"。到了这几天，无论农夫还是秀才，不管是百姓还是官宦家庭，老老少少、男男女女都可以走出家门郊游，去领略美好的春光。

花朝节里，也常有青年男女眉目传情或私下约会。而花好月圆、花晨月夕，自古以来就是诗歌中赞颂的良辰美景。同时，婚礼的时间又安排在黄昏以后，人们对月光、月色、月夜又一直心存景仰。于是花前月下就成为有情人和有缘分的男女青年表示爱意的一个典型环境、典型场景，也象征着爱人之间的心心相印。古人通常又讲究"父母之命媒妁之言"。因此，以月老做媒也成为男女自定终身的一个美好借口和幸福的期盼。在民间也就流传着月下老人为有情人牵红丝线的故事。千里姻缘一线牵便成为异地男女一往情深并喜结连理的一个美好而浪漫的期盼。

破镜重圆

镜子通常是圆的，摔碎了，再拼上，还其原来的形状。这看起来很普通的小事，却因为能象征分手的夫妻重新团聚而有了深刻的含义。

何况"破镜重圆"这个成语本身就是一个优美而动人的故事。一千多年前的南朝有对恩爱夫妻。女的是陈国的乐昌公主，男的是驸马徐德言。不料敌人入侵，陈国将亡。丈夫想到夫妻会分离，就把一面铜镜打破，他和乐昌公主各拿一半做信物，并约定第二年的正月十五，在京城以寻找另一半镜子为名，相约见面，以续情缘。果然，乐昌公主在战争之后成为大臣杨素的家奴，驸马徐德言也流落街头，并一路乞讨到了京城。正月十五这天，丈夫在大街小巷拿着半面镜子边叫卖边寻找妻子。而乐昌公主也偷偷走出深宅大院，怀揣另一半镜子与丈夫相认。当破镜重圆时，徐德言题诗一首，意思是说：破镜和夫妻分离一样各奔了东西，现在镜子两半相合，我和公主却不能团聚，重圆的镜子再也照不出妻子像嫦娥一样的面容，只留给我们难以割舍的思念之情。不久大臣杨素知道了这件事，很是感动，就让他们夫妇携手回到江南，终老余生。

这个故事在当时就感动了很多人，后来流传下来，成为一个社会呼唤：希望有情人终成眷属；期盼分手的夫妻，若有感情基础能够复合。

梦中相会

古人对梦的形成，虽不像今天研究得那么深入，但对做梦现象却十分关注。梦与生活密切相连，还能在梦境里生出许许多多的奇异和浪漫的事。因此，在文艺作品里常出现梦幻，著名的"黄粱一梦"，既揭露某些人一心想发财做官的心理，又鞭笞了他们一转脸就变得无耻的丑态。

和这些抨击人性丑恶的作品不同，不少写婚姻爱情的小说戏剧通过梦幻给人们留下魅力无穷的美，像《红楼梦》凭借宝玉梦遇仙女而懂得情爱，而《游园惊梦》更是以堪称千古奇缘的梦中相会写出了古代人对爱情的追求。

杜丽娘是位温柔秀美的姑娘，但在十分古板的父亲和老师的管束下，不能上街更不能和外人交往。当春暖花开之际，杜丽娘只能和侍女春香到自家的花园去领略春的气息。她触景生情，春心萌动，游倦回房，在睡梦中和书生柳梦梅相会。醒来后，越发伤感，终于病亡。三年后柳梦梅拾到杜丽娘的自画像，深为爱慕，天天对画讲自己的心情。杜丽娘极为感动，化做鬼魂与柳梦梅相见并结为夫妇，杜、柳二人有情人终成眷属。经过明代戏剧家汤显祖《牡丹亭》一剧的传播，《游园惊梦》这一折戏里所称赞的倾心之恋，因梦境而至臻至善，而且从古到今一直被大家津津乐道。现在，这梦中相会已成为爱情的经典永恒的一幕，长留在人们的心田。

棺为情开

中国古代的两晋南北时期，礼教对女性的约束不像宋代以后那么严厉，对于妇女主动求偶择婚，社会不仅持开放态度，而且不少家庭还会积极鼓励。男女之间感情碰撞，有的"举手长劳劳，两情同依依"，有的"愿为双鸿鹄，奋翅起高飞"。

这种真情有时还颇为浪漫，以致让悲剧变成爱的誓言。一首名为《华山畿》的诗中有一则非常感人的故事。南朝时，某士子要从江苏的华山去云阳读书，中途在一家小院休息，碰到一位姑娘。他俩一见钟情，互生爱慕。谁知二人未及各诉衷肠，便匆匆分手离开。不久，这位士子因长相思而染病不治，临终前请母亲答应，让装他尸体的灵车从华山畿绕行。当灵车到达小院的门前时，拉车的牛怎么赶也不迈步了，而那位姑娘却打扮一新地走了出来，唱着"君既为我死，我何要独生，若是可怜我，请求棺木开"的哀歌。在婉转悲痛催人泪下的歌声中，灵车上的棺木突然应声而开，姑娘便纵身一跃跳入棺中，瞬间，棺木又重新合上，任何人都无法开启。后来家人把这对情侣同棺合葬，并在《乐府诗集》里留下了姑娘的吟唱。

诗歌情真意切，故事也有所虚构。这也许是"梁祝"民间传说的又一种版本，但却留下了"棺为情开"一词，表达着爱的刻骨铭心。

卿卿

人们对"卿卿"一词的熟知源自小说《红楼梦》。在这部古典名著的第五回"贾宝玉神游太虚境，警幻仙曲演红楼"中有一曲"聪明累"，说王熙凤在家族衰败，"大厦将倾"之际，苦苦支撑。为了聚敛财富，耍尽手腕，结果却是"机关算尽太聪明，反累了卿卿性命"。于是在读者心目中"卿卿"便成了对王熙凤的专指。

其实，"卿"字在中国古代多用于女性，在汉朝为丈夫对妻子的昵称，并有贵妻敬妇的特定含义。然而在男尊女卑的社会氛围里，"卿"字只在家庭中使用。比起"相公"等词，有谦卑之意。所以，在《晋书·王戎传》里就记载了这样一件趣闻：

王戎的妻子常叫王戎为"卿"，王戎听得多了便不高兴了，说："卿"称丈夫，于礼不敬，今后不要这么称呼我。可是他妻子不但没有停止对他"卿"的称谓，反而说："亲卿爱卿，是以卿卿。我不卿卿，谁当卿卿？"也就是反复用"卿卿"来表达妻子对丈夫的爱，希望丈夫能以平等的态度对待自己。

可见，"卿"指女性，"卿卿"更含有亲切的意思。而在《红楼梦》一书中虽表现了作者对王熙凤命运的同情，但王熙凤的令人爱恨交加的一生，使"卿卿"一词多少有一些嘲讽的意思了。

怜香惜玉

香与玉，在古代象征着女性，以体如香草、貌比美玉显示着女子的姣好，招人喜欢。

面对香玉般的女性，不少男人心生爱怜。所以，即使一见钟情，坠入爱河，在颠鸾倒凤之时，也会怜香惜玉，不肯粗鲁。一些戏曲和白话小说，只要描绘才子佳人欢喜姻缘，往往要用怜香惜玉来比喻书生丈夫的温存和相知相爱。因此才有"致君泽民，学士不及参政""惜香怜玉，参政不如学士"的议论。即便是卖油郎巧遇花魁娘子，尽管想着一夜风流，也是轻手蹑脚，不敢造次。这也是一种怜香惜玉。

男士对女子如此，女性对"美姿容"的男子更显出一份柔情。所以也传流着这样的故事：如《世说新语》里，记载了漂亮的男子走在街上，许多女孩不止一个劲地看，还挤上前去"莫不连手共萦之"。《晋书·王蒙传》也描写了帅气的王蒙见自己的帽子破了，要到集市上去买顶新的，不料此事被一位喜欢他的中年妇女知道了，竟连夜缝制了一顶小帽送到王蒙手中。

可见男女相悦应以互相尊重为前提。在古代中国，由于男权为上，不少坊间的文艺作品反其道而行之，便积极提倡男士对女子的怜香惜玉，在白话小说中留下了《蒋兴哥重会珍珠衫》等著名佳作。这也应视作一种男女平等，不过只表现在对女性的温存上，还未能有更多的女权主张。虽说怜香惜玉只是关切女性的第一步，在当时也是十分难得的。

桃花扇

一提"桃花扇"，马上就会想到清初孔尚任的同名悲剧，至今仍常演不衰，催人泪下。时间虽已过去近三百年，《桃花扇》已不仅仅是一部文艺作品，它成为爱情与爱国交织、忠贞纯洁统一、感动天地的一个象征。

作为秦淮名妓，李香君并没有沉溺在醉生梦死之中，她出淤泥而不染，清丽秀美才华横溢，和明末才子，也是抗清志士的侯方域由仰慕到爱恋，并因志向一致而结合。当清兵压境，世道混乱，侯、李二人分手之后，孤独的李香君并没有消沉而随波逐流、趋炎附势，面对奸佞之臣要讨她做妾，并重金诱惑强力逼婚时，李香君凛然正气抵死不从，她一头撞向镜台，血洒在纸扇上。后来，有人把扇子上的斑斑血迹绘成傲骨铮铮的桃花。李香君便以此作为信物，托人去找侯方域，表达自己的纯真之情。这故事不久就成为孔尚任写《桃花扇》一剧的素材，并构成主要情节。从此，"桃花扇"一词也就以重要的精神意义给后人以启迪。至今，李香君的故居"媚香楼"还留存在南京秦淮河边。人们参观那具有明朝格调的青楼瓦舍，但胸中涌起的是弱女子不畏强权的身影，以"揉碎如花貌"却"保住无瑕白玉身"的行为，为一代又一代人称赞。同时昆曲《桃花扇》，还以对情爱的细致描绘，像"枕上余香，帕上余香，销魂滋味才从梦里尝"等等，使剧本成为"无一亵字，尽得风流"的文学精品。

五

产翁

女人产后要休养，俗称坐月子。可是在中国历史上的颛顼时代，流行产翁制，即妻子生孩子，丈夫坐月子。也就是妇女分娩以后，便不再管婴儿护理之事，却由丈夫待在房内代养，还要躺在床上做产妇状。这种习俗虽说在秦汉以后基本绝迹了，但在一些少数民族地区还在流行。《太平广记》第四十八卷就记载着"妇人诞子，婿拥衾抱雏坐于寝榻，称为产翁"的情景，连意大利人马可·波罗在《马可·波罗游记》中也有这方面的描述。

其实产翁制，即丈夫坐月子是母系制社会衰败、父系制社会初立时，男性要全面显示权力的一种表现。男人在当时不仅要占有财产，视女性为附属，还要显示在血缘上的强力地位。于是对妇女的生育权利也要以一种"坐床卧褥""代养子女"的方式向社会表明男性在氏族和传宗接代中的至高地位。据说古代男子做产翁不止三十天，有的要连续三年，而且让本该坐月子的妇女全方位伺候。后来随着历史的发展，男人坐月子成为陋习，并消失在主流社会里，成为连大诗人屈原都要在诗中怀疑发问的文化遗迹了。

簪子

古人无论男女，都留长发，要梳成发髻或把头发绾起来，就要用一种或玉制、或铜铸、或银质的长针别住。这种一头有花饰、一头尖细，插在头发上的长针就是簪子。一般来说，簪子多用在女性头发上。于是也成为表现女性美的饰品，也发生过许多感人的故事。著名的一例，见于元代林坤写的《诚斋杂记》：汾阴女子吴淑姬，头上常戴一只玉簪。一天簪子掉在地上摔成两截，不料丈夫竟突然死去。吴淑姬暗暗发誓，簪子重合才能再嫁。过了一段时间，吴淑姬遇到才子杨子冶，怦然心动，觉得这是自己要爱的人。回到房内，打开梳妆盒，断了的簪子已然连在一起，完好如初。她把簪子寄给杨子冶，做爱情的信物。后来，两人结为夫妻。故事虽近荒诞，却充满爱的浪漫。

簪子还可以在洞房成亲之夜表示爱意，像新郎给新娘拔下簪子，解开发髻，就可以进一步地去亲密。在民间，还特别强调簪子的救助作用。新娘会被悄悄告知，在与丈夫初次性交时，注意新郎是否会因过度兴奋，做爱不当，出现昏厥现象，一旦昏厥，即从头上拔下簪子，用较细较尖的那头去刺激新郎的人中，以便让他及时醒来，避免乐极生悲的事发生。

嫁妆画和压箱底

女人出嫁，娘家要有"陪送"，把礼物和生活用品装入大箱或包成红包袱，还扎上红绸送到婆家，这就是俗话说的"嫁妆"。根据家庭收入，嫁妆可多可少，但总要有一些。通常嫁妆是用来显示女方的富裕程度的，但更重要的，在于寄托父母、亲人对出嫁女的亲情和良好的祝愿。

同时，嫁妆在古代社会还有指导夫妻性生活的作用。有的在送亲的包袱内裹上几幅男欢女爱的春宫图，这种尺寸不大却能引领做爱的画就是"嫁妆画"。嫁妆画还会放在女方送给新郎的布鞋里。布鞋本身借助谐音和云纹图案，有祝新婚丈夫"步步高升"的含义，鞋内所藏的嫁妆画，是以有趣和私密的方式，告诉入洞房的小两口如何过好婚后的性生活。

至于在嫁妆箱里放上若干小小的陶瓷制品，便是所谓的"压箱底"了。压箱底，通常做成赤裸男女相拥的姿态，并以不同的性交体位形象地演示怎样才能男欢女爱，克服因不懂床笫之欢而出现的不利于健康性生活的种种尴尬。

可见古代中国对年轻人的婚后性活动的引领和指导是认真而积极的，只是十分含蓄，并有些临阵磨枪。一些讲究民俗的家长，还把"压箱底"视为求吉避邪之举。从中也可看出古人对男女之事的理解与认识。

做一个"吕"字

接吻，在热恋的男女之间、和谐的夫妻之间已是一个普遍而又明确的示爱方式，只要有感情基础，气氛合适，异性间的嘴唇接触是很自然的。和被誉为心灵之窗的眼睛比起来，接吻也许没有眼睛所表现的内涵那么丰富那么动人，但显得更热烈、更动情，加上相拥相抱，也更有性意识。

在我国的传统文化中，涉及性的问题，在语言上常常变得有趣而含蓄。如在中国古代白话小说《醒世恒言》中的"赫大卿遗恨鸳鸯绦"中是这样描写接吻的，既不叫亲嘴，也不叫两双热唇相接，而是赫大卿和情人边喝酒边做了一个吕字。"吕"这个字是两个口摞在一起，很形象地描绘出亲嘴接吻的样子。这实际是在运用汉字的会意之法把具体的性行为象征化，并在象征中有含蓄。

在市井民间，也不直接把接吻说成亲一下，而是"香一口"。《大宅门》里的七爷对黄春表示爱意时就说让我香一口。在今天的年轻人中，多用英语的"kiss"译音取代接吻，有的干脆用手轻指嘴边示意。如果是向众人表达自己的心情，便以手掌拍一下嘴唇，然后张开双臂冲大伙摆动。这就是俗话说的飞吻，是亲嘴的大众化，但其中的性意识已经很少，变成一种个人对大众表示亲近的礼仪形式了。

好色

好色原本有欣赏美色、喜欢美景的意思。可是古人一向视"色"为贪爱女色,连孔子在《论语》中,也有"吾未见好德如好色者"的感叹。所以,好色就专指男子对靓丽之女的欲望与淫念了。

走在路上或与女性接触,男人会不由自主地多瞅几眼漂亮的美女,这本是人之常情,也不是什么过分之举。俗话说"爱美之心人皆有之"。问题是好色之徒对年轻貌美和姿色出众的女性多有不正当的杂念与追逐行为,有的依赖金钱,有的凭借权力,下流者还使用勾引或强暴的手段。这样的好色实际已触犯了刑律。

在中国古代社会,因为重男轻女,以男人为中心,视"女子与小人难养",把妇女作为社会的附庸和男人的财产象征。因此对"好色"采取双重标准:一方面,社会公德会谴责好色之人和好色的言行,正人君子甚至主张不近女色。可另一方面,有地位的男性不单妻妾成群,还可以逛妓院、吃花酒,并以此作为一种炫耀,某些无耻之徒,甚至还认为好色是一种能力。这不过是把粪土当香水往丑恶的脸上涂来抹去罢了。

社会在发展,当今提倡男女平等,双方尊重,要以良好的舆论对好色之徒和好色行为予以谴责,以利于家庭和社会的和谐稳定。

怀春

古代先民男女相交求偶,来自性的自然本源。男女之间只要有性需求,便会找异性求欢。那时,性的愉悦和繁衍后代同等重要。人们群居群婚,共同劳动,共同生活。在氏族社会,社火和祭祀是重要的庆典活动,也是人际交往的重要时刻。男女青年也借此机会寻觅伴侣,互相幽会。那时的古人,视农耕为生活的大计,不仅庆硕果累累的秋收,更重视一年之始带来希望的春种。而春天的万物复苏,新芽吐绿,又特别能引发男女之间的情愫与欲望。于是就有了情欲萌动在春时,春庆期间会情人的习俗。正如古诗所说"春梦暗随三月景",男女青年一到春意盎然的时候,便盼着祭春、游春活动的到来,追求性的快乐,这就是所谓的"怀春"。

"怀春"一词还以景寄情，有很强的含蓄性，同时又以极富诗意的象征，表达出性的萌动与情欲。这显然又适合对女性生理的反映和性心理的描绘。因此在《诗经》中就有"有女怀春，吉士诱之"的诗句。"怀春"一词也就成为抒写女性心有求偶之意的专有词汇，还衍生出"春心荡漾""春情初动"等等词语。到了宋以后的白话小说，更用"哪有女子不怀春"的评述，去刻画深闺女子的性萌动，而且这种描写手法一直延续至今，通常在通俗作品里出现。

影恋

翻阅成语辞典，有"顾盼生辉""孤影自怜"等等词条。在水边、镜子前，不单看一看照一照，还长时间地自我欣赏，并视自己的影子为伴侣，这就不是一种生活常态了，而演化为弗洛伊德所称之的"自我恋"，也就是俗话说的"影恋"。

古代中国著名的影恋，是明朝万历年间的扬州姑娘冯小青。冯小青是当地才女，面容秀丽，很小的时候便有诗名。十六岁时嫁给杭州的冯某为妾，不料冯某的发妻生性古怪，嫉妒心极强，天天盯着冯小青，限制她的行动，不让她随便接触外人，甚至把小青软禁在杭州孤山，连丈夫也不许见面。仅仅过了两年，十八岁的冯小青就忧愤郁闷而亡。

作为才女的冯小青，在写出"冷雨幽窗不可听，挑灯闲看《牡丹亭》"等诗词名句的同时，只能"瘦影自怜春水照，卿须怜我我怜卿"。整天和水池、镜子为伴，每每在映出自己姣好身影中孤芳自赏艰难度日，影子中的她与现实中的她相依为命。在顾影自怜中，冯小青还凄凄惨惨地面对水里的影子自问自答。据说临死之前，她请人绘出自己的画像，挂在病榻前，焚香祭奠，边哭边诉说不幸，并质问上苍："人世间难道只有画中人和水面上的影子才与小青有缘吗？"

冯小青是在盼顾自己的影子中熬过人生岁月的。她的死和她留下来的影恋悲剧，不仅震撼着我们的心灵，从中也可以看到古代女性命运的凄苦。

387

风月

在汉语中，单看风、云、月似乎没有其他含义，交叉组合后常常喻示着社会百态。例如"风云"一词显示了气势，像风云变幻，叱咤风云等等。而"风月"两字放在一起，既是夜色宜人、风清月白，又是表示一种恋情。

月亮是古人常常赋诗作词的对象，月亮本身的传说像嫦娥奔月非常美丽动人，而月圆月缺给人以团圆和分手的联想。于是关于月亮的诗词很多，佳作不断，像李白的"床前明月光，疑是地上霜，举头望明月，低头思故乡"，苏轼的"月有阴晴圆缺，人有悲欢离合"等等，都是千古名句，寄托着人类美好的感情。

然而一个词的含义也会变化的，"风月"一词在白话小说中，便多指男女之间的肌肤之亲和相恋私情了，不仅"三言""二拍"里用"风月"一词描绘男女关系，而且《红楼梦》的第一回也自称"石头记"是"风月笔墨"。当然"风月"里面有人生，像王熙凤的镜子一面是美女，一面是骷髅，显然预示着性欲是一把双刃剑，纵欲是要伤人的，不能沉湎在风月之中。所以《红楼梦》小说本身，作者曹雪芹也把它说成是"风月宝鉴"。

传统小说里，一般称情色场所为"风月场"，"风月"也指男女间的私情和暧昧的性吸引，男性挑逗女性，女人勾引男人，这类人叫作"风月老手"和"风月中人"，他们的行为也称作"擅长风月"。"风月"一词涵盖了异性相交的暧昧、不清不楚又偷偷摸摸的性爱，既包含私情又包括在青楼妓院里鬼混，于是它变成了贬义词。

云雨

天上有云，云多下雨，今天看来挺平常的自然现象，在古人眼里就觉得神秘，认为是阴阳合一，才使"云腾至雨"。而且这云是由山川生出，及时成雨，让大地一片绿色，给人们带来春种秋收的累累硕果。当然，雨多也能成灾，可是云雨毕竟滋润了禾苗，使粮食丰收，大家有饭吃，生命得以延续。所以古人敬畏云雨，也喜欢云雨。特别是云的多姿多彩，变化万千，引发古往今来的人们无限的遐想。不单单蓝天白云是美的，就是山川巨石间的云雾缭绕，也给人们以心灵的享受。这就产生了艺术的想象。

云雨最早出现在名著当中，是战国时期楚人宋玉写的《高唐赋》。在这篇赋里，宋玉描写楚怀王在高唐游玩时，梦到传说中的巫山之女，二人互相倾心，相拥相抱，两人亲热以后，巫山之女与楚怀王告别，并说自己"旦为朝云，暮为行雨"。想想看，云雨里的仙女能现身下凡，还能给人带来美的愉悦、爱的激情。于是"朝朝暮暮"代表着男女间的思念，而"云雨"象征着男女的欢爱。这种欢爱有云生雨下的感受，有爱情延续的心灵激荡。

"云雨"一词还能派生许许多多和性有关的想象：女人的头发是云丝飘逸，云鬓高耸，男女做爱可称之为云雨一番。《红楼梦》里写宝玉长大有了性意识，也是经云雾中的仙女引导才促成的。"云雨"一词还可以暗示其他的性关系，如露水比雨容易蒸发，没有基础的男女结合就叫"露水夫妻"，并有一夜风流的意思了。

守宫砂

据说在女人臂上点些朱砂，如果此女未和男人性交过，这朱砂就会渗入皮下而且越来越红。然而一旦失贞，胳膊上的红砂就会渐渐消失。中国古代社会，常用这个办法验证女孩是否是处女，独自在家的妻子是不是守身如玉。

可是这所谓的"守宫砂"并不科学，加上某些男性对女人的醋意和偏见，便会酿出令人泪下的悲剧来。宋朝时，在四川万县，秀丽的姑娘何芳子嫁给了土财主林宓为妾，不久林宓要去汴梁，就给何芳子的胳臂上点了守宫砂。何芳子在以后的日子里没特别在意，照常挽起袖子洗头，汗多了洗澡。过了几个月，她到开封去见丈夫。不料猜忌成性的林宓，却因何芳子臂上没有了朱砂而大发雷霆。他连夜在家中私刑审问，并把无言以对的何芳子鞭笞致死。邻居们告到官府，经勘察，证实了何芳子的清白，她是惨遭毒打受冤而亡的。人们纷纷指责毫无人性又残暴至极的林宓。虽说主审官后来严惩了这个土财主，但端庄秀丽的何芳子毕竟为荒唐的守宫砂而死于非命。

封建社会的男权意识和对女性的束缚与猜忌，不仅扭曲了人的心灵，还扼杀了无数美丽的生命。我们应记住这历史的教训。

节烈

安徽歙县有一组建筑群，是明清两朝给当地女性立的贞节牌坊，宏伟壮观，鳞次栉比，虽历经几百年风雨，还有十几座矗立在村边大道上，可见当地出了不少所谓的节烈妇女。

按古代社会对节烈的解释，"三十岁以前守寡至五十不改嫁"者为节。而定亲后，未婚夫死，待嫁女或自尽或"哭往夫家守节"的即是贞。如果因家遭大难，而能以死殉之，或面对歹徒的强暴以结束生命来表示清白的女子就叫烈女。再加上孝敬公婆和终身不嫁以事公婆的行为，就成为人们所说的节妇、烈女、贞女、孝妇、孝女了。

历代封建朝廷为了约束女性，推崇妇道，也就借皇权之名，通过对死者的褒奖，让活着的广大妇女恪守礼教，为封建传统殉葬。

除去某些尽孝的内容，节妇烈女观念尤其是让年轻妻子守寡和让定亲女性为死去的未婚夫自尽，是非常残忍和不人道的。《儒林外史》就有父亲逼迫女儿为死了的未婚夫自杀的悲剧。这个叫王玉辉的父亲，为了所谓的贞女名号，硬把女儿锁在屋里活活饿死，听着女儿撕心裂肺的呼喊和越来越弱的哭泣，王玉辉也痛苦不已。但为了在烈女祠立一个贞节牌位，竟以礼教杀人，父夺女命。今天看起来很荒唐，在封建社会里却很普遍。贞节牌坊下都是女性的冤魂，烈女祠的贞节牌位上沾满了古代妇女的血泪。

贞操带

一种强迫结婚女性使用，向丈夫证明自己的贞操，并且不能和其他男人发生性关系的守阴用品。相传贞操带的发明人是威尼斯的卡勃拉。最初，是由两个有孔的窄铁片组成，穿过妻子的胯部，前后端与腰带连接，还要锁上铁锁。

贞操带主要出现在十字军东征后的欧洲，盛行十五至十八世纪。当时的上流社会和贵族家庭，视贞操带为丈夫占有妻子和女性保持贞操的一种象征。后来以制作的日益精美，镶象牙雕刻，饰金银珠宝，使贞操带成为贵族女性的装饰物。这其实也是对妇女心灵的一种扭曲，把道德约束简化为用金属片、小铁锁来维护男性的所谓尊严，从中也能反映出中世纪的欧洲对女性的偏见。

耐人寻味的是，贞操带还有个别名，叫"维纳斯栅栏"。把丑遮掩为美，明明是对女性的歧视，却虚伪地和古代女神联系起来加以掩饰。所以到文艺复兴时期，贞操带便在思想解放的浪潮中销声匿迹了。

窥体许嫁

相传孟姜女在池塘边挽袖子洗手，碰巧被路过这里的范喜良看到。古代女子的身体是不能被陌生异性窥视的，所以孟姜女立马嫁给了范喜良，当丈夫被抓去修长城以后，还千里寻夫，而且哭倒了埋着范喜良尸体的长城。

有人说孟姜女深爱着范喜良，其实因窥体而许嫁，哪有什么感情基础？何况秦朝时，对女性的束缚并不像宋以后那么严厉。所以，孟姜女由于露出了胳膊被一男子看到就嫁人，肯定是后人按"男女授受不亲"的理学思想而附会上去的。

但是古代对女性的束缚所产生的悲剧往往比哭倒长城还要痛心。元代一妇女乳房生疮，却不让男医生看，生生地丢了性命。还有不少妇女为躲避异性无端地制约、封闭自己，甚至因为赶集不小心被男人碰了一下手，竟剁下自己的手指以示清白。

这所谓的清白，是对古代女性的压迫和禁锢。这些陈腐的思想意识一直延续到 20 世纪的 70 年代。1984 年，艺术院校招聘裸体模特，还引发了一场争论。不久，人们开始支持女性服装的多样化，人体绘画也于 1988 年 11 月在中国美术馆举办展览，一时间有上百万人参观。

今天已不会有人让古希腊雕塑维纳斯的腰间再围上一件不伦不类的布裙子，女性着装的多彩已被视为人性的魅力和社会的亮丽。现在要注意的倒是过犹不及，女性衣着的裸露，要讲究适度，以便体现出健康和谐的审美和当代应有的精神风貌。

求子与续香火

新婚之夜，不少地方都有这样的风俗，不是在婚床上撒些枣、花生、栗子，以谐音"早生子"，就是放一块"催孕石"，希望借石头上刻有"传"字，以便尽早让夫家能有男孩出生，传宗接代。

结婚为了求子，在中国古代几乎是男女结合的唯一目的。因为有了儿子，家族才能繁衍，传承才能继续。同时重视男子传承，也反映出社会的男性中心思想。于是求子不单是婚姻的前提，还在男欢女爱中突出了对妇女生育能力的高度企盼，强化了对女性怀孕生子的社会、家庭压力。如果婚后妻子不生育，或者只生女不生男，在家中就没地位，被社会瞧不起。而不生儿子，也成了丈夫纳妾和抛弃妻子的所谓最正当的理由。而为了怀孕生男孩儿，人们去祈求、去祝愿，形成了形形色色的求子风俗：有的去拜高高耸起很像男子阴茎的山石，有的在婚后去传说中的圣泉池畔喝"产子露"，更多的是在堂屋里拜观音、麒麟，民间也有观音送子、麒麟送子的吉祥话儿。在天津还有到娘娘庙进香、拴泥娃娃做大哥、祈福家中尽早得子的习俗。不少家庭在青年男女结婚后，每天还点燃三炷香，盼望早生贵子。而因求子烧香生下儿子就能传承接代，使家族得以延续就叫"续香火"，不能生男孩或一辈子没怀孕称作"断了香火"。

"七出"和"三不去"

古代女子以夫为家，离婚称作"出"，就是离家而去。后来民间将离婚出妻称为"休"。所以离婚文书也叫"休书"。

在以男子为中心的社会里，离婚的主动权一般掌握在丈夫手中。因此离婚的理由往往有利于男性。早在周代就规定了"不顺父母，无子，淫，妒，恶疾，多言，窃盗"等"七出"。这是丈夫解除婚姻关系的依据，而且只要双方父母和见证人签名形成文书，就可以让妻子回娘家，不必经过官府判决。

其实这休妻的"七出"随意性很大，重点是公婆是否满意，能不能生下儿子。《孔雀东南飞》里的刘兰芝，虽然丈夫爱她，可婆婆不喜欢，只能离婚被休回家。可见古代妻子在家庭中既无地位，还必须服从家长和宗法制度。

但是为了家族的相对稳定和约束丈夫对离婚的过于随意，古人又规定了"三不去"。即妻子曾供养过丈夫，或在结婚时带来丰厚的财产及离婚后无家可归；妻子和丈夫一同服丧三年，或有过大孝行为；妻子嫁丈夫时夫家很穷，后又富贵了。上述这三种情况，只要妻子占一条，丈夫就不能休妻。封建社会这"七出"和"三不去"对婚姻生活影响很大。所以，当秦香莲送丈夫赶考又为公婆守孝三年，还养有一子一女时，丈夫陈世美就是驸马也不能休妻，更不能杀妻灭子。因此，包公要铡陈世美。可见戏曲中的《秦香莲》实际也是在宣传古代社会的"三不去"，只是更加艺术化了。

一马不跨双鞍

旧时，不提倡妇女改嫁，特别是宋朝以后，礼教盛行，更把女性的"节烈"提到吓人的高度。未婚女子若遭到歹徒的侮辱强暴，就没脸活下去，甚至要以死，也就是"烈"来证明自己的清白。而女人一旦成亲就只能从一而终，即使只是订婚后未婚夫不幸身亡也要守寡，直至孤独一生。这就是所谓的"节"。

而守寡女性面对劝说她改嫁的人常用的拒绝之词就是"一马不跨双鞍"。也就是把自己比喻为一匹马，而马是不能配双鞍的，因为双鞍没法正常驾驭着去行军打仗。姑且不说女人把自己比作马，已有接受男人驱使的意思，光是这句话所揭示的一个惨痛的故事就让后人难过和反思。

在《元史·列女传》中，记载了一则孟志刚的妻子衣氏殉夫的悲剧。孟志刚是当地的儒士，娶妻衣氏之后，不久因贫而亡，有关方面便送其一副棺木，并安排尽快入土为安。当夜衣氏让木匠把棺材做大，说有衣服要陪葬其中。然后衣氏又把家里的所有东西全送给了左邻右舍，还杀鸡煮饭点香祭奠了丈夫的亡灵。天亮时，他对近邻王婆婆说：孟志刚已死，作为妻子不能一马跨双鞍，只有与丈夫一起同棺共穴走上黄泉路了。话音刚落，便自刎而死。于是便流传下来"一女不嫁二夫，一马不跨双鞍"的俗语。从此千百年来，演绎着一个又一个令人泪下的节烈悲剧，诉说着女性的痛苦命运。

一女事一夫，安可再移天

"夫能再娶，妇无二适"，是古代宋朝以后越来越束缚女性婚姻的一种陈腐观念。在程朱理学看来，女子只能在家听父母，嫁后靠丈夫。加上女性结婚是为了传宗接代做生育工具，而夫妻之间，所谓"夫者天也"，丈夫支配妻子的一切，结了婚的妇女只能事一夫，"安可再移天"？因此旧时女性在进入丈夫的家门之后便不能离婚，即使丈夫死了也要孤身守寡，不能改嫁他人。

这种观念演变为社会风俗，民间也就有了"宁拆十座庙，不破一桩婚"的说法，而且视女人离婚为丑事，社会舆论也让离婚女性抬不起头来。这种意识还泛滥到女性在任何条件下都不能解除婚姻关系，连经常回娘家也不行。

清朝乾隆年间，山西一位姓陈的年轻女子嫁到李家之后，发现丈夫是个"隐宫者"，没有性能力，就不断回娘家居住，向父母诉说自己的苦恼。不料陈女的父亲陈维善为此大发脾气，认为女儿不遵家教，不守妇德，不懂"活是夫家人死是夫家鬼"的规矩，常回娘家居住有辱门风，竟在女儿再次返回娘家的路上把其活活勒死了。

今天，人们对妇女离婚的观念已发生很大改变，能正确和宽容地善待离婚的女性，显示了社会的文明和进步。

红颜薄命

红颜通常指女性，因自古以来女性多用红色来化妆，所以越是靓丽的女子越被冠以"红"字。例如"红袖添香""红粉青蛾"等等。

然而历史上的女性受男权中心的影响，常不能左右自己的命运，即使貌若天仙才高八斗，也常摆脱不掉悲惨的结局。像明末的陈圆圆、李香君、柳如是都是女性中的佼佼者，但不是成为政治斗争的牺牲品，就是在失去丈夫的庇护后被逼自杀，要不就是遁入空门和青灯为伴。因此在先秦时，不少女性常感叹命运的不济。汉孝成许皇后虽贵为宫中主宰，也无奈自己"妾薄命"。宋朝诗人苏轼在《薄命佳人》一诗里十分感慨地说"自古佳人多薄命，闭门春尽扬花落"。美丽女性往往像昙花一现，且多以花落枯萎终其一生。

历代王朝中，女性不仅薄命，还被歪曲为国破家亡的祸根。商纣王宠信妲己王业毁于一旦，周幽王迷恋褒姒引发了烽火戏诸侯。其实这都是当权的男性惹的祸，却偏偏赖在受命运摆布的女性身上。结果便出现了所谓的"红颜祸水""红颜误国"。可见古代众多悲剧中最凄楚的是女性，不但深受压迫，还常为失败的男性背上骂名。

水性杨花

古代汉语中，用花描绘女性的词很多，像如花似玉，花团锦簇等等。在《红楼梦》中，贾宝玉称赞"女孩是水做的"，把姑娘的纯洁清爽表现得淋漓尽致。

但是也有借此贬斥女性的。"水性杨花"就是很典型的一个成语。水，本是人类生命之源，却在这里被视为无序流动，还满则溢缺则亏。杨花，原本能带来春的信息，给人以活力，竟也被看成轻飘飘且随处飞落的轻浮之物。于是在古代白话小说中，就有"那女子，杨花水性靠不住"的描写。《红楼梦》中，一边是用"女孩是水"表达贾宝玉对女性的赞美，一边又说"大凡女人都是水性杨花，我若说有钱，她便是贪图银钱了"。到了现代小说，"水性杨花"更加明确地形容女人感情上的不专一，而且朝三暮四。例如丁玲的长篇小说《太阳照在桑干河上》，就有"他媳妇也是水性杨花"，和别的男人勾勾搭搭的描述。

可见词的贬义性，也有性别指向，"水性杨花"这一成语就有男性对女性偏见的烙印，显示着男权社会的某种文化意识和思维倾向。

红杏出墙

绿色遍地又生气勃勃的春天始终是诗人吟唱的对象，从古到今常有佳作传世。宋人叶绍翁有一天游览一座小花园，见红红的杏子树已探出墙外，于是诗兴大发，写出了"春色满园关不住，一枝红杏出墙来"的名句。无独有偶，工部尚书宋祁也写出了"红杏枝头春意闹"的佳句,人们还据此而称宋祁是"红杏尚书"。可见用红杏入诗赞美春色已有悠久的历史。

后来的一些戏曲里,闺中女子和独居少妇在怀春和思念丈夫时,常常来到花园,或与花为伴或借花自怜,寄物托情地感叹女性命运的不幸。像京剧《人面桃花》、昆曲《游园惊梦》都有这方面的描述。到了白话小说兴起,"红杏出墙"一词多指年轻女子不安于足不出户的生活,要想方设法与异性接触。结果"红杏出墙"原有的赞美春天的含义及借此同情苦闷女性的意蕴被弱化了,而责备女人行为不端的意思突出出来。"红杏"象征貌美的女性,"出墙"被赋予了不守妇道的内涵。何况出墙的红杏还挺形象地刻画出欲火燃烧者无所顾忌地跑到外面与别人苟合的样子。于是"红杏出墙"几乎变成了描画背着家人和异性勾搭的专用语,也不都用在花心女性的身上,男人也会"红杏出墙"。

经过社会约定俗成的选择,称颂春天的名句由褒义而走向贬义,恐怕创作"红杏出墙"的古代诗人,难以料到这种词义变化吧!

偷香窃玉

香袋与佩玉是古代女性常用的饰物,在语言中也暗喻年轻美貌的女性,如怜香惜玉等等。如果是偷香窃玉,显然是指用心不良的男子对美丽女子不择手段的占有。

其实偷香窃玉最初不含贬义,反而是优美的爱情故事。晋武帝时期,大司空贾充的小女儿贾午看上了在府内进进出出的家臣韩寿。韩寿清秀而伟岸,被誉为"美姿貌善容止"的帅哥。而贾午虽娇小,却风情万种、胆大热情。她悄悄传书韩寿,让韩寿经常跳过墙来幽会。时间一长,贾充有所察觉,派人到院内院外寻访蛛丝马迹。家人禀报说,除了狐狸逾墙的足痕,什么也没有。后来,贾充在与韩寿聊天时,闻到他身上的阵阵奇香。而这种香料是前几天晋武帝刚刚赐给贾充,贾充又转送给女儿贾午的西域贡品。于是贾午与韩寿的私情被曝光,贾充疼爱女儿,顺水推舟给韩寿和贾午举办了婚礼,这便是"偷香"的来历。"窃玉"是另一个故事,说唐时有一杨妃,通过私下窃得宁王的佩玉而和宁王接近并成其爱妃的故事。这也是一则两情相悦，并以女性的主动而成就的爱情佳话。

但是在语言的流变和约定俗成中，语境会悄然变化。"偷香窃玉"渐渐失去了原有的故事依据，转化为心术不正的男子如何花费心思去接近女性，并最终得手的含义。所以在小说家眼中，"偷香窃玉"者大都是西门庆、贾琏之流，往往貌美而心灵丑恶。

偷情做鬼

翻阅古今小说，常写一些拈花惹草之徒，在暗中偷情又慌乱躲过别人追打之后，往往庆幸自己"宁为花下死，做鬼也风流"。这话显然是在无耻中露出某些得意，不过也引出一个故事。

在先秦古籍《韩非子》中，写了一个叫李季的商人，常出家门去做买卖，他的老婆便乘机和情人幽会。不料李季突然提前回家，把老婆和她的情人堵在屋内。情急之下，李季的老婆让自己的情人赤身裸体、披头散发、面无表情、眼睛直勾勾地从内室僵直着走了出来。李季一看，惊讶不已，忙转身问管家、婢女，这是人还是鬼？佣人早得了李季老婆的好处，便异口同声地说没有人，更没看见鬼从屋内出来。李季的老婆还信誓旦旦地声称，丈夫在外面经商沾染了晦气，弄得脑子乱了，清白、污秽不分。她暗示管家婢女赶快给李季头上泼尿水，好让丈夫魂魄归身，清醒起来，不再乱说屋内藏鬼。

此事过后，邻居在叹息李季迂腐无知的同时，谴责并讥讽那个偷情者，为和情人私通幽会而装神弄鬼扰乱视听。可对方却毫无羞愧之意，还得意扬扬地说自己"做鬼也风流"。后来借助小说、戏曲，这句话便流传至今。

婚勿贪势

"门当户对"是古人常挂在嘴上的婚姻观。男婚女嫁从来不是简单的家庭组合，越是官宦人家、利益集团，越会利用联姻去巩固发展并改变原有的地位与权势。同时依靠婚姻去攀龙附凤，即所谓的"好运借风力送我上青天"。著名小说《红楼梦》中的贾、史、王、薛四大家族，其实就是以互婚方式而形成了"一荣俱荣，一损俱损"的钟鸣鼎食阶层，儿女婚事便是他们利益的纽带。即便是市井人家，如《金瓶梅》里的西门庆，撩开他那肉欲性乱的帷幕，其婚姻也鲜明地打上了权势利益的烙印。

但是也有不少仁人志士对此提出了不同看法。如春秋时期的管子就认为不该把女儿嫁给"满盛人家"，官大势大富得流油未必是好事，所以在古诗词中就有着"嫁女莫望高，女心愿所宜"的佳句。主张尊重女性的情感，"妻子好合，如鼓琴瑟""有义则合，无义则离""糟糠之妻不下堂"。不要为求门第、财富、权势而去嫁闺女娶媳妇。古人还时常告诫大家，"嫁女择佳婿，毋索重聘；娶媳求淑女，勿计厚奁"。不能眼盯着钱财势力，忽视了夫妻感情。

从治家角度较早提出婚姻勿贪财势的是北齐的颜之推，他在《颜氏家训》中主张，婚姻重的是人伦情感而不是权威复归。自《颜氏家训》广为流传以后，许多"治家格言"几乎都提倡婚姻不重财势，而是家和万事兴，也就是"夫妇和而后家道成"。否则，会坠入不文明未开化的"夷虏之道"，让婚姻变了味儿，埋下隐患。

六

黄色

红黄蓝绿黑等等颜色本来没有什么社会含义，后来，社会的内涵才加进来，例如红色是革命的颜色，革命题材的文艺作品就叫"红色经典"。而黑色在戏剧里代表正直无私，包公的脸谱便是黑的，和他差不多的张飞、李逵脸也是黑色的。现在，黑又转化为罪恶、腐败的意思，如"黑幕""黑道""黑社会"等等。

"黄色"在我国历来代表高贵，各朝皇帝都用金黄显示自己的高贵，一般百姓是不敢用黄色做装饰的。1894年，英国有了一本名叫《黄杂志》的刊物，最初和性也没有多少联系，只是杂志内容有些颓废，不那么青春向上。后来发生了一件轰动的事儿，剧作家王尔德由于同性恋被捕了，他当时名气很大，引人注目。有人说逮他的时候，腋下就夹着一本《黄杂志》，于是黄色就和同性恋、行为不端、淫秽、性暴露搭上了关系。再后来，美国等国家把媚俗引入报业，并以"黄色"招徕读者，黄色便代表丑陋的性现象和一种污染心灵的性的展示行为了，像赤裸裸的性描写、性图画、性照片等等。在今天，黄色是以"抓眼球"来刺激人们的心灵，对青少年的毒害是很明显的。所以，全社会都应该重视"黄色污染"问题，将不健康的性描写、性图画、性照片、性交往统统扫掉，以坚持不懈的"扫黄"行动清除"黄色"带来的身心危害。

绿帽子

古人有以头巾颜色区别等级的传统。早在两千多年的汉代，就规定头扎绿巾者为贱民身份。这也成为一种惩戒方式，例如唐朝的李封做延陵令时，常判罪犯头戴绿巾上街示众，代替在狱中服刑，并借此来警示别人。到元明时期，娼妓和乐人之家的男子，都以裹绿头巾来标明自己的行业特征。

慢慢地，"绿头巾"一词又指妻子与别人私通而她的丈夫还浑然不知。在外人眼中，这位丈夫是戴了"绿头巾"。后来，"戴绿头巾"所指的范围有所扩大，不仅指妻子暗中和野男人幽会，或做了他人的情妇，而且也指丈夫没受蒙骗，知道媳妇与别的男人来往，甚至支持妻子卖淫的，都被称作"戴绿头巾"。

随着社会的发展，服装的变化，男人头上不再饰以头巾，而改为戴各种各样的帽子。"戴绿头巾"也自然而然地变成了"戴绿帽子"。"戴绿帽子"也成了一句俗语，只要妻子一旦出轨与他人发生暧昧关系，那位丈夫就被称作"戴绿帽子"。其实这之中已包含着街谈巷议，在背后说人。有的可能是对受辱的丈夫表示同情，有的其实是对窝囊丈夫的歧视，也有对女强男弱的夫妻组合的误解及对开朗活泼女性的无端指责。如果在争执吵骂时，说对方的男人"戴绿帽子"，那就不单单是没修养的粗俗表现，而是在侮辱他人的人格，已属于违法行为了。

春钱

在今天的古物市场，会看到各种各样的圆形方孔铜钱，这是古代社会普遍流行的一种货币。而形状差不多，只在妓院里使用的铜币就称为"春钱"。

"春钱"的外表很像铜钱，却在一面铸着"风花雪月"四个字，一面是牡丹、凤凰等等花饰。典型的"春钱"花纹，直接铸成男女性交的各种姿势，既能借此激发性欲，又表示这种"春钱"是嫖客与妓女发生关系，或在青楼里消费娱乐的货币，所以"春钱"也叫"堂子钱"。

"春钱"对妓女而言，是卖春的价码；对嫖客来说，是买春的凭证。尽管不对外流通，只是以筹码的形式在妓院里使用，却记录着女性的悲惨命运，也反映出"求欢"男人的种种行径。

"春钱"开始流行于唐朝末年，宋代明文规定官吏不得使用。到了清朝，依然不断铸造的"春钱"，时时出现在市井花巷。达官贵人和皇上去逛妓院是不会用"春钱"的，像宋朝风流皇帝徽宗，为了和名妓李师师相会，不仅挖地道从皇宫通往妓院，还"前后赐金银、钱帛、器用、食物等不下十万"，真可谓一掷千金。可是国运却由盛而衰，甚至就毁在这些风流皇帝的手上。

女乐

在古代中国，从男权彰显，以至妇女成为财产并且像牲畜一样被卖来卖去之后，不少女性就因地位低贱，或家庭贫困或战争被俘，而成为有权处置财富者的奴隶。奴隶中包括以歌舞方式取悦主人的"女乐"。

"女乐"是妓女的雏形，通常是面容姣好身材出众的年轻女性，经过训练之后，成为诸侯、士大夫等权贵的玩物。一方面为主人表演舞乐、喝酒作陪，另一方面也作为礼物在权贵间互相赠送。

楚国诗人宋玉在《招魂》篇中，描写这些"女乐"，常陪伴在达官显贵身旁，有的击鼓敲钟、吹竽弄瑟，有的弈棋赌博、酗酒不已。当酒酣大醉之际，"女乐"还要疯狂起舞助兴，以便让主人和他的客人能狂欢尽兴。可有谁能知道"女乐"是在被人玩弄，身不由己。也许明天她们又改换了门庭，甚至或卖或送远离他乡。而年老色衰、青春不在的"女乐"，也就被冷落挣扎在死亡线上。即使其中一两个人被主人看中，只能是小妾、婢女，最终还是男权社会的性奴隶。

娱侍人

娱侍人，指以娱乐手段去伺候富贵人家的年轻女性。

自宋朝开始，一些贫困之家便以生女为荣，目的是从小把女孩培养成用各种技艺，并靠美色来走进达官贵人家庭的婢女、侍妾，然后通过获得主人的宠信，使自己和娘家人丢掉贫穷，发家致富。

而要想成为娱侍人，必须接受相关的专业培养，还应经过刻苦训练，具备歌舞弹唱、吟诗作对、琴棋书画、茶艺厨技等等特长，甚至要会媚术，深谙房中之事。

娱侍人，当时也俗称身边人、供过人、针线人、堂前人、杂剧人、拆洗人、厨娘，都是在幼年时"随其资质，教以艺业"，待十五六岁想方设法攀附仕宦缙绅之家，"以备士大夫采拾娱侍"。而一旦成为娱侍人，虽说是做富贵人家的花瓶，却能在争宠中以出卖青春和肉体改变自己和家庭的一时之苦。

令人叹息的是某些培养娱侍人的方法，如瘦身、缠足等等，给后世以巨大的影响，造成损害妇女肢体与命运的灾难。

三寸金莲

旧中国摧残女性的一个十分可恶的陋习就是裹小脚，而且从女孩的幼年开始，生生地把脚裹成"三寸金莲"。所谓"三寸"是指其脚小，并以"金莲"相称，这从文化上讲是一种视丑为美，以畸形为猎奇的变态社会风气在作怪。

古代社会长期的皇权压抑，权贵们的好恶会左右社会的审美取向。例如春秋时的楚灵王喜欢纤纤细腰的美女，结果姬妾们便争着节食减肥，竟酿成一幕幕"楚王好细腰，宫中多饿死"的悲剧。

长期以来，中国男性对女性金屋藏娇，以便任其取乐。这种视女性为玩物的意识也造成了对妇女要进行人为装饰的追求，甚至不惜变异女性的肢体来寻找刺激与乐趣。而女性以裹小脚,走起路来袅娜不稳来博得男人一笑,本来源自南唐李后主的无病呻吟和荒淫无度,后来一些娼妓借此赢得客人的愉悦来赚钱。到明清两朝,社会上把裹小脚变成考察女性是否柔顺漂亮的标准,实际上是以女人的小脚衬托男人的所谓大丈夫之地位,同时也在内室闺房让丈夫去把玩三寸金莲。这里含有强烈的性刺激,所以旧社会的裹脚女性才尤为重视裤脚的花边、小鞋的品种样式及小脚与裹脚布要用各种香料去浸泡,并借此显示女性的媚。

尽管女性在裹小脚中痛苦不堪,但社会对小脚的审美和把它作为出嫁的一个条件,从侧面反映出"三寸金莲"的两大含义:对女性的束缚和对妇女的一种性要求。

温柔乡

这个看似很现代的词汇实际说的是一个古老的故事。两千年前的汉成帝刘骜,在即位后不久去阳阿公主府上微服喝酒,阳阿公主叫出舞女堂前起舞助兴,其中有位光艳照人身姿袅娜的少女被成帝相中,带回皇宫,她就是传说能在人的掌上跳舞的赵飞燕。不久,赵飞燕又让妹妹赵合德进宫,姐妹俩一起成为汉成帝的妃子。

汉成帝把她们安置在昭阳殿,并拨重金把宫殿内外豪华地修饰了一番。从此就住在那里,每天沉沦在酒色之中。昭阳殿不仅被后人视为正宫,还常存官书稗史,成为历代皇帝内殿的象征,至今在不少戏剧里,只要皇帝退朝就让太监引其到昭阳殿去会娘娘。

虽说汉成帝宠信赵氏姐妹,赵飞燕还能跳掌中之舞,但比起妹妹赵合德还有诸多不足。赵合德姿容出众,肌肤雪白,体态丰润,性格还十分温柔。每每汉成帝到昭阳殿,就躺在赵合德的胸前,让赵合德怀抱着他进入梦乡。

汉成帝是汉武帝的四世孙。汉武帝不仅文治武功在历代皇帝中首屈一指,而且是汉代寿命最长的皇上。他生前好神仙之术,称自己像神仙一样生活在"白云乡"里。汉成帝虽是武帝的后代,却只知玩乐享受,他明白自己不能和汉武帝比,所以便自嘲说,不和汉武帝学在白云乡过神仙般的日子，只想在赵合德的温柔乡中度过一生。从此历史上便有了一位甘愿在温柔乡里当皇上的汉成帝，而"温柔乡"也就成为女性以其魅力让男人沉溺于酒色，使其难以自拔的专有名词了。

浪蝶狂蜂

蝴蝶是古往今来让人喜欢的昆虫，它以秀美的姿色在花丛中翩翩起舞，使大自然越发生动活泼，于是也就常常成为文人墨客吟诗作画的主角。而梁山伯祝英台死后化蝶的爱情故事，更使大家对绚丽的蝴蝶情有独钟。

然而一旦去掉蝴蝶的轻柔，让它浪荡起来，变成马蜂那样乱扑乱叮令人讨厌的癫狂样子，那么这种"浪蝶狂蜂"就比喻某些人的品德不佳，并具体指男子的浪荡无形，专爱往女人堆儿里扎，甚至是寻机占女性的便宜，轻者是一种性骚扰，重者往往要勾引妇女。在古代文学作品里，对"浪蝶狂蜂"似的男人是非常鄙视的。元曲《琵琶记》中曾写出狂浪之徒，让娇美的姑娘受到一番惊吓，蜂叮蝶扑，难以出屋。所以古代正直的男子，常以拒绝做"浪蝶狂蜂"来表达自己品行的端正。在《玉簪记》中，书生潘必正对心仪的年轻姑娘陈妙常起誓：我若做游蜂浪蝶那样的狂徒，老天会惩罚我立即变成挨鞭子抽的马牛。

同时为了强调浪蝶狂蜂对女性的骚扰，一些作品还把这个词与"拈花惹草"连用，这就更加突出了用心不良的男子对女性的挑逗、勾引。如《金瓶梅》里，西门庆看到潘金莲竟是"一双积年拈花惹草，惯细风情的贼眼，不离这妇人身上。"显然把西门庆一幅淫欲十足的神态刻画得入木三分了。

断袖之癖

一些人视同性恋为现代社会问题，其实古已有之。特别是男同性恋，在历代帝王中有诸多表现。最著名并进入成语典故中的，莫过于汉哀帝与董贤的关系。

汉哀帝是西汉第十位皇帝，登基不久就喜欢上了一表人才的董贤。据说把古代美男子列出一个排行榜，董贤肯定能和人见人爱的潘安与英气十足的周瑜等人进入前十名。他面若桃花身如松柳，飘逸又秀美，所以被汉哀帝一眼相中留在身边。不仅朝夕相处，还不时赏赐升官。其资产富可敌国，其官职也直指宰相，哀帝甚至在修自己的墓时，还在旁边为董贤准备了一个，并扬言可以把皇帝的位置让给董贤。可以说这两人的同性恋已达到登峰造极的地步，在荒唐中还流露出一丝真情。

一天，汉哀帝和董贤同榻而眠，睡得正香，侍卫唤哀帝更衣上朝，汉哀帝也猛然想起今天朝中有大事让他处理。正要翻身起来，见自己的宽大衣袖被酣睡不醒的董贤压在身下，不忍心惊动自己的爱伴，竟用剪刀剪断了自己的袖子。这便是史书记载的"断袖之癖"。后人常用"断袖恋""断袖之谊"说两位男性之间过从甚密，有着同性恋的倾向或关系。

古人很早就注意到同性恋现象，对这个问题，既有反对的，也有认可的。文人笔下还折射出某些同情。如诗人阮籍就曾以"夭夭桃李花，灼灼有辉光""愿为双飞鸟，比翼共翱翔"来描绘。这也算是古代文学的又一种类型吧。

履舃交错

秦汉时期，室内铺席，人们进屋要脱鞋跪膝而坐。那时，厅堂卧室里没有明清以来盛行的高桌，只有几和榻，都是矮矮的，以便适应席地而坐。

由于要脱鞋进屋，门外台阶上鞋的数量多少和是否精致，就成为辨别宾客人数和身份性别的最为直观的标志。而一些史册典籍也以此来记录主人与客人交往的情景。例如《史记·滑稽列传》中就有"男女同席，履舃交错，杯盘狼藉"的描写，生动反映出当时的社会生活情态。富贵人家宴请宾客，众人的鞋子凌乱地脱在门外，男男女女似乎忘了仪容和身份，由着性子地吃喝，酒过三巡之后，人已半醉，杯倒盘斜，一片狼藉。这就清楚地写出男女杂处，无拘无束的样子。

后来，许多作者常用"履舄交错"，也就是鞋子乱放，男女鞋子堆在一块儿的样子去刻画男女之间不拘礼节的聚会。如"言笑晏晏，履舄交错""履舄交错，钏动钗飞"等等。并以鞋子的交错摆放，暗示男女之间发生了有所越轨的亲密接触。因此使这一成语有了明显的"性"的寓意。

姐妹同夫

远古氏族的通婚，实行伙婚制。男性从外族而来，氏族内的姊妹都可以是妻子，丈夫的兄弟也都可以是丈夫。这种婚姻形成了史籍记载的子女"只知其母不知其父"现象。能生育的女性在族内地位很高，血缘依母亲而定。凡子女只是"昆弟之子"，无法辨别出谁是父亲谁是叔伯。所以，古代社会有一个时期只以"姑舅"称呼长辈。最准确的也只是"妇称夫之父曰舅，称夫之母曰姑"，或者母亲的兄弟为舅，父亲的姐妹为姑。那个时候没有"外公""外婆"的称呼，也没有其他的"外"什么什么的称谓。

伙婚在历史上发展为兄弟共妻，姊妹同夫。最著名的，是尧把自己的两个女儿娥皇、女英一起嫁给了舜，后来舜死了，姐妹俩哭着去寻夫，在一片竹林里找到尸体，涌出的泪水染遍青竹，从此流传下来"斑竹一枝千滴泪"的悲情故事。

春秋时期，社会盛行姊妹嫁。姐姐是妻子，妹妹被称为"娣"。这种婚俗直到清代也时有时无。皇太极曾娶庄妃姐妹为妻，光绪皇帝身边的瑾妃珍妃也是姊妹。

典妻

旧时的中国社会，某些富贵之家为了子嗣延续，在妻妾不能生育或家中无儿子时，就租个穷人家的女人，专门用来生男孩以接香火。这便是"典妻"。"典妻"是买卖婚姻的一种，起源于宋元之际，曾遭到禁止，但直到近代仍不时出现。

受到鲁迅关注并称赞其创作的青年作家柔石，有一部名为《为奴隶的母亲》的中篇小说，就写了春宝娘被典妻的人生悲剧。因为贫困，春宝娘被丈夫租给了地主。地主财迷，地主婆又骄横，春宝娘只能无声地忍着。她面对黑夜，惦念自己家中还要吃奶的春宝，又时时担心怀孕后能否生个男孩。后来虽然生下儿子，却只能骨肉分离，孤身回到已经离别几年的夫家。而家中的春宝早已不认识她这位亲生母亲了。

一般说来，想典人妻者并非都是大户人家，只是男主人手里有些钱财地产，见原配夫人虽未生下子嗣却把持着家政，自己又年事渐高，为了血脉相传，便去典租穷人之妻。这样，既可接续香火，又不至于原配夫人太难堪。而那些把媳妇送去典租的，一定是贫苦得无法生活的人家，为了不至于全家饿死，只好把妻子的生育能力作为一种"价值"租售出去，沦为性的奴隶和产婴工具。两三年后，"典妻"一旦生下男孩，就要母子分离，永不能再相见。如果到时候不能怀孕或分娩了女孩，虽然也能重回夫家，却要少得租钱，而租妻的人家会把女婴溺死。

如今"典妻"和典妻制度已远离我们而去，但作为一种曾经出现的社会现象却给我们留下了深深的思考。

天津当代小说创作论纲[*]

第五章　溪畔拾贝

　　* 二十多年前，单位科研氛围浓郁，经过材料的初步收集，觉得写一部
《天津当代小说创作论纲》很有必要。谁知工作调整，指导思想变化，想好的写
作步骤被打乱，在写出并发表了《与时俱进的天津当代小说》之后，这提纲也
就冷落在书柜角落。今拿出来，一可作为纪念，二可说明当时的情况，亦可回
答同仁在此事上的疑惑。

407

妈祖娘娘颂

（一）海的浪漫

蓝色的大海浩瀚无边，

浩瀚无边的大海绚丽多彩令人遐想。

令人遐想的大海给我们无数的奇珍异宝，

奇珍异宝的大海也带来了许多动人的篇章。

精卫填海是坚持不懈的斗志，

哪吒闹海是不向邪恶低头的刚强。

那吉祥的海中蛟龙是浪漫的图腾，

浪涛深处的缥缈仙山是美妙的向往。

更有妈祖娘娘神功护海

救人于危难送福祉于大众的心上。

（二）海的女儿

说起妈祖——那是一个真实的故事，

她诞生在北宋建隆元年，

福建湄洲一个叫贤良港的地方。

慈祥的母亲还在怀胎，

做海上巡检的父亲已盼望着林家人丁兴旺。

这天清晨，孩子来到人间，

是位可爱的姑娘。

秀丽的面庞露出甜甜笑容，

黑黑的眼睛宁静清亮。

她乖乖的就是不哭，

大家为她取名叫林默娘。

不哭的默娘，

聪明又懂事的默娘，

很小就有鸿鹄志向。

伴灯读书晨曦庭扫，

热心邻里善待爹娘。

父兄往来海上，常遇狂风巨浪，

小默娘时刻惦念出海人的安康。

弱小身躯站在海边夜看星斗，

潮起潮落风前雨后都记心上。

同伴还在玩耍，

她已懂得观察气象。

小小年纪还能挥臂凫水，

更在几次瘟疫流行之后，学会了把百草品尝。

那一年，十几岁的默娘早晨送父兄扬帆出海，

夜晚听潮知道飓风即将掀起惊涛骇浪。

树枝摇曳，

拍打门窗。

默娘坐卧不宁，

担心亲人不知如何返航。

焦急之中想出办法，

点火烧了自己的住房。

黑暗中的大火如航灯把海路照亮，

这是林默娘用爱心救助父兄、乡亲，

堪称华夏儿女的又一杰出榜样。

林默娘有龙的精神，

林默娘给水上航行带来吉祥。

她身着一身红衣，

脚步轻轻乌发长长。

走到村里，村里温馨和顺，

来到海边，海边笑声悠扬。

到了宋雍熙四年，

一场海难吞噬了正在救人的林默娘。

她才二十八岁，

正是人生最好时光。

生命虽说短暂，

舍己救人世世代代令人难忘。

举起祭拜的长香，

长香冉冉，寄托无限的思念。

盖起庙宇，

庙宇巍峨，聚拢四海人心天地间的善良。

捧出鲜花，献上桃李，

供奉崇义慈爱助人为乐的林默娘。

福建湄洲尊称林默娘为妈祖，

神州百姓敬仰她是带来平安的娘娘。

福建的渔民祭拜妈祖，

企盼海洋敞开宽广的胸怀送来鱼虾满仓。

大运河的漕运船队祈祷妈祖，

希望江河湖海顺风顺水一路平安和畅。

自宋元到明清，
水上运输兴旺。
海上贸易频繁，
篙起桨落，盐漕迳船来来往往。
高高的桅杆系起红布，
宛如妈祖娘娘站在云端护航。
船工上香祈福，
一句一句对妈祖娘娘诉说衷肠。
出使朝鲜，大船闯过了风浪，
仿佛是娘娘护卫身旁。
郑和下西洋，船队浩浩荡荡，
都说是娘娘保驾了中国走向四海五洋。
几代帝王连连册封，
妈祖从封为天妃直到海神圣母娘娘。
代代传颂更在民间，
凡有华人的地方就有妈祖信仰。

（三）妈祖与天津

有着千年建寨筑城历史的天津，
河海相通沽水荡漾。
它是运河驮来的城市，
它是盐漕运输交汇的地方。
悠悠大运河清清碧波水，
起起伏伏的涟漪传来了妈祖信仰。

津沽三岔口，海河蜿蜒向渤海，

驻兵屯粮百座仓。

朝迎千帆大小船，

夕看万户炊烟扬。

元朝敕封妈祖天妃，

建庙海河东岸一处叫直沽的地方。

西岸也有敕封宫宇，

这就是至今巍巍矗立的娘娘宫——

一座比天津筑城历史还长的妈祖殿堂。

民间谚语是历史的生动影像，

"先有娘娘宫后有天津卫"

一语说出天津人文有着妈祖的深刻影响。

天津姑娘结婚要由里到外一身红装，

隐隐约约悠悠绵绵折射出妈祖年少时的靓丽形象。

天津媳妇生育求子要拴泥娃娃，

妈祖神祇又现身为送子娘娘。

相聚津沽，移民南来北往，

求子习俗，是众人要扎根九河下梢这片神奇土壤。

天津人还称妈祖是眼光娘娘，

赐福千家万户缝衣做鞋的持家女眼明心亮。

天津妈祖还是痘疹娘娘，

保佑海河儿女老人小孩身体健康。

妈祖来到天津，

她是面向天际仰视蔚蓝的海洋之神，

她是敞开胸怀延续人类的送子之神，

她是慈爱怜悯关切妇女的女性之神，

她是乐善好施福佑生命的健康之神。

妈祖来到天津，

绚丽多姿，从呵护航海到慈爱佑民。

妈祖来到海河，

亲近大众，大街小巷都有她那温馨的跃动。

妈祖来到城厢，

顺济吉祥，林立的商店交易兴旺。

妈祖来到身边，

群情激昂，道道花会争彩斗艳宝辇竞相。

天津的花会，被称作皇会，

天津的妈祖，被亲切地称作娘娘。

（四）娘娘颂歌

晓日红霞三岔口，

银月蓝海水荡漾。

娘娘妈祖，

妈祖娘娘。

你仁心慈爱播撒善良助人的力量，

你尚义贵和架起四海一家的桥梁。

你在人们企盼时相帮相扶，

你在人生蹒跚时给予念想。

我们崇敬你，

我们把祝愿衷心献上：

一送五谷祝平安，

祈祷祖国繁荣发展和谐兴旺。

二送菜蔬祝慈爱，

祈祷互帮互助知荣知耻人格高尚。

三送三牲祝吉祥，

祈祷诗书传家邻里和睦团结向上

四送鲜花祝致远，

祈祷长寿多福挚爱琴瑟身心健康。

五送宝辇祝幸福，

祈祷民族团结全体华人携手并肩同心共享。

哦，海神妈祖，

哦，慈爱助人的娘娘。

你是祖国统一同胞并肩的文化桥梁，

你是华夏传统文脉永远的瑰丽芳香，

你是当代建设需要的历史记忆，

你是海纳百川的厚重积淀，

促进天津发展进一步走向开拓创新改革开放。

哦，解危济困尚善的妈祖，

哦，贤顺仁爱厚德的娘娘。

我们赞美妈祖，

人人把你敬仰。

跋：俗眼看影视，颂扬真善美[*]

——记文艺评论家张春生

姜艳秋　王津和

张春生是近年活跃于国内影视界成就颇丰的文艺评论家。去年我市举办了在全国产生广泛影响的首届老年作家创作奖活动，张春生是此次活动中的津京 14 位评委之一。早年毕业于河南大学，后曾担任天津社会科学院文学研究所所长的张春生，自涉足文学和影视文学评论以来，在国内报刊发表了一百多万字的评论文章和科研论文，策划、创作和与人合作出版了十多本学术专著。近年来他在《今晚报》多次整版发表较有影响的影视文学评论，深受读者好评。他既能慧眼识佳作，乐为优秀作品鼓与呼；又善察弊病，勇于批评文学界包括影视作品的不尽如人意之处。就是这个慧眼敏锐的评论家张春生，在出版自己的评论专集著作时却冠名《俗眼看影视》，一个"俗"字把自己完全融合在普通读者之中，可谓平平淡淡才是真。您认识俗眼看影视的张春生吗？请看一看他的自画像——

张春生在 2000 年出版的《俗眼看影视》中有一段诙谐幽默、俗

---

　　* 本文是两位记者十多年前的一篇采访文章，写得认真且有溢美。其实我真是一位码字的"俗人"，不过是坚持用心写作而已。也正是这份"用心"，评论影视只是为文的一部分，精力还是放在文学和地方文化上多些。编完本集，把姜艳秋和王津和的文章作为此书的跋，以此表达一位伏案者的谢忱之意。

得有趣的百字小传，读来颇耐人回味："张春生，男，原瘦现胖，头发花白。在先天不足后天失调中度过人生五十余个年头。虽为文学硕士却愧对师长，只徜徉于小说与影视批评之间。尽管二十多年研究生涯码了百万以上的字，忝列研究员，回想起来不过是说了些俗眼看到的实话而已。"就是这位俗眼评论家张春生，在两年前不少媒体和评论人士热炒《流星花园》时，还在广电总局对此剧下达停播令之前他就在《今晚报》发表了批评《流星花园》的《还青春剧本来面目》的文章，这篇不同凡响的另类之作见报后立即收到了读者和专家的赞赏。

作为有社会责任感的评论家，能在复杂迷惘和盲目跟风中有另类思维，发振聋发聩之语可谓俗眼不俗。纵观张春生二十多年的评论生涯，又怎一个"俗"字了得？

俗眼看影视　评说准且深

张春生在二十多年的文艺评论中，形成了颇引人注目的俗眼评论系列，其代表首推 10 年前他与林纯业合写的《中国的寡妇》。这部著作是由刘心武主编、他和张仲等四人任副主编推出的"中华文化风情探秘丛书"其中的一部。作者熔社会影响、时代特征、文化背景和个人素质于一炉，对中国历代节女烈女给予准确到位的点评，读本俗中含雅，颇有文化探源的特色。此作出版后深受文艺界欢迎。10 年后他撰写的《与时俱进的天津当代小说》万言评论力作发表后，再次引人瞩目，在文学界颇有影响。影视文学是近 10 年来大众欣赏文学的主要品种，张春生涉足影视文学评论后，通过他的长篇文章《魅力奥斯卡》《解读荧屏警匪大战》《返璞归真写历史》等表明自己的文学主张。他对《卧虎藏龙》《刑警本色》《天下粮仓》等优秀影视作品给予充分肯定的同时，也对上述作品和其他此类作品的不足之处给予了一针见血的批评。

何为优秀影视作品？张春生认为，在具备思想性、艺术性、娱

417

乐性和可视性的同时，其主题基调必须弘扬真善美、鞭挞假恶丑。他对近年来影视市场出现的创作跟风、题材扎堆、戏说太过、思想弱化，甚至低级趣味的文化垃圾颇为不满和担忧，总是通过多种渠道表露心声予以匡正，正像他言明的那样，"作为一个尽职的评论家应起到浇花除草的作用"。有人认为电视是大众文化、快餐文化，电视剧一度出现娱乐有余、教化不足的现象，这有悖于"用优秀作品鼓舞人"的原则。《流星花园》播出后，在社会上产生了不良影响，张春生看完全剧后连夜写了《还青春剧本来面目》一文。他在这篇文章中说："认真分析春节期间的青春剧，《流星花园》走的是描绘'异类'言行，而且以感情的大胆真露，加上 F4 原有的歌手组合效应，使该剧成为造势片并引发追星潮……把青春剧包装在浅俗的撰写里并不高明，也算不上艺术的创新，远不如扎根生活的《其实又想走》《空镜子》等作品……"

文学和文学批评是鸟之双翼、车之双轮，只有良性循环、相互促进，文学批评才能在为繁荣文学鼓与呼的同时不断提高文学作品质量。可近年来国内评论界一度刮起酷炒、酷评之风，"常听赞扬声，少见批评语"。张春生始终保持一个优秀评论家的良知和正直，一贯恪守公平、准确和实事求是的评论原则，任凭风潮变幻，我自方寸不乱。因此，他写的一系列绵中带针的评论文章深受读者欢迎。

俗人论文艺　恪守真善美

张春生认为，文艺作品是弘扬真善美的，文艺批评的标准也应是真善美的。何故？文艺作品本质是反映现实生活的，应把反映生活的真实性放在第一位。因此，评价文艺作品的第一标准就是"真"。然而文艺家的倾向性在创作中起着能动作用，这直接关系到文艺作品的社会效果。这就是"善"。文艺作品不"美"又怎能赏心悦目，达到寓教于乐的目的呢？正基于此，张春生不论是评论纯文学、影视文学，还是电台、电视台文艺节目，都严格把握真善美评论标准，说出和发表了一系列较有力度的言论和文章，力所能及地促进文艺作品日臻完善。他在《还青春剧本来面目》《借鉴文化准备和批评》等文章中，除直述文学作品真善美真谛外，还呼吁文学作品在艺术上也应达到真善美。他在《还青春剧本来面目》一文结尾时指出："精神产品应该有精神可讲，青春剧要有年轻人的可爱，尽可能的少些杂音和污染。要写出社会发展对青年人的锻炼，少些锈损心灵的浅、露、透、闹，如果青春剧热播的背后是不真诚、不热情、不纯朴，只是一个劲儿的异类，满脑子爱得发乱、发呆、发嗲，无外乎是在荧屏造星中又添些生猛作料，并非在艺术上给人们以真善美。"在金梅、夏康达主编的《中国小说学会第三届年会论文集》中收入了张春生写的《借鉴文化准备和批评》一篇论文，这篇论文在论述了评论家应遵循批评的基本原则，评论精品要有高质量批评后，明确提出了"评论家应从文本分析去寻找作品的真善美"。

俗家爱评论　潇洒度晚年

年近花甲的张春生与评论结缘后，他的正业和业余几乎都是研究和评论文学，在这块沃土上辛勤耕耘。如今，头衔多了、兼职多了、社会活动多了，但他始终不忘以评论为中心而做"功"。近年来他老当益壮、与时俱进，写了不少有创新意味的评论文章。从跨入新世纪至今，他在国内报刊发表了约十五万字的艺术论文和评论文章。日前，笔者到他家拜访，当提及近年来评论家身价看涨这一话题时，张春生坦率地说："其实评论家和大家一样，首先也是一个读者、观众或听众。近十年来，各类评选评优不断增多，且有逐步升级之势，加之个别作者对评论家期望值过高，这样评论家的身价也日趋看涨，这很不正常。评论家并没有化腐朽为神奇的能力，只是起到浇花除草的作用。作者只有拿出质量过硬的作品，才能立于不败之地。"去年，他参加全国影评征文获"建党 80 周年全国优秀影片征文比赛"一等奖，是天津市在此次活动中获得的唯一一个一等奖。

作为研究员、评论家的张春生不仅研究和评论文学，还尽力做一些文学辅导和普及工作。1995 年，由市群艺馆牵头在津举办的有雷达、赵玫、李治邦等人参加的与市业余作者文学对话会，张春生受到邀请后颇感为难，当时他正有一篇急稿在身，但他想到能与文学朋友对话交流、直接听取他们的建议和呼声后便欣然接受，并在会上作了《傻写与巧写的辩证关系》文学辅导报告，受到与会者欢迎。

"翘首夕阳望尽处，落笔往事皆文章"，晚年的张春生正以多学多写多评做读者灯下客为己任。

原载《天津中老年时报》2003 年 10 月 8 日